Theresa Czerny
Die wilden Pferde von Rydal Hill
Leuchtende Hügel
Band 1

Theresa Czerny

Die Wilden Pferde von

Rydal Hill

Leuchtende Hügel

magellan

Die Erde bebte. Von Whitemoor Gill trug der Wind das Kläffen und Jaulen herauf, aber die Meute wurde übertönt vom Trommeln der Hufe. Schwarze Köpfe, hocherhoben, schoben sich über den Kamm, schwarze Körper drängten sich eng aneinander, um dem Chaos hinter ihnen zu entgehen.

In wildem Galopp stürzten sie den Hang hinab, wie eine dunkle Flut ergossen sie sich in das enge Tal, das ihnen auf der anderen Seite nur einen Ausweg bot: hinauf. Prustend, schnaubend, mit schweiß-nassen Flanken erstürmten sie den Knott, während hinter ihnen die ersten ihrer Verfolger auftauchten. Ohren zuckten nach hinten, wieder nach vorn, der Gestank nach Panik trieb die Vordersten immer weiter an.

Ein paar letzte verzweifelte Sprünge, dann hatten sie den höchsten Punkt erreicht und der Frieden der Fells breitete sich vor ihnen aus. Für einen Moment schien ihre Flucht erfolgreich zu sein.

Doch dann, unter ihren Hufen: nichts.

1

$\mathcal{G}$rün.

Als ich mich umdrehte und schwer atmend ins Tal hinuntersah, kam es mir vor, als würde die Welt keine andere Farbe kennen. Kristof hätte vielleicht angefangen, einzelne Nuancen zu unterscheiden, Moosgrün, Smaragdgrün und Grasgrün, Tannengrün, Farngrün und Apfelgrün. Aber während ich hier oben auf diesem Hügel stand, komplett außer Puste, war der überwältigende Eindruck einfach: Grün. Nichts weiter.

Obwohl, ein Stück links von mir, am Ende des Tals, schimmerte das Blau des Sees, und auch die weißen Wolken, die der Wind hoch über meinem Kopf dahintrieb, gaben hin und wieder ein Stück Himmel frei. Und wenn ich genau hinguckte, entdeckte ich zwischen den Feldern auch ein paar graue Mauern und an den Hängen gegenüber rohen Fels. Doch alles in allem wurde einem schon auf den ersten Blick klar, dass es hier ziemlich viel regnete.

Hier, das war mein Ferienort für den Sommer, die neue Heimat meines Bruders. Der Lake District im Norden von England.

Wie gesagt, ziemlich viel Regen.

Aber heute, an meinem ersten Tag, hatte sich das Wetter erbarmt und mir ein paar Sonnenstrahlen spendiert. Deswegen stand ich ja überhaupt auf diesem Berg und starrte auf den winzigen Bauernhof hinunter, die »Ellonby Farm«, wie das Schild neben der Einfahrt stolz verkündete. Ein bisschen versteckt hinter einem Wäldchen lag sie, und auch ansonsten fügte sie sich ganz malerisch in die Landschaft ein, mit dem verwitterten grauen Dach, den weiß gestrichenen Fensterrahmen und der Handvoll Nebengebäuden, die sich in den Schatten des Haupthauses duckten. Ellonby Farm. Da war mein Großstadtbruder doch tatsächlich unter die Bauern gegangen.

Silas hatte im letzten Sommer bei einem Freiwilligenprogramm mitgemacht und monatelang ausgewaschene Fußwege saniert. Dabei hatte er Laini kennengelernt, sich verliebt, seinen gerade unterzeichneten Vertrag bei einer Unternehmensberatung gekündigt und sich für den Übergang hier im Ort einen Job gesucht. Und jetzt war Laini schwanger und brachte Silas gerade alles bei, was es über Schafzucht zu wissen gab.

Das Leben war manchmal verrückt.

Ein Windstoß wehte mir die Haare ins Gesicht. Ich hatte gestern schon gemerkt, dass ein Bob hier in den Bergen nicht die praktischste Frisur war.

Tief atmete ich ein. Der Wind hatte einen Hauch von Mist mitgebracht, aber hauptsächlich roch es nach Erde und frischem Gras. Sauber irgendwie. Und da lag noch etwas in der Luft … Kokos? Ich schnupperte an meinem Hoodie, doch es war weder das Waschmittel noch mein Shampoo. Dann bildete ich mir es sicher nur ein.

Mein Blick glitt weiter. Der Gipfel gegenüber wirkte kahl, beinahe abweisend mit den vielen grauen Felseinsprengseln zwischen Gräsern und niedrigen Büschen. Er erinnerte mich daran, dass die Berge hier im Hinterland zwar nicht übermäßig hoch waren, aber nicht viel von der Lieblichkeit der bewaldeten Hügel rund um die Seen besaßen. Kaum entfernte man sich ein paar Kilometer von den Hauptverkehrsrouten und größeren Ortschaften, schon war man in der Wildnis.

Und da …

Ich kniff die Augen zusammen. Bewegte sich dort etwas? Ja, oben am Kamm tauchte gerade eine dunkle Gestalt aus einer Kuhle auf, gefolgt von einer kleineren, zierlicheren. Und dann kamen zwei, drei, fünf weitere in Sicht. Pferde. Schwarze Pferde.

Mein Blick suchte den Hang ab, aber nirgends entdeckte ich einen Zaun oder auch nur eine Mauer. Rannten diese Pferde da oben etwa frei herum? Waren sie weggelaufen?

Ich ließ sie nicht aus den Augen. Drei Stuten mit ihren Fohlen, dazu eines, das ich für einen Jährling hielt … War da wirklich eine ganze Herde ausgebrochen?

Eine Weile sah ich dabei zu, wie die Pferde – Ponys waren es wohl eher – über die Hochebene zockelten. Selbst die Fohlen kletterten erstaunlich sicher über ein Geröllfeld. Anscheinend kannten sich die Ponys da oben aus. Bewegten sich so entlaufene Pferde? So selbstsicher und entspannt?

Die Herde verschwand hinter dem Hügelkamm, und ich wollte schon weitergehen, als ich begriff, dass sie einer anderen Gruppe Platz gemacht hatte. Wieder kamen Ponys in Sicht, schwarz die meisten, nur eins von ihnen war ein Schimmel. Diesmal waren es sogar mehr, vier oder fünf erwachsene Stuten mit ihren Fohlen, dazu Ein- und Zweijährige. Und mittendrin … Ich blinzelte ein paarmal, aber ich täuschte mich nicht: Auf einem der Ponys saß jemand. Ein Mann … oder ein Junge? Ich konnte es nicht genau sagen, ich erkannte nur, dass er goldblonde Haare hatte, die sich deutlich vom schwarzen Fell der Ponys abhoben.

Also weder Wildpferde noch eine entlaufene Herde.

Energisch drehte ich mich um. So ging das nicht. Pferde waren tabu. Es reichte schon, dass Laini ihre Ponys direkt am Hof hielt – aus irgendeinem Grund hatte ich angenommen, dass sie sie in einem Reitstall untergestellt hatte, so wie ich es aus Deutschland kannte. Aber damit würde ich klarkommen. Ponys, die in den Bergen herumstreiften, standen dagegen definitiv nicht auf dem Programm.

9

Während ich weiterwanderte, leerte sich mein Kopf allmählich. Vielleicht war es das, was Laini vorhin gemeint hatte, als sie mich praktisch aus dem Haus geworfen und gesagt hatte, ich solle mir das Hirn durchpusten lassen. Meine Füße bewegten sich fast von allein auf diesem schmalen Trampelpfad vorwärts. Atmen und laufen, mehr musste es in diesem Moment nicht sein.

Dann hatte ich den höchsten Punkt erreicht, ein Plateau, das mir nach Norden, Süden und Osten freien Blick gewährte auf noch mehr Berge und Hügel, auf Schafweiden, Hänge, vereinzelte Höfe, Wäldchen und Mauern.

Ich breitete die Arme aus und atmete mit geschlossenen Augen ein, während der Wind an meinen Haaren zerrte. Nach ein paar tiefen Atemzügen spürte ich die Sonne in meinem Gesicht, ich drehte mich ein Stück nach links und machte die Augen wieder auf. Und da war der See: Westlich von mir öffnete sich ein weites Tal und darin lag Whinfell Water, glitzernd im Sonnenschein. Zwischen den winzigen, baumbestandenen Inseln kurvten weiße Boote herum und an seinem Ostufer strahlte Rosley. Ich hatte gestern kaum mehr als die Straße gesehen, die vom Bahnhof nach Ellonby führte, aber das Städtchen war der puppenstubigste Ort, den man sich vorstellen konnte. Weiß getünchte Häuschen schmiegten sich in Gassen mit Kopfsteinpflaster aneinander, die Läden stellten ihren Nippes in Schaufenstern mit glänzend schwarz lackierten Rahmen aus. Stadtauswärts traten die Häuser ein wenig von der Straße zurück, dafür neigten sich üppige Kletterrosen über die Zäune der Vorgärten.

In Rosley war vor ungefähr hundert Jahren die Zeit stehen geblieben. Selbst von hier oben verströmte es eine Gemütlichkeit, mit der es aber spätestens dann vorbei war, wenn ab Juli, in nur wenigen Wochen, ganze Horden an Touristen in Bussen in die Stadt gekarrt wurden. Silas hatte gestern beim Abendessen gestöhnt bei der Aussicht, doch Laini hatte nur mit den Schultern gezuckt.

»Das gehört hier dazu«, hatte sie erzählt. »Von der Landwirtschaft kann kaum noch jemand leben. Wenn wir in der Hauptsaison nicht den größeren Teil unseres Jahreseinkommens verdienen, sieht es düster aus. Es hat ja einen Grund, warum die meisten nach der Schule wegziehen.«

Also genoss ich besser mal die Ruhe, solange sie anhielt. Denn für nichts anderes war ich hier: um Ruhe zu finden.

Wie auch immer das gehen sollte.

Als ich gegen Mittag zur Farm zurückkam, stand ein weißes Pony auf dem Paddock neben dem Wohnhaus und mampfte zufrieden Heu. Lainis Ponys waren schwarz und dunkelbraun und standen auch nicht so nah am Haus, also hatte sie wohl Besuch.

Ich straffte die Schultern, stieg die drei Stufen zum Eingang hoch und drückte die Tür auf. Vom Flur ging es rechts in die Küche, aus der Stimmen drangen. Im ersten Moment verstand ich kaum etwas, sie unterhielten sich schnell in einer Sprache, die anscheinend der örtliche Dialekt war, dann rief Laini: »Bist du das, Valerie?«

»Ähm … ja!«

Die Geschwindigkeit, mit der Laini mich in ihren Haushalt aufgenommen hatte, überforderte mich ein bisschen. Es fühlte sich schon gar nicht mehr so an, als sei ich ein Gast. Und dabei war ich noch nicht mal vierundzwanzig Stunden hier.

Ich streifte meine Wanderstiefel von den Füßen und steckte den Kopf durch die Küchentür. »Hi.«

Mein Blick streifte Laini und fiel dann auf die zweite Person im Raum. Ein Junge lehnte an der Arbeitsplatte und hatte einen Becher in der Hand. Tee, vermutete ich mal, aber das war nebensächlich.

Braune Haare, braune Augen und ein erwartungsvolles Grinsen forderten meine Aufmerksamkeit deutlich mehr.

»Hi«, sagte der Junge.

»Hi«, sagte ich wieder.

»Das ist Grayson«, erklärte Laini. »Er ist mein Cousin und geht hier ein und aus, wie er will. Gewöhn dich besser gleich an ihn.«

Grayson grinste noch etwas breiter und ich gab mir einen Ruck und trat endlich in die Küche. Auf Socken tapste ich auf ihn zu und murmelte etwas von »Freut mich«.

»Mich auch«, gab er zurück, dann wandte er sich an Laini. »Das ist Silas' Schwester? Sie sieht ihm überhaupt nicht ähnlich.«

»Stiefschwester«, erklärte ich, denn auch wenn ein scherzhafter Ton in seiner Stimme lag, konnte ich es nicht leiden, dass er so tat, als wäre ich nicht da. Trotzdem hatte er natürlich recht: Mit meinen dunklen Haaren und den blauen Augen war ich so ziemlich das Gegenteil von Silas.

Er zwinkerte mir verschwörerisch zu und redete einfach weiter: »Du solltest *sie* heiraten. Sie ist viel hübscher.«

Ich verdrehte die Augen, konnte aber nicht ganz verhindern, dass sich meine Mundwinkel nach oben bogen.

Laini schnaubte. »Übertreib es nicht, Grayson. Außerdem hat niemand was von Heiraten gesagt.«

»Ach, nicht?« Er zuckte mit den Schultern und wandte sich zu mir.

Mein Blick wanderte zwischen den beiden hin und her. Von Hochzeit hatte bisher wirklich niemand gesprochen, und irgendwie passte es auch nicht zu Silas zu heiraten, nur weil ein Baby unterwegs war. Andererseits: Früher hätte ich auch behauptet, dass es nicht zu ihm passte, Schafe zu züchten.

Grayson schien mitzubekommen, was mir im Kopf herumging.

»Ich zieh sie nur auf, keine Sorge. Aber wie ist es?« Mit einem Mal klang seine Stimme unternehmungslustig. »Laini will, dass ich dich ein bisschen in Rosley herumführe. Hast du Lust?«

Er ignorierte Lainis Kopfschütteln und sah mich nur erwartungsvoll an. Es war schwer, ihm seine Direktheit übel zu nehmen, und warum auch? Dass sie sich um mich kümmern wollten, war von beiden supernett.

»Klar. Ich zieh mir schnell was anderes an, okay?« Mit meiner verdreckten Jeans würde ich garantiert kein Sightseeing machen, da hätte ich das Gefühl gehabt, die hübschen Gässchen zu besudeln.

Grayson setzte zu einem Spruch an. Dass er den Mund wieder zuklappte und nur nickte, rechnete ich ihm hoch an.

Laini deutete auf den Herd. »Wollt ihr denn nicht mitessen?«

Was auch immer in dem großen Topf vor sich hin köchelte – ich tippte auf Eintopf oder Suppe –, roch super, doch Grayson schüttelte den Kopf. »Beim nächsten Mal. Ich hab die anderen zum Chippy bestellt, ich dachte, wir machen gleich das volle Programm.« Ich verstand nicht ganz, was er sagte, aber zum Teil erklärte es sich, als er mich fragte: »Du magst doch Fish and Chips, oder?«

Panierten Fisch mit Pommes? »Ich denke schon. Hab's nur noch nie probiert. In Deutschland gibt es das ja nicht so oft.«

In gespieltem Schock riss Grayson die Augen auf und wandte sich an Laini: »Au weh. Das wird ein hartes Stück Arbeit.«

Eine Viertelstunde später waren wir auf dem Weg in die Stadt. Na ja, »Dorf« wäre der passendere Ausdruck gewesen, wenn ich mir so ansah, dass der Ort aus kaum mehr als drei Hauptstraßen, dem Zentrum und ein paar Wohngebieten bestand, aber ich wollte es mir nicht gleich mit Grayson verscherzen.

Er führte das weiße Pony, das er mir mit »Dylan« vorgestellt hatte, neben uns her.

Als ich ihn fragte, warum er den Wallach mitgebracht hatte – ohne Sattel und nur an Halfter und Strick –, erklärte er, dass er in der Tourismussaison als Wanderführer arbeitete und fast immer ein Pony dabeihatte.

»Die Touris hab ich schon abgeliefert, jetzt ist Feierabend.« Er lächelte mich an.

»Ich zähle also nicht als Touri?«

Das Lächeln vertiefte sich. »Nein. Du gehörst zur Familie.«

Ich spürte, wie meine Wangen warm wurden. War der nett! Ich wusste nicht genau, was ich darauf antworten sollte, deswegen lächelte ich nur zurück. Und das reichte schon, um mit ihm in kameradschaftlichem Schweigen der Stadt und dem See entgegenzulaufen, die warme Mittsommersonne im Gesicht, Dylans wohliges Schnauben im Ohr. Steinchen knirschten unter den Sohlen meiner Sneaker, Insekten summten über dem blühenden Steinbrech an den Trockenmauern auf beiden Seiten der Straße. Und für einen Moment fühlte es sich sogar in meinem Kopf fast friedlich an.

Noch vor den ersten Häusern bogen wir nach rechts auf einen Fußpfad ab, der uns am Ortsrand entlangführte und nach zehn Minuten zur Auffahrt eines Bauernhofs brachte. »Waverton Farm« stand auf einem großen Schild neben dem offenen Gatter.

Grayson brachte Dylan und mich zur Rückseite des Wohnhauses, wo er Dylan an einem Haken festband und unter einer wackligen Bank eine Putzbox hervorzog. Er kramte darin herum, richtete sich auf und hielt mir einen Hufkratzer hin.

»Du weißt ja, wie man damit umgeht, oder?«

Ich zögerte, dann gab ich mir einen Ruck und nahm den Metallhaken entgegen. »Klar.«

Was sollte schon passieren? Grayson war die ganze Zeit da, und wenn ich mit ein bisschen Hufeauskratzen einer Diskussion aus dem Weg gehen konnte, dann würde ich das tun.

Während Grayson das Fell des Ponys mit der Bürste bearbeitete, holte ich tief Luft, trat um Dylan herum und fuhr an seinem Vorderbein entlang. Willig hob er den Huf. Das funktionierte also noch.

Nachdem wir den Schimmel auf einen Paddock zu ein paar seiner Kumpel gestellt hatten – alle stämmige Rappen mit Mähnen und Schweifen zum Niederknien – und Grayson sich schnell umgezogen hatte, steuerten wir einen schmalen Durchgang zwischen zwei Scheunen an. Als wir auf eine Wiese hinaustraten, blieb ich stehen. Vielleicht hatte ich sogar nach Luft geschnappt, denn Grayson grinste mich an.

»Gut, was?«

Gut war eine Untertreibung. Die Wiese fiel sanft zum Ufer des Sees hin ab. Ich hatte gar nicht mitbekommen, dass sich die Wolken verzogen hatten, jedenfalls glitzerte das Wasser jetzt unter einem strahlend blauen Himmel. Sanfter Wind trieb kleine Wellen auf den Kiesstrand, links ragte ein schmaler Steg in den See hinein.

»Ist das euer Privatstrand?«

Grayson nickte und wirkte ziemlich zufrieden angesichts meiner Reaktion, aber wer wäre bei diesem Anblick nicht beeindruckt gewesen? Baumgruppen schützten vor neugierigen Blicken, rings um den See herum erhoben sich bewaldete Hänge und dahinter kamen kahle, majestätische Hochebenen in Sicht. Wir schlenderten auf die Wasserlinie zu. Ich konnte mich gar nicht sattsehen – rechts von uns tauchte eine kleine Insel mit Bäumen auf, ein Stück entfernt dampfte ein schneeweißes Ausflugsschiff vorbei, Schwäne glitten durch das funkelnde Wasser. Dann knirschte Kies unter unseren Schuhen. Grayson bückte sich und suchte sich ein paar flache Steine aus, die er mit einer zackigen Bewegung aus dem Handgelenk übers Wasser hüpfen ließ.

Nach einer Weile wurde mir die Stille bewusst. Obwohl Rosley nicht mal einen Kilometer entfernt lag und es dort bestimmt von Touristen wimmelte, herrschte hier Frieden. Das Wasser plätscherte leise gegen die Stützen des Stegs, ein Greifvogel glitt über uns dahin. Mein Atem ging tief und gleichmäßig.

»Was ist das?« Ich deutete schräg über das Wasser, wo in einer kleinen Bucht hohe Bäume fast den Blick auf ein großes graues Gebäude verdeckten. Ein Herrenhaus, beinahe ein Schloss.

»Das ist Renwick Hall«, antwortete Grayson, und seine Stimme klang so betont neutral, dass ich sofort den Eindruck hatte, er würde mir etwas verschweigen. Vielleicht fiel es ihm auch auf, denn er redete direkt weiter, ohne mir eine Chance zum Nachfragen zu geben. »Der Sitz der Aldringhams. Von Gordon Aldringham wirst du noch 'ne Menge hören. Der ist Schirmherr von so ziemlich jedem Klub in Rosley, ihm gehört das halbe Tal und jeder zweite Arbeitsplatz hängt irgendwie von Renwick ab. Wir haben zwar eine Bürgermeisterin, aber warum sie sich die Mühe machen, immer noch eine zu wählen, geht mir nicht ein.«

Ich brummte unbestimmt. Konnte ein einzelner Mann wirklich so viel Einfluss haben? Das klang ja mittelalterlich. Andererseits: Wer das Geld hatte, hatte das Sagen, das war ja wahrscheinlich überall auf der Welt gleich. Trotzdem wurde ich das Gefühl nicht los, dass hinter Graysons aufgesetzter Gleichgültigkeit mehr steckte. Na, ich würde schon noch dahinterkommen. Immerhin war ich den ganzen Sommer hier.

Mit einem letzten Blick auf Renwick Hall wandte ich mich nach links.

»Da geht's lang, oder?«, fragte ich leichthin. »Ist ja alles sehr interessant, aber ich erinnere mich, dass du mir Fish and Chips versprochen hast.«

Grayson schloss zu mir auf. Ein Seitenblick bestätigte mir, dass mein Manöver geglückt war: Er grinste.

Wir traten durch ein Törchen, hinter dem unter hohen Bäumen ein Fußweg am Seeufer entlangführte.

»Mensch, bei dir muss ich aufpassen.« Er stupste mich mit dem Ellbogen an. »Dein Gedächtnis ist echt phänomenal.«

Der Pfad führte an einem kleinen Park vorbei, querte ein Flüsschen und bog dann nach links ab. Wir folgten ihm, quetschten uns zwischen zwei windschiefen Häusern hindurch und traten auf eine schmale Straße.

»Die Winkelgasse«, murmelte ich, aber Grayson musste mich verstanden haben, denn er schmunzelte.

»Das ist Bell Close«, sagte er, während ich staunend an den vielen Lädchen vorbeischlenderte.

Hier reihten sich Buchhandlungen an Ateliers für Kunsthandwerk, schräge Boutiquen an Secondhandläden der gehobenen Sorte, Feinkostgeschäfte an Souvenirkioske. Bell Close kam mir vor wie

17

die perfekte Touristenfalle, doch dafür ging es in der Gasse überraschend entspannt zu. Ein Mädchen zog ihren gutmütig brummenden Vater gerade in einen hippen Vintageladen, weiter vorn huschte eine vielleicht fünfzigjährige Frau in ein Antiquariat, ansonsten herrschte Ruhe. Entweder waren die Touris alle am Wasser oder sie standen mehr auf diesen typischen Billigkram. Den gab es sicher auch irgendwo.

Grayson ließ mich ausgiebig gucken.

»Mädchen fahren auf das Zeug hier immer ab, oder?«, fragte ich nach einer Weile und sah ihn an.

Er lachte. »Nicht nur die. Bell Close ist gerade wieder zum Nummer-eins-Geheimtipp in den Lakes gewählt worden.« Geduldig wartete er auf mich, als ich am Schaufenster eines Süßigkeitenladens kleben blieb.

»Na, hoffentlich bleibt sie noch eine Weile geheim.« Hilflos deutete ich auf die rosaroten, hellblauen und türkisfarbenen Bonbonhäufchen und glänzenden Karamellen in der Auslage. »Die Straße ist wirklich hübsch. So was hab ich noch nie gesehen.«

»Und das von einem Stadtmädchen.«

Die Gasse machte einen Schlenker nach rechts. Ein bisschen nach hinten versetzt, sodass es mir beinahe nicht aufgefallen wäre, zwängte sich ein schmales, baufälliges Gebäude zwischen die anderen Häuser. Der Putz blätterte ab, ein paar Fensterscheiben waren gebrochen, der Rest blind vor Dreck. Zwischen all den liebevoll gepflegten Fassaden sah es beinahe unwirklich aus.

Grayson zuckte mit den Schultern, als ich darauf zeigte. »Na ja, es ist hier nicht alles eitel Sonnenschein. Das war mal ein Trödelladen, aber du siehst ja, wie wenig los ist. Die meisten Touris stehen eher auf Plastikkram.«

Das gab meine Gedanken so genau wieder, dass ich nur nickte.

Ich war auch abgelenkt, denn wir liefen auf ein dreistöckiges Gebäude aus geschwärztem Sandstein zu. Die dunklen Fensterläden waren glänzend lackiert und über dem Eingang prangte ein Schild mit goldenen Lettern: »The Cabinet of Curiosities« stand darauf.

Ein Kuriositätenkabinett. Aha. Neugierig trat ich näher, doch die Schaufenster gaben wenig von dem Angebot des Ladens preis. Erst auf den zweiten Blick entdeckte ich zwischen mehreren Topfpflanzen ein Katzenskelett und ein etwa vierzig Zentimeter hohes anatomisches Modell der menschlichen Organe.

»Huch.« Unwillkürlich zuckte ich zurück.

In Graysons Stimme schwang ein Grinsen mit. »Ja, das CoC ist eine Institution. Was du woanders nicht zu kaufen kriegst, hier findest du es bestimmt.«

»Ist das der Slogan des Ladens?«, fragte ich, aber er reagierte nicht auf mich, sondern winkte einer Frau zu, deren Gesicht zwischen den Farnwedeln in der oberen Hälfte des Schaufensters aufgetaucht war. Sie lächelte uns strahlend an.

»Das ist Libby, Emmys Stiefmutter. Emmy lernst du gleich noch kennen.«

Zögernd hob ich die Hand und winkte. Libby lächelte gleich noch breiter und deutete zum Eingang, doch Grayson schüttelte den Kopf und zog mich weiter.

»Sie ist super, aber wenn du noch Termine hast, vermeide ein Gespräch mit ihr«, raunte er mir zu, während wir einem Radfahrer auswichen.

Ich musste lachen, doch ich nahm mir vor, dem CoC so bald wie möglich einen Besuch abzustatten. Wenn ich kurz vor Ladenschluss ging, kam Libby vielleicht nicht in Versuchung, mich vollzulabern.

An einem großen weißen Gebäude mit schwarzen Fensterrahmen

und breiten Holztischen und Bänken vor dem Eingang bogen wir nach rechts auf den Marktplatz ein.

Grayson deutete auf das Pub. »Das ist das Pack Horse. Wichtige Adresse.«

Wir passierten ein paar andere wichtige Adressen, den Royal Oak Tea Room zum Beispiel, ein Café im Erdgeschoss eines Hotels, und das Book in the Nook, eine Buchhandlung in einem Hinterhof, die ich durch einen Torbogen zwischen einer Bäckerei und einem Teeladen gerade so sehen konnte. Hier auf dem Marktplatz war deutlich mehr los als in Bell Close, Einheimische wie Touristen drängten sich durch Stände mit Gemüse, Brot, Honig oder Käse. Mein Magen knurrte, anscheinend laut genug, dass sich Grayson, der uns einen Weg durch die Menge bahnte, zu mir umdrehte.

»Wir sind gleich da«, versprach er.

Wir kamen noch am Postamt, der Abzweigung zum Bahnhof, am Rathaus und einer kleinen Einkaufspassage vorbei, dann endete die Fußgängerzone. Baumbeschattete Gehwege säumten die breite Straße Richtung See. Auf der rechten Seite begann eine kurze Promenade, an deren Ende, beinahe versteckt hinter blühenden Büschen, ein gelbes Häuschen stand. Direkt vor den großen Schaufenstern auf der Seeseite drängten sich Dutzende Leute an den Holztischen der großen Terrasse. Der Geruch nach Fett und brauner Soße wehte mir entgegen.

Während wir uns zwischen den Tischen hindurchschlängelten, beäugte ich neidisch die Teller, auf denen Berge von Pommes golden frittierte Fischfilets fast unter sich begruben. Jetzt hatte ich wirklich Hunger.

»Gleich«, bekräftigte Grayson.

Verdutzt schaute ich ihn an. Ich musste dringend meinen Gesichtsausdruck unter Kontrolle bekommen.

Ganz am Ende der Terrasse blieben wir schließlich an einem Tisch stehen, von dem uns vier Augenpaare erwartungsvoll entgegenblickten.

»Ist sie das?«, fragte ein Mädchen mit hellen grünen Augen. Die Spitzen ihrer kurzen dunklen Haare waren blau gefärbt.

»Wer soll sie sonst sein?« Grayson schüttelte den Kopf und zeigte dann nacheinander auf die vier vor uns. »Das ist Emmy. CoC, daran erinnerst du dich bestimmt.«

Ich nickte dem dunkelhaarigen Mädchen zu, doch Grayson war schon bei ihrer Sitznachbarin.

»Das ist Sarah.« Das Mädchen hob die Hand und lächelte, dann schob sie sich die dunkelblonden Locken hinters Ohr und rückte ein Stück zur Seite, um mir auf der Bank Platz zu machen.

»Und die beiden hier sind Singh und Dhani.« Zwillinge grinsten mich an, und ich hoffte, dass ich nicht allzu verwirrt wirkte, aber Grayson hatte ein Einsehen. »Der mit dem Muttermal am Hals ist Singh«, fügte er hinzu.

Und es stimmte, einer der Jungs hatte knapp unter dem Kiefer einen auffälligen Leberfleck. Anscheinend merkte man mir meine Erleichterung an, denn alle fingen an zu lachen.

»Und das ist Valerie«, beendete Grayson schließlich die Vorstellungsrunde.

»Hi, Valerie«, sagten die vier im Chor, dann stand der zweite Zwilling auf. Dhani, wenn ich mir das richtig gemerkt hatte.

»Wird Zeit, dass ihr kommt. Ich hole uns was zu essen.«

Alle nickten enthusiastisch, also konnte ich mich problemlos anschließen.

Dhani deutete auf mich und sagte etwas, was wie »Kodorhädok« klang.

Ich blinzelte. »Äh, wie bitte?«

»Er will wissen, welchen Fisch du willst.« Emmy tippte auf ihrem Handy herum. »Ich schlage ›Kabeljau‹ vor. *Cod*.«

»Dann nehme ich das.« Dankbar lächelte ich erst ihr, dann Dhani zu.

Er hob beide Daumen. »Geht klar.«

Während er durch die Glastür des Häuschens verschwand, setzte sich Grayson neben Singh. Ich steuerte den freien Platz neben Sarah an, doch Emmy griff nach meinem Arm und zog mich zwischen sie.

»Erzähl, was machst du so?«

»Em.« Grayson runzelte die Stirn, aber ich grinste nur.

»Schon okay. Also … ich spiele Tennis und Volleyball und ich zeichne.«

»Du zeichnest? Kann ich mal was sehen?«

Mein Blick fiel auf Sarahs Hände. Täuschte ich mich oder klebte da Ton unter ihren Fingernägeln?

»Hm, ich weiß nicht … Ich hab nichts mitgebracht. Und jetzt, wo ich nicht mehr in den Unterricht gehe, ist der Druck irgendwie nicht da, was Neues anzufangen.«

Sarahs Augen wurden groß. »Du hast Zeichenunterricht? Außerhalb der Schule? So richtig von einem Künstler?«

Sven hätte jetzt energisch genickt, doch ich zuckte mit den Schultern. »Über eine Ausstellung im städtischen Museum ist er noch nicht hinausgekommen. Aber er ist ein guter Lehrer.«

»Wow.« Sarahs Gesicht nahm einen sehnsüchtigen Ausdruck an. »Ich hätte auch gern mal wieder Input von jemand anders als Mr Kirby.«

»Das ist unser Kunstlehrer«, erklärte Emmy. Ihre Stimme war ein bisschen kratzig, was nicht ganz zu ihrem herzförmigen Gesicht und der Stupsnase passen wollte. Doch das Blitzen in ihren Augen deutete schon darauf hin, dass sie nicht so niedlich war, wie sie aussah.

22

»Und du reitest, oder?«, warf Grayson ein. »Hat Silas erzählt.«

Mit einem Schlag war meine Kehle ganz trocken. Ich mied seinen Blick, als ich antwortete: »Nicht mehr.«

Anscheinend klang meine Stimme nicht so neutral, wie ich gehofft hatte, denn in den Gesichtern um mich herum flammte Interesse auf, aber Dhani verhinderte, dass jemand nachhakte. Er trat an den Tisch und stellte drei voll beladene Teller vor uns ab. Singh stand auf, verschwand und tauchte nur Sekunden später mit den übrigen Portionen auf. Sarah bekam nur Pommes und Erbsenpüree, der Rest von uns hatte auch ein goldbraunes Filet auf dem Teller.

»Macht ihr das öfter?«, fragte ich Dhani, während ich von ihm Besteck entgegennahm. »Das sieht total professionell aus, wie ihr hier bedient.«

Singh grinste Dhani an. »Gelernt ist gelernt.«

Dhani deutete mit dem Daumen hinter sich. »Das Chippy hat schon unseren Großeltern gehört.«

Und das schmeckte man. Die nächsten paar Minuten wurde es ziemlich still am Tisch, während wir reinhauten und die Pommesberge zu Hügelchen schmolzen.

»Das ist echt lecker«, brachte ich irgendwann raus, und zustimmendes Brummen rollte einmal um den Tisch.

Als nur noch ein paar versprengte Pommes übrig waren, kam das Gespräch wieder in Gang. Die Zwillinge erzählten von ihrer Familie, die vor zwei Generationen von Birmingham nach Rosley gekommen war. Der Großvater war schon verstorben, aber die Oma half immer noch im Laden aus oder kümmerte sich um die kleinen Schwestern der Jungs.

Von Laini wusste ich, dass ihre und damit Graysons Familie schon immer hier gelebt hatte. Das galt auch für Emmy. Sie hatte

23

keine Geschwister, dafür unzählige Cousins und Cousinen in ziemlich jedem Dorf der Umgebung. Ich versuchte, ihren Erklärungen zu folgen, doch als ich zum dritten Mal nachfragte und die Verwandtschaftsverhältnisse zum dritten Mal durcheinanderbrachte, lachte sie auf.

»Mach dir keinen Kopf. Manchmal komme sogar ich durcheinander.«

Das bezweifelte ich zwar, aber erleichtert war ich doch, als Sarah von ihrer Kleinfamilie bestehend aus Vater (Steuerberater), Mutter (Ärztin) und jüngerem Bruder (Kindergartenkind) erzählte. Die Großeltern lebten in der Nähe von London, das kam mir weit genug entfernt vor, um sie zu ignorieren.

Um uns herum wurde geplaudert, der Wind raschelte in den Bäumen, die Sonne glitzerte auf dem Wasser, hin und wieder hörte ich sogar, wie die Wellen des Sees am Ufer ausrollten. Ich horchte in mich hinein, stellte aber überrascht fest, dass mein Atem längst nicht so flach ging wie sonst. Es war ein friedlicher, entspannter Nachmittag, und die fünf gaben mir das Gefühl, unter Freunden zu sein.

Allmählich leerte sich die Terrasse. Die Jungs standen auf, um das Geschirr in die Küche zu bringen. Ich wollte ihnen helfen, doch Singh wehrte ab.

»Lass mal. Das geht heute aufs Haus. Auch der Service.«

Während ich ihm hinterherlächelte, blieben meine Augen an einem Jungen hängen, der gerade aus dem Chippy kam. Er nickte den drei zu, aber der Gruß wirkte auf beiden Seiten ziemlich unterkühlt. Mit energischen Schritten lief er auf ein Mountainbike zu und hängte sein Take-away-Päckchen an den Lenker.

Anscheinend war Emmy meinem Blick gefolgt, denn sie sagte: »Oh nein. Nein, nein, nein.« Überrascht zuckte ich zusammen, als sie einen Finger unter mein Kinn legte und mein Gesicht zu sich drehte. »Kommt nicht infrage. Schlag ihn dir gleich aus dem Kopf.«

»Was denn?« Aus den Augenwinkeln verfolgte ich, wie sich der Junge aufs Rad schwang und davonfuhr. Seine dunkelblonden Haare schimmerten in der Sonne. »Ich hab doch gar nichts gesagt.«

»Ja, aber den Blick kenne ich. Und der verheißt nichts Gutes.« Sie schaute mich streng an, bis ich kapitulierend die Hände hob. »Glaub mir, ich weiß, wovon ich rede. Ben macht sein eigenes Ding, der lässt sich auf niemanden ein. Und das ist auch besser so.«

Sarah nickte zustimmend, als ich sie zweifelnd anguckte.

»Was ist denn mit ihm? Er wirkt doch … interessant.« *Nett* wäre vielleicht wirklich übertrieben gewesen.

Emmy seufzte theatralisch. »Was haben nur immer alle mit diesen unnahbaren Typen? Wirklich, es ist besser, wenn du dich gar nicht erst um ihn kümmerst. Er ist total seltsam, auch wenn es mir leidtut, das zu sagen.«

»Wieso? Hattest du mal was mit ihm?« Neugierig musterte ich Emmy.

Sie lächelte schmal. »Bestimmt nicht. Er ist mein Cousin.«

Das wurde ja immer besser. Als ich sie auffordernd ansah, verdrehte sie die Augen.

»Er ist ein Sonderling, okay? Treibt sich am liebsten in den Bergen rum und schert sich einen Dreck um andere. Alles, was ihn interessiert, ist die Herde.«

»Die Herde.«

»Ja. Pferde. Also, die Fell-Ponys, um die er sich kümmert.«

Ich musste ziemlich ratlos gucken, denn Sarah warf ein: »Das ist eine Pferderasse, die es fast nur hier im Lake District gibt. Grayson hat welche und Laini auch. Aber manche Herden sind das ganze Jahr über oben auf den Fells, beinahe wie Wildpferde.«

»Und Fells sind ...?«

Sarah grinste. »Das ist unser Wort für die Berge.« Sie machte eine ausladende Handbewegung. »Für das Hochland, wo schon keine Bäume mehr wachsen.«

Mein Blick glitt über das Wasser hinweg zu den kahlen Gipfeln hinter den dicht bewaldeten Hügeln. Fels, Farn und Heide, das hatte ich von meiner Wanderung am Morgen noch im Kopf. Und dazwischen wilde Pferde.

»Vorhin hab ich welche gesehen.« Ich drehte mich zu Sarah. »Fell-Ponys. Glaube ich wenigstens. Auf dem Berg nördlich von Lainis und Silas' Farm.«

Sie nickte. »Kann schon sein. Das wird wahrscheinlich die Nightingford-Herde gewesen sein, was meinst du?«, sagte sie an Emmy gewandt.

Die zuckte ungeduldig mit den Schultern. »Keine Ahnung. Die sind doch alle schwarz. Wen interessiert's?«

Mir fiel der Junge mit den hellen Haaren ein, der auf einem der Ponys gesessen hatte. Konnte das dieser Ben gewesen sein? Aber in dem Moment kamen Grayson, Dhani und Singh aus der Küche zurück und wir ließen das Thema fallen. Böse war ich deswegen nicht – im Gegenteil. Pferde waren Geschichte, für die einheimischen Ponys brauchte ich mich gar nicht erst zu interessieren. Spannender war da schon die Frage, warum sich Emmy von ihrem sonderbaren Cousin so die Stimmung verhageln ließ.

Was ist das denn mit Emmy und ihrem Cousin?«, fragte ich Grayson, als er mich eine Stunde später zurück zur Farm begleitete.

Er lachte. »Welchem der vielen?« Er hatte eine Gräserrispe vom Wegrand gepflückt und zupfte die Ährchen ab.

»Diesem Ben.«

Grayson ließ den Grashalm fallen und steckte die Hände in die Hosentaschen. »Hast du von dem auch schon gehört«, brummte er.

Ich warf ihm einen schnellen Blick zu, aber er hielt die Augen geradeaus gerichtet. Täuschte ich mich oder presste er die Lippen aufeinander? Was hatte dieser Ben nur an sich, dass seinetwegen jedes Gespräch erstarb?

Grayson gab sich einen Ruck. »Erinnerst du dich an Renwick Hall?«

»Das Herrenhaus auf der anderen Seite des Sees?«

»Genau. Gordon Aldringham ist Bens Vater.« Er dehnte seinen Nacken. »Da ist Geld da ohne Ende. Ben könnte echt alles haben. Die beste Schule, Klamotten, Konsolen, nächstes Jahr ein fettes Auto. Stattdessen treibt er sich auf den Fells rum wie so ein Einsiedler und hält sich aus allem raus.«

»Muss man das verstehen?«

Er schnaubte. »Das kann man nicht verstehen! Er ist sauer auf seinen Vater, und weil sein Vater so was wie ein Held ist für die meisten Leute hier, ist er sauer auf alle anderen.«

»Und warum ist er sauer auf seinen Vater?«

Grayson zuckte mit den Schultern. »So genau weiß das keiner.«

»Du auch nicht?«

Vielleicht lag es an der Nachmittagssonne, aber ich hatte den Eindruck, dass sich Graysons Ohren rosa färbten. »Ich bin echt der Letzte, den du fragen musst, was in dem Typ vorgeht.«

Ich beließ es dabei. Es war ja auch albern. Was kümmerte es mich, wer hier mit seinem Vater Stress hatte? In ein paar Wochen war ich wieder weg, und in der Zwischenzeit wollte ich mich von allem fernhalten, was auch nur nach Ärger roch.

»Nimmst du mich mal mit, wenn du mit deinen Touris unterwegs bist?«, fragte ich Grayson, als er mich am Tor der Farm ablieferte.

Schlagartig hellte sich seine Miene auf. »Na klar. Nächstes Wochenende bin ich unterwegs, aber wenn du am Samstag darauf um acht auf der Matte stehst, kannst du mir helfen, die Ponys startklar zu machen.«

Herausfordernd blitzte er mich an, doch wenn er dachte, acht Uhr an einem Samstagmorgen würde mich schocken, hatte er sich geschnitten.

»Kein Problem. Ich bin dabei.«

»Okay.« Er grinste, dann deutete er auf meine Sneaker. »Und zieh feste Schuhe an. Es geht in die Berge.«

Am Sonntag wollten Laini und Silas ganz früh los und zu einem Flohmarkt in Sedgwick, der nächstgrößeren Stadt, fahren. Im ersten Moment klang das verlockend, aber bei dem Gedanken an drängelnde Menschenmassen zwischen dicht an dicht stehenden Verkaufsständen wurde meine Kehle eng. Vielleicht sollte ich es heute lieber ein bisschen ruhiger angehen. In letzter Minute entschied ich mich deswegen, auf der Farm zu bleiben. Oder vielleicht nicht auf der Farm … aber zumindest in den Bergen.

»Bist du sicher?« Silas guckte mich zweifelnd an, als er in den Honda stieg, den sich Laini für den Tag von ihrer Mutter geliehen hatte.

»Klar! Mach dir bloß keine Gedanken um mich.« Ich winkte ihnen zu. »Beim nächsten Mal komme ich mit.«

Laini lächelte und winkte zurück, und ich blieb auf der obersten Stufe stehen, bis das Auto hinter der Kurve verschwunden war. Dann trat ich zurück ins Haus und schloss die Tür hinter mir.

Zum ersten Mal seit Freitag war ich allein hier. Einen Moment lauschte ich und ließ die Stimmung auf mich wirken. Es war ein freundlicher Ort. Die Fröhlichkeit steckte in den Mauern und wurde von Lainis Möbelsammelsurium noch verstärkt. Wer hier wohl früher gelebt hatte? Ich ließ die Hand über die Wand gleiten und ging an der Küche vorbei ins Wohnzimmer, das trotz der dunklen Deckenbalken großzügig und luftig wirkte. Anders als der Rest des Hauses war der Raum modern eingerichtet, mit transparenten Vorhängen, einem hellen Teppich und geradlinigen Sofas, aber diese Klarheit war angenehm. Eine Weile blieb ich vor dem Bücherregal stehen, doch mir fiel nichts ins Auge, was ich gerade gern lesen wollte.

Mein Blick wanderte durchs Fenster in den Garten. Es war ein sonniger Morgen und ich hatte zumindest ein paar Stunden für mich. Mir fiel wieder ein, was Sarah und Emmy über die einheimischen Ponys erzählt hatten – dass sie halbwild in den Bergen lebten. Nachdenklich sah ich hinauf zu den Gipfeln, die sich hinter Ellonby erhoben. Halbwild … Das hieß doch wohl, dass sie jeden Tag dort oben waren.

Ich ignorierte die warnende Stimme in meinem Kopf, wandte mich zur Tür und lief die Treppe hinauf zu meinem Zimmer. Dort stieg ich in die Hose von gestern, schnappte mir meine Regenjacke und war in nicht mal zwei Minuten unterwegs.

Ich nahm die erste Abzweigung, die hinauf auf die Fells zu führen schien. Fells ... So hatte Sarah die Höhenlagen genannt, oder? Das Hochland, das den Ponys ihren Namen gab. Ich merkte, dass ich in mich hineinlächelte, während mich der Weg zuerst an einer Steinmauer und dann an Farnwedeln vorbeiführte, zwischen denen immer wieder Felsbrocken aufragten.

Diese Ponys ... Sie hatten nichts mit den moppeligen, kurzbeinigen Shettys zu tun, auf denen in Deutschland die Kleinsten in den Reitschulen ihre Runden drehten, oder mit den eleganten Miniaturwarmblütern, die bei uns als Reitponys so beliebt waren. Den Fell-Ponys sah man an, dass sie als Arbeitstiere gezüchtet worden waren, stabil, verlässlich und klug. Im Winter wurden sie bestimmt ziemlich zottelig, aber jetzt mit ihrem Sommerfell, das in der Sonne schimmerte, mit den seidigen Mähnen und Schweifen und ihren hübschen Köpfen – ich konnte gar nicht verstehen, warum ich von der Rasse noch nie etwas gehört hatte.

Gerade noch rechtzeitig merkte ich, dass ich mich auf dünnes Eis begab und meine Gedanken Wendungen nahmen, die ich um jeden Preis vermeiden wollte. Aber der Weg kam mir zu Hilfe: Er endete nämlich an einer weiteren Steinmauer und einem seltsamen hölzernen Gestell. Ratlos blieb ich stehen. Auf den zweiten Blick kapierte ich es – es ging auf der anderen Seite weiter, und das Gestell war eine Art Leiter, mit der man über die Mauer steigen konnte.

Ein durchdringendes »Määäähh!« ertönte von direkt hinter der Steinwand und vor Schreck wäre ich beinahe rückwärts von der ersten Stufe der Trittleiter gefallen. Vorsichtig lugte ich über die Mauerkrone und schaute in die braunen Augen von zwei Mutterschafen mit ihren Lämmern.

»Für euch machen sie es hier wohl so kompliziert, was? Ein Tor hätte es ja auch getan.«

Aber das bot wahrscheinlich mehr Ausbruchsmöglichkeiten. Dass Schafe über Leitern kletterten, schien mir unwahrscheinlich.

Unbeeindruckt kauten die Schafe weiter, während eins der Lämmer zu trinken aufhörte und den Kopf in meine Richtung wandte. Es machte drei Hüpfer auf mich zu.

Ich grinste. Vermutlich war es ungefährlich weiterzulaufen. Mit diesem Babybock wurde ich im Notfall fertig. In aller Ruhe stieg ich Stufe um Stufe hinauf und auf der anderen Seite wieder hinunter. Die Schafe waren vielleicht drei Meter von mir entfernt, ich hoffte, sie nahmen mich nicht als Bedrohung wahr. Ein letzter Schritt und ich stand wieder auf dem Boden. Auch jetzt ging ich nur langsam weiter, doch als sich keines der Mutterschafe für mich zu interessieren schien, schritt ich schneller aus. Das Böcklein – oder Zicklein? – blieb noch ein kleines Stück an meiner Seite, dann blökte hinter mir seine Mutter, und es wandte sich um und hopste davon.

Der Pfad war jetzt bedeutend schmaler, aber da in regelmäßigen Abständen Schilder auftauchten, war ich wohl noch auf offiziellen Routen unterwegs. Nach einer kleinen Senke zeigte die Markierung nach rechts, doch ein steiler Trampelpfad führte links den Berg hinauf, und mich packte die Abenteuerlust.

Ein paar Minuten später war ich ins Schwitzen gekommen. Der Trampelpfad – eher ein Wildwechsel – hatte sich als ziemlich steil herausgestellt, und mittlerweile hatte die Sonne die Luft erwärmt. Umso intensiver dufteten die gelben Blüten der stacheligen Büsche zu meinen Seiten. Ein-, zweimal war ich mit dem Ärmel an einem Zweig hängen geblieben, aber das spielte keine Rolle: Denn diese Blüten waren der Ursprung des Kokosgeruchs, den ich gestern schon wahrgenommen hatte. Mit den Sonnenstrahlen im Gesicht und ihrem Duft in der Nase fühlte ich mich fast wie in der Karibik.

31

Wobei es dort wahrscheinlich keine so hohen Berge gab. Schnaufend setzte ich meine Füße auf einige Felsbrocken, die wie Stufen angeordnet waren – dann öffneten sich die Büsche, das Gelände wurde beinahe eben und gab den Blick auf Ellondale frei. Das Tal begann an der Kreuzung kurz hinter Rosley, doch die schmale Straße, die auch an Lainis und Silas' Farm vorbeiführte, reichte viel weiter in die Berge hinein, als mir bisher klar gewesen war. Da, im Osten, dort, wo ein Berghang ins Tal hineinragte, war das ein zweiter Hof? Ich erkannte ein paar Steinmauern und eine Hauswand, aber mehr konnte ich von hier aus nicht sehen.

Ich schloss die Augen, hielt das Gesicht in die Sonne und ließ mich ein paar Minuten einfach nur vom Wind hin und her wiegen. Meine Hände entspannten sich, meine Schultern wurden locker und meine Gedanken zogen mit den Wolken davon. Nur ein Eingeständnis blieb: Ich hatte mich schon weiter von meinen Vorsätzen entfernt, als mir lieb sein konnte. Diese wilden Pferdeherden interessierten mich viel zu sehr. Aber vielleicht war das auch in Ordnung. Solange ich Abstand hielt, konnte ich ihnen nicht schaden.

Also schloss ich einen Pakt mit mir selbst: Wenn mir die Ponys heute über den Weg liefen – großartig. Wenn nicht, würde ich einfach nur den Tag und die Ruhe genießen. Kein Ziel. Kein Druck. Deswegen war ich hier.

***

Während ich weiterlief, behielt ich die Bergrücken auf der gegenüberliegenden Seite von Ellondale im Auge, aber nach einer Weile achtete ich kaum mehr darauf, ob winzige schwarze Gestalten auftauchten. Es gab so viel mehr zu entdecken – kleine Wasserfälle und krumme Bäume, Felsformationen und die dahinwandernden Schatten der Wolken und, je höher ich kam, immer noch mehr Täler, Bergkämme und Gipfel. Unten in der Nähe des Sees war alles so lieblich, aber hier oben, wo kaum mehr etwas wuchs als Heide und zähes Gras, wirkte die Landschaft … erhaben.

Ich stutzte, weil das kein Wort war, das ich täglich benutzte, doch es passte. Hier oben gab es nur noch den Wind und mich. Und das fühlte sich gut an, so als wäre plötzlich alles ganz klar und leicht, als würden die Stimmen, die meinen Kopf sonst bevölkerten, mal damit zufrieden sein, die Stille auszukosten.

Vorsichtig kletterte ich auf eine Felsengruppe und drehte mich langsam um meine eigene Achse. Wohin ich auch schaute, in alle Richtungen erstreckten sich die Fells, und irgendetwas in mir fiel an seinen Platz. Auf einmal war ich so glücklich, dass ich Silas' Einladung angenommen hatte. Plötzlich schien es wieder möglich, dass alles in Ordnung kommen und ich die dunklen Wolken, die mich seit Mai begleiteten, abstreifen können würde.

Da sah ich sie. Diesmal waren die Ponys nicht im Norden, sondern südlich von mir aufgetaucht. Ich kniff die Augen zusammen, doch das war sinnlos. Ob es eine der Herden von gestern war, konnte ich nicht sagen, dafür war ich zu weit weg gewesen. Aber jetzt … jetzt hatte ich die Gelegenheit, ein bisschen näher an die Pferde heranzukommen.

Also versuchte ich es. Ein paar Minuten blieb ich auf meinem Felsblock stehen und beobachtete die Gruppe. Die Ponys waren nicht in Eile, doch sie blieben auch nicht am selben Standort. Deswegen kletterte ich langsam von den Steinen und schloss mich der Herde auf ihrem Weg nach Osten an. Denn das schien mir die Richtung zu sein, in die sie unterwegs war.

Zuerst war mir nicht klar, ob mich die Ponys bemerkt hatten, aber dann fiel mir auf, dass sich immer wieder Ohren zu mir drehten. Sonst erkannte ich keine Veränderungen – sie liefen nicht näher beieinander und wurden auch nicht schneller, also ging ich davon aus, dass der Abstand, den ich einhielt, groß genug war, um sie nicht zu verunsichern.

So zockelten wir eine Weile nebeneinanderher und schon nach kurzer Zeit hatte ich meinen Rhythmus an ihren angepasst. Es war eine angenehme Geschwindigkeit, ich konnte gut folgen, ohne aus der Puste zu geraten. Zeit, mir die Umgebung anzusehen, blieb auch. Wir kamen an Baumgruppen in kleinen Senken vorbei und einmal auch an einem hoch gelegenen See, nicht blau wie Whinfell Water, sondern fast schwarz. Wahrscheinlich gab es hier oben also Torf und Moor. Da passte ich besser mal auf, wohin ich die Füße setzte.

Ich wusste nicht, wie lange wir schon unterwegs waren – eine Stunde? Zwei? –, als die Herde eine Rast einlegte. Es schien ein Ort zu sein, zu dem sie öfter kam: ein Taleinschnitt zwischen zwei sanften Hängen, wo an einem Bach ein paar Birken wuchsen und das Gras grün und saftig war. Die Ponys traten ans Wasser und tranken.

Nach und nach löste sich die Gruppe ein wenig auf. Die Fohlen saugten bei ihren Müttern, die Ein- und Zweijährigen begannen zu grasen und zwei der älteren Stuten stellten sich mit gespitzten Ohren zwischen die Herde und mich.

Durfte ich bleiben? Oder war das ihr Signal, dass ich verschwinden sollte? Probeweise trat ich den Rückzug an. Etwas weiter oben am Hang entdeckte ich einen flachen Felsvorsprung. Den steuerte ich an, ohne den Sichtkontakt mit den Ponys zu unterbrechen. Ich setzte mich und machte es mir so bequem wie möglich, dann wartete ich.

Die Stuten blieben stehen.

Offenbar reichte ihnen meine Reaktion noch nicht.

Wahrscheinlich wäre es das Beste gewesen zu gehen, aber ich wollte noch nicht aufgeben. Es musste doch einen Weg geben, ihnen zu zeigen, dass ich keine Bedrohung war.

Ich erinnerte mich an den Moment von vorhin. Dass ich den Ponys so nahe gekommen war, war schon mehr, als ich von diesem Tag erwartet hatte. Kein Ziel, kein Druck. Das hatte ich mir versprochen. Und das musste ich jetzt wahr machen.

Ausatmend schloss ich die Augen. Meine Aufmerksamkeit wanderte von der Herde zu mir, zu meinen Schultern, in meinen Bauch. Ich atmete gegen die Anspannung an, ließ die Luft in meinen Bauch fließen, suchte alles Harte in meinem Körper und löste es auf. Unter meinem Po und meinen Oberschenkeln fühlte ich den unnachgiebigen Fels, aber auch die Wärme der Sonne, die darin gespeichert war. Die leichte Brise, die das Tal entlangwehte, spielte in meinen Haaren. Vom Bach klang das Rauschen des Wassers herauf und das zufriedene Prusten der Ponys.

Als ich die Augen wieder öffnete, hatten sich die beiden Stuten abgewandt und unter die Herde gemischt. Gerade noch rechtzeitig biss ich mir auf die Lippe, damit mir kein Laut entwischte. Innerlich aber jubelte ich.

Ich hatte die Erlaubnis zu bleiben.

Anfangs herrschte für meinen Geschmack etwas zu viel Chaos. Es waren ziemlich viele Ponys, doch wie viele genau, wusste ich auch nach dem vierten Versuch, sie zu zählen, nicht. Einmal landete ich bei siebzehn Tieren, einmal bei achtzehn und zweimal bei neunzehn. Die Fohlen machten keine Anstalten, still zu stehen, und die beinahe einheitlich schwarze Farbe vereinfachte die Sache auch nicht gerade, aber ich vermutete, dass ich mit dem Mittelwert nicht allzu falschlag.

Am Ende war es ja auch nicht wichtig. Spannender war schon zu beobachten, wer das Sagen hatte. Ich kramte in meinem Gedächtnis nach all dem Wissen zu Pferdeverhalten, das ich mir früher angelesen hatte – wer wen zum Kraulen oder Spielen einlud, wer fürs Wachestehen zuständig war, wer vor wem trinken durfte. Doch auch damit stieß ich schnell an meine Grenzen. Das Gerangel, das ich von Pferdekoppeln bei uns zu Hause kannte, fand hier einfach nicht statt. Je länger ich darüber nachdachte, desto logischer war das. Das hier war eine gewachsene Herde, die Tiere kannten sich seit ihrer Geburt, da wurde das Gefüge nicht alle paar Wochen gestört, weil ein neues Pferd dazukam. Alles lief unaufgeregt und respektvoll ab, und das war vielleicht das Beste an diesem Tag, an dem mich die Ponys bei sich sein ließen.

Immerhin konnte ich irgendwann das Leittier bestimmen. Es war eine der Stuten, die mich auf Abstand gehalten hatten. Sie war fast vollkommen schwarz, mit einem wunderschön glänzenden Fell und einer langen, seidigen Mähne, die nicht ganz so verwuschelt aussah wie beim Rest der Herde. Auf der Nase hatte sie eine winzige weiße Schnippe, das war ihr einziges Abzeichen. Die andere Wächterin von vorhin war ein bisschen anders gefärbt als die Leitstute. Sie war zwar ebenfalls schwarz, aber ihre Mähne und ihr Schweif schimmerten rötlich.

Irgendwann achtete ich nicht mehr auf ihre Unterschiede. Der Sommer war noch lang, ich würde schon noch herausfinden, welcher Jährling zu welcher Stute gehörte. Jetzt ließ ich einfach nur die Ruhe auf mich wirken, die von ihnen ausging. Wobei – länger als zwei Minuten am Stück hielt die Ruhe selten an. Die Fohlen rannten in Zirkeln um die erwachsenen Tiere herum und die Jährlinge kletterten wie Bergziegen über die großen Steine am Bachufer. Hin und wieder setzte es dafür eine Ermahnung von einer der Mutterstuten, doch das konnte ihre Begeisterung nur kurz dämpfen.

Allmählich änderte sich das Licht, es wurde golden und mild. Und ich merkte, dass ich seit dem Frühstück nichts mehr gegessen hatte. Allein der Gedanke ließ meinen Magen knurren. Hatte ich wirklich beinahe einen ganzen Tag bei den Ponys verbracht?

Lag es an meiner plötzlichen Unruhe, dass die älteren Stuten die Jungtiere zu sich riefen? Ich wusste es nicht. Vielleicht war es einfach Zeit, zu dem Ort zu gehen, wo sie die Nächte verbrachten. Herausfinden würde ich es nicht, diesmal zumindest. Ich musste zurück, aber ich war nicht traurig deswegen. Der Tag war voller Frieden gewesen, hier bei den Ponys im Hochtal – und in meinem Kopf. Es war mehr, als ich mir vor einer Woche hätte vorstellen können.

Ein Stück nach links, genau … Moment, ich hab's gleich … Jetzt kannst du loslassen.«

Vorsichtig lockerte ich meinen Griff um den Stein, doch Silas hatte recht: Er saß wieder bombenfest. Na ja, nicht bombenfest, aber so, dass nicht gleich die ganze Mauer einkrachte, wenn man ihn anstupste. Vielleicht hielt er sogar einer Herde Schafe stand.

Damit waren Silas und ich nämlich seit dem Morgen beschäftigt: Wir besserten die Trockenmauern rund um die Weiden aus, die zu Ellonby gehörten. Ich hatte ja meine Zweifel gehabt, ob es so schlau war, eine blutige Anfängerin und einen beinahe genauso blutigen Anfänger mit einer dermaßen verantwortungsvollen Aufgabe zu betrauen, doch Silas hatte nur gegrinst.

»Ich hab letztes Jahr so viele Mauern repariert, ich nehm's hier mit jedem Profi auf«, hatte er behauptet. Laini hatte amüsiert aufgelacht und ihm einen Kuss auf die Wange gedrückt, aber sie bestätigte, dass seine Mauerbaukünste ganz ordentlich waren.

Also waren wir im Quad losgedüst und hatten Stein auf Stein geschichtet. An manchen Stellen war es eine knifflige Arbeit, so als wollte man mit Glasscherben ein Mosaik entwerfen, doch es war auch sehr befriedigend, wenn sich eine Lücke langsam schloss. Vor allem sah ich Silas gern zu, der sonnengebräunt und mit ausgebleichten Haaren vor sich hin summte. Ein paar Falten hatten sich in seine Augenwinkel geschlichen, ob vom Wind oder vom Lachen, und seine früher so feingliedrigen Hände hatten sich verändert, waren breiter und kräftiger geworden. In all den Jahren, die wir gemeinsam aufgewachsen waren, hatte ich ihn nicht so fröhlich erlebt. Ein

Mädchen und ein bisschen frische Luft hatten meinen Emo-Bruder in einen Naturburschen verwandelt.

»Warum grinst du eigentlich den ganzen Morgen schon so vor dich hin?«, fragte er, als wir eine kleine Pause einlegten und im trockenen Gras die Beine von uns streckten. Er hielt mir einen Becher Tee aus der Thermoskanne hin.

Ich grinste noch breiter. »Ich hab mir nur gedacht, dass England dir steht.«

Wir schauten uns an. Silas begann ebenfalls zu lächeln, dann glitt sein Blick von meinen wirren Haaren über die Schmutzränder unter meinen Fingernägeln und meine dreckigen Knie zu den schweren Arbeitsboots an meinen Füßen. »Dir vielleicht auch?«

Ich lehnte mich auf die Ellbogen zurück und sah zu den Hügeln hinauf. Kleine schwarze Tupfen zogen ein Stück unterhalb des Gipfels dahin und mein Grinsen wurde weicher. Ich atmete den Duft nach süßem Gras, warmen Steinen und Schafdung ein. »Kann sein.«

»Geht's ...« Er stockte. »Geht's dir schon ein bisschen besser?«

Eine halbe Sekunde lang wallte die altbekannte Panik in mir auf, doch ich unterdrückte sie sofort und ließ mir nichts anmerken, denn ich wollte nicht, dass Silas dachte, er müsse dieses Thema vermeiden. Im Gegenteil, ich war froh, dass er danach fragte. Es stand ja sowieso immer zwischen uns.

Einen Augenblick wartete ich noch, bis mein Herz wieder normal schlug, dann schaute ich ihn an. »Ich glaube schon. Aber ich will mir auch nicht in die Tasche lügen: Das hier sind Ferien. Zu Hause ... wird es wieder anders.«

Sein Mund verzog sich, halb schmerzlich, halb hoffnungsvoll.

»Du kannst hier machen, was dir guttut, Valerie, das weißt du, oder?«, sagte er. »Du musst mir nicht mit den Mauern helfen oder Laini mit den Tieren. Du ...«

»Aber ich will!«, unterbrach ich ihn. »Ich will so wenig wie möglich an zu Hause denken, und wenn ich was von euch lerne oder oben auf den Fells unterwegs bin ...« Ich horchte in mich hinein, was ich eigentlich sagen wollte. »Es ist gut, wenn mein Kopf leer ist.«

Silas schwieg einen Moment, dann wandte er das Gesicht zu den Hügeln, deren Gipfel stumpf und kahl und vielleicht gerade deswegen so majestätisch auf der anderen Seite des Tals aufragten.

»Ich weiß, wie es ist«, meinte er leise. »Als ich hier ankam, habe ich das auch gemacht. Ich bin stundenlang auf den Fells herumgelaufen, bis ich jeden See, jeden Bach, jeden Baum kannte. Ich frage mich, wo diese Hunderttausende Touristen abbleiben, wenn man mal die beliebtesten Pfade hinter sich lässt – es gab Tage, da bin ich niemandem begegnet. So ein Gefühl von Wildnis hatte ich in Deutschland nie.«

Wild, frei ... Ja, das waren Begriffe, die mir auch schon durch den Kopf gegangen waren. Aber da war noch mehr. Ich hatte keine Worte dafür, doch jetzt fühlte ich es wieder. Fühlte es an der Art, wie die Sonne meine Wangen wärmte, wie das Gras unter meinen Fingerspitzen raschelte, wie das Echo der Berge in meinen Knochen widerhallte. Das hier war meins. Ich erkannte es, obwohl ich in meinem Leben nie hier gewesen war. Die Fells hatten mich willkommen geheißen wie eine nie gekannte Heimat.

Tränen prickelten plötzlich in meinen Augen, und ich blinzelte, um diesen sentimentalen Anfall zu vertreiben. Blödsinn. Ich war einfach nur ausgelaugt und erschüttert hier angekommen und die Ruhe in den Bergen hatte mir Beständigkeit und Orientierung vorgegaukelt. Solange ich hier war, würde ich dieses Gefühl genießen und die Erinnerung daran mit nach Deutschland nehmen, damit ich davon zehren konnte. Und vielleicht durfte ich Silas und Laini ja auch mal wieder besuchen. Obwohl dann wahrscheinlich alles anders sein würde.

Ich sah Silas an. »Freust du dich auf das Baby?«, fragte ich, um das Gespräch nun doch in eine andere Richtung zu lenken.

Silas krauste die Nase und betrachtete seine Finger, dann stemmte er sich hoch, hielt mir die Hand hin und grinste. »Ich hab die Hosen voll bis oben hin, und wenn ich nachts aufwache, dann strecke ich den Arm aus, um sicherzugehen, dass Laini da ist.« Er zog mich auf die Füße und wir wandten uns wieder der Steinmauer zu. »Aber ja«, schloss er. »Abgesehen von der Panik und der absoluten Unwirklichkeit freue ich mich wie ein Irrer.«

In aller Ruhe erledigten wir die Reparaturen, die wir uns bis zum Mittag vorgenommen hatten, dann tuckerten wir zur Farm.

»Ach, Valerie.« Silas hielt mich zurück, als ich schon auf dem Weg zum Haus war, um mir fürs Mittagessen saubere Klamotten anzuziehen. Ich drehte mich um. »Willst du heute Nachmittag mit in die Stadt? Ins Dorf«, verbesserte er sich, als er mein Grinsen sah. »Ich brauche ein paar Ersatzteile für den Rasenmäher und es wird Zeit für den Großeinkauf.«

Mein Blick wanderte zu den Hügeln hinauf und Silas lachte.

»Versteh schon. Sollen wir dir dann was Spezielles mitbringen?«

Ich schürzte die Lippen und überlegte. »Ich dachte, ich könnte mal das Kochen übernehmen. Spaghetti Bolognese, was meinst du?« Silas' Augen leuchteten auf und ich nickte. »Na, dann Pasta, Hack, Zwiebeln und Tomaten. Und Knoblauch, Karotten und Sellerie.« Prüfend betrachtete ich ihn. »Hm, ich glaube, ich schreibe einen Zettel.«

Laini hatte Gemüsecurry mit Reis gekocht, und Silas und ich hauten rein, als hätten wir seit drei Tagen nichts gegessen. Eine wohlige

Erschöpfung machte sich in meinen Armen und Beinen breit und irgendwann klinkte sich mein Kopf aus dem Gespräch aus.

Ich horchte erst wieder auf, als Laini fragte: »Hast du dran gedacht, dein Hemd zu bügeln?«

Verwundert sah ich von ihr zu Silas.

»Mach ich noch«, antwortete er zwischen zwei Bissen.

Die beiden bemerkten meinen verdutzten Blick. Silas prustete los und hielt sich die Hand vor den Mund, um nicht Reiskörner über den ganzen Tisch zu verteilen, aber Laini erklärte: »Wir müssen morgen auf eine Beerdigung und ohne schwarzen Anzug geht da nichts.«

Oh. Das war natürlich kein schöner Anlass. Ich verkniff mir die Sprüche, die mir auf der Zunge lagen, und fragte: »Wer ist denn gestorben?«

Über Lainis Gesicht glitt ein Schatten. Sie deutete aus dem Fenster. »Henry Carlton. Er war unser Nachbar, hatte einen Hof ein Stück das Tal hinauf. Ein ganz feiner Mensch.«

Silas nickte. »Er hat uns viel geholfen, als wir hier angefangen haben. Die Lammsaison hätten wir ohne ihn längst nicht so gut überstanden.«

Er und Laini wechselten einen Blick.

»Das tut mir leid. Woran ist er denn gestorben?«

Silas griff über den Tisch, nahm meinen leeren Teller und begann, das Geschirr zu stapeln. »Herzversagen. Zumindest vermuten sie das. Er lag im Schlafanzug in seinem Bett und ist anscheinend einfach nicht mehr aufgewacht. Es war wohl ganz friedlich.«

Laini griff sich die Pfanne und stand auf. Ihre Stimme fing sich in ihrer Kehle, als sie sagte: »Dann ist er gestorben, wie er gelebt hat. Er wird fehlen.«

Eine stille Melancholie hatte sich in der Küche ausgebreitet, kein schneidender Schmerz, sondern ein dankbares Bedauern, als würde an einem strahlenden Herbsttag das letzte bunte Blatt vom Ast fallen. Ein paar Herzschläge lang wünschte ich mir, ich hätte Henry gekannt. Dass ich ihn nie getroffen hatte, schien mir plötzlich unendlich traurig.

Durchs offene Küchenfenster kam ein ohrenbetäubendes Gackern und holte uns aus unserer bedrückten Stimmung.

Laini lachte in sich hinein. »Lass die Hühner in Ruhe, Tizzie«, rief sie in den Hof hinaus, aber ihre graue Katze ließ sich nicht zu einer Antwort herab.

Silas und ich nahmen das Geschirr und trugen es zum Spülbecken. Im Nu war die Küche blitzblank, der obligatorische Tee aufgebrüht, und wir saßen vor dem Haus in der Sonne und sahen den Wolken hinterher, die vom See heraufwehten.

Wenn ich nicht aufpasste, verwandelte ich mich noch in Lizzy Bennet.

Eine halbe Stunde später rollten Silas und Laini mit Nell vor der Kutsche aus der Hofeinfahrt. Zum ersten Mal, seit ich hier war, hatte Laini mich gefragt, ob ich kurz nach den Ponys sehen könnte, bevor ich in die Berge aufbrach, und ich hatte Ja gesagt, ohne zu zögern.

Während ich zu der Weide hinter dem Haus stapfte, überkam mich trotzdem dieses zwiespältige Gefühl – die Ruhe, weil ich etwas tat, was ich tausendmal gemacht hatte, und die Sorge, wieder die Kontrolle zu verlieren. Aber das Unbehagen wurde kleiner.

Ich atmete durch. Wie hatte ich auch ahnen können, dass der Besuch bei Silas genau das Gegenteil dessen war, was ich vorgehabt hatte? Statt mir eine Pause von Pferden zu geben – und ihnen von mir –, war ich direkt in der Ponyidylle gelandet. Und wenn ich ehrlich war, wollte ich meinen Plan auch gar nicht mehr durchziehen. Ich hatte den Horror dieses Samstagmorgens tief in mir vergraben, und wenn ich hier eine neue Chance bekam, dann würde ich sie annehmen.

Ich würde es besser machen.

Dass Lainis Ponys mich kaum beachteten, half. Mit einem Blick erkannten sie, dass ich nichts zu fressen dabeihatte, und Freundschaft hatten wir noch nicht geschlossen. Vielleicht kam der Tag, an dem sie aus reiner Neugier zu mir liefen, doch noch waren wir flüchtige Bekannte.

Ich lehnte mich gegen das Gatter, genoss die warmen Sonnenstrahlen auf meinen Schultern und sah eine Weile zu, wie sich die Gruppe allmählich von mir entfernte. Sie folgten dem Schatten der großen Esche, das kapierte ich irgendwann. Ein paar der Ponys standen immer in der prallen Sonne und grasten, zwei andere dösten lieber unter der Baumkrone. Dabei blieben die Abstände zwischen ihnen ähnlich groß. Manchmal brach eine kleine freundschaftliche Kabbelei aus, aber alles wirkte in bester Ordnung. Schmetterlinge schaukelten vorüber, hin und wieder ließ sich ein Habicht auf dem höchsten Ast der Esche nieder und neben mir auf der Mauer wuselte eine Eidechse vorbei.

Ich drückte mich vom Gatter weg. Hier brauchte mich niemand. Ich war frei zu tun, was ich wollte.

Täuschte ich mich oder machte sich die Woche Wandertraining bemerkbar? Als ich das steile Stück des Pfads hinaufstieg, kam ich schneller voran und kriegte ganz normal Luft. Irgendwie erfüllte mich das mit Stolz, so als hätte ich meine Zeit hier schon gut genutzt – und als ich mich bei dem Gedanken ertappte, wurde ich langsamer. Das war *nicht* das Ziel dieser Übung, das musste ich mir ein für alle Mal merken.

Ich strich mir die Haare aus dem Gesicht und drehte mich um, sodass ich auf Ellonby hinunterschaute. Eigentlich hatte ich vorgehabt, die wilde Herde zu suchen, doch jetzt zögerte ich. Ich wollte aus den Ponys keine Besessenheit werden lassen. Wohin so etwas führte, hatte ich im Mai ja schmerzhaft erfahren.

Nein, so durfte es nicht werden. Als ich weiterlief, achtete ich nicht mehr auf Pferdeäpfel oder platt getretenes Gras. Stattdessen blieb ich immer wieder stehen, nahm mir Zeit für die kleinen Dinge – die lila Blüte einer Distel oder einen frischen Farntrieb, der dabei war, sich zu entfalten. Ich ließ mich treiben, von der Schönheit der Landschaft, von neuen Ausblicken, vom Wind, der mal von der Seite, mal von hinten kam.

Ich überquerte ein karges Hochmoor, kletterte dann einen Hang hinunter und umrundete einen mit Heide bewachsenen Bergrücken. Hinter ihm öffnete sich ein schmales Tal, in dem entlang eines Bachufers knorrige Bäume wuchsen. Während ich um das Waldstück herum auf den kleinen See dahinter zuging, der kaum mehr war als ein Wasserloch, kam eine Pferdeherde in Sicht.

Stocksteif blieb ich stehen. Konnte das wahr sein? Wie groß war die Wahrscheinlichkeit, dass mir die Ponys einfach so über den Weg liefen, in dieser weiten, unübersichtlichen Landschaft?

Doch es war dieselbe Herde. Die Leitstute, die mit der Schnippe, hatte mich schon bemerkt und verfolgte meine Bewegungen mit erhobenem Kopf und gespitzten Ohren. Auch die anderen erwachsenen Tiere blickten zu mir herüber, die Rappstute, in deren Mähne und Schweif ein rötlicher Ton schimmerte, eine andere, deren schwarze Hinterhand und Kruppe eine leichte Braunschattierung hatten, und ein Schimmel mit einem schwarzen Fohlen an der Seite. Ein paar Jährlinge tollten herum, ohne sich von mir oder der Wachsamkeit der älteren Ponys stören zu lassen. Wenn ich beim letzten Mal richtig gezählt hatte, dann fehlten noch ein paar Tiere.

Wahrscheinlich grasten sie auf der anderen Seite des Wäldchens und ich konnte sie einfach nicht sehen.

Was jetzt? Sollte ich umkehren? Durfte ich bleiben?

Wenn man so viel Glück hatte, musste man es auch annehmen, beschloss ich. Während ich ausatmete, versuchte ich, meine Schultern zu entspannen und eine unbeteiligte Haltung einzunehmen. Meine Augen stellten sich unscharf, sodass ich den Eindruck hatte, mein Blickfeld würde sich weiten, während ich die Ponys nicht mehr deutlich wahrnahm.

So stand ich da und ließ den Wind und das Licht durch mich hindurchfließen. Meine Gedanken begannen zu wandern, wohin, merkte ich gar nicht. Es war nicht wichtig, ich ließ sie ziehen.

Ein sanftes Schnauben drang über die Wasseroberfläche zu mir, so leise, dass meine Ohren es beinahe nicht auffingen. Doch es war ein Signal. Die Stute mit der Schnippe leckte sich die Lippen und wandte den Kopf ab und fast im selben Moment schien die Herde auszuatmen. Eine nach der anderen fingen die Stuten wieder an zu grasen, die Fohlen wagten sich weiter von ihren Müttern weg und spielten Fangen und einer der Jährlinge warf sich ins Gras und wälzte sich ausgiebig.

Die Freude quetschte mein Herz zusammen, aber ich durfte mir nichts anmerken lassen. So ruhig wie zuvor atmete ich weiter, schwankte leicht im Wind, der die Oberfläche des Sees in winzige Wellen legte, und wenn ich zu der Herde hinüberschaute, dann behielt ich keines der Ponys länger als eine Sekunde im Blick. Wenn sie meine Aufmerksamkeit wahrnahmen, dann sollte es sich nicht anders anfühlen als ein Lufthauch, der durch ihre Mähne fuhr.

Die Sonne wanderte über die Berge. Wolken türmten sich über dem Gipfel vor mir auf und zogen weiter. Ich stand da und spürte meine Füße, die fest mit dem Boden verbunden waren, meine

Beine, die geschmeidig und stabil zugleich meinen Rumpf trugen, meine Schultern, die immer mehr nachgaben.

Warum ich dachte, es wäre an der Zeit, wusste ich nicht, doch irgendwann fühlte ich, dass ich es versuchen konnte. Ich drehte mich ein wenig nach rechts und lief langsam los.

Wieder merkte ich, dass sich die Aufmerksamkeit der Herde auf mich richtete, sah aus dem Augenwinkel die Ohren, die sich in meine Richtung drehten, aber nicht einmal die Leitstute hob den Kopf. Unbeirrt ging ich weiter, gelangte am Fuß des Hügels an, der das Tal im Süden begrenzte, und setzte mich auf einen Felshaufen. Mit dem Rücken an einem Stein und dem Po auf einem trockenen Mooskissen machte ich es mir bequem.

Mein Herz schlug ruhig und gleichmäßig. Um mich herum summten Insekten und schwirrten zwischen den Blüten der Steinbrechpolster hin und her, die sich neben den Felsen angesiedelt hatten. Meine Augen folgten einem rosaroten Schmetterling, der von der Brise davongetragen wurde, und als ich zurück zur Herde blickte, hatte ich den Moment verpasst, in dem sie mich vergaßen. Oder vielleicht hatten sie mich nicht vergessen – vielmehr war ich Teil der Umgebung geworden, einer Umgebung, in der keine Gefahr drohte.

So verging der Nachmittag. Ich saß da, die Ponys grasten, legten sich hin, kraulten sich und spielten, und irgendwie hatte ich das Gefühl, wir waren alle ziemlich zufrieden.

Als die Schatten länger wurden und mir eine Gänsehaut über die nackten Beine lief, gab die Leitstute das Signal zum Aufbruch. Gemächlich setzte sich die Herde in Bewegung und zog den Berg hinauf, in den höher gelegenen Teil der Fells. Vorsichtig streckte ich meine Arme und zog die Knie an, dann stand ich auf. Auf dem ganzen Weg nach Hause erfüllte mich eine Ruhe, deren Echo ich bis in meine Fingerspitzen spürte.

Nicht dein Ernst, Silas.« Ich stemmte die Hände in die Seiten und betrachtete die Konserven, die ich zum dritten Mal von einer Seite des Regalbretts zum anderen geschoben hatte. Massenhaft Bohnen, dazwischen Mais, Ananas, Kichererbsen und Gläser mit Oliven, aber nirgends Tomaten. Nicht im Ganzen, nicht stückig, nicht passiert. Nicht mal Ketchup.

Seufzend drückte ich die Tür zur Speisekammer hinter mir zu und starrte ratlos in den Topf mit Hack und Zwiebeln. Bolognese ohne Tomaten überstieg mein Vorstellungsvermögen, doch was ich sonst mit gebratenem Hackfleisch anstellen sollte, wusste ich auch nicht recht.

Ich schnupperte, griff hektisch nach dem Topflappen und zog das Fleisch von der Kochflamme. Der Gasherd und ich waren noch keine Freunde geworden – ich hatte einfach kein Gefühl dafür, wie viel heißer er war als eine normale Kochplatte.

Vorsichtig kratzte ich am Boden des Topfes, aber ich hatte noch mal Glück gehabt: Es hatte sich nur eine braune Kruste gebildet. Nichts angebrannt. Puh.

Schwungvoll rührte ich die Masse um, doch wie ich es drehte und wendete: Ohne Tomaten konnte ich das Abendessen nicht fertig kochen.

Ich hätte Silas schreiben können, dass er welche mitbrachte, wenn er sie gestern beim Großeinkauf schon vergessen hatte, aber dann entschied ich mich dagegen. Ich hatte keine Ahnung, wie lang diese Beerdigung dauerte, und mir knurrte der Magen. Kein Wunder, ich war vorhin wieder stundenlang auf den Fells unterwegs gewesen, und das Stückchen Kuchen, das ich als Wegzehrung dabeigehabt hatte, hatte nicht lang vorgehalten. Also legte ich den Deckel so auf den Topf, dass der Dampf entweichen konnte, schnappte mir Geldbeutel, Schlüssel und Handy und stieg in meine Schuhe. Drei Minuten später düste ich auf Silas' Rad den Berg hinunter.

Kam es mir nur so vor oder herrschte in Rosley ehrfurchtsvolle Stille? Im Zentrum waren definitiv weniger Autos unterwegs, als ich an einem Freitagnachmittag erwartet hätte. Waren denn alle Bewohner des Dorfes auf dieser Beerdigung?

Ein bisschen schärfer als beabsichtigt bremste ich neben einem Touristenpärchen ab, das unentschlossen vor Carlas Lebensmittelladen stand. Die beiden machten einen Satz zur Seite, dabei hielt ich locker einen halben Meter Abstand.

Ein Blick auf die Glastüren bestätigte meinen Verdacht. »Wegen Trauerfall geschlossen« hatte jemand in einer verschnörkelten Handschrift auf einen Zettel geschrieben.

Freundlich lächelnd wandte ich mich an das Pärchen. »Drüben beim Friedhof ist noch ein kleiner Supermarkt.« Ich deutete nach Nordosten, dann mit dem Daumen hinter mich. »Und zwei Stationen mit dem Bus Richtung Sedgwick gibt's einen Waynesbury's.«

Vielleicht waren sie noch von meinem Bremsmanöver geschockt, jedenfalls nickten sie nur, dann beugte sich das Mädchen zu ihrem Freund und flüsterte etwas in einer Sprache, die ich nicht verstand. Mit einem weiteren Nicken drehten sie sich um und nahmen die Abzweigung zum Bahnhof.

Ich überlegte. Mit dem Rad brauchte ich fünf Minuten zu Waynesbury's, höchstens zehn, aber die Straße dorthin war schmal und kurvig, und bei der Geschwindigkeit, mit der hier viele Autofahrer unterwegs waren, erschien mir die Strecke nicht gerade ungefährlich. Die Alternative war, mich den Blicken des versammelten

Dorfes auszusetzen und direkt neben dem Friedhof einzukaufen. Falls der Laden überhaupt offen hatte.

Schließlich gewann mein Sicherheitsbedürfnis die Oberhand. Ich seufzte und fuhr los. Je näher ich dem Friedhof kam, desto mehr Land Rover säumten den Straßenrand. Vom See wehten Stimmen herüber, doch hier war es so still, dass ich die Vögel in den Bäumen zwitschern hörte.

Als ich in Sichtweite kam, atmete ich auf. Der Friedhof war durch eine halbhohe Mauer vom Parkplatz des Supermarkts getrennt, und soweit ich erkennen konnte, spielte sich das gesellschaftliche Ereignis der Woche auf der anderen Seite des Geländes ab. Silas hatte wohl damit recht gehabt, dass Rosley einen seiner angesehensten Bewohner verloren hatte.

Der Laden hatte tatsächlich offen – noch ein Grund zum Aufatmen –, aber abgesehen von zwei älteren Männern in Karohemden und mit beigen Schlapphüten auf dem Kopf war ich die einzige Kundin. Ich balancierte die Tomaten und noch ein paar Spontankäufe auf den Armen zur Kasse, wo ich mich dreimal räuspern musste, bis ein Typ, der gerade Regale einräumte, das Klopapier Klopapier sein ließ und herüberschlurfte. Seinem sonnengebräunten Teint nach zu urteilen, kam er nicht aus England, was erklärte, warum er nicht im Anzug drüben auf dem Friedhof stand, statt mich hier in einem ausgefransten T-Shirt abzukassieren.

Während er meinen Einkauf über das Band zog, kamen wir ins Quatschen.

»Auch nicht von hier, was?«, stellte er fest, und ich nickte.

»Besuche meinen Bruder.« Während ich die Tomaten im Rucksack verstaute, erzählte ich: »Ich bin nur über den Sommer hier. Und du? Was bringt dich hierher?« Ich machte eine Handbewegung, die den Laden umfassen sollte.

»Hab mich mit dem Reisebudget verschätzt. Von Australien aus klang Europa irgendwie günstiger. Und deswegen berate ich jetzt Rentner bei der Wahl ihres Mückensprays.«

Unsere Blicke wanderten zu den beiden Männern in Karo.

»Wärst du im Outdoorladen nicht besser aufgehoben?« Mein Blick fand seinen Weg zurück zu seinen Schultern und den definierten Armen.

Er grinste. »Weiß nicht. Treibst du dich da auch rum?«

So harmlos die Frage war, sie erwischte mich kalt. Aus unerklärlichen Gründen verknüpfte mein Hirn Trekkingstiefel und Goretex-Jacken mit Tennisschlägern, Knieschonern und Hallenschuhen und schickte mich von dort direkt in Umkleidekabinen und auf Plätze und Spielfelder, wo Druck herrschte und Anspannung. Der Sprung auf den Parcours war klein. Meine Kehle krampfte, und anscheinend war etwas mit meinem Gesicht passiert, denn der Australier runzelte die Stirn.

»Alles okay mit dir?«

Ich hörte ein Pfeifen in meinen Ohren und nickte knapp, dann hielt ich meine Kreditkarte an das Lesegerät. »Muss nur dringend los.«

Sein Gesichtsausdruck schwankte zwischen Irritation und Sorge, als er mir die Tüte Chips hinhielt und ich sie ohne Rücksicht auf Verluste in den Rucksack stopfte. Schon im Gehen zerrte ich das Verschlussband zu.

»Vielleicht trinken wir ja mal einen Kaffee!«, rief er mir hinterher, aber ich antwortete nicht, sondern war froh, dass ich es gerade noch zum Ausgang schaffte, bevor ich draußen pfeifend nach Luft rang. Neben Silas' Rad ging ich in die Knie und konzentrierte mich aufs Atmen. Eine Minute, zwei, vielleicht zehn kauerte ich da und wartete darauf, dass sich mein Puls beruhigte. Ich nahm kaum wahr, wie mir die Gurte des Rucksacks in die Seiten schnitten und das T-Shirt feucht am Rücken klebte.

Verflucht.

Hörte das denn nie auf? Mein Hirn fand die absurdesten Wege, um mich dahin zurückzuversetzen, wohin ich nie wieder wollte.

Atmen, erinnerte ich mich. Tief und ruhig atmen. So wie ich es geübt hatte. Ein und aus, ein und aus.

Während ich mich wie eine Ertrinkende am Sattel des Rades festklammerte, drang ein Knirschen an meine Ohren.

»… denkst du dir dabei? Ist das der Respekt, von dem du redest?«

Ich brauchte einen Moment, bis ich kapierte, woher die tiefe Stimme kam. Unwillkürlich duckte ich mich in den Schatten der Friedhofsmauer.

»Respekt? Wovor? Du kapierst es einfach nicht, oder?« Eine zweite Stimme, fast so tief wie die erste, aber viel jünger. Sie bebte vor Wut.

Der ältere Mann, der, der ein kleines Stück weiter entfernt stehen geblieben war, atmete tief durch. »Okay. Lass uns das hier hinter uns bringen und dann reden wir. Zu Hause.«

»Hast du Angst, dass ich eine Szene mache, oder was?«

»Du bist kurz davor, Bennett.« Die erste Stimme klang jetzt beherrschter. »Komm. Ich will die Leute nicht warten lassen.«

Jemand wandte sich zum Gehen und wieder knirschte Kies. Das Zittern in meinem Körper hatte sich gelegt, ich konnte es riskieren. Vorsichtig reckte ich den Hals und spähte über die Mauer. Wie ich dachte: Vor dem Hintergrund einer efeubewachsenen Wand konnte ich gerade so einen dunkelblonden Haarschopf erkennen.

»Ich werde sie nicht hergeben. Das hätte er nicht gewollt.« Das war Ben. Emmys Cousin. Der ganz ohne Zweifel ein Problem mit seinem Vater hatte.

Die Schritte stoppten. »Ich sagte, darüber reden wir zu Hause.«

Der Mann – wie hatte Grayson ihn genannt? Graham? Gordon? – ging davon, und ich zuckte zusammen, als neben mir die Mauer erbebte, weil Ben anscheinend dagegengetreten war.

»Fuck«, fluchte er aus vollem Herzen.

Offenbar stützte er sich an der Mauer ab, denn er war so nah, dass ich seinen Atem hören konnte. Gut, es klang eher wie ein Keuchen, aber trotzdem. Es war Zeit, dass er sich beruhigte und sich vom Acker machte, weil mir langsam die Knie wehtaten.

»Was tust du da?«

Eine Sekunde lang presste ich die Augen zu, doch es half ja nichts. Mühsam stemmte ich mich hoch und konnte gerade noch verhindern, dass mir ein Ächzen entwischte. Ausatmend drehte ich mich zu ihm um und hätte mich am liebsten gleich wieder abgewandt, denn egal, ob seine Wut mir galt oder seinem Vater, er sah aus, als würde er gern jemandem den Hals umdrehen.

»Sorry«, begann ich. Es klang ziemlich kläglich, aber das half mir dabei, mich aufrechter hinzustellen und mein Kinn zu heben. Wer war ich denn, dass ich mich von einem Typ mit Impulskontrollstörung einschüchtern ließ?

Doch Ben gab mir gar keine Zeit, meinen neu gefundenen Mut auszudrücken. Er machte eine wegwerfende Geste, drehte auf den Fersen um und murmelte: »Dieses Kackdorf, echt …« Laut genug, dass ich es auch garantiert verstand.

Mit ein paar Schritten war er um die Ecke der efeubewachsenen Kapelle verschwunden, und jetzt war ich so wütend, dass ich am liebsten in die Mauerkrone gebissen hätte. Und das alles nur für zwei Dosen Tomaten.

Einen langen Moment schloss ich die Augen, fühlte, wie die Spätnachmittagssonne meinen Arm und meine Wange wärmte und mir der Wind vom See die Haare aus dem Nacken blies. Nach einer Weile sickerte meine Anspannung durch meine Sohlen in den Boden.

Was auch immer Ben für ein Problem hatte, es war nicht meines. Ich hatte genug eigene.

6

Seit fast zwei Wochen war ich nun hier im Lake District und langsam stellte sich Routine ein. Ich hatte Lainis Eltern kennengelernt und einen Großteil (wie ich hoffte) ihrer Cousins und Cousinen. Auf eine gute Weise fügte ich mich in Lainis und Silas' Räderwerk ein und machte mich nützlich, wenn ich ihnen ein bisschen Zeit zum Verschnaufen verschaffen konnte. Trotzdem hatte ich genügend Freizeit, denn die beiden waren längst ein eingespieltes Team.

Grayson, Emmy und die anderen hatten natürlich noch Schule, deswegen sah ich sie nicht so oft, wie ich anfangs angenommen hatte, doch eigentlich kam es mir ganz gelegen. Dadurch hatte ich mehr Zeit, meine vierbeinigen Freunde kennenzulernen. Na ja, Freundinnen hauptsächlich.

Am Freitagnachmittag war es sonnig, aber überraschend kühl. Die Ponys schien das nicht zu stören, sie hatten es sich am Fuß eines bewaldeten Hügels gemütlich gemacht. Ein kleiner Bach floss vorbei, der an zwei Stellen einen flachen Zugang zum Ufer bot, sodass auch die Fohlen gefahrlos trinken konnten.

Auf der anderen Seite des Tals wuchsen knallgelb blühende Ginsterbüsche zwischen riesigen Felsen. Der Wind trug ihren Duft herüber und wieder fühlte ich mich an die Karibik erinnert. Damit endete das Urlaubsfeeling leider. Ich hatte mich von dem strahlenden Sonnenschein blenden lassen und keine Jacke mitgenommen und jetzt saß ich mit nackten Armen und Beinen auf einem großen Stein im Schatten einer Felswand. Er war der einzige Ort, der unsere ausgehandelte Sicherheitsdistanz nicht unterschritt und von dem ich trotzdem einen guten Blick auf die Herde hatte. Immer wieder fröstelte ich, aber ich hatte nicht vor, meinen Beobachtungsposten schon zu räumen, dafür waren die Fohlen heute zu gut drauf.

Anscheinend fühlten sich die Ponys in diesem Tal, wo sie auf drei Seiten Fluchtmöglichkeiten hatten, so sicher, dass sich die Jungtiere weiter als sonst von der Gruppe entfernen durften. Nur eine der Stuten war auf den Beinen und hielt Wache, die anderen hatten sich hingelegt und dösten. Selbst die Leitstute ruhte. Sie lag zwar nicht auf der Seite wie die anderen, sondern hatte die Beine unter sich gezogen. Doch ihre Augenlider waren schwer und ihr hübscher Kopf mit der Schnippe sank immer wieder ein Stück herab.

In der Zwischenzeit platschte der Nachwuchs durch das seichte Wasser. Die Jährlinge und Zweijährigen rasten zwischen den beiden Buchten, wo Sandbänke flach in den Bach führten, auf und ab, und selbst die Fohlen spielten in der Nähe des Ufers Fangen. Zwei der kleinen Hengste stiegen sich immer wieder an, eine winzige Stute machte wie verrückt Bocksprünge. Das Wasser spritzte so wild, dass sie sogar von einer Zweijährigen ermahnt wurde, was angesichts der Wasserschlacht, die sie und ihre Gleichaltrigen veranstalteten, beinahe witzig war.

Mich hatten sie völlig vergessen. Oder vielleicht waren sie jetzt schon so an mich gewöhnt, dass sie sich sicher fühlten, wenn ich da war. So als würden sie darauf vertrauen, dass ich mithalf, auf die Herde aufzupassen.

Und dieses Vertrauen wollte ich gern zurückgeben. Immer wieder ließ ich den Blick über die umliegenden Hänge schweifen, behielt die Stellen im Auge, wo sich etwas bewegte, bis ich sicher war, dass die Ursache die Ponys nicht erschrecken würde, sperrte Ohren und Nase auf, ob ich etwas Ungewöhnliches wahrnahm.

Und nach einer Weile tat ich das auch. Vielleicht hätten mir die winzigen Änderungen im Verhalten der Herde schon früher auffallen können, die zuckenden Nüstern, hier und da ein gespitztes Ohr. Aber erst als ich ein Prickeln im Nacken spürte, so als würde mich jemand beobachten, drehte ich mich um.

Ben Aldringham saß auf einem Felsvorsprung ein gutes Stück von mir entfernt und betrachtete mich. Meine Kiefer verkrampften sich. Ein paar Sekunden hielt ich seinen Blick, dann wandte ich mich wieder den Ponys zu. Ich versuchte, nicht an den Moment in der Woche zuvor zu denken, als er mich hinter der Friedhofsmauer beim Lauschen ertappt hatte. Ich versuchte, *gar nicht* an ihn zu denken. In seinem Ausdruck eben hatte nichts Feindseliges gelegen, das dämpfte meine Verlegenheit etwas, doch es dauerte, bis ich wieder meine volle Aufmerksamkeit auf die Herde richten konnte.

Täuschte ich mich oder hatte sich mein Unbehagen auf die Ponys übertragen? Die Leitstute war aufgestanden, die Fohlen spielten zwar immer noch, aber sie waren aus dem Wasser herausgekommen und hatten die Nähe ihrer Mütter gesucht. Hier und da ein Schnauben … Doch, ja, ich hatte die Herde gestört.

Ein paar Herzschläge lang schloss ich die Augen und konzentrierte mich darauf, wie mein Atem durch meine Nase floss. Ich rieb meine Fingerspitzen über die raue Oberfläche des Felsens unter mir, entspannte bewusst meinen Nacken und meine Schultern. Und obwohl ich nicht gedacht hatte, dass es funktionieren würde, war Ben auf einmal nicht mehr als einer der Bussarde, die über uns ihre Kreise zogen, oder ein Eichhörnchen, das von einer hohen Astgabel auf uns herunterkeckerte. Er gehörte zur Landschaft, so wie ich für die Ponys, und wir gingen uns gegenseitig nichts an.

Trotzdem war der Nachmittag bald vorbei. Die Stuten tranken am Bach, und ich konnte sehen, dass sie sich darauf vorbereiteten weiterzuziehen. Weil der Wind aufgefrischt hatte und mir mittlerweile eiskalt war, wartete ich nicht auf ihren Aufbruch, sondern stemmte mich langsam auf die Füße. Ich legte den Kopf in den Nacken, um zu Bens Felsvorsprung hinaufzusehen, und eine Sekunde lang hätte ich gewettet, dass er schon gegangen war, doch da traf mein Blick auf seinen. Er war ebenfalls aufgestanden, seine Haltung entspannt, die Haare zerzaust. Wir schauten uns an, dann nickte er mir zu, drehte sich um und begann, den Hang hinaufzuklettern. Ich schlug die entgegengesetzte Richtung ein.

Eine Weile hielt mich das Terrain davon ab, über Ben nachzudenken. Vom langen Sitzen fühlten sich meine Muskeln an wie eingefroren, und zwischen den Felsen musste ich aufpassen, wohin ich meine Füße setzte. Doch als ich das schmale Tal hinter mir gelassen hatte und schon die ersten Mauern der Ellonby-Weiden sehen konnte, kam mir unsere Begegnung immer bedeutungsvoller vor. Warum hatte er die ganze Zeit über dort oben gesessen? Aber natürlich kannte ich die Antwort auf diese Frage. Meine wilde Herde war gar nicht meine. Sie gehörte Ben, und wenn nur die Hälfte von dem stimmte, was Emmy erzählt hatte, wollte er wissen, wer sich in ihrer Nähe herumtrieb.

Allmählich beruhigte sich mein Herzschlag. Den Impuls, die Ponys zu beschützen, konnte ich ihm nicht verübeln. In einer anderen Situation hätte ich mich wahrscheinlich überwacht gefühlt, im schlimmsten Fall gestalkt. Doch dass er mich beobachtet hatte, kam mir nicht als Grenzüberschreitung vor. Dieses Nicken am Ende hatte alles geändert. Auf eine eigenartige Weise fühlte ich mich ausgezeichnet, ins Vertrauen gezogen. Es war, als hätte ich eine Prüfung bestanden.

Und der Lohn dafür war, dass ich wiederkommen durfte.

7

Der nächste Tag war ein Samstag, und natürlich erinnerte ich mich daran, dass Grayson und ich eine Verabredung hatten. Pünktlich um acht Uhr morgens stieß ich das Tor neben der breiten Einfahrt der Waverton Farm auf und schob mich hindurch.

Grayson war schon dabei, zwei seiner Ponys von der Koppel auf den Hof zu führen. Die beiden Wallache entdeckten mich vor ihm. Als er in die Richtung schaute, in die ihre gespitzten Ohren wiesen, verwandelte sich seine entspannte Miene in ein Lächeln.

»Du hast es nicht vergessen«, stellte er fest.

Ich schüttelte den Kopf. »Hab ich doch gesagt, dass ich dich in Aktion erleben will.«

Das Geräusch von Hufen auf Pflaster wurde laut und überrascht sah ich auf. Emmy bog mit einem Schimmel – Dylan, wenn ich mich nicht täuschte – um die Ecke. Ihre Augen blitzten, als sie mich entdeckte. »Das ist ja eine Überraschung! Aber umso besser. Du kannst dich gleich um Dylan kümmern, dann hole ich Sue.«

»Ähm …« Grayson sah mich unsicher an, doch ich ließ keine Pause entstehen.

»Okay.« In einem großen Bogen ging ich um den Wallach herum, damit ich ihn nicht erschreckte, und übernahm seinen Führstrick. »Was steht auf dem Programm? Putzen?«

Erleichtert ließ Grayson die Schultern sinken. »Genau. Bisschen chic machen. In einer halben Stunde tauchen die Leute hier auf, dann müssen die vier glänzen.«

Emmy war um die Ecke verschwunden. Ich deutete hinterher. »Ist Emmy deswegen dabei? Weil du heute vier Leute in der Gruppe hast?«

Grayson hatte sich Bürste und Striegel geschnappt und bearbeitete eine verdreckte Stelle auf dem Hinterteil eines seiner Rappen. »Ja. Wobei es vielleicht auch gereicht hätte, dich dabeizuhaben.« Er beobachtete einen Moment, wie ich Dylan zur Seite dirigierte, damit ich im Putzkasten kramen konnte. »Aber ich wusste nicht …«

Ich richtete mich wieder auf und grinste ein bisschen wacklig. Beschwören konnte ich es nicht, doch ich hatte den deutlichen Eindruck, dass Grayson Laini wegen meiner ausweichenden Antworten zu meiner Pferdevergangenheit neulich interviewt hatte. Aber seitdem waren zwei Wochen vergangen und ich … ich hatte eine Herde kennengelernt. »Ich auch nicht.«

Sein Blick glitt zwischen meinem Gesicht und meiner Hand, die ich auf Dylans Schulter gelegt hatte, hin und her. Ich konnte ihn praktisch denken hören, doch er sagte nichts mehr. »Hm«, machte er nur.

Fröhlich pfeifend führte Emmy in diesem Moment eine dunkelbraune Stute zu uns herüber und wir konzentrierten uns aufs Putzen.

Mit ihrer leicht kratzigen Stimme plapperte sie vor sich hin: »Es ist so gut, dass du dabei bist, dann können wir das gleich besprechen. Sonst hätte ich das ja alles doppelt erzählen müssen. Und ich meine, im Ernst? Das ist so was von übertrieben! Aber andererseits schon auch krass von Gordon … Trotzdem, was denkt er sich? Gib Fuß! Brav. Was soll das denn bringen? Welcher normale Mensch kommt auf so eine Idee? He, nicht meine Haare! Du sollst doch nicht …«

Hilflos starrte ich erst sie an, dann suchte ich Graysons Blick. Er hatte meine Verwirrung natürlich mitbekommen und grinste breit. Anscheinend wusste er, worüber Emmy redete, aber was immer es war, dieser Dorfklatsch hatte mich nicht erreicht. Was konnte

Gordon denn getan haben, was eine solche Reaktion auslöste? Was auch immer für eine Reaktion es war … Ein bisschen widerwillig musste ich mir eingestehen, dass ich eine ziemlich genaue Vorstellung davon hatte, *wessen* Reaktion Emmy so aus der Fassung brachte.

Bevor ich herausfinden konnte, worum es ging, schwang das Törchen vorn an der Straße auf und zwei ältere Frauen liefen über den Hof auf uns zu. Grayson begrüßte die beiden und wies eine Emmy und die andere mir zu. Von da an war an Quatschen nicht mehr zu denken.

Eine Viertelstunde später waren wir vollzählig und brachen Richtung Fells auf. Grayson führte uns erst am See entlang, dann über einen schmalen Pfad hinauf in ein enges Tal.

Mein Schützling war eine knapp siebzigjährige, knorrige Neuseeländerin namens Mabel. Sie hatte noch nie im Leben etwas mit Pferden zu tun gehabt, also war ich eine Weile damit beschäftigt, ihr grundsätzliche Führtechniken und Sicherheitsvorschriften nahezubringen. Nach einer kurzen Phase, in der sich die beiden beschnupperten, kamen Dylan und Mabel ganz gut zusammen zurecht, und ich fing an, unseren Ausflug zu genießen.

Der Weg führte uns an einem schnell fließenden Bergbach entlang. Heute war es wieder warm und sonnig, aber unter dem dichten Laub der Bäume am Ufer blieb die Temperatur angenehm. Das Wasser plätscherte über Steine, der Wind rauschte in den saftig grünen Baumkronen und das Sonnenlicht malte zarte Muster auf den Boden. Wir waren nur ein paar Hundert Meter Luftlinie von Rosley entfernt und doch fühlte ich mich wie in einem Märchen. Alles hier war ganz anders als die kahle – und manchmal auch unwirtliche – Majestät der höher gelegenen Fells.

Neben Mabel und ihrer Freundin Trish gehörten noch Conny

und ihr Mann Andrew zur Gruppe. Trish und Emmy waren bald tief ins Gespräch versunken, während Sue zwischen ihnen hertrottete, aber mit dem Ehepaar hatte Grayson alle Hände voll zu tun. Die beiden waren so begeistert von der Umgebung, dass sie kaum einen Gedanken auf ihre Ponys verschwendeten und sie tun ließen, was sie wollten. Hin und wieder griff ich ein, wenn Dash zu lange an einem Grasbüschel herumtrödelte, doch letztlich musste Grayson die Gruppe zusammenhalten. Dass Conny und Andrew ununterbrochen Fragen stellten, machte seine Aufgabe nicht leichter. Dafür lernte ich eine Menge über Rosley und die Gegend. Und die wilden Pferde.

»Seht ihr die Mauern da drüben?«, fragte Grayson einmal und deutete quer durchs Tal auf den Hang gegenüber. »Damit werden Weiden eingegrenzt, die nur vom jeweiligen Besitzer genutzt werden dürfen. Alle Bauernhöfe haben solche Flächen, aber das Besondere hier in den Lakes sind die offenen Weidegründe außerhalb.«

Mein Blick glitt den Hang hinauf, dorthin, wo er steiler wurde und wo es keine Mauern mehr gab.

»Sie werden *common land* genannt, also Land, das von allen beweidet werden darf. Das heißt, meistens beschränken sich die Nutzungsrechte auf ein paar Familien. Früher wurde damit sichergestellt, dass nicht nur die reichen Grundbesitzer Vieh halten konnten, sondern auch Kleinbauern oder Arbeiter ohne eigenes Land. Diese Rechte gelten heute auch noch, und deswegen sieht man überall auf den Fells Schafherden und Ponys, die unterschiedlichen Besitzern gehören.«

Die Touris nahmen diese Infos unbeeindruckt hin, doch ich sah die Gipfel plötzlich mit anderen Augen.

»Das heißt, ohne das *common land* würde es keine frei lebenden Ponys im Lake District geben?«, hakte ich nach.

Grayson nickte. »Wahrscheinlich würden die Ponys dann wie überall sonst auf Weiden in der Nähe der Farmen gehalten werden.«

Conny wollte etwas zu der landwirtschaftlichen Nutzung des Nationalparks wissen, doch ich war mit meinen Gedanken noch bei den Ponys. Da hatte ich also meinen Grund, warum es in den Lakes wilde Pferde gab. Er war vielleicht ein bisschen weniger romantisch als erwartet, aber spannend allemal.

Wir liefen weiter und keine fünf Minuten später erreichten wir das Hochplateau und es war Zeit fürs Mittagessen.

❦

»Was ist denn eigentlich passiert?«, fragte ich Emmy nach dem Picknick, als die Touris noch Gelegenheit hatten, sich in die Sonne zu setzen oder sich in Ruhe umzusehen.

Emmy quietschte beinahe, als hätte sie bei all dem Trubel vergessen, was sie mir Wichtiges hatte erzählen wollen. Wir standen beide mit einer Handvoll Erdbeeren am Rand des Plateaus, wo wir rechts in das schmale Tal hinabsehen konnten, durch das wir gekommen waren. Links von uns erstreckte sich Ellondale. Wenn ich mich auf die Zehenspitzen stellte, erhaschte ich hinter einer kleinen Anhöhe sogar einen Zipfel der Ellonby-Weiden.

»Du wirst es nicht glauben«, begann Emmy atemlos, als sie runtergeschluckt hatte. »Irgendwie ist es schon auch traurig, und so ganz verstehe ich nicht, warum das so schnell gehen muss. Aber Gordon ist wild entschlossen und …«

»Emmy«, unterbrach ich sie mahnend, doch Graysons Stimme ließ uns beide herumfahren.

»Emmy! Valerie!«

Wir guckten in die Richtung, in die er deutete. Ein Pulk Wanderer schob sich von Ellondale her den Hügel herauf. Als hätten wir es geprobt, startete Emmy nach links, Grayson nach rechts, und ich ging geradeaus, um unsere Gruppe zusammenzutreiben. In aller Ruhe versammelten wir die Ponys und ihre Menschen in der Mitte des Plateaus. Es waren nicht die ersten Wanderer, denen wir heute begegneten, ein paar hatten wir nur aus der Entfernung gesehen, ein paar einzelne waren uns auch entgegengekommen. Aber gleich zwanzig von ihnen, bei denen wir nicht wussten, wie sie auf die Ponys reagieren würden, waren für unsere vier Touris vielleicht doch zu viel des Guten.

Grayson und Emmy schienen die Wanderführerin zu kennen. Während ich bei unserer Gruppe stehen blieb, unterhielten sich die beiden mit der Frau. Sie war ungefähr Mitte dreißig und für eine Engländerin ziemlich braun gebrannt, bestimmt war sie viel an der frischen Luft. Vielleicht war sie eine Rangerin, die für den National-park arbeitete.

»Was ist das eigentlich für eine Geschichte mit diesem Geister-hengst?«, fragte Trish mich unvermittelt.

Verwirrt drehte ich mich zu ihr um. »Dem Geisterhengst? Hier in Rosley?«

Sie nickte. »Ja, gestern im Pub kam das Gespräch darauf, dass wir heute diese Tour bei Grayson gebucht haben, und da meinte je-mand, wir sollten uns die Ponys nicht von dem Geisterhengst steh-len lassen.«

Mabel lachte leise und auch Conny und Andrew waren ganz Ohr. Zum Glück verabschiedeten sich Grayson und Emmy gerade von den Wanderern.

»Grayson«, rief ich. »Komm doch mal. Anscheinend gibt es hier ein paar Leute, die gern mehr über den Geisterhengst von Rosley wüssten.«

Einen kurzen Moment starrte er mich an, als wäre ich überge-schnappt.

»Den Geisterhengst von …?« Dann schien ihm ein Licht aufzugehen. »Ach so, das meinst du.«

Mit einem Lächeln wandte er sich an die Gruppe. Er breitete die Arme aus und deutete in alle Himmelsrichtungen.

»Vorhin habe ich ja schon erzählt, dass unsere Gegend über Generationen für ihre Ponyzuchten berühmt war. Die Herden rund um Rosley galten als besonders widerstandsfähig und zäh, und Ponys aus den berühmtesten Zuchten wurden im ganzen Lake District eingesetzt, um die ursprünglichen Eigenschaften des Fell-Ponys zu erhalten.«

Schmunzelnd betrachtete ich die vier erwartungsvollen Gesichter. Grayson war ein guter Erzähler, das hatte ich heute Vormittag schon gemerkt. Er schaffte es, die Aufmerksamkeit hochzuhalten und trotzdem viel Wissenswertes in seine Anekdoten einzuflechten.

»Viele sagen, dass der Erfolg unserer Zuchten an den rauen und schlecht zugänglichen Tälern rund um Rosley lag. Das gilt heute auch noch.« Er deutete über seine Schulter. »So große Menschengruppen trifft man hier selten. Normalerweise verirren sich nur wenige Wanderer in die Gegend, besonders in die abgelegeneren Täler. Die waren schon immer unseren frei lebenden Herden vorbehalten. Dort haben sie zwar den idealen Lebensraum vorgefunden, aber weil sie die meiste Zeit auf sich allein gestellt waren, ranken sich viele Geschichten um sie.«

Grayson machte eine kurze Pause, als würde er überlegen.

»Eine handelt von einem wilden Hengst. Woher er kommt oder wem er gehört, weiß niemand. Es gibt auch nicht viele, die ihn jemals zu Gesicht bekommen haben, deswegen ist nicht ganz klar, wie er aussieht. Dunkel scheint er zu sein, schwarz oder braun, mit einer zottigen Mähne, so als würde er sich schon lange Zeit allein in den Bergen durchschlagen. Hin und wieder taucht er auf, meist im Frühjahr oder Sommer, und umwirbt eine Stute aus den Herden rund um Rosley. Einige folgen ihm. Wohin, hat nie jemand herausgefunden.«

Ein paar Sekunden herrschte Stille.

Andrew räusperte sich. »Und wieso heißt es, es wäre ein Geisterhengst?«

Einer von Graysons Mundwinkeln hob sich. Sein Blick schweifte hinüber zum Rydal Hill, dem Berggipfel, der sich – wie ich seit heute Morgen wusste – hoch über alle Hügel rund um Rosley erhob. »Weil man seit hundert Jahren von ihm erzählt. Seit hundert Jahren verschwinden Stuten und beinahe immer wird zur selben Zeit der geheimnisvolle Hengst gesichtet.« Er sah Andrew an. »Kein Pferd wird hundert Jahre alt.«

Graysons Worte schienen in unserer Truppe nachzuhallen, und auch ich fragte mich, was wohl der wahre Kern der Geschichte war. Konnte es wirklich sein, dass in Zeiten von Drohnen und GPS immer noch Pferde spurlos verschwanden? Ich betrachtete das Labyrinth aus Gipfeln, Tälern und Schluchten um mich herum. Besonders weit war ich in den vergangenen Wochen nicht in die Berge vorgedrungen, aber mehr als einmal hatten mich die schroffen Felswände und verschlungenen Bachläufe verwirrt. Vielleicht gerieten auch Ponys so tief in die Berge, dass niemand sie mehr wiederfand.

Wir verabschiedeten die vier nicht an der Waverton Farm, sondern oberhalb von Ellonby an einer Abzweigung nach Salterbeck. Conny und Andrew hatten dort ein Zimmer gebucht und die beiden Neuseeländerinnen wollten noch ein paar Kilometer weiter zu dem Bergbaumuseum oben in Rampside. Den Elan, den die Rentnerinnen an den Tag legten, musste ich wirklich bewundern.

Während Grayson Dash und Cory vornewegführte, zockelten

Emmy und ich mit Sue und Dylan hinterher. Und endlich rückte Emmy mit ihren Neuigkeiten heraus.

»Hast du von Henry Carlton gehört?«, fragte sie.

»Lainis und Silas' Nachbar, der neulich gestorben ist?«

Emmy warf mir über Dylans Hals hinweg einen zufriedenen Blick zu, so als sei es ihr Verdienst, dass ich allmählich die Namen der Ortsansässigen zuordnen konnte. »Genau. Aber er war nicht nur ihr Nachbar, sondern einer der anerkanntesten Pferdekenner der Gegend. Seine Herde ist legendär.«

»Ist?«, warf ich ein.

Emmy nickte. »Ja. Nur dass sie jetzt Ben gehört.«

»Ben? Ben Aldringham?«

Sie grinste, weil ich gar nicht versuchte, mein Erstaunen zu verbergen. »Ja. Aber nicht mehr lange. Henry hat sie ihm zwar vererbt, aber weil Ben noch nicht volljährig ist, hat Gordon beschlossen, die Herde zu verkaufen.«

Wahrscheinlich stand mir der Mund offen, aber ganz ehrlich: Was war denn das für eine Geschichte? Wie kam dieser alte Mann dazu, Ben eine ganze Ponyherde zu vermachen? Und wieso wollte Bens Vater sie verkaufen? Wie dachte Ben darüber? Für einen kurzen Moment schwärmten meine Gedanken zu gestern Nachmittag, zu dem stillen Einverständnis, das Ben und ich geteilt hatten, doch Emmy riss mich gleich wieder aus meiner Erinnerung.

Nach und nach beantwortete sie meine Fragen, ohne dass ich sie stellen musste. Henry war für Ben so etwas wie ein Ersatzopa gewesen, von dem er alles über Pferde gelernt hatte, was er wusste. Gordon hatte es nie gefallen, wie viel Zeit Ben auf den Fells bei der Herde verbrachte, aber je älter Henry geworden war, desto mehr Aufgaben hatte Ben übernommen. Und da Henry keine Kinder hatte, hatte er Ben als Alleinerben eingesetzt. Jetzt gehörte Ben also nicht nur ein Stück Land östlich von Ellonby, sondern auch eine Ponyherde. Zumindest theoretisch, denn praktisch war Gordon bis zu Bens achtzehntem Geburtstag im nächsten Jahr der Verwalter des Erbes.

»Und warum will er die Ponys verkaufen?« Das ging mir überhaupt nicht in den Kopf. Er musste doch wissen, wie sehr Ben an ihnen hing. Selbst ich, die ihn nur einmal in ihrer Nähe erlebt hatte, hatte erkannt, dass er alles tun würde, um sie zu beschützen.

Mir fiel der Wortwechsel der beiden auf der Beerdigung wieder ein. Hatte Ben weiter auf stur gestellt und Gordon die Geduld mit ihm verloren? Aber war das nicht etwas extrem?

Emmys Worte stützten diese Theorie auch nicht unbedingt. »Gordon wollte Ben nie in der Nähe von Pferden haben. Das ist ein ewiger Streitpunkt zwischen den beiden. Und ich kann es auch verstehen. So wie Gordon Kit verloren hat … Ich glaube, er will verhindern, dass Ben auch etwas passiert.«

Weil wir jetzt ja schon mittendrin waren in der Familiengeschichte anderer Leute, bedeutete ich Emmy, mehr zu erzählen.

»Kit, also, Bens Mutter, ist damals abgestürzt, zusammen mit ihrem Pony. Meine Mum sagt, das war für alle in der Gegend unbegreiflich. Kits Ponys waren top ausgebildet und extrem trittsicher und sie kannte die Umgebung wie ihre Westentasche. Eine so erfahrene Reiterin und ein absolutes Verlasspony … und trotzdem hat man sie am Fuß eines Abhangs gefunden. Beide tot.« Emmy war blass geworden, so als wäre dieser Teil der Geschichte noch immer bittere Gegenwart. Sie suchte meinen Blick. »Verstehst du das? Seitdem ist Gordon überzeugt, dass es keine Sicherheit gibt, wenn es um Pferde geht. Ben war damals noch ganz klein, zwei oder drei Jahre, der weiß davon sicher vieles nicht mehr. Aber Mum sagt, für Gordon war es der Horror. Jahrelang hat er Ben komplett von

68

Pferden ferngehalten – oder zumindest dachte er das, denn Ben hat immer wieder einen Weg in einen Stall gefunden. Als wir kleiner waren, hat er sich ständig bei Grayson herumgetrieben …«

Sie biss sich auf die Lippe und diesmal stand mir der Mund offen. Unsere Blicke schnellten zu Grayson, aber anscheinend hatte er nichts von Emmys Worten mitbekommen. Er und Ben waren Freunde gewesen? Ich versuchte, mich daran zu erinnern, was er gesagt hatte, als er mich neulich ins Dorf mitgenommen hatte. Mir war es so vorgekommen, als ob ihn und Ben etwas verband – oder verbunden hatte. Ganz falsch hatte ich also nicht gelegen.

Emmy schien jedenfalls nicht näher darauf eingehen zu wollen. Sie hatte recht: Wenn Grayson mir davon erzählen wollte, dann war es seine Entscheidung.

»Jedenfalls hat Gordon beschlossen, dass die Herde wegmuss, und Ben ist ausgerastet.«

Ich fand Emmys verächtlichen Ton irritierend. Ausgerastet wäre ich an Bens Stelle auch. Was hatte der Kerl nur angestellt, dass alle ihm gegenüber so eine Abneigung hegten?

Ich war drauf und dran, Emmy danach zu fragen, als von Grayson ein lang gezogenes »Ho!« kam. Wir beugten uns zur Seite, um zu sehen, warum er die Ponys anhielt.

Als hätten Emmys Worte ihn heraufbeschworen, war Ben auf dem Pfad vor uns stehen geblieben. Er trug einen riesigen Rucksack auf dem Rücken, schleppte mehrere Taschen und Tüten und starrte uns genauso entgeistert an wie wir ihn. Sein Kopf war knallrot, aber ich hatte nicht den Eindruck, dass das von der Anstrengung kam.

Grayson war der Erste, der sich fing. »Also machst du Ernst?«, fragte er.

Ben nickte knapp, suchte kurz Emmys Blick, schaute dann mich an.

Ernst machen? Womit? Dann kapierte ich: Emmy war mit ihrem Bericht noch nicht am Ende angelangt gewesen. Ben hatte Konsequenzen gezogen, und wenn ich mich nicht täuschte, beinhalteten die, dass er von zu Hause ausgezogen war.

Ich weiß nicht, was in diesem Moment in mich fuhr, aber egal, wie sie zu ihm standen, egal, wie stur und uneinsichtig er vielleicht war, jemand musste Ben helfen.

»Grayson«, sagte ich deswegen, ohne den Blickkontakt mit Ben zu unterbrechen. »Darf ich Dylan als Umzugshelfer ausleihen?«

Grayson drehte sich zu mir um und ich sah ihn an. Auf seinem Gesicht lag ein wilder Mix aus Emotionen, doch schließlich zuckte er mit den Schultern. »Klar.«

Während Emmy und Grayson die anderen Ponys zur Seite führten, kam Ben auf mich zu. Wenn er so nah neben mir stand, war es nicht leicht, die Neugier in seinem Blick auszuhalten. Bilder wirbelten durch meinen Kopf, er mit hochrotem Gesicht hinter der Friedhofsmauer, gestern wie ein Wächter auf dem Felsvorsprung. Zum Glück hatten wir alle Hände voll damit zu tun, seinen Rucksack und die übrigen Taschen so auf Dylans Rücken zu verteilen, dass er sie gut tragen konnte.

Als wir alles verstaut hatten, wandte ich mich an Grayson. »Ich bringe ihn sicher zurück.«

Er schnaufte nur. Emmy hob zögernd die Hand, dann wendeten sie die Ponys und führten sie Richtung Rosley. Ben und ich sahen uns an, schauten aber gleich wieder weg. Dann brachen wir auf in die Berge.

~•~

Es war eine schweigsame Angelegenheit. Ein paar Minuten lang fand ich das unangenehm, doch nach und nach legte sich meine Verlegenheit. Eigentlich war es sogar schön, hier unterwegs zu sein,

70

ohne das Geschnatter der Touris, stattdessen Dylans zufriedenes Schnauben im Ohr, die Rufe eines Bussards hoch über uns. Der Hang hielt den Wind ab, sodass nur hin und wieder eine Brise ein paar Farnwedel rascheln ließ, aber meist war es so still, dass ich das Murmeln des Baches im Tal hören konnte.

Der Pfad, auf dem wir unterwegs waren, wand sich an der Seite des Hügels entlang. Wir hatten den Teil von Ellondale schon hinter uns gelassen, der mir von meinen Streifzügen bekannt vorgekommen war. Nach einer Weile tauchte ein Stück vor uns, umgeben von ein paar Bäumen, ein weißes Haus mit Wirtschaftsgebäuden auf. Das musste Henry Carltons Bauernhof sein – der, der jetzt Ben gehörte. Ich warf ihm über Dylans Rücken einen schnellen Blick zu, aber er schien ihn nicht zu bemerken.

Er machte auch keine Anstalten abzubiegen, als wir an eine Gabelung gelangten und der Weg rechts eindeutig auf die Farm zuführte. Stattdessen blieben wir auf unserem bisherigen Pfad, der nun schmaler wurde.

»Wohin sind wir eigentlich unterwegs?«, brach ich schließlich das Schweigen, als ich meine Neugier nicht mehr aushielt. Lag ich falsch, hatte er gar nicht vor, in die Berge zu ziehen? Hatte ich mich komplett lächerlich gemacht mit meinem Hilfsangebot?

Erst wirkte Ben überrascht, in der nächsten Sekunde spielte ein kleines Lächeln um seinen Mund, das sein Gesicht völlig veränderte. Ich hatte ihn bisher nicht lächeln sehen.

»Warte kurz«, sagte er leise.

Und wirklich: Kaum hatten wir eine weitere Biegung umrundet, öffnete sich links von uns ein kleines Tal. Wie unter einem Bann blieb ich stehen. Ein Wasserfall speiste einen Teich, um den vielleicht ein Dutzend Bäume standen, eine Blumenwiese, auf der in unregelmäßigen Abständen glatt geschliffene Felsbrocken lagen, erstreckte sich bis zu einer Steinmauer. In ihrem Schatten wuchsen Beerensträucher, Lavendel und Büschel von knallorangen Blütenrispen. Es wirkte wie das Paradies in dem malerischen, aber kargen Hochland, in dem wir unterwegs gewesen waren.

Trotzdem wusste ich noch immer nicht, was unser Ziel war. Ben, der mich beobachtet hatte und mit meiner Reaktion anscheinend zufrieden war, las mir die Frage wohl vom Gesicht ab, denn er sagte: »Hier rüber.«

Er griff nach Dylans Strick und führte ihn ein paar Meter weiter. Als ich ihnen folgte, entdeckte ich es: ein dunkelgraues Tonnendach und darunter hellgraue Wände.

»Ist das … ein Schäferwagen?«

Ben spannte kurz den Kiefer an, dann brummte er zustimmend. »Mein Schäferwagen.«

Hier wollte er wohnen? Mein Blick glitt über seinen Rucksack und die Taschen. Er war aus dem Herrenhaus seines Vaters ausgezogen, um hier, mitten in den Bergen, in einem einfachen Schäferwagen zu hausen? Es war idyllisch, klar, aber auch verdammt weit weg.

»Ich bin übrigens Ben. Aber das weißt du wahrscheinlich.«

Bens Stimme holte mich aus meinen Gedanken. Ich wandte den Kopf und lachte leise. Er hatte recht. Wir waren uns in den vergangenen Wochen zwar mehrfach über den Weg gelaufen, doch vorgestellt hatten wir uns nicht.

»Ich bin Valerie«, gab ich zurück. »Aber das weißt du wahrscheinlich auch.«

Er hatte grüne Augen, das erkannte ich jetzt, nicht grasgrün, sondern vermischt mit Braun und Gold, wie die Fells unter den ersten Sonnenstrahlen am Morgen. Als hätte es in dieser Gegend nicht schon genug Grüntöne gegeben.

Dylan verlagerte das Gewicht auf die andere Seite, anscheinend war er kurz davor einzuschlafen. Das erinnerte uns daran, wozu wir hier waren. Wir führten ihn in einem Bogen zur Rückseite des Schäferwagens und begannen geschäftig, Bens Gepäck abzuladen. Während er aus einem niedrigen Schuppen Heu für das Pony holte und auf die Weide neben dem Wagen brachte, ließ ich Dylan am Teich trinken.

Schließlich war Dylan versorgt und vertilgte in einer geschützten Ecke an der Mauer sein Futter. Wir standen vor der Tür des Schäferwagens herum. Sie war in einem schönen Dunkelrot gestrichen, genau wie die Rahmen und Fensterläden.

Ben deutete auf den Eingang. »Willst du was trinken?«

Jetzt, als er fragte, war ich am Verdursten. »Gern. Warte, ich helfe dir mit den Sachen.«

Er hatte von irgendwoher einen Schlüssel gezogen und öffnete schon die Tür. Nachdem ich ihm die Taschen hineingereicht hatte – den Rucksack ließen wir für den Moment draußen –, stieg ich die beiden Stufen hinauf und trat ein.

Staunend blieb ich an der Schwelle stehen. Ich war mir nicht sicher, was ich erwartet hatte, aber das nicht: Von innen war der Schäferwagen komplett mit weißen Holzlamellen ausgekleidet, auch die Möbel – eine Anrichte mit Spülbecken, ein kleiner Tisch mit zwei Hockern und ein Kojenbett – waren weiß, sodass der Raum beinahe schon großzügig wirkte. Links neben dem Eingang war eine weitere Tür, durch deren Spalt ich eine Dusche in einem ebenfalls weißen Bad erkennen konnte. Anders als die Wände war der Boden mit honigfarbenen Dielen ausgelegt, auf denen ein bunter Teppich lag. Die Farben wiederholten sich nicht nur in den Kissen und der Tagesdecke auf dem Bett, sondern auch in dem Geschirr auf der Anrichte. Das Ganze sah aus wie aus einem Glamping-Prospekt.

Während ich geguckt hatte, hatte Ben schon die Lebensmittel in

Schränken und auf den Regalen verstaut. Gerade füllte er den Wasserkocher und stellte ihn an.

»Hast du das alles so eingerichtet?«, fragte ich. Ich konnte nicht verhindern, dass ein ungläubiger Ton in meiner Stimme mitschwang.

Ben sah mich über die Schulter an. »Geholfen. Das war so ein Projekt von Fran. Seit sie ... seit sie gestorben ist, kümmere ich mich um Fairview.« Er stellte die Teedose zurück ins Regal und drehte sich um. »Das ist dieses kleine Tal hier.«

»Und Fran war ...?«

»Fran war Henrys Frau.«

Anscheinend setzte er voraus, dass ich wusste, wer Henry war, denn er schickte keine Erklärung hinterher. Das Wasser kochte, und als er sich wieder zur Arbeitsfläche wandte und den Tee aufbrühte, fiel es mir leichter zu sagen: »Tut mir leid, dass er gestorben ist. Dass sie beide gestorben sind.«

Ein paar Sekunden lang betrachtete Ben die Teebeutel in den beiden Tassen, dann sah er mich wieder an. »Danke.«

Etwas an diesem Wort hielt mich gefangen. Er hatte nicht entgegnet »Ist schon gut« oder »Sie waren schon alt« oder »Du kanntest sie ja nicht«, wie die Leute es oft tun, wenn sie ihre Trauer nicht zeigen wollen. Er hatte mir geglaubt, dass ich es ernst meinte und es nicht nur eine Floskel war, und das ließ mich seinen Schmerz noch deutlicher fühlen.

Er fischte die beiden Teebeutel aus den Tassen, goss ein wenig Milch hinein und wies zur Tür. Draußen setzten wir uns auf eine Holzbank, von wo aus wir Dylan, den Teich und den Wasserfall im Blick hatten. Ben drückte mir meinen Teebecher in die Hand. Er war matt glasiert in einem wunderschönen Taubenblau.

Ich nippte einmal an dem Tee, dann drehte ich mich halb zu Ben, sodass ich ihm ins Gesicht sehen konnte.

»Warum ich mitgekommen bin heute ...« Ich räusperte mich und schaute kurz in meinen Becher. »Also ... ich wollte mich entschuldigen.«

Er runzelte die Stirn. »Dass du mir geholfen hast?«

»Nicht für heute! Für neulich. Am Friedhof. Ich ... ich wollte nicht lauschen.«

Ben holte Luft, dann atmete er stoßweise aus. Seinen Blick hatte er auf etwas auf der anderen Seite des Tals gerichtet. »Das weiß ich doch ... Mir tut's leid. Ich hab mich unmöglich benommen. Es war ja klar, dass du nicht absichtlich in diese Situation geraten bist.« Er sah mich an. »Aber wieso haben wir dich denn da bei deinem Rad nicht bemerkt?«

»Mir war schlecht.«

Hinter diesen drei Worten steckte eine ganze Geschichte, so viel war offensichtlich, aber er fragte nicht danach. Noch nicht. Stattdessen saßen wir da, hörten Dylans Kauen zu und tranken unseren Tee.

Es war schön hier, wunderschön, eine blühende Insel unter einem endlosen blauen Himmel.

Trotzdem ließ mich eine Sache nicht los.

»Gibt's keinen anderen Weg?«, sagte ich in den Nachmittagsfrieden hinein. »Außer hierherzuziehen, meine ich.«

Ben grinste humorlos. Er musste wissen, dass ich zumindest einen Teil seiner Geschichte kannte.

»Im Moment nicht«, antwortete er. »Aber ich werde einen finden.«

8

Der Gedanke, dass meine wilde Herde bald nicht mehr da sein könnte, trieb mich noch häufiger auf die Fells als zuvor. Ben traf ich nicht mehr, und ich war mir nicht ganz sicher, ob ich deswegen enttäuscht oder erleichtert sein sollte.

Ich hielt die Ohren offen, ob ich Neues über den geplanten Verkauf hörte, aber weder Grayson noch Emmy, Laini oder Silas schienen etwas zu wissen. Hatte Bens Aktion Wirkung gezeigt? Ich versuchte, mir vorzustellen, wie Mama reagieren würde, wenn ich plötzlich von zu Hause ausziehen würde, weil wir uns gestritten hatten. Doch nach dem, was Emmy und Grayson erzählt hatten, lag die Sache zwischen Ben und Gordon anders. Sie hatten schon seit Jahren Probleme miteinander.

Immer wieder ertappte ich mich bei dem Gedanken, ob ich Ben in Fairview besuchen sollte. Er war so völlig anders gewesen, als die anderen beschrieben hatten, und wenn ich nach dem ging, was im Dorf geredet wurde, war ich die Einzige, die seine Kompromisslosigkeit verstand.

Doch er hatte mich nicht eingeladen und ich wollte mich nicht aufdrängen.

Einmal aber führte mich mein Weg ungeplant nach Fairview.

Es war ein schöner, sonniger Tag Anfang Juli und ich war schon am frühen Morgen auf den Fells unterwegs. Ich hatte nicht mehr schlafen können und wollte nur eine kleine Runde oberhalb von Ellonby drehen, um rechtzeitig zum Frühstück zurück zu sein. Doch die Berge hielten immer noch Überraschungen bereit. Ich war einer kleinen Schlucht gefolgt und hätte gewettet, dass sie mich in einem Bogen zurück nach Süden bringen würde, stattdessen führte sie immer weiter Richtung Osten. Ich ignorierte meinen knurrenden Magen und war gespannt, wo ich diesmal landen würde.

Es dauerte nicht lang, bis das Gelände etwas abfiel. Rechts und links von mir ragten Felswände auf, aber dass es bergab ging, deutete ich als gutes Zeichen. Ich wollte ja zurück ins Tal. Das galt auch noch, als ich ein Geröllfeld erreichte. Ich war mir ziemlich sicher, dass ich am Rand gefahrlos weiterlaufen konnte, auch wenn ich wahrscheinlich nicht mehr hinaufkommen würde, wenn sich das Ganze als Sackgasse erwies.

Meine Zuversicht siegte. Ich hangelte mich an den Felsen hinunter und war erleichtert, dass ich immer festen Halt für meine Füße fand. Am Ende des Geröllfelds ging das Terrain auch sehr schnell in Gras über, sodass ich recht zufrieden mit meiner Entscheidung war.

Plötzlich hörte ich Stimmen. Ich verstand nicht, was sie sagten, dafür hallte es hier zwischen den Felsen zu sehr, aber es war offensichtlich, dass sie stritten.

Wenn ich auf den Fells unterwegs war, wurde mir nicht oft mulmig, doch das war ein Moment, der mir eine Gänsehaut über den Rücken jagte. Die aufragenden Felswände ließen die Stimmen verzerrt wirken, wahrscheinlich aggressiver, als sie in Wirklichkeit klangen, und als der Wind ein winziges bisschen drehte, knirschten sie in meinen Ohren, als würden sie durch die dünne Barriere der Wirklichkeit aus einer anderen Welt herüberwehen.

Ich war drauf und dran umzukehren, aber dann erinnerte ich mich an das Geröllfeld und daran, dass ich den Aufstieg sehr wahrscheinlich nicht schaffen würde. Also blieb nur eins: weitergehen.

Kaum hatte ich den nächsten Felsvorsprung umrundet, war es, als würden die beiden Männer – so viel konnte ich jetzt sagen – direkt neben mir stehen.

»… auf Dauer keine Lösung! Du bist hier ganz allein. Was, wenn dir etwas passiert?«

»Das ist dir doch scheißegal!«

»Ben!«

Auch das noch. Wie viele dumme Zufälle konnte es geben? Wieso brachte ich mich immer wieder in Situationen, in denen ich Ben und seinen Vater belauschte? Ich schloss die Augen und atmete tief ein. Es half nichts, ich musste weiter. Ich hatte Silas und Laini keine Nachricht hinterlassen, sie wunderten sich bestimmt längst, wo ich blieb.

Doch ich hatte Glück. Anders als die Akustik es mir vorgaukelte, warteten Ben und Gordon nicht hinter der nächsten Biegung. Anscheinend stand der Wind so ungünstig, dass er jedes Wort zu mir herübertrug.

Während ich also einem Trampelpfad folgte, der schon nach wenigen Hundert Metern in einen ordentlichen Wanderweg mündete, konnte ich den Gesprächsverlauf ganz genau verstehen.

»Ich weiß nicht, was wir noch besprechen sollten. Sie gehören hierher. Das ist es, was Henry wollte. Du hast kein Recht, dich über ihn hinwegzusetzen!«

»Bei allem anderen würde ich das auch nicht. Aber, Ben, diese Ponys sind gefährlich! Du brauchst nicht so verächtlich zu gucken – sie sind eine Gefahr für dich! Du kennst keine Grenzen, wenn du bei ihnen auf den Fells bist. Ich will doch nur, dass du in Sicherheit bist.«

Am liebsten hätte ich mir die Ohren zugestopft, so peinlich war es mir, schon wieder zu lauschen. Gleichzeitig konnte ich nicht leugnen, dass Gordons Worte mein Interesse geweckt hatten. Er meinte es bitterernst.

Aber für Ben zählte das wohl nicht viel. »Wie oft denn noch, Dad? Das, was Mum zugestoßen ist, war ein Unfall! Mir wird nichts passieren!«

»Woher willst du das wissen?«

Schockiert blieb ich stehen, denn die letzten Worte hatte Gordon gebrüllt. Der Gegensatz zu seiner beherrschten Stimme zuvor hätte nicht größer sein können.

Auch Ben schien für den Moment sprachlos zu sein.

Ich schlich weiter und ging fast in die Knie vor Erleichterung, als ich an eine Kurve kam und den Weg erkannte, auf dem Ben mich nach Fairview gebracht hatte. Jetzt noch unbemerkt am Eingang zum Tal vorbei und ich wäre zurück in Ellondale.

Anscheinend hatte ich endlich diesen seltsamen Geräuschkanal verlassen, der Bens und Gordons Worte so klar zu mir getragen hatte. Dankbar atmete ich auf. Doch ich hatte mich zu früh gefreut. Gerade als ich die Abzweigung nach Fairview erreichte, kam aus der Richtung des Schäferwagens ein Mann auf mich zu. Ich wusste sofort, dass es Gordon Aldringham war. Er hatte dunklere Haare als Ben, und seine Nase war ein bisschen schmaler, aber die Art, wie er sich hielt, und die Entschlossenheit, mit der er ausschritt, hatte er eins zu eins an seinen Sohn weitergegeben.

Meine Ohren waren so heiß, dass ich Angst hatte, mein Kopf würde explodieren, aber Gordon registrierte mich kaum. Er wirkte so aufgewühlt, dass er mir gerade mal zunickte und ohne ein Wort vor mir auf den Weg einbog. Nach ein paar Sekunden folgte ich ihm. Ich ging langsam, um die Entfernung zwischen uns zu vergrößern, doch dann nahm er die Abzweigung hinunter zur Farm der Carltons und verschwand aus meinem Sichtfeld.

Nach einem Moment, in dem ich das Gefühl genoss, noch einmal davongekommen zu sein, wandte ich mich Richtung Ellonby.

Nicht mal das Frühstück half, mein Adrenalin abzubauen. Immer wieder spielten sich das Gespräch zwischen den Aldringhams und Gordons Überreaktion in meinem Kopf ab. Hatte er sich die Herde mal aus der Nähe angesehen? Wieso sollten diese Ponys eine Gefahr für Ben darstellen? Und warum riskierte er ihretwegen diesen Bruch mit seinem Sohn? Alle sprachen immer in den höchsten Tönen von Gordon und seinen vernünftigen Ansichten. Es ergab einfach keinen Sinn, dass er sich wegen der Herde so irrational verhielt.

Doch diese Gedanken führten zu nichts. Ich musste mich dringend ablenken.

Da Grayson, Emmy und die anderen noch immer Schule hatten, entschied ich mich für eine kleine Shoppingtour. Ich hatte zwar noch fast zwei Monate Zeit, um alle meine Souvenirs zu kaufen, aber ein bisschen sinnloses Geldausgeben schien mir gerade genau das Richtige.

Eineinhalb Stunden später schlenderte ich tatsächlich ziemlich zufrieden mit mir Bell Close entlang und schlenkerte dabei mit den beiden Beuteln in meinen Händen. Ich war schneller fündig geworden, als ich geglaubt hatte. Mama und Kristof würden sich freuen und auch das perfekte Dankeschön für Laini hatte ich aufgetrieben. Jetzt brauchte ich nur noch etwas für Jette.

Mein Blick blieb an dem geschwärzten Sandstein des CoC hängen. Die Kuriositäten im Schaufenster waren andere als zuletzt: Diesmal hieß das Thema wohl »Puppenstube« statt »Anatomie«, denn aus mehreren ausdruckslosen Gesichtern, umrahmt von Rüschen und Borten, starrten mir Glasaugen in Blau und Braun entgegen. Ein Vintageschaukelpferd mit struppigem Schweif stand in der Mitte des rechten Fensters, darum herum waren auf mehreren Ebenen winzige, altmodische Möbel zu typischen Puppenhauseinrichtungen gruppiert. Das ganze Ensemble hätte harmlos wirken können, aber präsentiert in diesen tiefschwarzen Rahmen strahlte es etwas Sinistres aus.

Blödsinn, wies ich mich innerlich zurecht und grinste. Nur weil am späten Vormittag tief hängende Wolken aufgezogen waren und Rosley trister wirkte als sonst, musste ich nicht gleich den Bösen Blick befürchten. Im Gegenteil, heute war der perfekte Tag, endlich Emmys Stiefmutter kennenzulernen.

Ich schob mir meine beiden Einkaufsbeutel auf die Schulter und drückte entschlossen die schwere Eingangstür auf. Meine Ankunft wurde von einem Glockenspiel über meinem Kopf angekündigt, das Big Ben in den Schatten stellte.

Einen Moment blieb ich stehen. Ich musste blinzeln, um von dem Glitzern der Kristallkronleuchter, den spiegelnden Glasflächen und dem Geruchsmix aus Rose, Weihrauch und Leder nicht überwältigt zu werden. Sinnes-Overload, halleluja. Nach ein paar Sekunden nahm ich die beiden Frauen am Tresen rechts von mir wahr. Die ältere stand mit dem Rücken zu mir, die andere sah kurz auf und lächelte mir zu. Libby.

»Hallo, Liebes«, begrüßte sie mich. »Ich bin gleich bei dir. Schau dich gern um.«

Ich nickte und wandte mich nach links, wo ein riesiger Apothekerschrank die komplette Wand einnahm. Die oberen Fächer waren in Regale umgebaut worden, in denen sich duftende Seifen in allen möglichen Pastellfarben stapelten. Zitrone, Lavendel, Sandelholz, Schafsmilch, Olivenöl, Ringelblume … Ich griff nach einem der geflochtenen Einkaufskörbchen neben der Eingangstür und langte zu. Jette stand total auf Naturkosmetik.

Bald war ich so gefangen von den abgefahrenen Dingen, die auf Tischen und in Glasschränken präsentiert wurden, dass ich mich einfach nur dorthin leiten ließ, wohin meine Aufmerksamkeit gezogen wurde. Es gab eine Nische mit lokalen Spezialitäten, Marmelade, Heidehonig, Keksen und Konfekt, daneben führte ein schmaler Gang in einen zweiten Raum, dessen schmale Fenster nur diffuse Helligkeit hereinließen. Kein Wunder, die Waren hier waren lichtempfindlich: Links drängten sich antiquarische Bücher in den Regalen – keine zerlesenen Taschenbücher, wie ich schon auf den ersten Blick erkannte, sondern Bildbände, geschichtliche Abhandlungen und in Leder gebundene Raritäten –, gegenüber reihten sich Bücher mit etwas spezielleren Themen aneinander. »Böse Pflanzen«, las ich auf dem ersten, das ich aus dem Regal zog, dann: »Das kleine Buch der Zaubersprüche«, »Botanische Gifte« und »Das illustrierte Bestiarium«. Gleich fünf Ausgaben von »Moderne Hexenkraft« und »Das mystische Jahr – Folklore und Naturkräfte« stapelten sich auf einem Tischchen neben einem senfgelb bezogenen Lesesessel.

Ich lachte in mich hinein. Emmys zupackende Art war so ziemlich das Gegenteil von dem esoterischen Magiehumbug hier. Ich hätte gewettet, dass auf ihrem Nachttisch ein paar beinharte Thriller lagen. Ob Libby Interesse an diesem Hexenkram hatte? Mit ihrem Kurzhaarschnitt und dem Ringelshirt war sie mir eben nicht gerade wie eine Wicca-Anhängerin vorgekommen.

Nach einem letzten Blick wandte ich mich zurück zum Durchgang in den Hauptraum. Es lohnte sich garantiert, wenn ich mir die Bücherecke genauer ansah. Doch das würde ich tun, wenn das Wetter schlechter war als heute.

Am Tresen war Libby noch immer mit der älteren Frau zugange. Mit halbem Ohr bekam ich mit, dass sie über einen Gegenstand diskutierten, ein Schmuckstück vielleicht, aber mich zog es weiter in die Tiefen des CoC.

Eine Holztreppe führte in ein Zwischengeschoss hinter einem Geländer. Kaum war ich die Stufen hinaufgestiegen, schnappte ich nach Luft. Nicht weil ich außer Atem gewesen wäre, sondern weil ich das Herz des Ladens erreicht hatte. In dem riesigen Raum, dessen rückwärtige Wand ich kaum erkennen konnte, standen dicht an dicht antike Möbel, Bilderrahmen, Lampen und hohe Spiegel, Garderobenständer, Kleiderstangen mit Anzügen und Ballroben, Vitrinen mit Schmuck, Taschenuhren, ellbogenlangen Handschuhen und Seidenfächern. Von einem Schrank grüßte mich das Katzenskelett, das ich neulich schon im Schaufenster gesehen hatte.

Draußen mussten die Wolken aufgerissen sein, denn durch ein lang gestrecktes Oberlicht, das bis fast zur rückwärtigen Wand reichte, fiel blasser Sonnenschein und ließ den Staub in der Luft aufglimmen. Mit den Fingern streifte ich im Vorbeigehen eine Ballerina aus Porzellan, und als hätte sie nur darauf gewartet, dass sie jemand aufweckte, begann sie, sich auf den Zehenspitzen zu drehen. Dazu erklang eine Melodie, zart, zauberhaft, fast anderweltlich, und es war, als würde ich in der Zeit zurückkreisen, in das Leben der Menschen, denen diese Dinge einmal gehört hatten.

Vorsichtig öffnete ich die Spiegeltür eines Schranks und blätterte durch ein paar der glitzernden Kleider, die darin hingen. In einer Glasvitrine, in der Silber- und Perlenschmuck ausgestellt war, wurden meine Augen von einem Medaillon angezogen. Es war oval und in den Deckel war ein Frauenporträt eingelegt wie ein weißer Scherenschnitt. War es aus Elfenbein? Der Gedanke ließ es noch kostbarer wirken als die fein gearbeiteten Gesichtszüge und die filigrane Fassung.

Als ich weiterging, fiel mein Blick auf eine Schatulle aus dunklem Holz, etwa so groß wie eine Schuhschachtel. Mit zwei Fingern versuchte ich, den Deckel nach oben zu klappen, um zu sehen, was darin war, aber er gab nicht nach. Meine Fingerkuppen glitten über die Intarsien auf dem Deckel. Sie waren aus hellerem Holz und schienen zwei Vögel im Kampf darzustellen. Oder im Balzflug. Dort, wo sich ihre Flügel überlappten, war eine Kuhle ausgespart: die beiden Flügelspitzen, ein Stab und etwas Eckiges. Der Schlüssel ... Hatte der Schlüssel dort in der Kuhle seinen Platz gehabt und war verloren gegangen?

Plötzliches Bedauern durchzuckte mich, so heftig, dass ich meine Hand zurückzog und einen Schritt nach hinten trat. Ich räusperte mich, als hätte mich jemand bei etwas Peinlichem ertappt, und wandte mich ab.

Den Rest des Zwischengeschosses begutachtete ich nur noch flüchtig. Hier gerahmte alte Fotos, dort Urkunden, Pokale und Briefmarkensammlungen. Hutschachteln, stapelweise Damastbettwäsche hinter Glastüren, Tapetenrollen mit großflächigen Mustern in satten Farben, Spazierstöcke und seidene Sonnenschirme. Kristof wäre begeistert gewesen. Hauptberuflich war er Innenausstatter, aber sein Herz schlug für das Bühnenbild eines recht erfolgreichen Laientheaters. Aus den Fundstücken hier hätte er ganze Welten zaubern können.

Die Stimmen vom Tresen waren lauter und lebhafter geworden, jemand lachte. Wann hatte die Ballerina aufgehört, ihre Melodie zu spielen? Die Sonne war wieder hinter den Wolken verschwunden, und auch wenn der Raum noch tausend Schätze bergen mochte, war der Zauber dahin. Ein wenig wirkte er wie ein vernachlässigter Dachboden. Gänsehaut kroch über meinen Nacken, und ich war froh, als ich die Treppe ins Erdgeschoss erreicht hatte.

Während ich sie hinunterstieg, klingelte unten eine altmodische Kasse. Libby drehte sich zu der Kundin. »Das stimmt so, Georgie. Danke.«

Die ältere Frau nickte und packte zusammen, Geldscheine und Stoff raschelten.

Lächelnd sah Libby mir entgegen. »Na, hast du etwas gefunden, Valerie?«

Warum wunderte ich mich nicht, dass sie meinen Namen kannte? Ich lächelte zurück, aber dann flog mein Blick zu der alten Frau. Sie hatte zischend die Luft eingesogen und fixierte mich mit riesigen graublauen Augen. Ich konnte nicht recht sagen, wie alt sie war – sechzig? Achtzig? –, doch irgendetwas schien sie völlig aus der Fassung gebracht zu haben.

Auch Libby wirkte beunruhigt. »Ist alles in Ordnung, Georgie? Soll ich dir ein Glas Wasser holen?«

Die alte Frau schüttelte einmal knapp den Kopf. Sie raffte ihren Kram zusammen, stopfte ihn in ein altmodisches Einkaufsnetz und wandte sich mit einem Ruck zum Gehen. Während sie mit langen, eiligen Schritten den Ausgang ansteuerte, murmelte sie etwas vor sich hin. »Jetzt beginnt es« waren die einzigen Worte, die ich verstand.

Das Glockenspiel klimperte, dann schloss sich die Tür hinter ihr.

Libby hatte ihr anscheinend ebenfalls hinterhergestarrt, denn nun drehte sie sich zu mir. »Sie sollte nicht so viel allein sein, das tut ihr nicht gut. Ich muss sie mal wieder zum Essen einladen, glaube ich.«

»Habe ich etwas Falsches gesagt?«, fragte ich vorsichtig, doch dann fiel mir ein, dass ich gar nichts gesagt hatte.

Libby schüttelte den Kopf. »Nein. Mach dir keine Gedanken, manchmal ist sie so. Georgie lebt in einem winzigen Cottage drüben in Rydal. Sie weigert sich, nach Rosley zu ziehen, dabei hätte sie hier alles.«

»Rydal?«

Libby nickte. »In dem Tal, das direkt hinter Rosley nach Nordosten abzweigt. Vor ein paar Jahren wurde das Dorf aufgegeben, aber Georgie will nicht weggehen. Sie meint, sie hat ihr ganzes Leben dort verbracht, da würde sie jetzt nicht mehr umziehen.«

Nachdenklich blickte ich zur Eingangstür. Wie musste es sich anfühlen, dabei zuzusehen, wie seine Heimat verfiel? Wenn all die Menschen fortgingen oder begraben wurden und der Wind ihre Stimmen davonwehte wie ferne Erinnerungen? Ein bittersüßes Gefühl breitete sich in mir aus, Bedauern und Mitgefühl für Georgie und … Neid.

Bevor ich mich fragen konnte, was in mich gefahren war, lenkte Libby meine Aufmerksamkeit auf ein schwarzes Tuch, das vor ihr auf der polierten Holzfläche des Tresens ausgebreitet war. Darauf lag eine Brosche in Blütenform. Libby seufzte und nahm sie in die Hand.

»Hübsch, nicht?« Sie hielt die Brosche so, dass sie im Licht der Kronleuchter funkelte. »Das ist Silber in Filigranarbeit«, sie deutete mit dem kleinen Finger der anderen Hand auf die Schnörkel und Spiralen, aus denen die Blütenblätter bestanden, »und der Stein in der Mitte ist ein Granat. Ein wirklich schönes Stück. Es ist eine Schande, dass sie sich davon trennen muss, sicher bedeutet es ihr eine Menge.« Sie schwieg einen Augenblick. »Wahrscheinlich hat sie sie von Edith geschenkt bekommen. So nah, wie sich die beiden standen.«

»Ich nehme sie«, hörte ich mich da sagen.

Libby blickte auf. »Wirklich? Willst du dir nicht mal ansehen, was wir sonst noch haben? Ich wüsste da ein paar hübsche …«

»Nein.« Meine Stimme klang so entschieden, dass ich Libbys Stirnrunzeln voll und ganz verstand. Ich bemühte mich um einen gefälligeren Tonfall. »Wenn Georgie … Also, wenn sie so an der Brosche gehangen hat … Irgendwie fühlt es sich komisch an, dass jemand anders sie kaufen könnte und nicht wüsste, dass sie jemandem mal viel wert war.«

Eine Kaminuhr auf der Anrichte hinter ihr tickte vor sich hin, während Libby mich betrachtete. Lange, wie mir schien. Und dann tat sie etwas, womit ich nie im Leben gerechnet hätte: Sie langte über den Tresen, legte den Zeigefinger unter mein Kinn und strich mit dem Daumen darüber.

»Valerie, die Starke«, sagte sie leise. »Oder vielleicht bist du eher eine Ruth?«

Ich biss mir auf die Lippe, weil ich spürte, wie mir die Tränen kamen. Was war denn hier los?

»Was bedeutet Ruth?«, krächzte ich.

Libby lächelte leicht. »Mitfühlende Freundin«, antwortete sie, dann begann sie, die Brosche und Jettes Seifen säuberlich zu verpacken.

Nachdem ich ihr einige Geldscheine hingelegt und sie mir die Tasche mit meinen Errungenschaften zugeschoben hatte, steckte sie noch ein Tütchen aus braunem Papier hinein.

»Geht aufs Haus«, sagte sie schmunzelnd. »Eine Portion Kräutertee. Lass ihn dir schmecken. Er kommt direkt aus Georgies Garten in Rydal.«

Ich bedankte mich, bestellte Grüße an Emmy und winkte ihr zu, als ich mich durch die Tür nach draußen schob. Benommen wankte ich auf die Ecke zu, wo ich Silas' Rad abgestellt hatte.

Noch immer konnte ich kaum glauben, was Libby eben gesagt hatte.

Ruth. So hieß meine Oma. Ich sah sie nicht oft, weil Mama sich nicht gut mit ihr verstand, aber ich erinnerte mich, dass ich als kleines Mädchen oft bei ihr gewesen war und sie mir von ihren Reisen in ferne Länder erzählt hatte.

Doch das war nicht der einzige Grund, warum ich mich fühlte wie im Schleudergang: Ruth war auch mein zweiter Vorname.

9

Ich hatte ein kleines Tief. Die ersten Wochen im Lake District waren aufregend gewesen, in mancher Hinsicht heilsam, aber mittlerweile verblasste der Zauber ein wenig. Grayson und Emmy hatten nur selten Zeit, weil in der Schule die letzten Prüfungen anstanden, und selbst in Rosley hatte ich das Gefühl, schon jeden Winkel erkundet zu haben.

Auf der Farm gab es für mich auch kaum etwas zu tun, weil Silas meine Zufallsbekanntschaft aus dem Supermarkt angeheuert hatte und nun ständig mit Zach auf dem Gelände unterwegs war. Zach hatte mich netterweise nicht auf mein seltsames Verhalten während Henry Carltons Beerdigung angesprochen. Dafür machte ich ihm und Silas Kaffee, sooft sie wollten.

Laini hatte während der Hauptsaison einen Job am Fähranleger und kam auch erst am späten Nachmittag nach Hause. Eine Weile überlegte ich, ob ich mir ebenfalls Arbeit suchen sollte, aber wenn ich ehrlich war, löste der Gedanke Herzklopfen aus – und zwar nicht der angenehmen Sorte. Wahrscheinlich war es dafür noch zu früh.

»Vielleicht könntest du dich als Vogelbeobachterin bewerben«, meinte Jette eines Abends, während wir videotelefonierten. »So was gibt's in Naturparks doch häufig.«

Grinsend rückte ich das Kissen in meinem Rücken zurecht. »Ponybeobachterin wäre mir lieber.«

»Ja, aber das wäre so, als würden sie mich fürs Schokoladeessen bezahlen.«

Ich hatte Jette von der wilden Herde und ihrer unerklärlichen

Faszination erzählt, und obwohl sie mit Pferden nichts am Hut hatte, hörte sie sich geduldig jeden Bericht über meine Ausflüge auf die Fells an.

Jetzt lachte ich. »Vielleicht. Aber die Kunst ist, etwas zu finden, was man mit Leidenschaft tut und das auch noch genug Geld einbringt. Sagt Silas. Und wer freiwillig morgens um fünf aufsteht, muss es ja wissen.«

»Wie geht's Silas?«

Nur mit großer Selbstbeherrschung gelang es mir, ein Schmunzeln zu unterdrücken. Eine Zeit lang war Jette nach eigener Aussage »unsterblich« in Silas verliebt gewesen, und auch wenn das schon ein paar Jahre her war, fiel es ihr schwer zu glauben, dass er sich nun in England niedergelassen hatte. Ich erzählte ein paar Anekdoten von der Farm, und dann war es in Deutschland so spät, dass Jette beinahe die Augen zufielen.

Wir verabschiedeten uns, und während ich danach noch ein paar Minuten auf meinem Bett liegen blieb und meine Augen über den kleinen Sessel in der Ecke, den wuchtigen Kleiderschrank und den Schreibtisch unter dem Fenster schweiften, ging mir auf, dass wir kaum über die Leute zu Hause geredet hatten. Dort ging das Leben ohne mich weiter – und ich vermisste nichts.

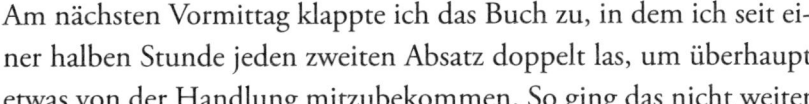

Am nächsten Vormittag klappte ich das Buch zu, in dem ich seit einer halben Stunde jeden zweiten Absatz doppelt las, um überhaupt etwas von der Handlung mitzubekommen. So ging das nicht weiter mit der Faulenzerei, es war Zeit für Action.

Innerhalb von Minuten hatte ich Proviant für den Tag zusammengepackt und mich bergtauglich mit Option auf regenfest angezogen. Ich würde es dem Zufall überlassen, welche Richtung ich heute einschlagen würde.

Vor dem Haus schloss ich die Augen, dann breitete ich die Arme aus und drehte mich so lange im Kreis, bis mir schwindlig wurde. Schließlich blieb ich stehen. Noch bevor ich die Augen öffnete, wusste ich, wohin mein Gesicht zeigte. Ich roch es im Wind, der mir um die Nase wehte und den Duft nach Weite mitbrachte.

Mein Blick ging nach Osten, immer weiter, bis dorthin, wo sich die Hügel im Dunst verloren. Natürlich hätte ich auch einfach entscheiden können, auf den Fells zu wandern, aber so fühlte es sich irgendwie bedeutsamer an. Unausweichlicher.

Ich schulterte meinen Rucksack und machte mich auf den Weg.

Um mich herum war nichts als Wildnis. Hier oben wuchsen fast keine Bäume mehr, der Farn war in niedrige Heide übergegangen und immer wieder öffneten sich in den Senken stumpfe schwarze Tümpel wie bodenlose Pforten in die Unterwelt. Der Wind pfiff mir um die Ohren und zerzauste meine Haare, sodass ich froh war, meine Softshell-Jacke eingepackt zu haben.

Trotzdem war ich voller Euphorie. Auf manche wirkte die Gegend vielleicht trist, mir zeigte sie aus jeder Perspektive neue Ecken, die ich erkunden wollte. Gerade hatte mich ein schmaler Pfad, der eher wie ein Wildwechsel aussah, um den Ausläufer eines Hügels herumgeführt. Nun stand ich auf einer Anhöhe und schaute auf ein Dorf hinunter – zumindest war es das einmal gewesen. Zwischen Büschen und vereinzelten Bäumen führten Straßen von Haus zu Haus, aber ihre Konturen waren verwischt, so als würde es nicht mehr lang dauern, bis die Natur sie zurückerobert hätte. Selbst von hier oben wirkten die Häuser baufällig, bei manchen war sogar der Dachstuhl eingestürzt. Zwei oder drei größere Gebäude – ein ehemaliger Gasthof? Ein Laden? – hatten den Niedergang ein bisschen besser überstanden, sie kamen mir unbeschädigt vor. Am Ende des

Dorfes erkannte ich eine Kapelle. Der eingezäunte Bereich daneben war wohl der Friedhof.

Konnte das Rydal sein? Das verlassene Dorf, von dem Libby gesprochen hatte? Nordöstlich von Rosley, hatte sie gesagt – war es wirklich Zufall, dass ich gerade heute hierhergefunden hatte, so kurz nach meinem Besuch im CoC? Oder ... oder hatte mein Unterbewusstsein mich hergeführt?

Der Gedanke verursachte mir Gänsehaut, aber das war Unfug. Noch vor ein paar Tagen hätte ich nicht mal gewusst, wie das verlassene Dorf hieß, dass es mir nun bedeutsam vorkam, lag nur an Libbys Geschichte.

Ich hob den Blick. Ein schroffer Gipfel erhob sich am Ende des Tals – und jetzt fielen mir wieder Graysons Worte ein: Rydal Hill. Der höchste Berg der Gegend, beliebt bei Kletterern, aber gefürchtet von der Bergwacht, die Jahr für Jahr verunglückte Outdoorfans aus seinen Spalten und Schluchten holen musste.

Diese Überlegungen hoben meine Stimmung nicht gerade. Im Geiste ging ich meine Ausrüstung durch und nahm mir fest vor, nicht mehr so blauäugig durch die Gegend zu latschen. Ein Kompass, eine Trillerpfeife und ein Erste-Hilfe-Set wogen kaum etwas, konnten mir im Ernstfall aber aus der Patsche helfen. Immerhin wurden meine Touren immer länger und das Gelände unwegsamer. Da musste ich es nicht riskieren, einen Rettungseinsatz auszulösen.

Während meine Augen ihren Weg zurück zu der ehemaligen Siedlung fanden, blieben sie an einem kleinen Einschnitt oder eher einer Einbuchtung an einer Seite des Hügels hängen. Geschützt hinter hohen Bäumen erhob sich ein mehrstöckiges Gebäude. Ich erkannte es von hier nicht gut, doch das Dach schien an vielen Stellen undicht zu sein und die Fenster waren schwarze Löcher. Efeu wuchs an den Wänden empor, so dicht, dass es unter der Last beinahe nachgab.

Was war das? Vor ein paar Jahrzehnten musste es einmal ein herrschaftliches Haus gewesen sein, jetzt, als ich genau hinsah, erkannte ich auch die Allee, die von einem rostigen, aus den Angeln gerissenen Tor zum Eingangsportal führte. Ein eigenartiges Gefühl überfiel mich, wie ein Frösteln bei Fieber, und ich konnte nicht sagen, ob es von dem frischen Wind herrührte, der plötzlich aufgekommen war.

Unsinn, schimpfte ich in Gedanken. Ich stand exponiert, da waren Böen normal, und das Gefühl kam einfach daher, dass ich nach der Anstrengung des Aufstiegs schon zu lange herumstand. Es wurde Zeit, dass ich mich wieder in Bewegung setzte. Das verfallene Dorf konnte ich ein andermal erkunden.

Ich wollte mich schon umdrehen, als mein Blick an einem anderen, viel kleineren Haus hängen blieb. Warum es mir bisher nicht aufgefallen war, wusste ich nicht, vielleicht weil es in einem üppigen Garten stand, der inmitten des vielen Grüns kaum auffiel. Aber als einziges Gebäude dort unten schien es bewohnt zu sein – und da war mir klar, wem es gehörte. Georgie, die alte Frau, die ich im CoC getroffen hatte, musste dort leben. Um das Cottage herum blühten unzählige Blumen und Sträucher, ich erkannte ein Gemüsebeet und sechs oder sieben Obstbäume.

Eine Gänsehaut lief über meinen Rücken und diesmal hatte sie allen Grund dazu. Hier, mitten im Nirgendwo, weigerte sich die Frau, ihre Heimat aufzugeben. Wie mochte sich das anfühlen, so zu hausen? Als einzige Lebende auf einem Friedhof voller toter Träume?

Ich straffte die Schultern und fasste einen Entschluss. Natürlich musste ich vorher Laini fragen oder vielleicht auch Libby, aber wenn sie dachten, dass es Georgie recht wäre, dann würde ich sie demnächst besuchen. Mir würde schon ein Vorwand einfallen, der die Situation nicht ganz so seltsam erscheinen lassen würde.

Jetzt drehte ich mich endgültig weg und auf einmal waren meine Schritte ganz beschwingt. Meine Stimmung hob sich. Rydal. Dort unten warteten Geschichten auf mich, das spürte ich bis in die Fingerspitzen. Und ich konnte kaum erwarten, sie zu hören.

～⸱⸱～

Der Weg führte mich ein gutes Stück weiter in die Berge, als ich bisher gewesen war. Mein Gefühl sagte mir, dass Ellondale links von mir lag, aber ich wollte nicht einfach quer über den Kamm laufen. Mein Entschluss, vorsichtiger zu sein, war ja gerade mal drei Stunden alt. Manchmal entpuppte sich ein harmlos wirkender Hügel als gefährliche Kletterpiste, und ich wollte jetzt, als es auf den Abend zuging, nicht an irgendeiner Felswand stranden.

Also hielt ich mich an die Physik: In einer Senke hörte ich einen Bach gurgeln, und da Wasser bekanntlich bergab fließt, folgte ich ihm. Ich blieb ein gutes Stück vom Ufer weg, weil aus der Senke immer wieder eine kleine Schlucht wurde, wo der Boden steil zum Bachbett abfiel. Geröll, karge Büsche und Gras wechselten sich ab, und obwohl ich mich konzentrieren musste, wohin ich meine Füße setzte, kam ich gut voran. Mehr noch: Ich genoss jeden Schritt. Der Wind spielte in meinen Haaren, herbe Gerüche von Torf und Moos kitzelten meine Nase, und ich merkte, dass ich nicht mehr so oft ins Stocken geriet, um meine Route zu wählen, wie in meinen ersten Tagen in den Lakes. Es fühlte sich gut an, natürlich. So als hätte ich schon mein ganzes Leben lang über die Fells streifen sollen.

Ich merkte, dass mich der Bachlauf ein bisschen zu weit nach Westen brachte. Neben mir ragte eine Felswand auf, zwanzig, dreißig Meter mindestens. Sie sperrte das Licht aus, beinahe von einem Moment auf den anderen war es viel dunkler. Und kälter. Sollte ich umkehren und mich doch querfeldein durchschlagen?

Langsam ließ ich den Blick schweifen. Nein, dort vorn, zwischen der Felswand und einem weiteren Hang, schien ein Geröllfeld den Bach wieder nach Süden zu lenken. Ich hielt darauf zu.

Schon nach ein paar Schritten atmete ich auf. Der Bachlauf knickte tatsächlich nach links ab, und kaum hatte ich den nächsten Hügel umrundet, öffnete sich das Tal, und ich sah zwischen zwei Hängen das blaue Wasser von Whinfell Water im Abendlicht glitzern. Ein paar Sonnenstrahlen verirrten sich an den Fuß der Felswand und ließen das Geröll metallisch aufleuchten. Anthrazit, silbern und schiefergrau glänzte auch der Hang und wirkte so majestätisch und abweisend, dass sich mir die Härchen im Nacken aufstellten.

Gerade als ich mich abwandte und loslaufen wollte, entdeckte ich etwas Weißes zwischen den Steinen. Vielleicht wäre es mir nirgends sonst ins Auge gefallen, aber zwischen den dunklen Gesteinsbrocken schimmerte die Stelle wie Elfenbein. Ich kniff die Augen zusammen und ging ein paar Schritte auf und ab, um besser zu sehen, doch auch mit der Sonne im Rücken konnte ich nicht sagen, was sich dort halb unter dem Geröll verbarg.

Meine Neugier war geweckt. Ein Stück talabwärts fand ich eine Stelle, wo der Bach so schmal war, dass ich hinüberspringen konnte. Keine halbe Minute später war ich wieder auf Höhe der weiß schimmernden Stelle. Doch es war nicht nur eine: Jetzt, als ich ein paar Meter näher gekommen war, entdeckte ich überall helle Flecken, beinahe stumpf gegen die glänzenden Steinbrocken.

Mein Mund wurde trocken. Ein Teil von mir wollte sich umdrehen und nie wieder an diesen Ort denken, aber der andere, der Teil, der mich jetzt unerbittlich vorwärtstrieb, musste wissen, was ich nur ahnte. Ich setzte einen Schritt vor den anderen, dann ging ich in die Hocke, holte Luft und fegte ein paar dunkle Steine zur Seite.

Wie lange hatte es hier gelegen? Wie viel Zeit war vergangen, um es von allen Spuren des Lebens zu befreien, es nackt und zerbrechlich zurückzulassen und beinahe schneeweiß zu bleichen?

Langsam streckte ich die Hand aus, hauchzart strichen meine Fingerspitzen über die Oberfläche. Sie fühlte sich warm und trocken an, fast papieren. Einen Moment schloss ich die Augen, und plötzlich war mir, als würde der Boden unter mir beben, erschüttert von vielen Dutzend Hufen, Hufen, die in einem atemlosen, panischen Takt auf einen Abgrund zusteuerten …

Ich riss die Augen auf und schnappte nach Luft. Was war das gewesen? Beinahe hatte es sich angefühlt, als wäre ich dabei gewesen, als hätte ich die Furcht auf der Zunge geschmeckt, die die Pferde immer weiter vorantrieb, bis sie eingekeilt waren zwischen dem Abgrund und dem, was sie so in Panik versetzte.

Ich legte den Kopf in den Nacken und sah nach oben, wo ich die Abbruchkante fast nicht erkennen konnte. War das wirklich geschehen? Hatte hier eine ganze Herde den Tod gefunden? Oder hatte ich mir die Bilder, die Geräusche eben eingebildet, weil mich diese Knochen, dieses beinahe perfekt erhaltene Pferdebein samt Huf so erschütterte?

Gut, eingebildet musste ich mir die Szene haben, ein Knochen trug kein Echo längst vergangener Zeiten in sich. Aber dass es mehrere Pferde gewesen waren, Dutzende, und nicht nur ein einzelnes, das einen falschen Schritt getan hatte, war das möglich?

Ich stand auf. Vorsichtig, um auf dem losen Geröll nicht das Gleichgewicht zu verlieren, tastete ich mich voran, zu der nächsten Stelle, wo etwas weiß schimmerte. Auch hier schob ich Steinbrocken zur Seite, auch hier war mir nach Sekunden klar, was ich gefunden hatte: eine Rippe. Mein Atem ging schwer, während ich mich auf dem Geröllfeld voranarbeitete. Wirbel, weitere Beinknochen, ein zertrümmertes Becken … Es war, als wäre ich auf einen Friedhof geraten, einen Pferdefriedhof aus alter Zeit.

Und dann fand ich meinen Beweis. Vielleicht wäre ich darüber hinweggestiegen, doch weil sich meine Vorsicht längst in Hektik gewandelt hatte, blieb ich mit der Fußspitze an einem größeren Felsbrocken hängen, stolperte und ging in die Knie. Meine Hände landeten hart auf den Steinen, aber da entdeckte ich, worauf ich nicht geachtet hatte: ein neues Fundstück, nicht weiß, sondern gelblich diesmal. Ich schluckte. Mit jedem Stein, den ich wegnahm, kam mehr davon zum Vorschein: Es waren zwei. Zwei Schädel, die Zähne des einen vergilbt, aber intakt, der andere viel kleiner und mit einem lückenhaften Gebiss. Die Milchzähne des Fohlens waren nicht erhalten geblieben.

Langsam richtete ich mich auf. Was war hier geschehen? *Wann* war es geschehen? Ich wusste, dass Menschen in der Steinzeit Pferde über Abhänge gehetzt hatten, um sie zu essen, aber so lange konnte das hier doch nicht zurückliegen, oder? Niemals wären dann noch so viele Knochen erhalten geblieben.

Ein letztes Mal ließ ich den Blick über … über diesen Friedhof schweifen, dann drehte ich mich um und machte mich an den Abstieg. Den ganzen Weg bis nach Ellonby hallte mir trommelnder Hufschlag im Ohr.

~

»Ist alles in Ordnung?« Silas stellte die Salatschüssel ab und sah mich prüfend an. »Du bist so blass. Warst du nicht den ganzen Tag auf den Fells?«

Mühsam schüttelte ich meine Gedanken ab und trug den Topf mit dem Kartoffelpüree zum Tisch. »Hm? Ja, klar. Alles gut. Es war nur …« Ich rutschte auf meinen Platz auf der Bank und lächelte, als Laini mir ein Stück Linsenbraten auf den Teller legte. Sie musterte mich genauso kritisch wie Silas und ich seufzte. »Ich hab heute nur was Seltsames gefunden.«

Silas setzte sich ebenfalls und schenkte uns allen Wasser ein. »Was Seltsames? Gefunden?«

»Ja. Und du kannst aufhören, mir nachzuplappern.«

Silas und Laini grinsten sich an. Anscheinend hatte das schnippisch genug geklungen, dass mir nicht viel fehlen konnte.

Ich ignorierte ihren stummen Austausch und sagte: »Ich bin an einem Geröllfeld unterhalb einer Klippe vorbeigekommen. Und dort … dort lagen eine ganze Menge Pferdeknochen.«

Silas verzog das Gesicht, aber Laini nickte. »Oben bei Devil's Knott. Ja, die Stelle kenne ich.«

Sie nahm das ja recht gelassen auf.

Anscheinend merkte Laini, dass mich ihre Reaktion irritierte, denn sie trank einen Schluck und holte ein bisschen weiter aus: »Es gibt eine ziemlich wilde Geschichte zu der Klippe. Angeblich ist da mal eine ganze Ponyherde runtergesprungen, aber wie genau das passiert ist, weiß ich nicht. Wenn es dich interessiert, findest du sicher was drüber zu lesen. Frag doch mal im Buchladen nach.«

Ich rieb mir über die Arme. Obwohl es warm war in der Küche, hatte ich eine Gänsehaut bekommen. *Eine ganze Ponyherde.* Das war genau, was ich vorhin gespürt hatte.

Doch Laini war noch nicht fertig. »Die Leute erzählen sich hier in der Gegend eine Menge schräge Geschichten über Pferde, die unter unerklärlichen Umständen ums Leben gekommen sind. Oder verloren gegangen sind.«

»Hat das was mit diesem Geisterhengst zu tun?«

Laini schaute mich überrascht an. »Davon hast du also schon gehört, ja?« Sie schob sich ein Stück Gurke in den Mund und überlegte einen Moment. »Dieser Hengst … Ich glaube, das ist nur

Unfug, den sich jemand für die Touristen ausgedacht hat. Aber es sind schon ein paar seltsame Dinge passiert, die sich niemand recht erklären konnte.« Sie zwinkerte Silas zu, der sie verblüfft anstarrte. »Schau nicht so. Ich sage ja nicht, dass ich an irgendwas Übersinnliches glaube. Über die Jahre hatten manche Züchter einfach Pech. Da sind innerhalb von Tagen ganze Herden an Krankheiten gestorben. Und es hat hier viele Unfälle mit Pferden gegeben, Tote sogar.«

Kit. Ben Aldringhams Mutter. Ich schluckte, als mir Emmys Worte einfielen. *Man hat sie am Fuß eines Abhangs gefunden. Beide tot.*

Auch Laini starrte auf ihren Teller, als würde das Kartoffelpüree plötzlich wie Spachtelmasse schmecken. Nur Silas schaufelte sein Essen in sich hinein und grinste vergnügt.

»Macht nur so weiter«, meinte er zwischen zwei Bissen. »Noch ein paar Schauergeschichten und ich hab den Nachtisch ganz für mich allein.«

»Kann ja nicht jeder so ein Klotz sein wie du«, schoss ich zurück, aber Laini schmunzelte und schien ihre bedrückte Stimmung abzuschütteln.

»Du weißt ja, wie so etwas ist«, sagte sie zu mir. »Es passieren ein paar komische Dinge und die Leute fangen an zu reden. Mein Opa hat immer was von einem Fluch gefaselt, der auf den Ponys von Rosley liegt, aber damit wollte er uns Kinder dazu bringen, vorsichtig zu sein.« Sie schob ihren rechten Ärmel hoch und zeigte auf eine ungefähr acht Zentimeter lange Narbe unter ihrem Ellbogen. »Hat nicht immer geklappt.«

Silas griff nach Lainis Arm und drückte ihr einen Kuss auf die Narbe.

Ich stöhnte. »Bitte! Nicht beim Essen!«

Silas lachte. »Aber Skelette sind besser, oder was?«

»Laini hat sich überhaupt nicht dran gestört!«

»Daran, dass ich ihren Ellbogen küsse, auch nicht.«

Bevor das Gespräch endgültig kippte, legte Laini einen spektakulären Themenwechsel hin. »Nächstes Wochenende ist übrigens die Sommerparty auf Renwick. Heute kam die Einladung.«

Ich warf Silas einen letzten warnenden Blick zu und fragte: »Klingt gut. Geht ihr hin?«

»Auf jeden Fall. Das lässt sich niemand entgehen.«

Allmählich holte mein Hirn auf. Eine Party auf Renwick Hall? Obwohl bei den Aldringhams gerade dicke Luft herrschte?

Ich kam nicht dazu, den Gedanken weiterzuverfolgen, denn Laini sagte mit einem kleinen Lächeln: »Du bist auch eingeladen.«

»Echt?« Das überraschte mich. »Ich kenne die Leute doch gar nicht.«

Laini legte ihr Besteck weg und griff nach ihrem Wasserglas. »Aber wir. Und du gehörst zur Familie.«

10

Hey, Miss Lazy Ass, da bist du also.«

Ich drehte den Kopf zur Hausecke, wo Emmy aufgetaucht war, und schob mir meine Sonnenbrille in die Haare.

Sie schlenderte herüber. »Nett hast du es hier.«

Ich grinste, als sie Tizzie aus dem zweiten Liegestuhl verscheuchte und sich neben mich setzte. Der Obstgarten war mein neuer Lieblingsort auf dem Hof, auch wenn Emmy keinen Grund hatte, mich als faul zu beschimpfen. Dafür, dass ich offiziell Ferien hatte, verbrachte ich erstaunlich wenig Zeit auf meinem Hintern. Dass sie mich überhaupt hier unter dem Birnbaum antraf, war nichts als Zufall.

Sie ließ den Blick von meinen Füßen über meine Beine bis zu meinem Oberkörper gleiten. »Was ziehst du an?«

Aus schmalen Augen starrte ich sie an.

»Nächsten Samstag. Zu der Party auf Renwick.«

Jetzt blinzelte ich. »Ich hab ein gelbes Sommerkleid dabei. Denkst du, das passt?«

Emmy lachte. »Nur wenn du unbedingt auffallen willst.« Sie spitzte die Lippen. »Wobei, auffallen wollen wir schon. Aber aus den richtigen Gründen.« Mit einem Satz war sie auf den Beinen und hielt mir die Hand hin. »Und jetzt komm. Wir gehen shoppen.«

Eine halbe Stunde später bogen wir auf Bell Close ab. Ich hatte erwartet, dass wir den Bus nach Sedgwick nehmen würden, doch Emmy reagierte beinahe entrüstet.

»Was soll es denn da geben, was wir nicht auch in Rosley haben?«, meinte sie und hüpfte vor Ungeduld auf der Stelle, bis ich Silas' Rad abgeschlossen hatte.

Sie hakte mich unter und schleuste mich zielstrebig durch die Menschentrauben, die an diesem Freitagnachmittag reichlich unterwegs waren.

Dann standen wir vor dem Vintageladen, der mir schon beim ersten Mal, als ich mit Grayson hier gewesen war, aufgefallen war. Bisher hatte ich es aber noch nicht hineingeschafft.

»Und außerdem«, nahm Emmy den Gesprächsfaden wieder auf, »brauchen wir was für eine Zwanzigerjahre-Party.«

Verblüfft starrte ich sie an, weil ich mir nur schwer vorstellen konnte, dass Gordon Aldringham ein Retro-Fan war, doch sie ließ mir keine Zeit, Fragen zu stellen, sondern zerrte mich die beiden Stufen zum Eingang hoch und stieß die Tür auf. Ein fröhliches Glöckchen kündigte unsere Ankunft an.

Das Innere des Ladens war ein Augenöffner. Ich hatte eine vollgestopfte, staubige Dachbodenatmosphäre erwartet, aber es war genau das Gegenteil: Wir traten in einen riesigen luftigen Raum, in dem wie in einer Edelboutique nur wenige halbhohe, spärlich bestückte Kleiderstangen standen, einige an den weißen Wänden, ein paar weitere über die Fläche verteilt. Der Boden war hellgrau, die wenigen Oberflächen aus Glas, trotzdem wirkte das Geschäft nicht kühl. Möglicherweise lag das auch an dem Mann, der uns gerade mit einem strahlenden Lächeln entgegenkam.

»Emmy! Ich habe schon auf dich gewartet. Tolle Sachen habe ich diesmal für dich, aber wenn du dieses Wochenende nicht gekommen wärst, hätte ich sie in den allgemeinen Verkauf geben müssen.«

Emmy lächelte bedauernd und umarmte den Mann kurz. »Ich hab's nicht früher geschafft, tut mir leid. Schule und so. Außerdem wollte ich unbedingt jemanden mitbringen.«

Sie trat einen Schritt zurück und deutete mit großer Geste auf mich.

Der Mann schmunzelte. »Soso, Valerie also. Herzlich willkommen im Golden Times.«

Dass er meinen Namen kannte, wunderte mich schon nicht mehr. Der Blick, mit dem er mich maß, war dagegen überraschender. Ich kam mir vor, als würde mich ein Modedesigner mustern.

Ganz falsch lag ich damit nicht, denn der Mann nickte. »Lass mich ein bisschen überlegen. In der Zwischenzeit mach es dir bequem, wir fangen mit Emmy an.« Dann lächelte er und hielt mir die Hand hin. »Ich bin übrigens Roger.«

»Hallo, Roger, freut mich«, sagte ich, als ich seine Hand schüttelte, aber er war viel weniger förmlich, sondern zog mich mit sich in den hinteren Teil des Ladens. Dort waren zwei große Umkleidekabinen untergebracht und hohe Fenster gingen zum Hof hinaus. Davor standen zwei tiefe Sofas und ein niedriges Tischchen.

Roger bat mich, Platz zu nehmen, wies Emmy eine Kabine zu und verschwand in einem angrenzenden Raum. Ich hatte mich kaum hingesetzt, als er ein Tablett mit einer Glaskaraffe, zwei Gläsern und einer Etagere mit winzigen bonbonfarbenen Petits Fours abstellte. Ich blickte zu ihm hoch.

»Bedien dich, ja? Die Limonade ist hausgemacht.«

»Nicht von ihm!«, trällerte Emmy hinter ihrem Vorhang hervor.

Roger lachte. »Das stimmt leider. Ich habe ein Arrangement mit Life's Sweet zwei Straßen weiter. Jeder hat seine Stärken und meine liegen nicht in der Küche.«

Er verschwand ein zweites Mal, und als er zurückkam, schob er eine Kleiderstange auf Rollen vor sich her. Daran hingen glitzernde Kleidchen, die schon auf den ersten Blick so wirkten, als würden sie Emmy perfekt passen.

Roger reichte ihr ein hellblaues Teil mit Fransen durch den Vorhang. »Das zuerst bitte.«

In der Kabine begann es zu rascheln, und während Roger in einem Schuhregal kramte und silberne Pantoletten auswählte, sagte ich: »Emmy hat mir erklärt, dass das Sommerfest auf Renwick Tradition hat. Aber ich hätte nicht gedacht, dass Gordon Aldringham der Typ für Kostümpartys ist.«

Roger wandte sich zu mir um und lachte. »Oh, du würdest dich wundern …« Nach einer kleinen Pause fuhr er fort: »Vor allem ist es eine Hommage an seine verstorbene Frau. Hast du von Kit gehört?« Als ich nickte, sagte er: »Ich habe nie jemanden kennengelernt, der so lebenslustig und großzügig war wie diese Frau. Die Kostümpartys gehen zurück auf eine Tradition ihrer Großmutter, und als Kit und Gordon Renwick übernahmen, wollten sie etwas Besonderes, um das Anwesen stärker ans Dorf anzubinden. Ich würde sagen, es ist ihnen gelungen.«

Noch während er zu Ende sprach, drehte er sich zu der Umkleide um und betrachtete Emmy, die durch den Vorhang getreten war. Ich fand das Kleid umwerfend, aber die beiden sahen sich an und rümpften gleichzeitig die Nase. Mich beachteten sie gar nicht. Also griff ich mir ein Petit Four, lehnte mich zurück und genoss die Show.

Eine Viertelstunde und fünf atemberaubende Kleider später hatten sie sich entschieden: Emmy würde Gold tragen. Ein goldenes Hängerkleidchen mit Perlen, goldene Sandalen mit Absatz, lange Ohrhänger und ein goldenes Stirnband. An diesem Punkt war ich so weit, den Laden ohne Partyoutfit zu verlassen, denn Emmy hatte eine Modenschau hingelegt, die jedes Supermodel in den Schatten gestellt hätte. Selbst im Sitzen kam ich mir ungelenk und unscheinbar vor.

Während Emmy sich wieder in ihre Alltagsklamotten warf, kon-

zentrierte Roger seine Aufmerksamkeit auf mich. »Pixie ist einge-
kleidet, jetzt kommen wir zur Elfe.«

Überrascht lachte ich auf. »Ich weiß nicht, ob du es mitgekriegt
hast, aber außer Emmy bin nur noch ich im Laden.«

Aus der Kabine ertönte lauter Protest und auch Roger schüttelte
tadelnd den Kopf.

Ich ließ Emmy zu Ende zetern, dann stand ich auf und straffte
die Schultern. »Also gut. Dann leg mal los. Bin gespannt, was du
draufhast.«

Mit einem Klirren schob Emmy den Vorhang zur Seite und grinste Roger an. »Das ist mein Mädchen.«

Meine Verwandlung in einen Zwanzigerjahre-Flapper gestaltete sich
dann doch schwieriger, als Roger erwartet hatte. Das lag vor allem
daran, dass die meisten Frauen damals nicht 1,80 Meter groß gewesen waren. Die knielangen Kleider sahen aus, als wäre ich rausge-
wachsen, die eigentlich knöchellangen endeten irgendwo im Nie-
mandsland meiner Waden. Rogers Augen wurden immer schmaler.

»Vielleicht doch eine Hose?«, schlug ich vor, als ich mich in einem smaragdgrünen Hängerchen vor dem Spiegel drehte.

Roger betrachtete mich mit verschränkten Armen, während er
auf seinem dritten Petit Four herumkaute. Energisch schüttelte er
den Kopf.

»Kommt nicht infrage. Würde dir stehen, auf jeden Fall, aber diese Schlacht ist noch nicht verloren. Ich weiß, dass wir etwas für dich
finden.« Mit einem Mal nahm seine Miene einen verklärten Ausdruck an. »Warte. Mir fällt da was ein. Ich habe es nicht hier vorne
im Laden, ich wollte nicht, dass es einer Touristin in die Hände fällt.
Nein, es soll hier im Ort bleiben …«

Ich holte Luft, um ihm zu sagen, dass ich ja auch nur bis zum

Ende des Sommers in Rosley sein würde, aber ich war zu langsam. Emmy lümmelte auf dem Sofa und futterte sich durch den Süßkram.

»Nur Geduld«, flüsterte sie und zwinkerte mir zu.

Kaum eine Minute später rauschte Roger wieder herein. Fast andächtig trug er einen Kleidersack auf beiden Armen. Er hängte ihn an einen Haken an der Wand, zippte den Reißverschluss auf und zog das Kleid vom Bügel. Dann hielt er es uns hin.

Emmy stand der Mund offen vor Staunen und ich sog scharf die Luft ein. Ich wollte dieses Kleid haben, und gleichzeitig hatte ich das Gefühl, dass es mir nicht zustand.

»Das ... das geht nicht«, stotterte ich.

Roger hob eine Braue. »Und wie das geht. Los, zieh den Fetzen da aus, jetzt kommt das gute Zeug.«

Er reichte mir wortlos ein dünnes Unterkleid in die Kabine, dann fragte er, ob er mir helfen dürfe. Als ich den Vorhang zur Seite gezogen hatte, hielt er mir das Kleid gerafft über den Kopf, sodass ich nur hineinschlüpfen musste. Mit ein paar geübten Bewegungen schloss er die Knöpfe auf dem Rücken, deutete auf die hohen Schuhe, die neben mir standen, und verließ die Umkleide.

Ich stieß die Luft aus und drehte mich zum Spiegel um. Einen Moment erkannte ich mich nicht, es war, als würde sich das Bild eines anderen Mädchens vor mein Spiegelbild schieben. Doch dann konnte ich nur noch starren. Selbst hier im gedämpften Licht der Kabine ließ das tiefe Blau des Stoffes meine Augen strahlen. Fransen liefen in Wellen von der Taille bis zum Saum, ansonsten war das Kleid ganz schlicht. Und es war lang genug, dass ich dazu die hohen Riemchenschuhe tragen konnte.

Mit Schwung schob ich den Vorhang zur Seite. Roger blickte mir mit der Genugtuung eines Künstlers entgegen, der zum ersten Mal sein neues Werk betrachtete, aber Emmy, die die Etagere mittlerweile fast geleert hatte, sprang vom Sofa auf.

»Heiliger Bimbam.« Langsam ging sie um mich herum. »Valerie! Du siehst aus wie ein Filmstar!«

Ich lachte abwehrend. Noch immer war ich voller Ehrfurcht vor dem Kleid und seiner Geschichte, selbst vor der Frau, die es vor langer Zeit getragen hatte. Es war, als hätten ihr Selbstbewusstsein und ihre Unabhängigkeit den Stoff durchdrungen und würden nun auf mich abfärben.

Im Spiegel sah ich nicht die Valerie, die ich war, sondern eine Version von mir, die ich vielleicht einmal werden konnte. Und doch: Die kurzen Flatterärmel, der tiefe Ausschnitt hinten und vorn, die Art, wie sich das Kleid an meinen Körper schmiegte – es sah vielleicht nicht aus wie meines, aber es fühlte sich so an.

Kaum standen wir auf der Straße, zückte Emmy das Smartphone und tippte ein paar Wörter. Zehn Sekunden später plingte es und sie nickte.

»Sarah trifft uns im Nook. Zum Feiern.«

»Dass wir Kleider gekauft haben?« Skeptisch sah ich sie von der Seite an.

Sie lachte. »Ja, das ist doch ein Grund! Und wenn nicht, lohnt sich das Nook auch grundlos. Außerdem ist es ein Ort, den Sarah betritt, ohne dass man sie lange überreden muss.«

Als wir durch einen Torbogen auf das Book in the Nook zuliefen, verstand ich auch, wieso. Rogers Geschäft war toll, aber dieser Buchladen versprach unendlich mehr Möglichkeiten, sich zu amüsieren. Das Ambiente war einmalig: Das Gebäude lag in einem Hinterhof, Efeu rankte sich die Hauswand hinauf, die Fenster hatten blitzende Butzenscheiben, und vor der Tür, zu der ein paar Stufen hinaufführten, standen lange Tische mit Sitzbänken, auf denen es sich ein paar Leute mit einem Buch und Kaffee gemütlich gemacht hatten.

Emmy winkte mich weiter und wir betraten das Geschäft. Auf der Schwelle schnappte ich nach Luft: Es war der Traum jeder Leserin. Auf zwei Ebenen stapelten sich Bücher in honigfarbenen Regalen, dazwischen gab es Tassen, Kerzen und Schreibwaren. Eine Wendeltreppe führte in den ersten Stock, von wo würziges Kaffeearoma herunterwehte.

»Darcie?«, rief Emmy in den Laden hinein.

Über dem Geländer der Galerie tauchte der Kopf einer jungen Frau auf, mit blauen Augen und zerzausten rotblonden Haaren.

»Hi! Emmy, du kommst wie gerufen. Kannst du zwei Cappuccino machen und zwei Stück Karottenkuchen abschneiden?«

Emmy grinste mich über die Schulter an und hintereinander stiegen wir die Treppe hinauf.

»Hi, ich bin Valerie«, stellte ich mich vor und deutete auf die Kuchentheke, die gegenüber einer kompliziert wirkenden Kaffeemaschine stand und neben dem glasierten Karottenkuchen auch noch Brownies, eine Apfeltarte und Karamellshortbread präsentierte. »Soll ich …?«

»Freut mich, Valerie«, schnaufte Darcie, »und ja, das wäre meine Rettung.«

Erst jetzt fiel mir auf, dass sie ein Handy am Ohr hatte und offenbar eine Bestellliste durchgab, die auf der Kaffeemaschine lag. Emmy drückte ihr die Liste in die Arme und schob Darcie zu einer Tür, hinter der sich so was wie ein Büro verbarg, auch wenn den Raum nicht viel von der mit Regalen vollgestopften Verkaufsfläche unterschied. Darcie deutete auf ein Paar in den Siebzigern, das sich an einen Tisch im hinteren Teil des Ladens gesetzt hatte.

»Eure Getränke sind frei«, flüsterte sie noch, dann schloss sie mit einem dankbaren Nicken die Tür.

Während sich Emmy um den Kaffee kümmerte, legte ich die Kuchenstücke, dazu kleine Gabeln und Servietten auf Teller und trug sie zu den beiden Rentnern.

Schließlich saßen wir in einer Fensternische auf einem niedrigen Sofa. Vor uns standen ebenfalls Cappuccinos, und obwohl ich Kaffee gar nicht besonders mochte, war der hier richtig lecker.

»Hey!« Sarahs Lockenkopf tauchte an der Treppe auf. Sie lächelte uns zu, hielt aber auf dem Weg zu uns noch an der Kaffeemaschine. »Also kann die Party steigen?«, fragte sie, als sie sich uns gegenüber auf einen Hocker setzte.

Emmy nickte. »So was von. Willst du sehen?«

Sie hatte ihre Hand schon an der Papiertasche mit ihrem Kleid, doch Sarah winkte ab. »Lass mal. Auf der Party sehe ich das Teil noch früh genug.«

Ich grinste in meinen Milchschaum.

Eine Weile erzählte Sarah von ihrem Ferienprojekt – sie würde in einer Robbenschutzstation an der Küste aushelfen –, doch dann fiel mein Blick auf eine Buchkategorie an der Wand gegenüber. »Regionalgeschichte« stand auf einem Schild über den Regalen.

»Sagt mal, wisst ihr vielleicht, wo ich Infos zu diesem Pferdefriedhof bekomme? Laini meinte, es würde Bücher dazu geben.«

Stirnrunzelnd sahen mich die beiden an.

»Pferdefriedhof?«, fragte Sarah. »Meinst du das Geröllfeld unterhalb von Devil's Knott?«

Ich nickte. Ja, so hatte Laini die Anhöhe genannt.

»Warum interessiert dich das?«, fragte Emmy, aber Sarah war schon aufgestanden und kramte in den Regalen auf der anderen Seite des Raums.

Ich zuckte mit den Schultern. »Weiß nicht. Es … es war nur so eine heftige Situation, als ich da praktisch reingestolpert bin … und dass eine ganze Pferdeherde in einen Abgrund fällt, das ist doch außergewöhnlich, oder?«

Mit Karacho knallte Sarah einen Bildband vor uns auf den Sofatisch. »Die Herde ist nicht gefallen. Sie wurde da runtergejagt.«

»Was?« Ich starrte sie an und auch Emmy schien einen Moment lang aus dem Konzept gebracht.

Sarah sah zwischen uns hin und her, dann blieb ihr Blick an Emmy haften. »Ich dachte, das wüsste hier jeder.«

»Also, ich nicht.« Emmy setzte sich aufrechter hin.

Sarah blinzelte. »Hm. Meine Oma hat das immer erzählt. Vor

hundert Jahren war das oder so.« Sie runzelte die Stirn. »Da war eine Jagdgesellschaft auf den Fells unterwegs und die Hundemeute ist plötzlich auf die Ponys losgegangen.«

»Wieso weißt *du* so Zeug?« Emmy warf Sarah einen fast tadelnden Blick zu und trank zur Stärkung einen Schluck von ihrem Cappuccino. »Das ist ja furchtbar.«

Ich griff nach dem Bildband. »Und hier drin steht was zu dem Unfall?«

Sarahs Augenbrauen schossen nach oben. »Hab ich nicht gerade gesagt, dass es kein Unfall war?«

»Du meinst, die haben die Hunde absichtlich auf die Ponys gehetzt?«

Sie setzte einen überlegenen Gesichtsausdruck auf. »Jedenfalls hat meine Oma das immer so erzählt.«

Eine Gänsehaut kroch über meinen Rücken. Ich drehte das Buch so, dass ich das Inhaltsverzeichnis aufschlagen konnte, doch Sarah klappte den Buchdeckel gleich wieder zu. »Vergiss es, ich hab schon nachgeguckt. Dadrin steht alles Mögliche, aber nichts dazu, was damals wirklich passiert ist. Wenn du mehr herausfinden willst, brauchen wir andere Quellen.«

»Quellen? Du meinst Augenzeugen? Das dürfte nach hundert Jahren schwierig werden.«

Sarah schnaufte schwer. »Augenzeugen wären natürlich das Beste, aber solange du keine Geister beschwören willst, schlage ich vor, wir versuchen es bei der Historischen Gesellschaft.«

Emmy prustete so heftig in ihren Kaffee, dass sich der Milchschaum in Flöckchen auf der Tischplatte verteilte. Panisch zog Sarah den Bildband an sich und prüfte, ob er was von der Milch abbekommen hatte.

»Historische Gesellschaft?« Emmy drehte sich zu mir. »Valerie,

111

so schlecht stehen die Chancen nicht, dass wir da auf Augenzeugen stoßen. In dem Verein sind nur Rentner.«

Sarah warf ihr einen warnenden Blick zu. »Ich bin da auch manchmal.«

»Aber warum, Sarah? Warum?«

»Na, für Referate und so. Aufsätze.«

Emmy seufzte. »Okay, das ist der Unterschied zwischen mittelmäßigen Schülerinnen und … Streberinnen.«

Sarah setzte schon zu einer Antwort an, doch ich stand auf. »Trink mal aus, Emmy. Sarah, hat die Gesellschaft heute offen? Können wir dahin?«

Sarah schoss einen triumphierenden Blick in Emmys Richtung. »Heute ist Freitag. Und zufällig ist das Archiv an Freitagen von vierzehn bis achtzehn Uhr geöffnet.«

Kapitulierend kippte Emmy den Rest des Cappuccinos hinunter und stand ebenfalls auf. »Okay, ich komme. Ich sage Darcie nur schnell, dass wir losmüssen.«

Die Klubräume – und das Archiv – der Historischen Gesellschaft von Rosley waren in einem großen, streng wirkenden Gebäude aus grauem Stein in einer Seitenstraße nahe des Bahnhofs untergebracht. Eine Marmorplatte über der zweiflügeligen Eingangstür besagte, dass es einmal Rosleys Gericht beherbergt hatte, mitsamt den zugehörigen Gefängniszellen. Perfekt. Ein besserer Ort, um den gewaltsamen Tod ganzer Pferdeherden zu recherchieren, fand sich wahrscheinlich im ganzen Lake District nicht.

Sarah führte uns die Stufen zum Eingang hinauf. Es gab tatsächlich noch einen Türklopfer, mit dem sie zweimal gegen die massive Tür hämmerte. Als sich nach drei Minuten immer noch nichts tat, drückte sie dagegen. Die Tür schwang auf. Emmy hüstelte. Ihr

Grinsen wankte auch nicht, als sie sich einen scharfen Blick von Sarah einfing.

Nacheinander betraten wir die nüchterne Eingangshalle. Links und rechts von uns standen Schaukästen mit alten Gebrauchsgegenständen und zerfledderten Urkunden, in einer Ecke waren Garderobenhaken an die Wand geschraubt und ein Sisalläufer erstreckte sich von einer Seite der Halle zur anderen. Trotzdem hallten unsere Schritte, als wir durch das diffuse Licht, das aus dem Treppenhaus hereinfiel, auf einen ausladenden Schreibtisch zuliefen. Von seiner Oberfläche war fast nichts zu sehen, so sehr war er mit einer Kasse, Drehständern mit Prospekten und vergilbten Postkarten, Infozetteln und Bücherstapeln beladen. Dahinter, kaum sichtbar zwischen all dem Kram, saß eine hutzelige Frau auf einem Drehstuhl. Sie war so winzig, dass ihre Zehen auf keinen Fall den Boden berühren konnten.

»Ich habe doch gesagt, es ist offen«, begrüßte sie uns und spielte offenbar auf die Tatsache an, dass sie uns minutenlang an der Tür hatte warten lassen. Ihre heisere Stimme verlor sich in den Weiten der Eingangshalle.

Dann endlich sah sie von der Liste auf, deren einzelne Punkte sie akribisch mit einem Bleistift abgehakt hatte. Sie setzte ihre Lesebrille ab, hinter der listige schwarze Augen zum Vorschein kamen. Humor blitzte darin und eine Gutmütigkeit, die im Gegensatz zu ihrem strengen Auftreten in grauer Strickjacke und Tweedrock stand. Ihr Blick glitt über uns, blieb kurz an Emmys blauen Haaren hängen, verharrte ein wenig länger auf meinem Gesicht und kam schließlich auf Sarah zur Ruhe.

»Sarah, Schatz, was kann ich für euch tun?«

»Hallo, Mrs Bader. Wir hatten gehofft, Sie könnten uns bei einer Sache weiterhelfen, die Valerie hier beschäftigt.« Sie deutete auf mich, als wäre nicht sonnenklar, dass Mrs Bader haargenau wusste, wer ich war. »Es geht um die Ponyherde, die von Devil's Knott abgestürzt ist.«

Einen Augenblick schien sich Mrs Baders Gesichtsausdruck zu verhärten, doch dann legte sie die Brille vor sich auf den Tisch und nickte. »Verstehe.« Sie überlegte einen Moment, stieß sich von der Tischkante ab, drehte den Stuhl und rutschte auf den Boden. »Ich fürchte nur, ich werde euch dabei nicht groß helfen können.«

Sarah und ich wechselten einen Blick, aber Mrs Bader redete schon weiter.

»Wenn ich mich richtig erinnere, wurde einmal eine Monografie zu dem Thema veröffentlicht oder zumindest ein Aufsatz in einer Fachzeitschrift, doch soweit ich weiß, haben wir weder das eine noch das andere im Bestand.« Sie trippelte vor uns her zu einem riesigen Schrank, der aus lauter kleinen Schubladen bestand. Als sie eine davon herauszog, kamen Unmengen an Karteikarten zum Vorschein. Sie blätterte einen Moment darin herum. »Aber vielleicht kann ich euch zumindest an einer anderen Stelle helfen.«

Sie schloss den Schub und zog einen zweiten auf, in dem sie wieder eine Weile durch die Kärtchen stöberte. Schließlich nahm sie eines heraus, griff nach einem Bleistift und notierte ein paar Ziffern und Buchstaben auf einem Zettel. Dann steckte sie das Kärtchen zurück und drückte mir den Zettel in die Hand.

»Der tödliche Sturz der Ponys war nicht das einzige Unglück«, erklärte sie in einem fast träumerischen Tonfall, so als wäre sie in Gedanken weit weg. »Die Ereignisse damals gelangten als ›die Katastrophennacht von 1923‹ zu einiger Berühmtheit, nicht nur hier in den Lakes, sondern im ganzen Norden.«

Sie schwieg einen Moment, dann schärfte sich ihr Blick wieder.

»Nachdem sie das Archiv des ›Evening Herald‹ digitalisiert hatten«, sagte sie mit einem Ausdruck, als wäre Digitalisierung etwas Anstößiges, »haben sie uns die Printausgaben überlassen. Unter der Signatur da«, sie deutete auf meine Hand, »könntet ihr fündig werden.«

～❧～

»Hier!« Triumphierend zog Emmy einen riesigen Ordner aus einem Regal.

Sarah hatte uns mit schlafwandlerischer Sicherheit durch ein Labyrinth aus Kellerräumen geführt, von denen ich stark annahm, dass es sich dabei um die ehemaligen Gefängniszellen handelte, von denen in der Inschrift über dem Eingang die Rede gewesen war. Trotzdem hatte es eine Weile gedauert, bis wir den richtigen Raum und dort den richtigen Standort der Signatur gefunden hatten.

Emmy wuchtete die archivierten Zeitungen auf einen riesigen Lesetisch, der zwischen den Regalen stand. Vorsichtig schlug sie den Ordner auf. Ein Wust aus winzigen schwarzen Buchstaben starrte uns entgegen.

»Puh«, stöhnte Emmy. »Auf Lesefreundlichkeit haben sie früher ja nicht so geachtet.«

Mit spitzen Fingern – und den Baumwollhandschuhen, die Sarah uns aufgedrängt hatte – blätterte sie durch die dicht bedruckten Seiten.

»Das kann dauern«, meinte sie nach einem Moment.

Da wir kein genaues Datum der »Katastrophennacht« kannten – da hatte selbst Mrs Bader uns nicht weiterhelfen können –, stand uns ein ziemlich mühsames Geblättere bevor. Anhaltspunkte hatten wir ja nicht viele. Zum Glück war der »Herald« zumindest 1923 eine eher dünne Zeitung gewesen.

Woche für Woche arbeiteten wir uns voran. Geburten, Hochzeiten und Todesfälle, Geschäftseröffnungen, Lebensmittelpreise,

Filmvorführungen, Wohltätigkeitsveranstaltungen, Werbung für Schuhcreme und Waschmittel – alles fand seinen Platz im »Herald«, aber Fell-Ponys wurden selten erwähnt. Auch von »Katastrophen« war nicht die Rede, nicht im Januar und auch nicht im Februar. Emmy rieb sich immer öfter die Augen, und selbst Sarah begann, ihren Nacken zu dehnen.

»Ihr müsst das hier nicht machen«, sagte ich, als wir den März zur Hälfte geschafft hatten. »Ich kann die Zeitungen auch allein durchsehen. Es reicht, wenn sich eine den Nachmittag um die Ohren schlägt.«

Aber die beiden protestierten – Sarah energisch, Emmy mit etwas weniger Nachdruck – und blätterten weiter.

»Eine Hundemeute, die die Ponys vor sich hergetrieben hat …«, wiederholte ich leise, während wir uns in den April vorkämpften. Irgendwie klingelte da was. Fanden Jagden nicht eher im Herbst statt? Zumindest in Deutschland gab es doch Schonzeiten, zu denen kein Wild geschossen werden durfte. Ich sah von den dicht bedruckten Seiten auf. »Sagt mal, gibt es so was wie eine Jagdsaison in England?«

Sarah starrte mich an, als hätte ich gerade das Rad neu erfunden. Einen Wimpernschlag später hatte sie ihr Smartphone gezückt und tippte wie wild eine Anfrage in eine Suchmaschine.

»The Glorious Twelfth«, flüsterte sie nach ein paar Sekunden. »Valerie, du bist ein Genie. Traditionell beginnt die Jagd in der Heide am zwölften August.« Sie schaute auf. »Das nenne ich mal eine Spur.«

Also sprangen wir zu August. Den zwölften hatten wir schnell gefunden, aber natürlich gab es an dem Tag nichts Bemerkenswertes. Auch in der Ausgabe vom dreizehnten fanden wir keine Erwähnung irgendeines Unglücks. Am vierzehnten atmeten wir gleichzeitig scharf ein.

116

»Nacht der Katastrophen«, stand da auf der Titelseite, »Serie von Unglücken erschüttert Rosley.«

Emmy setzte sich auf einen Stuhl und las vor: »Rosley. In der Nacht auf Mittwoch fegte ein Sturmtief über die nördlichen Fells hinweg und hinterließ eine Spur der Verwüstung. Die schlimmsten Schäden wurden rund um Rosley verzeichnet. Innerhalb von Minuten gingen riesige Regenmengen nieder, es kam zu Überflutungen und Erdrutschen. Einige Täler sind vollständig von der Außenwelt abgeschnitten. In der Stadt wurden Bäume entwurzelt, in den überschwemmten Straßen sammelte sich Unrat. Besonders schlimm traf es die Anwesen dreier namhafter Familien. Ein Flügel eines der Herrenhäuser wurde durch Blitzschlag fast völlig zerstört, das Fundament eines weiteren durch die Wassermassen unterspült. Auf dem dritten Anwesen brannten die Stallungen bis auf die Grundmauern nieder, da die heftigen Winde eine effektive Brandbekämpfung verhinderten.«

Emmy lehnte sich in ihrem Stuhl zurück. Wir sahen uns an.

»Habt ihr eine Ahnung, von welchen Familien sie da sprechen?«, fragte ich leise.

Sarah schnaubte. »Wie viele namhafte Familien kann dieses Dorf schon gehabt haben? Das finden wir bestimmt schnell raus. Aber ich wette mit euch …«

»… eine dieser Familien waren die Aldringhams«, beendete Emmy ihren Satz. Mit glasigen Augen starrte sie ins Nichts.

Die Aldringhams. Bens Familie, schon wieder. Warum tauchten diese Leute überall auf, wohin ich hier in Rosley auch schaute?

»Na, seid ihr fündig geworden?«

Wir hüpften vor Schreck fast auf den Tisch, so sehr hatte uns Mrs Bader überrascht. Erwartungsvoll blickte sie uns an.

Sarah fasste sich als Erste. Sie tippte mit ihrem behandschuhten

Finger auf den Zeitungsbericht. »Drei namhafte Familien wurden in der Katastrophennacht besonders schlimm getroffen. Eine davon waren die Aldringhams, Mrs Bader, oder? Aber um wen geht es da noch?«

Mrs Bader runzelte die ohnehin runzlige Stirn. Vorsichtig zog sie den Archivordner zu sich und überflog die Seite, die wir aufgeschlagen hatten. »Die Aldringhams, sicherlich«, murmelte sie, dann sah sie auf. »Außerdem die Morlands, vermute ich. Und die Fultons.«

Sarah stand der Mund offen, und Emmy schnappte nach Luft und verschluckte sich daran, deswegen fragte ich: »Die Fultons? Sie meinen Grayson Fultons Familie? Drüben auf der Waverton Farm?«

Mrs Bader nickte. »Das würde ich meinen.« Doch sie ließ uns gar keine Zeit, die Neuigkeit zu verarbeiten, denn ihr Zeigefinger blieb dicht über einem winzigen Bericht in der unteren Ecke der Seite hängen, der uns bisher noch nicht aufgefallen war. »Ah, da haben sie die Ponys ja doch nicht ganz vergessen.«

Wir knallten fast mit den Köpfen zusammen, so schnell beugten wir uns nach vorn, um den Artikel zu lesen.

»Tragischer Verlust mehrerer Dutzend Fell-Ponys«, titelte er. »An Devil's Knott kam es bei einer Verkettung unglücklicher Umstände während einer Treibjagd zu einem bedauernswerten Unfall: Eine Herde wertvoller Fell-Ponys stürzte von der Abbruchkante in den Tod. Die berühmte Lindale-Zucht gilt damit als verloren.«

Plötzliche Kälte erfasste mich und sie hatte nichts mit der Temperatur hier im Keller zu tun. Wieder spürte ich das Echo des Grauens, das die Ponys kurz vor ihrem Tod empfunden hatten, als wäre ich auf den Fells und würde ihre bleichen Knochen berühren. Da hatte ich meine Antwort: eine ganze Herde, ausgelöscht in wenigen Minuten. Acht kümmerliche Zeilen in einer Lokalzeitung. Trauer rollte über mich hinweg, als wäre ich die Züchterin damals gewesen, als wären meine geliebten Ponys, meine Hoffnungen und Träume, als wäre meine jahrelange Arbeit ins Nichts gestürzt.

Erst als ich verschwommen wahrnahm, dass Sarah mir ein Päckchen Taschentücher entgegenhielt, merkte ich, dass ich weinte. Was war denn bloß los mit mir? Seit ich in den Lakes war, brach ich beim geringsten Anlass in Tränen aus. Ich kannte das nicht von mir, und wenn es immer noch etwas mit meinem Zusammenbruch im Mai zu tun hatte, dann musste ich schleunigst zusehen, das Geheule in den Griff zu kriegen.

»Entschuldigung«, murmelte ich und wischte mir über die Wangen.

Aber Emmy drückte nur mein Knie, Sarah lächelte still, und als mein Blick Mrs Baders traf, hatte ich das Gefühl, dass sie mich zum ersten Mal richtig ansah.

Valerie?«

Ich zerrte mir den Hoodie über den Kopf, in den ich gerade schlüpfen wollte, und riss meine Zimmertür auf. »Ja?«

Mit ein paar Schritten war ich am Treppenabsatz und schaute zu Laini hinunter, die auf der untersten Stufe stand. Ihre dunklen Haare hatte sie zu einem straffen Zopf geflochten. Anscheinend war sie heute nicht für die Kasse, sondern auf einem der Ausflugsboote eingeteilt.

»Ich bin dann mal weg, ja? Ich wollte vor der Arbeit noch bei Georgie vorbei und ihr die Pfirsiche bringen.«

Mein Blick fiel auf einen Korb neben der Haustür, in denen sich orange-gelbe Weinbergpfirsiche häuften.

Georgie. Ihr schmales, altersloses Gesicht unter dem zweckmäßigen Kurzhaarschnitt tauchte vor meinem inneren Auge auf. Langsam setzte ich mich in Bewegung.

»Wie wär's, wenn ich zu Georgie gehe und du dir am Hafen noch einen Kaffee gönnst, bevor ihr losschippert?« Ich lächelte Laini an. Sie hatte mir neulich erst erzählt, dass sie auf dem Boot kaum dazu kam, einen Schluck Wasser zu trinken, so sehr nahmen sie die Leute in Anspruch.

»Ähm …« Überrascht sah sie zwischen mir und dem Korb hin und her. Ihre Hand glitt über ihren Bauch, der in den letzten Wochen ganz schön rund geworden war. »Ja … das wäre toll. Gern.«

Sie lächelte zurück, und ich war sehr zufrieden mit mir, weil ich mit meinem Vorschlag zwei Fliegen mit einer Klappe schlug. Die Pfirsiche boten mir den perfekten Grund für einen Besuch bei

Georgie, und Laini einen kleinen Gefallen zu tun, bei allem, was sie diesen Sommer für mich machte, war das Mindeste.

»Weißt du denn, wo du hinmusst?«, fragte sie nach einem Moment.

Ich nickte. »Ich hab Rydal von den Fells aus gesehen. Ich bin mir ziemlich sicher, in welchem der Häuser Georgie wohnt.« Aber dann kamen mir doch Zweifel. »Gibt es von hier aus einen Weg über die Hügel oder muss ich zuerst nach Rosley?«

Zu Fuß kam man tatsächlich direkt von Ellonby nach Rydal, also nahm ich meine Wanderstiefel aus dem Regal und holte meine Regenjacke aus dem Trockenraum. Kaum hatte sich Laini verabschiedet und die Haustür hinter sich geschlossen, stürmte ich noch einmal die Treppe hinauf und zog die oberste Schublade meines Nachttischs auf.

Da lag sie. Eingewickelt in Seidenpapier, das mittlerweile deutlich verknitterter war als noch im CoC. Aus irgendeinem Drang heraus hatte ich Georgies Brosche immer wieder in die Hand nehmen müssen. Es war Zeit, dass ich sie ihr zurückbrachte.

Mit Lainis Wegbeschreibung war es überhaupt kein Problem, den Pfad zu finden, der nur ein paar Hundert Meter hinter dem Haus nach Rydal abzweigte. Ich war gerade mal eine halbe Stunde zwischen Heidekraut und einzelnen Bäumen unterwegs, als sich das Tal öffnete und den Blick auf das verlassene Dorf freigab. Verblüfft blieb ich stehen. So nah lag Rydal? Ich drehte mich zu den Bergen hinter mir um und suchte die Stelle, von wo aus ich den Ort zum ersten Mal gesehen hatte. Ganz sicher war ich mir nicht, aber da das Tal einen Bogen nach Norden beschrieb, war es möglich, dass ich mehrere Kilometer weit auf den Fells unterwegs gewesen war.

Seufzend machte ich mich an den Abstieg. Manchmal hegte ich

Zweifel, dass ich je alle Geheimnisse erkunden würde, die die Berge hier bereithielten.

Ich betrat das Dorf von Südosten her. Der Pfad endete an der kleinen Kapelle, die hier viel verfallener wirkte als neulich von meinem Aussichtspunkt aus. Die Glasscheiben der Fenster waren zerbrochen oder ganz herausgefallen, Efeu und Brombeerenranken überwucherten die Mauern. An einer Stelle hatte das Dach ein Loch, ein junger Baum spross daraus hervor. Der triste Anblick ließ mich schaudern, und eigentlich wollte ich mit einem guten Stück Abstand an der Ruine vorbeilaufen, als ich merkte, dass die Kapelle so nah an die Felswand gebaut worden war, dass ich nicht vorbeikam. Zumindest hätte ich mir meinen Weg durch fast schulterhohes Gestrüpp bahnen müssen und das kam mir noch weniger vertrauenerweckend vor als die kleine Kirche. Also straffte ich die Schultern und wandte mich nach rechts.

Als ich an einem der Seitenfenster vorbeiging, linste ich in den Innenraum – und war überrascht, wie hell er trotz der dichten Wolkendecke wirkte. Jetzt war ich doch neugierig, wie es dort drinnen aussah. Langsam trat ich näher und reckte den Hals. Ein paar hölzerne Sitzbänke zu beiden Seiten eines Mittelgangs, ein kleiner Altar, an den fleckigen Wänden noch die Halterungen für Kerzen – ansonsten gab es hauptsächlich altes Laub in den Ecken und Moos auf den Steinplatten direkt unter dem Loch im Dach. Halt, direkt gegenüber von mir, in einer kleinen Nische neben dem Lesungspult, entdeckte ich noch einige Bilder.

Ein Windstoß fuhr mir so überraschend in den Nacken, dass ich zurückzuckte. Richtig, ich hatte ja etwas vor. Ich wandte mich ab, wechselte den Korb mit den Pfirsichen in die andere Hand und ging weiter.

Doch ich kam gerade ein paar Schritte weit, als ich schon wieder stehen blieb. Wenig überraschend breitete sich der Friedhof von Rydal vor mir aus – aber anders als die Kapellenruine wirkte er nicht trist, sondern malerisch. Vielleicht lag es auch an dem Streifen Sonnenlicht, der seinen Weg durch die Wolken gefunden hatte und die vielen Grüntöne der verwilderten Gräber aufleuchten ließ. Obwohl ich mich gerade noch ermahnt hatte, endlich Georgies Haus zu suchen, schlängelte ich mich zwischen den Grabsteinen hindurch. Manche waren so überwuchert, dass sie umgefallen und unter hohen Gräsern und Moos fast verschwunden waren, andere waren über und über mit rosa blühenden Wildrosen bewachsen, die einen süßen Duft verströmten. Schmetterlinge und Hummeln gondelten zwischen den Blüten hin und her.

Ich atmete tief ein und hielt mein Gesicht in die Sonne. Es war ein friedlicher Ort, auch wenn er sicher viel Traurigkeit gesehen hatte. Aber hier, zwischen den Felswänden und den Bäumen, die am Rand des Kirchhofs Schatten spendeten, konnte ich mir gut vorstellen, dass die Menschen Trost in der Stille gefunden hatten.

Während ich weiterlief, zogen zwei Gräber ganz am Rand meinen Blick an. Eines war ziemlich groß, das größte auf dem Friedhof, das daneben hatte gewöhnliche Maße. Beide waren gepflegt und ganz frei von Unkraut.

Ich trat darauf zu. »Morland« stand auf dem großen Grabstein, in altmodischen Buchstaben, aber immer noch gut lesbar. Darunter waren Namen aufgelistet, Reihe um Reihe, beginnend am Anfang des 19. Jahrhunderts bis zum letzten Namen: »Edith Rose«, stand da, »1905–1999.«

Edith. Irgendwie klingelte da was. Wo hatte ich den Namen zuletzt gehört? Ich bekam die Erinnerung nicht zu fassen.

Auf ihrem Grab wuchs ein Rosenstock mit tiefroten, gefüllten Blüten. Jemand kümmerte sich gut darum.

Mein Blick glitt weiter. Das kleinere Grab war nicht ganz so penibel gepflegt, doch auch auf ihm wuchsen Rosen, rosarote Bodendeckerrosen, die sich den Grabstein hinaufrankten. Auf ihm stand nur ein einziger Name: »John Edwin Dewhurst.« Und darunter, etwas kleiner: »Bis zum letzten Tag.«

Hastig wischte ich mir über die Augen. Warum mir die Tränen kamen, wusste ich nicht, aber etwas an diesen schlichten Worten rührte mich.

Kopfschüttelnd wandte ich mich ab. *Bis zum letzten Tag.* Das konnte alles heißen. Nervig bis zum letzten Tag. Blähungen bis zum letzten Tag. Doch ich verdrängte diese Gedanken. Das hier war ein Ort, wo die Toten geehrt wurden. Und irgendetwas sagte mir, dass John Edwin Dewhurst sehr geliebt worden war.

Der Gang durchs Dorf hatte etwas Surreales. Ich fühlte mich, als wäre ich am Set einer historischen Serie gelandet. Gleich würde eine einspännige Kutsche um die Ecke biegen oder ein Dienstmädchen mit den Einkäufen nach Hause eilen. Aber natürlich blieb die Straße leer. Es hätte ein Geisterdienstmädchen sein müssen, denn auch hier waren überall Anzeichen des Verfalls zu sehen, noch deutlicher als vom Fell aus. Mauern waren unter all den Ranken kaum mehr zu erkennen, Gartentore hingen schief in den Angeln. Dächer waren undicht, Fensterscheiben blind oder gebrochen. Rydal war einmal ein wunderschönes Dorf gewesen, doch das lag lange zurück.

Ich schreckte auf, als vor mir etwas raschelte, aber es war nur ein Kaninchen, das mich einen Moment halb verängstigt, halb empört anstarrte und dann unter einem Busch verschwand. Doch es lenkte meine Aufmerksamkeit auf das Haus, das ich suchte. Genau wie vom Fell aus war auf den ersten Blick klar, dass das kleine Cottage vor mir das einzige im Dorf war, das noch bewohnt wurde. Die Hecken waren säuberlich gestutzt, die Obstbäume ausgelichtet und die Rosen an den Wänden standen in voller Blüte. Ein niedriges Dach zog sich fast bis zu den Fenstern im Erdgeschoss und neben dem Eingang stand eine weiß gestrichene Holzbank.

Ich räusperte mich, ging die letzten paar Schritte zur Gartenpforte und drückte sie auf.

»Hallo?«, rief ich, aber ich bekam keine Antwort. »Georgie?«, versuchte ich es noch einmal, und im selben Moment fiel mir ein, dass es vielleicht unhöflich war, wenn ich sie so nannte. Doch ich kannte ja nur ihren Vornamen.

Zwischen verschwenderisch blühenden Blumenbeeten lief ich zur Haustür und klopfte. »Georgie?«, sagte ich wieder. »Hier ist Valerie. Wir haben uns neulich bei Libby gesehen, im Cabinet of Curiosities.«

Stille.

Ratlos betrachtete ich die Pfirsiche. Vermutlich war Georgie gerade in der Stadt oder vielleicht auf einem Spaziergang. Dass sie länger verreist war, konnte ich mir nach dem, was Libby erzählt hatte, nicht vorstellen. Also war es sicher kein Problem, wenn ich den Korb einfach hier auf der Bank stehen ließ. Sie würde ihn bestimmt finden und wissen, dass er von Laini kam.

Kaum hatte ich mich zum Gehen gewandt, schwang das Gartentor auf. Genau wie im CoC trug Georgie unförmige Klamotten, die ihre zierliche Figur nur erahnen ließen, und genau wie bei unserem ersten Treffen betrachtete sie mich wie einen Geist. *Jetzt beginnt es*, hallte ihre Stimme durch meinen Kopf. Ich setzte schleunigst ein freundliches Lächeln auf.

»Hallo. Laini schickt mich.« Ich deutete hinter mich auf die Holzbank. »Sie sagt, dass Sie ihre Pfirsiche gern mögen.«

Das holte Georgie aus ihrer Starre. Wortlos nickte sie mir zu und

125

zockelte den Pfad entlang. Sie trug einen Korb, über den sie ein Küchentuch gebreitet hatte, sodass ich seinen Inhalt nicht erkennen konnte.

»Dann komm mal rein«, brummte sie, als sie die Haustür aufdrückte. »Ich mache uns Tee. Und nimm die Pfirsiche mit.«

»Ja, Miss …«, begann ich, aber ich klappte den Mund zu, als sie mich anfunkelte.

»Georgie, ganz einfach. Mich hat noch nie jemand Miss genannt.«

Stumm nickte ich, dann griff ich mir hastig Lainis Korb und folgte Georgie durch den Flur in die Küche. Während sie in einer angrenzenden Kammer verschwand und dort rumorte, blieb ich stehen und sah mich um.

Es war ein angenehmer Raum, schlicht, aber gemütlich. Mir gegenüber nahm ein riesiger Herd, der mit Holz beheizt wurde, fast die komplette Wand ein, daneben war ein altmodisches Spülbecken in die Ecke gequetscht worden. In der Mitte der Küche stand ein überraschend großer quadratischer Tisch, um den sich acht Stühle verteilten. Die Essgruppe wirkte ein bisschen überdimensioniert für die verfügbare Fläche, doch die gerüschten Sitzkissen, die Zeitungsstapel und die Emailleschüsseln voller Gemüse verliehen dem Ganzen etwas Heimeliges.

Georgie tauchte wieder auf und lief zu der Spüle, um sich die Hände zu waschen.

»Stell den Korb da auf die Anrichte und dann setz dich«, wies sie mich – nicht unfreundlich – an und begann, einen Teekessel mit Wasser zu füllen.

Während sie das Feuer anschürte und das Wasser erhitzte, blieb sie still, und ich hatte Zeit, die Küche weiter auf mich wirken zu lassen. In einem Regal an der Wand standen Kochbücher fein säuberlich in einer Reihe, manche schienen ein Jahrhundert alt zu sein oder mehr. Ganz oben auf einem der Zeitungsstapel lagen ein halb ausgefülltes Kreuzworträtsel und ein Bleistift, der mit einem Messer angespitzt worden war. Daneben blitzte plötzlich eine Lesebrille auf. Ich sah auf. Die Wolken waren aufgerissen und die Sonne strahlte durch die blank geputzten Scheiben des Küchenfensters.

Ich merkte, wie ich mich wohlig an die Stuhllehne schmiegte. Mir kam es vor, als wäre ich wieder fünf Jahre alt und bei meiner Uroma zu Besuch.

»Da drüben steht das Geschirr. Deck schon mal den Tisch.« Georgie deutete auf die Anrichte und ich stand schmunzelnd auf. Sogar denselben Ton wie meine Uroma hatte Georgie drauf.

Während sie den Tee aufgoss und Gebäckstücke in ein Körbchen füllte – auch das erinnerte mich an meine Urgroßmutter: Immer hatte sie etwas zu essen für mich gehabt –, trug ich Tassen und Teller zum Tisch. Das Porzellan hatte ein Blümchenmuster und einen Goldrand. Irgendwie erschien es mir hier, in dieser einfachen Küche, ein wenig deplatziert. Aber der Eindruck hielt nur so lange an, bis Georgie Tee, ein Milchkännchen, weiche weiße Brötchen, Butter und ein Glas Marmelade neben das Geschirr stellte.

»Danke«, sagte ich leise.

Sie runzelte die Stirn, als wäre ihre Gastfreundschaft selbstverständlich, doch dann nickte sie, und einen winzigen Moment lang glaubte ich, ihre Mundwinkel würden sich heben. Bevor ich sie daran hindern konnte, räumte sie die Papierstapel auf die freien Sitzflächen, sodass wir einen ordentlich gedeckten Tisch hatten.

Als wir Platz genommen hatten, deutete Georgie auf die goldorange glänzende Marmelade. »Das da wird morgen aus den Pfirsichen.«

Gespannt folgte ich ihrem Beispiel und bestrich eins der Brötchen mit Butter und der Pfirsichmarmelade. Als ich abbiss, war es, als wäre ein Sommertag auf meiner Zunge explodiert – süß, ein bisschen sauer, mit einem Hauch Vanille und Rum. Ich merkte gar nicht, dass ich die Augen geschlossen hatte, bis ich sie wieder öffnete und sah, dass Georgie ihr Schmunzeln hinter ihrer Teetasse versteckte.

Wir aßen, und wieder hatte keine von uns das Bedürfnis, die Stille mit Geplapper zu stören. Erst als Georgie mir die letzte Tasse Tee einschenkte, suchte ich ihren Blick und räusperte mich.

»Es gibt da etwas …«, begann ich vorsichtig, dann griff ich in die Tasche meines Hoodies und zog das Seidenpapierpäckchen heraus. Ich legte es vor mir auf den Tisch, wickelte die Brosche aus und schob sie zu Georgie hinüber. Ihre Augen wurden groß, doch sie rührte sich nicht. Auch jetzt sagte sie nichts. »Libby hat mir erzählt, dass Ihnen diese Brosche viel bedeutet. Ich weiß, es ist seltsam, aber ich konnte sie nicht im Laden lassen. Ich … ich würde mich freuen, wenn Sie sie annehmen.«

Jetzt sah Georgie auf. Sie musterte mich, betrachtete jeden Zentimeter meines Gesichts, so kam es mir vor, und wenn ich zuerst gedacht hatte, dass sie ablehnen würde, änderte sich ihr Ausdruck. Schließlich nickte sie.

»Das ist sehr freundlich von dir. Danke.«

Ich konnte fühlen, dass ich zu lächeln begann. Es war, als käme die Welt wieder ein kleines bisschen mehr in Ordnung.

Georgie hob die Hand und strich mit dem Zeigefinger ganz leicht über das Silber. Beinahe zuckte ich zusammen, als sie abrupt ihren Stuhl zurückschob, zur Tür und über den Flur ins nächste Zimmer ging. Ich hörte sie eine Schranktür öffnen, dann kam sie zurück. Sie trug ein Fotoalbum unter dem Arm.

»Weißt du, wer sie war?«, fragte sie. »Miss Edith?«

Edith. Schon wieder. Und da machte es klick.

»Die Frau, die Ihnen die Brosche geschenkt hat?«

Als ich den Kopf schüttelte, schob sie das Geschirr zur Seite und legte das Album vor mir ab. Es war eines dieser altmodischen, mit marmoriertem Transparentpapier zwischen den Seiten, in die man die Bilder mit Fotoecken eingeklebt hatte. Georgie schlug es behutsam auf.

Die meisten der Bilder waren hier in Rydal entstanden, das erkannte ich schnell. Doch es war ein anderes Rydal gewesen, eines, in dem hundert Menschen oder mehr lebten, in dem auf der Straße geplauscht und im Pub gefeiert wurde. Die ersten Fotos waren schwarz-weiß, aber als sie weiterblätterte, wurden die Bilder farbig. Viele hatten den Gelbstich, den ich von alten Fotos meiner Oma kannte.

Der Grund, warum Georgie mir das Album zeigte, war die Frau. Auf den Schwarz-Weiß-Aufnahmen war sie ungefähr sechzig, umringt von Menschen oder allein in ihrem Garten. Später war oft ein Mann bei ihr. Mir fiel das Grab ein, das kleinere neben dem von Edith. Dieser Edith.

Ich streckte die Hand aus, aber meine Finger verharrten ein Stück über den Bildern. »Ist das John?«, fragte ich leise.

Mit großen Augen blickte Georgie mich an.

Ich deutete nach draußen, in die Richtung des Friedhofs. »Bis zum letzten Tag«, zitierte ich.

Nur dass es nicht bis zum letzten Tag gehalten hatte. Nach ungefähr zwei Dritteln des Albums – Edith war mittlerweile sicher über siebzig – trug sie eine Weile nur Schwarz. Auf keinem der späteren Bilder war der Mann noch zu sehen.

Georgie hatte sich gefangen. »Ja. Ja, das ist John.«

Eines der Bilder zeigte die beiden von Nahem. Sie hatten sich einander zugewandt und sahen sich in die Augen. Ein Lächeln lag auf ihren Gesichtern, ganz zart nur, aber ich hatte das Gefühl, der Moment wäre tiefer gegangen. Ich betrachtete das Foto lange.

»Waren Sie für sie da, als er … fort war?«, fragte ich, als wir bis zur letzten Seite geblättert hatten, zu einer Aufnahme, die einen Garten zeigte, Rosen und Dahlien und im Hintergrund ein schönes Haus.

Georgie stand auf. »Ich habe es immer versucht.« Sie klappte das Album zu und trug es zurück in das andere Zimmer. Als sie wiederkam, trat sie zu mir und strich mir eine Haarsträhne aus dem Gesicht. »Du kannst mich jederzeit besuchen … wenn du es sehen willst.«

Ohne dass ich es gemerkt hatte, hatte Rosley mich in seinen Bann gezogen. Nicht die Berge – ihre Anziehung hatte ich ja vom ersten Tag an gespürt –, nein, der Ort selber hatte mir sein wahres Gesicht gezeigt. Hinter den hübschen Fassaden steckten so viele Geschichten, Geheimnisse, die die meisten Touristen nicht einmal ahnten. Aber mit jedem Tag, den ich hier verbrachte, lernte ich Neues über diese Gemeinschaft, in der die Vergangenheit noch so lebendig war.

Georgie war eine dieser Brücken in die Vergangenheit. Im Nachhinein ärgerte ich mich, dass ich sie nicht auch zu der Katastrophennacht in den Zwanzigern befragt hatte und ob sie wusste, woher die Geschichten um den Geisterhengst stammten. Ich nahm mir vor, sie bald wieder zu besuchen.

Für Grayson und Emmy war die letzte volle Schulwoche angebrochen. Die Prüfungen waren vorbei, jetzt standen Ausflüge und Projekttage auf dem Programm. Für mich hieß das, dass ich sie beinahe noch weniger sah als zuvor. Zum Glück wurde mir auf den Fells nie langweilig. Und es gab immer noch Ecken, die ich nicht erforscht hatte. Silas und Laini sagten nichts dazu, dass ich jetzt oft von früh bis spät in den Bergen unterwegs war, aber ich wusste, dass sie nur so entspannt blieben, weil ich gut ausgerüstet war. Ich hatte mir meinen Vorsatz zu Herzen genommen – auf längeren Touren nahm ich Proviant und Wasser, eine Karte, warme Klamotten, Verbandszeug und einen Kompass mit, auch wenn ich nicht hundertprozentig davon überzeugt war, dass ich ihn im Ernstfall würde benutzen können.

Aber der Ernstfall würde nicht eintreten. Seit Wochen war ich jetzt auf den Fells unterwegs, und nie hatte ich das Gefühl gehabt, es würde brenzlig werden. Ich fühlte mich sicher – fast so, als würden die Berge selbst auf mich achtgeben. Und so führten mich meine Wanderungen in immer einsamere Gegenden.

⌒⌒

Mit einem Ruck schreckte ich hoch. Mehrere wilde Herzschläge lang war ich komplett orientierungslos, ich hatte keine Ahnung, wieso ich mit dem Rücken gegen einen Felsen lehnte und auf ein weites Tal hinunterblickte. Dann fiel mir wieder ein, dass ich gegen eins meinen Proviant ausgepackt und gegessen hatte. Es war ziemlich kuschelig gewesen, die Sonne war zum ersten Mal richtig herausgekommen, und anscheinend war ich eine Weile eingenickt.

Aber was hatte mich aufgeweckt? Denn dass mich etwas geweckt hatte, das wusste ich.

Fröstelnd griff ich nach meiner Jacke und schlüpfte hinein. Die Sonne war wieder hinter dichten Wolken verschwunden, der Beda Fell lag im Schatten da und es war deutlich kühler als noch vor ein paar Minuten. Lag es daran?

Vorsichtig schob ich mich an dem Felsen entlang hoch, sodass ich zumindest auf den Füßen stand. Denn plötzlich hatte ich das Gefühl, als würde sich jemandes Aufmerksamkeit auf mich richten.

Wie in Zeitlupe wandte ich meinen Kopf nach links und sah mich um, entdeckte aber nicht einmal ein Schaf, das mich ins Auge gefasst haben könnte. Mein Blick wanderte weiter, über Büsche, Gestrüpp und Felsbrocken, blieb hier und da hängen, nur um sich Stück für Stück weiterzubewegen.

Nichts. Nichts außer Stille und Nebelfetzen, die von Osten her den Hang herunterkrochen.

Langsam drehte ich den Kopf weiter und schaute über meine Schulter.

132

Und da war er. Hoch über mir auf einem Felsvorsprung stand er wie eine Statue, dunkel, fast schwarz. Seine Mähne und sein Schweif wehten im Wind, den ich hier unten nicht spürte.

Er war wunderschön. Unheimlich, ja, aber sein mächtiger Hals, sein muskulöser Körper, der feine Kopf – ich erinnerte mich nicht, mal einen Hengst aus solcher Nähe gesehen zu haben, und wenn, dann war es ein zahmer Hengst, verhätschelt und abgestumpft. Er nicht. Er war wild, das sagte mir sein Blick. Die Bewertung, die darin lag.

Und dann machte ich alles falsch. Trotzdem war es das Einzige, was mir in diesem Moment richtig schien.

Statt mich zurückzuziehen und ihn in Ruhe zu lassen, trat ich halb um den Felsen herum, bis ich an eine Stelle kam, wo ich über zwei natürliche Stufen nach oben klettern konnte. Und dort stellte ich mich hin, mit erhobenem Kinn, straffte die Schultern und erwiderte seinen Blick.

Die ganze Zeit – Sekunden, Minuten – blieb er reglos stehen.

Wir ließen uns nicht aus den Augen. Seine Nüstern blähten sich, sonst veränderte sich nichts. Ich wich keinen Millimeter zurück, legte aber auch keine Herausforderung in meine Haltung. Mein Atem ging tiefer, heftiger. Etwas wallte in mir auf, etwas, wofür ich keinen Namen hatte, wie ein Erkennen, trotz der Fremdheit, die der Hengst ausstrahlte.

Woher kam er? Wer war er?

Dann senkte er den Kopf und alle Gedanken waren wie fortgeblasen. Nur dieser Moment zählte, die Verbindung, die er mit dieser winzigen Geste zuließ. Ich fühlte seine Kraft wie meine eigene, seine Wachsamkeit, seine Überzeugung, dass ich keine Bedrohung für ihn war und er nicht für mich.

Langsam senkte ich den Blick und atmete aus. Er verharrte noch einen Moment, dann sah ich aus den Augenwinkeln, wie er sich umwandte und verschwand.

Jetzt erst merkte ich, dass das ganze Tal die Luft anzuhalten schien. Irgendwo auf der anderen Seite schrie ein Vogel, doch sein Ruf wurde beinahe sofort von der Stille verschluckt. Kein Hauch regte sich, nicht einmal der Farn raschelte. Mein Atem sammelte sich in Wölkchen vor meinem Gesicht.

Fröstelnd schaute ich mich um. Wie lang hatte ich auf diesem Felsen gestanden? Um mich herum hatte sich ein Meer aus Nebel gebildet, ich konnte nicht einmal das Gras am Fuß des Steinbrockens erkennen.

Ich warf einen letzten Blick hinauf auf den Felsvorsprung, aber natürlich war der Hengst längst fort. Und wenn mein Herz nicht so schnell geschlagen hätte, ich hätte gesagt: *Er war auch nie dort.*

In aller Eile stieg ich von dem Felsen, schnappte mir meinen Rucksack und wandte mich in die Richtung, aus der ich gekommen war. Sich sicher zu fühlen, war die eine Sache, das Risiko zu unterschätzen, eine ganz andere. Bei schlechtem Wetter und schlechter Sicht wurden diese Berge gefährlich, das hatte mir Silas am ersten Abend eingetrichtert, und ich wollte nicht verloren gehen.

Doch kaum hatte ich den nächsten Bergrücken umrundet, riss der Himmel auf. Ein frischer Wind wehte die Wolken davon und von Nebel war keine Spur. Obwohl sich der Fell von seiner freundlichsten Seite zeigte, stellten sich die Härchen in meinem Nacken auf, wie bei der Erinnerung an einen dunklen, unerklärlichen Traum. Ohne noch einen Blick zurückzuwerfen, machte ich mich auf den Heimweg.

Früh am nächsten Morgen war ich wieder unterwegs. Über Nacht hatte das Wetter erneut umgeschlagen: Der Wind hatte sich gelegt und eine tief hängende Wolkendecke zog sich über den Himmel. Das Licht war trüb und die Luft trotz der Uhrzeit schwer und drückend.

Trotzdem hatte es mich nicht im Haus gehalten. Wie von selbst zog es mich hinauf zum Beda Fell. Dorthin, wo gestern der Hengst verschwunden war.

Was zur Hölle machte ein einzelner Hengst auf den Fells? Die halbe Nacht hatte ich wach gelegen und unsere Begegnung immer wieder durchgespielt. Es war peinlich, aber natürlich hatte ich Graysons Stimme im Ohr gehabt, wie er von dem Geisterhengst von Rosley erzählt hatte. Doch das war eine Geschichte gewesen, ein Märchen, das jemand für Touristen erfunden hatte. Der Hengst auf den Fells war real gewesen. Und um mir das zu beweisen, lief ich auch heute nach Nordosten.

Unter meinen Sohlen knirschten Steine, während die letzten Bäume hinter mir zurückblieben. Eine Bewegung rechts von mir ließ mich innehalten.

Jemand schlitterte den Hang herunter.

Nicht jemand.

Ben.

Perplex blieb ich stehen und starrte in seine Richtung. Ich hatte ihn seit dem Tag in Fairview nicht mehr gesehen, hatte aber noch genau im Ohr, wie er mit seinem Vater gestritten hatte. Hitze schoss mir in die Wangen, und ich tat mein Bestes, um die Erinnerung zu verdrängen.

Warum ich nicht weiterging, konnte ich nicht sagen, doch jetzt, als ich ihn genauer betrachtete, kam mir etwas an seiner Haltung seltsam vor. Oder an seinem Tempo. Er setzte so schnell einen Fuß vor den anderen, dass ich ihn schon ausrutschten und Hals über Kopf den Berg herunterrollen sah.

Doch offenbar zahlten sich die vielen einsamen Stunden in den Bergen aus. Sicher landete er auf dem Pfad und war schon dabei, meinen Pfad zu queren, als er auf mich aufmerksam wurde.

Eine Sekunde lang schien er zu überlegen, ob er nicht einfach weiterlaufen sollte, dann übernahmen doch seine guten Manieren. Oder was auch immer.

Mit langen Schritten kam er auf mich zu, und mit jedem Meter, den er zurücklegte, spannte ich mich mehr an. Er hatte die Stirn gerunzelt, tiefer noch, als ich es von ihm gewohnt war, und seine blonden Haare standen wirr in alle Richtungen ab.

»Was ist passiert?«, fragte ich, als er in Hörweite war, ohne Zeit mit einer Begrüßung zu verschwenden.

Ganz kurz wirkte er überrascht, dann deutete er hinauf zum Beda Fell. Dorthin, wohin ich eben noch unterwegs gewesen war.

»Fella ist nicht bei der Herde«, antwortete er knapp.

»Fella?« Dass er eine seiner Stuten meinte, war mir klar, aber ich kannte ihre Namen nicht.

»Gracies Dreijährige.« Er deutete auf seine Stirn. »Die mit dem Stern.«

Dann musste Gracie die Leitstute sein. »Hat sie sich verirrt?«

Ben zögerte. »Das oder …«

Es gab Dutzende Möglichkeiten, wie die Pause nach diesem *oder* gefüllt werden konnte, doch wir ersparten es uns, sie auszusprechen. Ein Pferd war verschwunden. Wir mussten es suchen.

»Ich helfe dir«, sagte ich stattdessen. »Glaubst du, dass sie auf dem Beda Fell ist?«

Er fuhr sich durch die Haare und atmete tief ein. »Wenn du suchen helfen willst, dann komm. Ich erzähl's dir unterwegs.«

Ben war am Morgen ganz früh in die Berge, um nach der Herde zu sehen, bevor er zwei Tage mit der Schule weggefahren wäre. Den

Ausflug hatte er gestrichen, als er gemerkt hatte, dass eines der Ponys fehlte. Seitdem lief er ihre Wanderrouten ab und suchte nach Hinweisen, wo sich Fella vom Rest der Herde getrennt haben könnte. Bisher hatte er keinen Erfolg gehabt, das brauchte er gar nicht auszusprechen. Als er sich wieder durch die Haare fuhr, hätte ich gern etwas Tröstliches gesagt, aber mir fiel nichts ein.

Obwohl ich in den vergangenen Wochen einiges an Trittsicherheit gewonnen hatte, musste ich mich konzentrieren, um mit Ben Schritt zu halten. Er schien jeden losen Kiesel zu kennen, nahm schon Anlauf, bevor ich überhaupt ahnte, dass der Pfad steiler wurde. Doch ich biss die Zähne zusammen und sagte nichts. Konditionsmäßig konnte ich mithalten, den Rest musste ich mir bei ihm abgucken.

Schneller, als ich erwartet hatte, erreichten wir deswegen auch die Kurve, die lang gestreckt um einen Hügel führte. Neben uns öffnete sich der Fell, karg und weit und unter dem niedrigen fahlen Himmel fast gespenstisch.

Ben drehte sich im Kreis und scannte die Umgebung, aber anscheinend entdeckte er nichts, was auf Fella hindeutete.

»Ich kapiere es einfach nicht«, platzte es irgendwann aus ihm heraus. »Ponys gehen nicht verloren. Normalerweise wartet die Herde auf die langsameren Tiere. Ich hoffe nur …«

Er verstummte, und natürlich wusste ich, was er nicht sagen wollte: Er hoffte, dass Fella nicht tot am Fuß eines Abhangs lag. In kleinen, regelmäßigen Bewegungen presste Ben die Lippen aufeinander, immer wieder, und ich konnte nicht anders, ich streckte die Hand aus und drückte seinen Arm. Einen winzigen Moment ließ die Anspannung seiner Muskeln nach, doch dann bewegte sich sein Adamsapfel einmal krampfhaft nach unten, und er drehte sich weg.

»Was machst du eigentlich hier oben?«, fragte er mit rauer Stimme.

Ich hätte ihm jetzt etwas von einer Wanderung erzählen können, aber ob er mir das bei den tief hängenden Wolken geglaubt hätte? So oder so wollte ich nicht lügen, denn mir war eine Idee gekommen.

»Gestern habe ich hier oben auf dem Fell ein fremdes Pferd gesehen ... einen Hengst«, begann ich deswegen und war nicht im Geringsten überrascht, als er sich mit einem ausgeprägten Stirnrunzeln wieder zu mir umwandte. »Ich weiß, es klingt verrückt. Aber ich bin mir sicher. Er ist wie aus dem Nichts aufgetaucht. Wenn er allein in den Bergen unterwegs ist, dann ... ist ihm Fella vielleicht gefolgt.«

Ich konnte genau sehen, was in Ben vorging. Natürlich hatte er Zweifel. Ein einsamer Hengst auf den Fells? Das allein war schon unwahrscheinlich. Doch von allem, was ich von frei lebenden Pferden wusste – und Ben wusste mit Sicherheit viel mehr –, würde ein solcher Einzelgänger eine Gruppe Stuten einfach einkassieren. Es gab ja keinen Hengst, der sie für sich beanspruchte. Oder hatte Gracie sich geweigert, ihm zu folgen? Dann war Fella – ohne Nachwuchs und als einzige der Stuten nicht trächtig – möglicherweise leichter zu beeindrucken gewesen.

Ben warf mir einen Blick zu, als würde er sich fragen, ob er mir die Geschichte abkaufen sollte. Anscheinend sah er keine Alternative, denn nach ein paar Sekunden straffte er die Schultern. »Also, wohin ist dieser Hengst verschwunden?«

Einen Moment standen wir uns noch gegenüber, irgendwie unzufrieden mit dem anderen, dann gab ich mir einen Ruck und zeigte nach Nordosten. Ben wartete nicht einmal darauf, dass ich etwas sagte, sondern lief sofort los. Ich hob das Kinn und folgte ihm.

Beinahe eine Stunde brauchten wir, um die Hochebene zu überqueren. Hier gab es keinen Pfad mehr, wenn ich ehrlich war, verließ ich mich voll und ganz darauf, dass Ben wusste, wohin er die Füße setzte. Es hatte etwas Unwirkliches, wie wir so unter den niedrigen Wolken dahinstolperten, die sich gelblich gefärbt hatten. Felsiger Untergrund wechselte sich mit trockenem Gras und Heide ab, und es hätte mich nicht gewundert, wenn hinter einem dürren Busch die Mütze eines Zwerges aufgetaucht wäre. Oder was immer für Sagengestalten hier ihr Unwesen trieben.

In der ganzen Zeit fanden wir kein Zeichen von Fella. Immer wieder warf ich Ben einen Blick zu, aber bis auf seinen angespannten Kiefer und die Tatsache, dass seine Haare immer wirrer vom Kopf abstanden, ließ er sich seine wachsende Sorge nicht anmerken.

Irgendwann zögerte er. Mittlerweile hatte ich richtig Durst, doch ich wollte die Wasserflasche, die ich in meinem Rucksack mitgenommen hatte, nicht schon vor Mittag leeren.

»Ich glaube, das hat keinen Sinn mehr«, sagte er leise, während er den schmalen Durchlass zwischen zwei Felswänden beäugte, auf den wir zusteuerten.

Ich blieb stehen und drehte mich nach rechts. Doch. Genau hier war gestern der Hengst verschwunden, ich erkannte die Stelle.

»Wir sind richtig«, widersprach ich mit aller Überzeugung, die ich aufbringen konnte. »Da unten, siehst du?« Ich zeigte auf den Felshaufen, auf dem ich gestern gesessen hatte. »Von dort habe ich den Hengst gesehen. Wir sind auf der richtigen Spur.«

Ben schüttelte den Kopf. »Das kann schon sein. Aber ich kenne die Stelle. Dahinter kommt meilenweit nur noch Moor. Kein Pony würde freiwillig dahinein laufen. Jedenfalls keins meiner Ponys.«

»Aber …« Ich wandte mich nach Süden und beschattete die Augen mit der Hand. »… wir sind wirklich weit von der Herde entfernt. Glaubst du nicht, dass es Fella sicherer vorgekommen wäre, dem Hengst zu folgen, als allein hierzubleiben und ohne Schutz zur Herde zurückzulaufen?«

»Wir wissen doch gar nicht, ob sie überhaupt hier war!« Bens Ton war schärfer geworden. Er warf mir einen Seitenblick zu und atmete tief durch. »Sorry. Es ist nur …«

Was er sagen wollte, erfuhr ich nicht mehr, denn ich stieß einen spitzen Schrei aus. Schnell räusperte ich mich – peinlich –, aber es änderte nichts an meiner Erleichterung.

»Da drüben! Der Misthaufen!«

Bens Blick folgte meinem ausgestreckten Arm und keine Sekunde später änderte sich seine Haltung. Seine Anspannung ließ nach, als er mich vorsichtig anlächelte. »Sieht so aus, als wäre doch ein Pferd hier gewesen.«

Ich grinste zurück und gleichzeitig setzten wir uns wieder in Bewegung. Mit ein paar Schritten hatten wir den Haufen Pferdeäpfel erreicht. Er war nicht mehr ganz frisch, aber bestimmt nicht älter als einen Tag.

Unsere Erleichterung hielt nicht lang an. Bens Blick wanderte voraus in das Hochtal. Die Landschaft änderte sich, in den Kuhlen sammelte sich Wasser und ein Stück weiter wurde das Gelände flach und eintönig. Bens Gesichtsausdruck verdüsterte sich und irgendwie schien ihm die Luft auszugehen. Ich konnte mir vorstellen, was er dachte: Wir hatten von hier einen viel zu guten Blick. Das Moor breitete sich vor uns aus, ohne Senken oder Erhebungen, wo sich ein Pony hätte verbergen können. Doch diesmal ging ich voraus. Wir waren so weit gelaufen, ich kehrte jetzt nicht um. Nicht wenn es um die Sicherheit eines Pferdes ging. Nicht wenn ich diesmal etwas richtig machen konnte.

Nach kurzem Zögern folgte Ben mir. Noch immer war die Stimmung gedrückt, nicht nur unsere, auch die Atmosphäre hier zwischen den Berghängen. Die feuchte, schwüle Luft machte das Atmen anstrengend und mir prickelte der Schweiß unter den Armen und am Rücken. Wenigstens wischte sich auch Ben in regelmäßigen Abständen über die Stirn.

Obwohl wir schneller vorankamen, wurde das Gehen nicht einfacher. Mehr als einmal tappte ich in ein Sumpfloch, weil ich es zu spät gesehen hatte. Zuerst fiel es mir gar nicht auf, aber nach einer Weile merkte ich, dass wir uns wie selbstverständlich gegenseitig halfen. Trotz meiner Anspannung musste ich lächeln, doch im nächsten Moment packte ich ihn am Arm.

»Siehst du das? Da vorn ist eine Kuhle!« Ben kniff die Augen zusammen und blinzelte ein paarmal, anscheinend verstand er nicht, was ich meinte. »Beweg den Kopf ein Stück. Es sieht aus, als wäre das Gelände ganz flach, aber das ist eine optische Täuschung!«

Die Senke war fast komplett mit stacheligem Gestrüpp zugewachsen. Ich zog Ben weiter, und endlich kapierte er, was ich ihm zeigte, denn er wurde schneller.

»Fella?«, rief er. Seine Stimme klang fast geisterhaft, wie der Wind sie über die Hochebene davontrug, doch das war nichts gegen das beinahe anderweltliche Geräusch, das uns entgegenwehte. Das Wiehern, zu Tode erschöpft, schien nicht allein aus der Kuhle zu kommen, sondern wurde von den Hängen rechts und links zurückgeworfen wie ein Schrei aus einer fernen Vergangenheit.

Wir stürzten weiter. Ben war schneller als ich, aber nicht viel, sodass ich nur Sekunden nach ihm an der Senke ankam. Er war schon in die Knie gegangen und griff nach Fellas Kopf.

»Ganz ruhig, mein Mädchen, ruhig«, flüsterte er. Er schob die Dornenranken zurück und bekam den Kopf zu fassen. Seine Hände strichen über ihre Stirn und Nase, und die ganze Zeit flüsterte er ihr sanfte Worte zu, bis ihre aufgerissenen Augen etwas von ihrer Panik verloren. »So ist es gut. Wir holen dich hier raus.«

Wir ... Das war wohl vor allem ich. Ben musste bei Fella bleiben, um sie zu beruhigen, also machte ich mich schnaufend an die Arbeit.

Ich konnte mir nicht vorstellen, wie sich Fella in diese Lage gebracht hatte, aber wahrscheinlich war sie die ganze Nacht in diesem Dickicht gefangen gewesen, sodass sie sich jetzt beinahe komplett in den Ranken verheddert hatte. Hals, Rumpf und Beine waren fast vollständig von Dornentrieben umwickelt. Immer wieder sackten ihr die Vorderbeine weg, ob vor Erschöpfung oder weil sie das Gleichgewicht nicht mehr halten konnte, wusste ich nicht.

Da ich keine Handschuhe hatte, schlang ich mir meine Jacke, so gut es ging, um die Hände und legte los. Ranke um Ranke riss ich ab, während Ben vollauf damit beschäftigt war, Fella daran zu hindern, sich von Neuem aufzuregen. Nach einer Weile gewöhnte sie sich daran, dass ich an ihr herumzerrte, und die Arbeit wurde ein bisschen leichter, trotzdem lief mir vor Anspannung der Schweiß in die Augen. Aber ich weigerte mich aufzugeben. Das hier war meine Buße. Wenn ich diesem Pferd helfen konnte, war vielleicht ein winziger Teil meiner Schuld beglichen.

Es schien Stunden zu dauern, bis ich die ersten Erfolge sah. Ben und ich redeten nur das Nötigste. Nach einer Weile merkte ich, dass ich ruhiger atmete, und auch Bens Bewegungen wurden beherrschter.

»Wir kriegen sie da raus«, sagte ich, als es keine leeren Worte mehr waren, sondern ich endlich davon überzeugt war.

Ben sah auf und lächelte mir kurz zu.

Mein eigenes Lächeln verflog nur Sekunden danach. »Oh, verdammt.«

»Was?«

An Fellas Flanke klaffte eine Wunde. Wie tief sie war, konnte ich nicht sagen, aber sie musste ihr höllische Schmerzen bereiten. Kein Wunder, dass die Stute so zitterte.

»Sie hat sich verletzt. Hey.« Ich griff über Fellas Hals nach Bens Hand und hielt sie fest. »Reiß dich zusammen. Erst mal müssen wir sie herausholen, dann sehen wir weiter.«

Zwei, drei Sekunden verstrichen, dann hatte Ben sich wieder unter Kontrolle. »Okay.«

Und plötzlich ging alles ganz schnell. Ich zog an einer besonders widerspenstigen Ranke, sie gab nach, und Fella, die gemerkt hatte, dass sie nichts mehr in dem Dickicht hielt, machte einen Satz nach vorn und blieb bebend stehen. Sekunden später war Ben neben ihr, streichelte sie weiter und begutachtete dabei die Wunde.

»Ich glaube, sie kann laufen.«

Mir sackten die Knie weg vor Erleichterung. Schwer landete ich auf einem halbwegs trockenen Fleck Gras und legte den Kopf in den Nacken. Ich hörte, wie Ben um Fella herumging, wahrscheinlich um sie auf weitere Verletzungen zu untersuchen, aber diesen Moment brauchte ich, um wieder zu Atem zu kommen. Als sich nicht mehr alles um mich drehte, stemmte ich mich hoch.

Ben und ich teilten uns mein Wasser und die Sandwiches, die ich dabeihatte, und als Fella trotz ihrer Erschöpfung ein Stück Apfel von meiner Hand pflückte, waren wir bereit, nach Hause zu gehen.

⁓

»Danke.« Ben schaute mich über Fellas Widerrist hinweg an. Seine Haare hingen ihm strähnig in die Stirn, und alles in allem sah er genauso fertig aus, wie ich mich fühlte. »Ich weiß nicht, ob ich sie allein gefunden hätte. Oder sie aus dem Loch herausgebracht hätte.«

»Ist schon gut. Ich hätte sie ja wohl kaum in diesem Dickicht

143

stehen lassen.« Wir hatten die Stelle erreicht, wo der Weg von den Fells hinunter nach Ellondale führte. Ich deutete auf Fella. »Wohin bringst du sie jetzt?«

Ben wirkte unentschlossen. »Ich muss ihre Wunden versorgen und wahrscheinlich lasse ich sie eine Nacht im Stall.« Sein Blick glitt vom Osten des Tals hinüber nach Rosley. »Dafür muss ich nach Renwick. In Henrys Stall gibt es kein Heu mehr.«

Darauf erwiderte ich nichts. Dass er keine Lust hatte, bei seinem Vater aufzuschlagen, konnte ich mir vorstellen, aber es ging nicht um seinen Stolz, sondern um ein verletztes Tier.

»Ich hoffe, sie wird schnell gesund«, sagte ich zum Abschied, als wir fast schon am Hoftor von Ellonby waren.

Ben nickte. »Danke. Für alles«, wiederholte er, dann führte er Fella weiter.

Am Eingang zögerte ich. Glaubte Ben mittlerweile, dass Fella dem Hengst gefolgt und deswegen in das Dickicht geraten war? Beinahe hätte ich mich umgedreht, aber dann überlegte ich es mir anders. Ohne noch einmal zurückzublicken, öffnete ich die Haustür und ging hinein.

Wir sehen gut aus.« Zufrieden rückte sich Singh die Fliege zurecht, während sein Blick über unsere Aufmachung glitt.

Ich konnte nicht widersprechen. Vielleicht musste ich sogar meine Meinung revidieren, dass Emmy in ihrem goldenen Fransenkleid die Fashion-Queen des Abends sein würde. Denn der Rest der Truppe sah genauso stylish aus: Singh und Dhani hatten sich richtig in Schale geworfen. Beide trugen einen stilechten schwarzen Anzug mit weißem Hemd – anscheinend waren es Leihgaben zweier befreundeter Kellner im White Swan. Die Sneaker dazu konnte man ohne Probleme ignorieren, vor allem bei Dhani, der zusätzlich mit einem Schal und Lidschatten in Lila auftrumpfte. Sarah hatte sich für eine weite graue Tweedhose und eine weiße Bluse entschieden. Sie hatte sich ein mit Perlen besticktes Seidentuch in Sonnengelb um die Stirn gebunden, das ihre Locken halbwegs bändigte, aber der Knaller ihres Outfits waren eindeutig die petrolfarbenen Glitzer-High-Heels.

Während Dhani, Sarah und Singh der Auffahrt nach Renwick zustrebten, hakte ich mich bei Emmy und Grayson unter. Grayson – fast ein bisschen zu attraktiv in dunkler Hose, Weste und anscheinend originalen weiß-schwarzen Schuhen – lächelte mich an.

Wir reihten uns in die Schar Gäste ein, die auf das Haus zuhielten, aber schon nach der ersten Kurve schnappte ich nach Luft. »Nicht sein Ernst.«

Emmy lachte leise. »Sein voller.«

Ich war stehen geblieben, doch die beiden führten mich weiter zu der Rasenfläche, die vom Haus sanft zum See hin abfiel. Eine Promihochzeit konnte nicht verschwenderischer dekoriert sein. Überall in den Büschen und in den Kronen der hohen Bäume funkelten Lichterketten, Laternen säumten die hellen Kieswege, sanftes Licht beleuchtete ein halbes Dutzend Pavillons. Rosen- und Hibiskus-bäumchen in Weiß, Rosa und Rot standen zwischen üppig einge-deckten runden Tischen, Jasmin, Freesien und Lavendel verström-ten einen betörenden Duft. Ein Glück, dass Emmy und Grayson mich vorwärtszogen, ich hätte bestimmt fünf Minuten mit offenem Mund dagestanden, um alles in mich aufzunehmen.

»Kommt die Königin auch?«, brachte ich schließlich hervor.

Die beiden lachten.

»Weiß nicht, ob die Gute auf Kostümpartys steht«, gab Grayson zu bedenken, aber ich war so mit Gucken beschäftigt, dass ich gar nicht darauf eingehen konnte.

Wir steuerten auf einen Pulk zu, dem Dhani, Singh und Sarah sich schon angeschlossen hatten. In der Mitte stand Gordon, un-fassbar elegant in seinem schwarzen Smoking. Er schien alle Gäste persönlich zu begrüßen. Wenn ich mir die Massen ansah, die hinter uns in den Park strömten, hatte er noch eine Weile zu tun.

Als wir an der Reihe waren, umarmte er Emmy und schüttelte Grayson die Hand, dann lächelte er mir zu.

»Vielen Dank für die Einladung, Mr Aldringham«, sagte ich. »Es ist wirklich atemberaubend.«

»Schön, dass du gekommen bist, Valerie. Und bitte nenn mich Gordon.« Scheinbar unbehaglich blickte er sich um. »Sonst denke ich, mein Schwiegervater ist hier irgendwo.«

Emmy und Grayson lachten, und Gordon wünschte uns noch einen schönen Abend, bevor er sich den nächsten Gästen zuwandte.

»Wieso Schwiegervater?«, fragte ich, als wir außer Hörweite wa-ren. »Hieß der auch Aldringham?«

Grayson schnappte sich zwei Gläser von einem Tablett, das uns ein livrierter Kellner hinhielt, und drückte sie Emmy und mir in die Hände.

Emmy nickte. »Gordon heißt mit vollem Namen Welby Aldringham. Er hat eingeheiratet, und weil Kit gerne wollte, dass ihre Kinder den Namen weitertragen würden, hat Gordon ihren angenommen.«

Kit. Bens Mutter. Ein paar Sekunden lang schweiften meine Gedanken zu der Frage, ob er heute Abend auftauchen würde, sodass mir der verklärte Ausdruck auf Emmys Gesicht beinahe entgangen wäre.

»Erde an Emmy«, brummte Grayson. »Die Zeit der Märchen ist vorbei.«

Sie seufzte. »Aber erst seit Kurzem.«

Wir stellten uns an einen Stehtisch, der gerade frei wurde, und nippten an unserer Limonade – ein bisschen bitter, ein bisschen süß –, bevor ich mich halb zu ihr umdrehte und eine Augenbraue hochzog.

Grayson schüttelte den Kopf und stöhnte. »Ermutige sie nicht auch noch.«

Emmy stieß ihn in die Seite. »Halt die Klappe, du Zyniker. Jeder weiß, dass Kits und Gordons Beziehung die größte Liebesgeschichte war, die Rosley je gesehen hat.«

»Ach, echt?« Mein Interesse war geweckt, doch Grayson stöhnte wieder.

»Das ist auch keine Kunst in einem Dorf, wo normalerweise wegen Land und der Anzahl der Schafe geheiratet wird.«

Einen Moment starrte Emmy Grayson an, als wäre ihm ein drittes Ohr gewachsen, dann schüttelte sie leicht den Kopf. »Was man so hört, haben deine Eltern auch nicht gerade wegen Geld geheiratet.«

Ich war mir sicher, dass Emmy es nett gemeint hatte, aber etwas an dem Satz ließ einen Schatten über Graysons Gesicht fliegen. Er hob sein Glas und trank einen Schluck, dann deutete er mit dem Kinn auf mich.

»Na los, erzähl es ihr. Vorher gebt ihr beide doch keine Ruhe.«

Während der Strom der ankommenden Gäste langsam abebbte, die Leute nach und nach einen Platz an den vielen Tischen fanden und eine Band anfing, entspannten Jazz zu spielen, erzählte mir Emmy die Geschichte von Bens Eltern.

Gordon war nicht immer reich gewesen, im Gegenteil. Er stammte von einem kleinen Bauernhof ein paar Orte weiter, aber schon in der Schule war klar gewesen, dass er begabt war und Ehrgeiz hatte. Er arbeitete hart, half auf der Farm, war bei der Verwandtschaft und in der Gegend beliebt.

Kit dagegen – Katherine, wie sie eigentlich hieß – war hier auf Renwick als einzige Tochter und Erbin aufgewachsen. Sie hatte alles, Geld, Klamotten, sogar einen Chauffeur, doch am liebsten verbrachte sie Zeit mit ihren Pferden. Es gab sogar eine Redewendung in Rosley: »wild wie Kits Haare«, so selbstverständlich war ihr Anblick mit wirren Locken, verdreckten Hosen und staubigen Stiefeln. Alle Jungs des Dorfs waren in sie verliebt gewesen, aber ihre Eltern erwarteten selbstverständlich, dass sie standesgemäß heiratete. Emmy berichtete davon mit so viel Inbrunst, dass ich mir ein Grinsen verkniff. Manche Traditionen waren in England eben noch kein Jahrhundert, sondern erst eine Generation tot.

Und irgendwann war es unvermeidlich gewesen, dass Kit und Gordon aufeinandertrafen. Ob es wirklich Liebe auf den ersten Blick war, wie Emmy behauptete, bezweifelte ich nicht nur angesichts von Graysons schmerzvoll verzerrtem Gesicht, doch ich glaubte ihr gern, dass die beiden einen stürmischen Sommer der Liebe erlebten. Kits

Eltern bekamen wohl Wind von der Romanze, aber da Kit schon wenige Wochen später zur Uni gehen sollte, schritten sie nicht ein.

Mit Genugtuung berichtete Emmy davon, dass die alten Aldringhams nicht daran gedacht hatten, wie viel Ehrgeiz Gordon besaß. Während Kit in Oxford studierte, hatte Gordon ein Stipendium für Cambridge ergattert. Die beiden blieben in Kontakt, und ein paar Jahre später war Gordon kein namenloser Farmerssohn mehr, sondern ein promovierter Jurist mit einem Job in einer renommierten Kanzlei in London. Und noch immer war er in Kit verliebt.

»Und Kit?«, fragte ich, als Emmy ihre Limo hinunterstürzte wie eine Verdurstende.

»Kit war zu dem Zeitpunkt schon wieder ein paar Jahre zurück in der Gegend. Sie hatte eine Forschungsstelle bei einer berühmten Professorin aufgegeben, um sich um ihre Eltern zu kümmern, die in der Zwischenzeit krank geworden waren. Vielleicht wusste Kit schon, dass die beiden nicht mehr lang zu leben hatten, jedenfalls machte sie aus dem letzten Weihnachtsball hier auf Renwick ein rauschendes Fest, von dem die Leute, die dabei waren, heute noch schwärmen.« Emmy deutete auf unsere Umgebung. »Die Gartenpartys sind dagegen bescheiden.«

Wenn ich mir die Menge an Essen ansah, die die Kellner gerade servierten, konnte ich mir das schwer vorstellen. Es wurde Zeit, dass wir uns einen Platz suchten, doch Emmy war fest gewillt, ihre Geschichte zu Ende zu bringen. Zu einem traurigen Ende, das wusste ich ja schon.

»Auch Gordon war zu dem Ball eingeladen, aber Kit war als Gastgeberin so eingespannt, dass sie kaum Zeit fanden, sich zu unterhalten. Erst als sich fast alle Gäste verabschiedet hatten, nahm Gordon Kit an der Hand und führte sie auf den Carrock.«

»Den was?«

149

Grayson deutete auf den Hügel, der sich hinter dem Herrenhaus dunkel gegen den Abendhimmel abzeichnete, doch Emmy ließ ihn nicht zu Wort kommen.

»Es war dunkel und kalt, und es schneite, aber Gordon wollte unter freiem Himmel sein, wenn er ihr den Antrag machte. Dort, wo Kit am liebsten war.«

Wo Kit am liebsten war ... Genau wie ihr Sohn. Wie musste es sich für Gordon anfühlen, dass Ben seiner Mutter so ähnlich war und die beiden doch keinen Weg zueinanderfanden? Aber ich schüttelte den Gedanken ab, dass Kits früher Tod mehr als das Ende einer großen Liebesgeschichte bedeutet hatte.

»Anscheinend hat es funktioniert.«

Emmy lächelte versonnen. »Ja, anscheinend. Die beiden waren danach nicht mehr zu trennen. Im Sommer heirateten sie, ein Jahr später kam Ben zur Welt.«

Grayson schnaubte. »Und danach ging es bergab.« Er trat um den Tisch, nahm uns an den Armen und schob uns auf den nächsten Pavillon zu. »Los jetzt, ich verhungere. Den Rest kannst du ihr auch im Sitzen erzählen.«

Aber der Moment war vorüber. Wir traten unter das Dach des Zeltes und der Geruch nach Essen und Parfüm, Lachen, Besteckklappern und fröhliche Gespräche umwehten uns. Die Gegenwart hatte uns wieder.

Ich winkte Silas und Laini zu, die ich gar nicht hatte ankommen sehen, und Silas lächelte, als ich Emmy und Grayson wie selbstverständlich an einen Tisch folgte, wo uns die anderen drei Plätze freigehalten hatten. Libby beäugte mich von oben bis unten und hob beide Daumen, als ich an ihr vorbeiging, Singhs und Dhanis Eltern nickten mir zu, und die Blicke, die mich quer durch den Pavillon begleiteten, waren neugierig, aber wohlwollend. Für einen Moment zog sich mein Herz zusammen, und wenn ich es nicht besser gewusst hätte, hätte ich gesagt, dass es flüsterte: *Endlich*.

⌒

»Ach, Mist.« Ich war umgeknickt und konnte mich gerade noch an Grayson festhalten, bevor ich in ein Paar gekracht wäre, das beim Charleston abging, als würde es Werbung für eine Tanzshow machen. Beruhigend schüttelte ich den Kopf, als Grayson mich fragend ansah, und deutete auf meinen Fuß. Humpelnd schob ich mich durch die wogende Menge an den Rand der Tanzfläche und begutachtete den Schaden. Der Absatz meines rechten Schuhs baumelte nur noch mit ein paar allerletzten Fasern an der Sohle. Seufzend schlüpfte ich aus den Pumps. Vintage war Emmys Tanzbegeisterung offensichtlich nicht gewachsen. Sie hatte uns alle vor einer Stunde aufs Parkett gescheucht und seitdem nicht mal eine Trinkpause erlaubt.

»Ach herrje«, kommentierte sie den losen Stöckel, als sie mit Grayson im Schlepptau auf mich zukam.

»Na, hast du einen Platten?« Grayson grinste, doch Emmy ließ mir nicht mal die Chance zu einer schlagfertigen Antwort, sondern packte meine Hand und zog mich über den Rasen Richtung Haus. Grayson winkte sie über die Schulter zu.

»Äh … was hast du vor?«, fragte ich.

»Na, wir suchen Kleister. Du willst doch nicht den Rest des Abends irgendwo in der Ecke sitzen, oder?« Ich schüttelte den Kopf, und sie fuhr fort: »Eben. Aber barfuß auf der Tanzfläche grenzt an Selbstverstümmelung.«

Bei dem Getümmel, das wir gerade hinter uns gelassen hatten, konnte ich ihr schlecht widersprechen. Andererseits …

»Bis der Kleister trocken ist, dauert es doch mindestens eine halbe Stunde.«

Sie drehte den Kopf zu mir und grinste. »Den Enthusiasmus lobe

151

ich mir, dass du dich nicht mal kurz ausruhen willst. Aber ich dachte an Sekundenkleber.«

Hm, ja. Das war auch eine Möglichkeit.

Mittlerweile wurden Musik und Stimmen leiser, wir ließen den Lichtschein der Partywiese hinter uns zurück. Renwick Hall ragte dunkel und majestätisch vor uns in den Nachthimmel, nur hier und da war ein Fenster matt erleuchtet.

»Können wir da einfach rein?« Ich räusperte mich, weil meine Stimme plötzlich ganz klein klang.

Emmy lachte leise. »Jetzt hab dich nicht so. Das ist nicht der Buckingham Palace, sondern das Haus meines Onkels.«

Unbehaglich fühlte ich mich trotzdem, als sie mich durch einen Seiteneingang in einen Jackenraum und von dort in einen gefliesten Flur führte. Ein paar wenige Lampen spendeten schummriges Licht, doch es reichte aus, damit ich mich einigermaßen orientieren konnte.

Emmy deutete nach links. »Ich sehe im Vorratsraum nach. Du gehst am besten schon mal vor. Letzte Tür links, durch Gordons Arbeitszimmer, dann wieder den Gang hinunter bis zur Küche links hinten.«

Ich versuchte, mir das bildlich vorzustellen. »Also einmal rund ums Haus?«

Emmys Zähne blitzten. »Ja, genau.«

»Aber wieso in die Küche?«

Sie sah mich an, als hätte ich einen Sprung in der Schüssel. »Na, weil jeder vernünftige Mensch offene Sekundenklebertuben im Kühlschrank aufbewahrt.«

Da musste ich bei Laini und Silas ja gleich mal nachsehen. Grinsend verschwand Emmy in einem Raum zu unserer Linken. Ich tappte über den kühlen Fliesenboden. Außer meinen Schritten war im ganzen Haus nichts zu hören. Gab es in so alten Kästen nicht immer Standuhren, die vor sich hin tickten? Vielleicht … nur nicht hier, im Wirtschaftsflügel. Mit jeder Tür, an der ich vorbeikam, wurde mir klarer, dass die Wohnräume auf der anderen Seite des Hauses liegen mussten.

Vorsichtig drehte ich den Knauf an der letzten Tür links. Direkt neben mir führte eine unscheinbare Eingangstür hinaus auf die Kieszufahrt. Ich musste lächeln, als ich die drei Paar Gummistiefel entdeckte, die auf einem Abtropfblech an der Wand standen.

Die einfache Holztür schwang lautlos nach innen. Ich schnappte nach Luft. Keine Ahnung, was ich nach der Schlichtheit des Eingangsbereichs erwartet hatte – eine Bibliothek mit deckenhohen dunklen Regalen und Hunderten in Leder gebundenen Büchern sicher nicht. Im Mondlicht erkannte ich an der Wand gegenüber die zweite Tür, von der Emmy gesprochen hatte, alt, stabil und glänzend. Um einen offenen Kamin gruppierten sich Ledersessel und ein kleines Sofa, auf dem sich Wolldecken und Zeitschriften stapelten. Die andere Hälfte des Raums, rechts von mir, bildete einen scharfen Kontrast zu der traditionellen Gemütlichkeit. Vor dem Fenster stand ein riesiger Schreibtisch mit großem Monitor und hochlehnigem Drehsessel, die Bücherregale daneben waren zu Aktenschränken umfunktioniert worden.

Zögernd blieb ich auf der Schwelle stehen. Der Raum strahlte etwas Persönliches aus, in ihm wurde gelebt, gearbeitet und geplant. Der Stuhl neben dem Schreibtisch sah bequem und dabei offiziell aus, so als würde Gordon hier seine Pächter und Lieferanten empfangen. Die Bibliothek war vielleicht nicht das Herz des Hauses, aber sicherlich sein Kopf.

Dann gab ich mir einen Ruck. Ich wollte ja nicht schnüffeln, nur durchlaufen, um … in den Kühlschrank zu gucken. Bei dem Gedanken musste ich grinsen. Also los.

Kaum hatte ich die Tür hinter mir ins Schloss gedrückt, hörte ich Schritte. Nicht von Emmys Riemchensandalen, sie kamen aus der anderen Richtung und klangen eher nach Männerschuhen. Ach bitte, warum konnten die Leute nicht einfach auf der Party bleiben? Die Schritte schienen vor der Tür zur Bibliothek zu zögern, und mir blieb der Bruchteil einer Sekunde für eine Entscheidung: Rückzug, Konfrontation oder Verstecken.

Der Türknauf begann, sich zu drehen, und anscheinend sprang irgendein automatisiertes Programm in meinem Hirn an, denn im nächsten Augenblick fand ich mich hinter dem schweren Vorhang neben dem Fenster wieder. Ungläubig starrte ich in den dicken Brokatstoff, aber natürlich erkannte ich nichts außer nahezu vollkommener Dunkelheit.

Passierte das wirklich? Versteckte ich mich gerade *schon wieder* und manövrierte mich bei der Familie Aldringham in eine unausweichlich peinliche Situation? Wenn absolute Stille nicht das oberste Gebot gewesen wäre, hätte ich laut aufgestöhnt.

Vor lauter Verlegenheit wegen meiner klischeehaften Reflexe war mir ganz entgangen, wer da keine zwei Meter von mir entfernt Schublade um Schublade aufzog, mit Papieren raschelte und anscheinend dringend etwas suchte. Derjenige hatte kein Licht gemacht.

Hmm … Wer aus der Familie würde denn hier im Dunkeln herumstöbern?

Ganz, ganz langsam drehte ich den Kopf nach rechts und blinzelte ins Zwielicht. Ich erkannte Finger auf der Computertastatur, dann hörte ich einen leisen Fluch, als das Passwort anscheinend zum wiederholten Mal nicht stimmte.

Diese Hände, dazu die Stimme … Als sich das silbrige Mondlicht in hellen Haarsträhnen verfing, war ich mir sicher. Innerlich fluchend kniff ich die Augen zu.

Aber ich hatte keine Zeit, darüber nachzudenken, dass es mir bei niemandem auf der Welt unangenehmer gewesen wäre, hier hinter dem Vorhang erwischt zu werden, denn zum zweiten Mal schwang die Tür nach innen. Licht flammte auf. Ben war anscheinend genauso überrumpelt wie ich. Erschrocken fuhr er herum und trat zwei Schritte vom Schreibtisch weg. Ich konnte nicht sehen, wer im Türrahmen stand, doch sein »Du!« klang nicht gerade nach liebem Besuch.

»Das könnte ich auch zu dir sagen.« Es war die Stimme einer Frau. »Suchst du etwas?«

»Wüsste nicht, was dich das angeht.« Ben schien die Kontrolle wiedergewonnen zu haben. Er stellte sich aufrecht hin und lehnte sich gegen ein Regal, sodass ich sein Profil erkennen konnte. Lässig verschränkte er die Arme, aber etwas an der Linie seines Kiefers verriet mir, dass er nur so cool tat.

Die Tür ging ganz auf und eine Frau Mitte dreißig trat ein. Sie trug ein elegantes dunkelgrünes Kleid und einen perfekt gestylten Bob. »Gordon weiß nicht, dass du hier bist, oder?«, fragte sie mit einer rauchigen Stimme. »Auf der Party, meine ich.«

Ben zuckte mit den Schultern. »Hab nicht Hallo gesagt.«

Bildete ich es mir ein oder glitt der Blick der Frau für einen Moment zu dem Vorhang, hinter dem ich stand? Unwillkürlich zog ich den Bauch ein.

Die Frau richtete ihre Aufmerksamkeit wieder auf Ben und lehnte sich gegen die Kommode neben der Tür. Dabei stützte sie die Hände auf.

Etwas in Bens Ausdruck musste sich geändert haben, denn sie hob eine Augenbraue. »Entspann dich, Kleiner. Ich habe nicht vor, die Möbel deiner toten Mutter zu verkratzen.«

Gerade noch rechtzeitig presste ich die Lippen aufeinander, bevor mir ein Keuchen entwischte, doch Ben ließ sich nicht anmerken, ob ihn der Spruch verletzt hatte. Ich war kurz davor, Versteck Versteck sein zu lassen und mich neben ihn zu stellen, aber anscheinend war ich mit meiner Empörung allein.

»Wäre ja auch dämlich von dir«, antwortete er eiskalt, »jetzt, wo dir das alles praktisch gehört.«

Für einen Moment wurde der Mund der Frau schmal, so als wäre das etwas, was sie getroffen hätte, doch sie ging nicht darauf ein. Sie deutete mit dem Kinn zum Schreibtisch. »Du wirst nichts finden.«

»Woher willst du wissen, was ich suche?« Ben hatte sich noch ein Stück weiter aufgerichtet, sodass er jetzt größer war als die hochgewachsene Frau.

Sie schmunzelte, aber es hatte nichts Fröhliches an sich. »Es geht um die Ponys. Um die geht es dir doch immer. Aber er hat die Papiere nicht hier.«

»Kümmere dich um deine eigenen Angelegenheiten, Charlotte.« Ben stieß sich von dem Regal ab und drehte ihr den Rücken zu.

»Das mache ich doch immer. *Bennett.*« Charlottes Blick wanderte wieder in meine Richtung und diesmal lag in ihrem Lächeln definitiv etwas Bösartiges. »Ein letzter Tipp noch: Versteck das Mädchen beim nächsten Mal nicht hinterm Vorhang.«

Ich schnappte nach Luft, und es war mein Glück, dass Ben gleichzeitig lautstark protestierte, sonst wäre das Zischen durch den Raum gehallt. Mein Hirn war im Schockmodus, sonst wäre mir vielleicht aufgefallen, dass die am wenigsten demütigende Variante gewesen wäre, gleich aus meinem Schlupfloch zu kriechen. Stattdessen sah ich dabei zu, wie sich das Unheil anbahnte und Ben immer vehementer abstritt, was sich gleich als Wahrheit herausstellen würde.

Doch Charlotte grinste nur. »Alles gut, Kleiner. Dann nicht. Aber es riecht nach Freesien, und das ist kein Duft, der dir gut steht.«

Sekunden später schloss sich die Tür hinter ihr und der Moment war gekommen. Während ich noch meinen Mut zusammennahm, schnupperte Ben, dann fixierten sich seine Augen auf eine Stelle knapp neben mir.

»Komm raus.«

Ich wappnete mich und schob den Vorhang so weit zur Seite, dass ich dahinter hervortreten konnte, dann hob ich den Blick. Überrascht hielt ich inne, obwohl mir meine Rechtfertigungen schon auf der Zunge lagen. Aber Ben war so verblüfft, dass er den Mund wieder zuklappte, ohne die schnippische Bemerkung ausgesprochen zu haben, die ihm garantiert durch den Kopf gegangen war. Mit wem auch immer er gerechnet hatte, ich war es nicht.

Dabei wurde das doch langsam zur nicht ganz so lieb gewonnenen Gewohnheit.

Eine Zeit lang standen wir uns gegenüber, und ich konnte erkennen, dass seine Gefühle nicht viel anders waren als das, was über mich hinwegfegte: Verlegenheit und Überraschung, Unsicherheit und der Wunsch, die Situation irgendwie zu retten.

Darin erwies sich Ben als wesentlich begabter als ich. Als ich drauf und dran war, mich auf der Stelle umzudrehen und nachzuschauen, wo zur Hölle Emmy abgeblieben war, lächelte er vorsichtig und sagte: »Du siehst ... gut aus.«

Überrascht lachte ich auf. Es war ein kleines Lachen, aber es reichte, dass sein Lächeln breiter wurde.

Ich deutete auf ihn und machte eine unbestimmte Armbewegung. Sie umfasste seine dunkle Hose, das weiße Hemd mit den aufgekrempelten Ärmeln und die Hosenträger. Überall sonst hätte ich seinen Aufzug für ein albernes Hipster-Outfit gehalten, aber hier, an ihm, wirkten die Klamotten sexy. So ganz anders als seine Cargohosen und verschlissenen T-Shirts sonst. »Du auch. Quasi wie Aschenputtel auf dem Ball.«

»Na ja. Eigentlich gehört mir ja das Schloss.«

Ich prustete. »Ich vergaß. Du bist also der Prinz.«

Das schien ihn ernsthaft zum Nachdenken zu bringen, und während er noch nach einer Antwort suchte, wanderte sein Blick meine Beine hinunter zu meinen nackten Füßen. Das Detail war ihm bisher entgangen. Sein Grinsen reichte jetzt beinahe einmal um seinen Kopf.

»Deine Glaspantoffeln finde ich wohl draußen auf der Treppe?«, fragte er mit vor Lachen bebender Stimme.

Würdevoll zog ich meine ruinierten Schuhe hinter meinem Rücken hervor und hielt sie ihm hin. »Ich war auf der Suche nach Klebstoff.«

»Ach so. Komm mit.« Er wandte sich zur Tür.

»Wohin?«, fragte ich, auch wenn ich glaubte, die Antwort zu kennen.

»In die Küche.« Er warf mir über die Schulter einen Blick zu. »Da ist bestimmt noch eine Tube Sekundenkleber im Kühlschrank.«

Schmunzelnd folgte ich ihm in eine elegante Eingangshalle, in der sich eine breite Treppe in den ersten Stock schwang, und von dort in einen zweiten Flur, der bei Weitem wohnlicher wirkte als der nüchterne Gang, durch den ich gekommen war. Die Einrichtung war ziemlich altmodisch, aber gemütlich. Gemälde und Familienfotos hingen vor opulent gemusterten Tapeten, hier lag ein Wollplaid über der Lehne eines Sessels, dort stapelten sich Bücher auf einem altersschwachen Beistelltisch. Ein Teppichläufer dämpfte Bens Schritte. Meine waren sowieso kaum zu hören.

Endlich tickte auch eine Standuhr Ehrfurcht gebietend vor sich hin und aus irgendeinem Winkel des Hauses kam ein sanftes Brummen. Es war ein Zuhause, Bens Zuhause. Und trotzdem hatte er es aufgegeben.

»Es tut mir leid«, sagte ich leise. »Ich wollte vorhin nicht lauschen. Nicht schon wieder.« Seine Mundwinkel zuckten, ich konnte es genau sehen. »Es war nur so …«

»… so eine unangenehme Situation?« Er sah mich an, und als ich nickte, lächelte er leicht. »Mach dir keinen Kopf. Die Aldringhams haben ein Talent für unangenehme Situationen.«

Obwohl ich hätte froh sein sollen, dass er mich so schnell vom Haken ließ, gefiel mir der bittere Ton nicht, der sich in seine Stimme geschlichen hatte.

»Du bist ganz schön verständnisvoll«, sagte ich deswegen leichthin, während er mich an einem gemütlichen Wohnzimmer und einem Esszimmer mit einem riesigen ovalen Tisch vorbeiführte. »Ich könnte auch eine Spionin sein, die auf die Partygeheimnisse deines Vaters angesetzt ist.«

Ben warf einen bedeutungsvollen Blick auf meine Pumps. »Und ruinierst dir dafür die Schuhe? Das wäre echt abgebrüht.«

Lachend knuffte ich ihn in die Seite. »Du überschätzt mein Modebewusstsein und hast keine Ahnung, wie abgebrüht ich bin.«

Seine Augen blitzten, als er die Küchentür aufschob, Licht machte und mich mit großer Geste in den Raum winkte. »Wenn das so ist, muss ich natürlich sofort den Geheimdienst benachrichtigen.«

Mein Arm streifte seinen, als ich an ihm vorbeiging, und von einem Moment auf den anderen war die spielerische Stimmung vorüber.

Ich schaute ihm ins Gesicht. »Ich mein's ernst, Ben. Das vorhin … Das hätte niemand Fremdes mitbekommen sollen.«

Er hielt meinen Blick für einen Moment fest, dann zuckte er mit den Schultern. »Wir haben uns schon schlimmere Dinge gesagt.« Meinen fragend erhobenen Augenbrauen entnahm er wohl, dass das keine Erklärung war. Er deutete mit dem Kinn Richtung Flur. »Sie ist die Freundin meines Vaters.«

Ich sah ihn weiter an, dachte an die Fotos, an denen wir eben vorbeigekommen waren, von Gordon, Ben und einer Frau mit wilden blonden Locken, und nickte leicht. Das Wort »Stiefmutter« war wohl nicht infrage gekommen.

Während wir so dastanden, bogen sich seine Mundwinkel wieder nach oben. Er hielt mir die Hand hin, und erst mit ein paar Sekunden Verzögerung kapierte ich, dass er meinen Schuh haben wollte.

»Wehe, du versaust ihn.«

Ben lachte auf und zeigte zu einer Fensternische, in der sich auf drei Seiten eine Bank um einen Tisch zog. »Setz dich und hab Vertrauen.«

Ich ließ mich auf die Bank fallen und schaute mich um. Die Küche war modern, wirkte durch die sanften Naturfarben aber gleichzeitig gemütlich. Rund um den Küchenblock gruppierten sich Schränke aus hellem Holz und offene Regale, die dem Raum etwas Luftiges gaben. Ben hatte den Kopf in den riesigen Kühlschrank gesteckt und rumorte darin herum, und ich musste wieder lächeln, als ich die Kinderzeichnungen entdeckte, die an die Tür gepinnt waren. Stammten sie noch von Ben? Es waren Landschaftsbilder, Berge und Seen und die Sonne hinter blauen Wolken, aber auch Monster und Roboter und Raumschiffe. Nur Ponys entdeckte ich nicht, auch nicht auf den Bildern, die irgendwer für besonders gut befunden und gerahmt an die Wand gehängt hatte.

»Ah, da.« Bens Kopf tauchte wieder auf und zusammen mit meinem Schuh legte er eine Tube auf die Kücheninsel. Er trug auf die Sohle und den Stöckel Klebstoff auf – nicht zu viel, sonst hätte ich protestieren müssen – und presste die beiden Flächen dann zusammen. Er grinste wieder, als er meinen wachsamen Blick auffing. »Vertrauen liegt dir nicht so, was?«

»Nicht wenn es um Vintageschuhe geht.«

»Klar, du bist überhaupt nicht modebewusst.«

»Ich will nur Emmys Zorn nicht auf mich ziehen.«

Gespielt erschrocken riss er die Augen auf. »Das müssen wir natürlich auf jeden Fall vermeiden.«

Während der Kleber trocknete, deutete ich mit dem Daumen über meine Schulter. »Geht das Fenster zum See hinaus?«

In der Dunkelheit war draußen nichts zu erkennen.

Bens Blick glitt über mich hinweg zu der Glasfront hinter mir. Sein Mund entspannte sich, so als würde er den Ausblick vor seinem inneren Auge sehen – einen Ausblick, der ihn an gute Zeiten erinnerte. »Mhm. Aber nicht direkt. Es ist die wilde Ecke im Garten, mit ein paar hohen Bäumen und Büschen, die wachsen dürfen, wie sie wollen.« Er schaute mich an. »An heißen Tagen ist es der beste Ort auf dem ganzen Grundstück.«

Etwas zerrte an meinem Inneren. Es war der Wunsch, noch einmal bei Tag herzukommen und diese kleine Wildnis zu erkunden. Aber noch mehr war es die Erkenntnis, dass Ben dieses Haus und alles drum herum liebte – egal, was er behauptete – und es trotzdem verlassen hatte.

»Hast du schon einen Weg gefunden?«, flüsterte ich.

Fragend runzelte er die Stirn.

»Um deinen Vater umzustimmen?«

Er erhöhte den Druck auf meinen Schuh, dann sah er wieder auf und sein Blick jagte mir eine Gänsehaut über die Arme.

»Er ist fast ausgeflippt, als er Fella gesehen hat. Es hat bestimmt fünf Minuten gedauert, bis er mir geglaubt hat, dass mir nichts passiert ist. Und dann meinte er, ich würde ihm keine Wahl lassen.« Er atmete tief durch. »Das kann ja nur eines heißen.«

»Bist du deswegen hier? Wolltest du die Equidenpässe mitnehmen, damit er die Ponys nicht verkaufen kann?«

Überrascht lachte er auf. »Anscheinend hätte ich mir diesen Zirkus sparen können, wenn jeder sofort durchschaut, was ich vorhatte. Kein Wunder, dass Dad sie irgendwo versteckt.« Im nächsten Moment war er wieder ernst. »Er wird sie mir nicht wegnehmen. Das lasse ich nicht zu.«

Wir sahen uns an. Ich hätte gern noch so viel mehr gefragt, was sein Plan war, ob ich helfen konnte, wie es weiterging, doch meine Gedanken zerfransten, und es blieb nur dieser Blick übrig, aus grünbraunen Augen, unter dem sich meine Haut zart und verletzlich anfühlte.

Erst jetzt schien ihm aufzugehen, dass er noch immer meinen Schuh in der Hand hielt. Schneller als ich schüttelte er die Intimität des Moments ab und fing an zu grinsen. Mit der einen Hand zog er sich einen Hocker heran, mit der anderen hielt er mir meinen Schuh hin. »Und jetzt her mit der Flosse.«

Ich schmunzelte und hob den Fuß an, und bevor ich etwas tun konnte, hatte er meinen Knöchel umfasst und schob mir den Schuh über die Zehen. Seine Berührung kam wie ein Schock, sie prickelte bis in meine Haarwurzeln. Ein paar Sekunden musste ich meine Augen gesenkt halten, dabei zusehen, wie Bens Finger sich mit der winzigen silbernen Schnalle abmühten, aber als ich aufschaute, konnte ich in seinem Gesicht nicht lesen, ob er es auch gefühlt hatte.

»So.« Er räusperte sich und gab meiner Wade einen kleinen Klaps. »Stell dich mal mit deinem ganzen Gewicht drauf, ob er hält.«

Das ließ ich mir nicht zweimal sagen. Dankbar für die Gelegenheit, Abstand zwischen uns zu bringen, sprang ich auf, drängte mich an ihm vorbei und ging mit energischen Schritten zwischen Tisch und Tür auf und ab. Allmählich beruhigte sich mein Puls, sodass ich es wagte, Bens Blick zu suchen. Unergründlich lag er auf mir.

»Bombenfest«, versicherte ich und lächelte schwach. »Danke.«

»Keine Ursache.« Nach einer kleinen Pause deutete er zur Tür. »Geh ruhig vor. Ich … muss noch was erledigen.«

»Kommst du nach?«, fragte ich, bevor ich mir auf die Zunge beißen konnte.

Er zögerte. »Ja. Vielleicht.«

Ich nickte, dann hob ich grüßend die Hand und war schneller durch die Tür, als er »Bis dann« sagen konnte.

Ich fing Emmy in der Eingangshalle ab und dirigierte sie durch die Bibliothek und den Wirtschaftsflügel zurück zu den anderen. Mittlerweile hatte sich die Tanzfläche merklich geleert und auch an den Tischen saßen wesentlich weniger Leute als zuvor.

»Wo sind denn alle? Ist die Party schon zu Ende?«, fragte ich Grayson.

»Nur für die alten Leute.« Er grinste. »Der harte Kern feiert durch.«

»So lob ich mir das.« Immer noch ein bisschen benommen grinste ich zurück. »Sind Laini und Silas schon gegangen?«

Er nickte. »Ich hab gesagt, ich bringe dich nach Hause. Hoffe, das war okay.«

Ich nickte. Klar war das okay. Nötig war es nicht, ich würde auch allein nach Ellonby finden, aber es war nett, dass er es anbot. Und bei der Art und Weise, wie er die Worte nuschelte, hatte ich den Eindruck, dass eher ich ihn nach Hause bringen würde.

Singh und Dhani saßen bei ein paar Jungs, die ich nicht kannte, und Emmy und Sarah stürmten noch einmal die Tanzfläche, als der DJ, der mittlerweile die Band ersetzt hatte, eine Runde schnellere Nummern versprach. Das Pärchengeschiebe der letzten Minuten hatte die Stimmung etwas gedämpft.

Trotzdem war mir nicht nach Tanzen. Die Situation in der Küche hing mir noch nach, und ich konnte nicht ganz benennen, wie ich mich deswegen fühlte. Das machte mich forsch. Die unfreiwillige Tour durch Renwick hatte meine Neugier geweckt – was hielt dieser Ort noch für Überraschungen bereit? Die Gärten, das Seeufer …

Ich hatte keine Ahnung, ob ich noch mal eine Gelegenheit bekommen würde, sie mir anzusehen.

»Meinst du, es ist sehr unhöflich, wenn ich mich auf der anderen Seite des Gartens ein bisschen umschaue?«, fragte ich Grayson über die Musik.

Ein Lächeln breitete sich auf seinem Gesicht aus. »Auf keinen Fall.« Er machte eine einladende Geste. »Folgen Sie mir unauffällig.«

⁓

Dass wir uns unauffällig anstellten, als wir kichernd Richtung See liefen, bezweifelte ich. Wir hielten uns im Schatten der Büsche, die den Rasen begrenzten, aber wahrscheinlich achtete sowieso niemand auf uns. Dafür war es viel zu spät.

Schon nach ein-, zweihundert Metern erreichten wir einen Streifen Bäume, der am Seeufer entlangführte. Er beschattete einen schmalen Pfad, der bei Tageslicht bestimmt ganz malerisch war. Jetzt aber drang das Mondlicht nicht durch das dichte Laubdach, sodass wir kaum etwas erkennen konnten und immer wieder über unsere eigenen Füße stolperten. Unsere Stimmung wurde dadurch nur noch ausgelassener.

Schließlich öffneten sich die Bäume und gaben den Blick auf einen Kiesstrand frei. Von dort schob sich ein breiter Steg ins Wasser.

»Hat Renwick einen eigenen Bootsanleger?«, fragte ich.

»Mhm. Es gibt nichts, was Renwick nicht hat!« Bei den letzten Worten war Grayson immer lauter geworden, hatte den Kopf in den Nacken gelegt und die Arme ausgebreitet. Wie ein Kreisel drehte er sich um die eigene Achse, dass die Kieselsteine nur so hüpften.

Ja, eindeutig zu viel Bowle.

Doch es war auch schön, ihn so zu sehen. Er war meistens gut gelaunt, aber das änderte nichts daran, dass in seinem Verhalten immer ein gewisses Verantwortungsgefühl mitschwang, fast eine Getriebenheit, etwas zu leisten und zu erreichen. Dass er so loslassen konnte, gönnte ich ihm.

Weil mein frisch reparierter Absatz zwischen den Kieseln einsank, zog ich meine Schuhe aus und stakste auf den Bootssteg zu. Ich hatte noch nie gut über Steine laufen können.

»Du siehst aus wie ein Storch«, stellte Grayson fest. Er war stehen geblieben und grinste in meine Richtung.

»Gleich nicht mehr.« Ich hatte den Steg erreicht, raffte mein Kleid über meine Knie und mit einem großen Schritt stieg ich auf die Plattform. Barfuß lief ich aufs Wasser hinaus. Meine Schuhe ließ ich liegen.

Nach ein paar Sekunden hörte ich, dass Grayson mir folgte. Doch das Geräusch wurde leiser, je weiter ich auf den See hinauskam. Unter mir plätscherten die Wellen gegen die Pfosten und rollten auf dem Strand aus, über mir spannte sich ein samtener, fast sternloser Himmel. Der Mond, groß und beinahe rund über den Hügeln von Rosley, hatte seine silberne Schleppe über den See geworfen. Nach kurzem Suchen fand ich den Taleinschnitt, der nach Ellonby führte. Unwillkürlich lächelte ich. Noch vor ein paar Wochen hätte ich mir nicht träumen lassen, was dieser Sommer an Neuem und Aufregendem gebracht hatte.

Grayson hatte sich neben mich gestellt. Ich drehte mich leicht zu ihm. Ein bisschen länger als sonst hielt er meinen Blick und auf einmal änderte sich der Ausdruck auf seinem Gesicht. Ganz kurz war ich überrascht, dann merkte ich, dass es keine unangenehme Überraschung war.

Langsam, fragend lehnte er sich zu mir und genauso langsam ging ich ihm entgegen. Dann spürte ich seinen Atem auf meinem Gesicht und mein Mund berührte seinen.

Seine Lippen waren weich, ein wenig trocken vielleicht von der ständigen frischen Luft. Aber sie fühlten sich gut an. Ich rückte näher und er schlang mir die Arme um die Taille.

Der Kuss wurde ein bisschen forscher. Ich hob die Hand und genoss das Gefühl, wie meine Finger durch seine Haare glitten. Grayson drehte den Kopf, und kurz waren unsere Nasen im Weg, doch wir lachten nur leise und ließen uns nicht aus dem Konzept bringen.

Er zog mich näher an sich. Sein Körper fühlte sich gut an meinem, und ich hätte noch eine lange Weile so weitermachen können, als ich seine Zunge zwischen meinen Lippen spürte. Etwas in mir legte eine Vollbremsung hin.

Was taten wir da? Okay, es war offensichtlich, dass wir ziemlich wild knutschten und die Hände an Stellen des anderen hatten, wo sie, bei Tageslicht betrachtet, nicht hingehörten. Ich hätte gelogen, wenn ich behauptet hätte, es würde mir keinen Spaß machen.

Doch genau das war es.

Spaß.

Und Spaß hatte man nicht mit einem Jungen, der ein richtig guter Freund werden konnte. Aber niemals mehr.

Zu dieser Erkenntnis kam ich im Bruchteil einer Sekunde. Und Grayson spürte mein Zögern natürlich. Er erstarrte.

»Ging das zu schnell? Sorry, ich ... ich wollte nicht ...«

Ich trat einen winzigen Schritt zurück.

»Wir sollten das nicht«, flüsterte ich über den Wellenschlag hinweg. »Wir sind ... Freunde.«

Er blinzelte einmal wie eine Eule, dann ließ er seine Hände fallen. »Oh ... okay.«

Gleichzeitig drehten wir uns Richtung See und schauten aufs Wasser hinaus. Mein Puls donnerte in meinen Ohren, und wenn ich nicht gleich meinen Atem beruhigte, würde ich umkippen.

Das hatte ich mal verbockt. Aber so was von.

Grayson holte immer wieder Luft, aber sobald er ansetzte, etwas zu sagen, klappte er den Mund wieder zu.

Schließlich hielt ich es nicht mehr aus. »Tut mir leid, Grayson. Wirklich.« Ich verbarg mein Gesicht in den Händen, sodass meine Stimme dumpf klang. »Ich glaube einfach, es ist eine schlechte Idee.«

Grayson atmete tief ein. »Wenn du das sagst.« Er rieb sich den Nacken. »Sorry. Das war mies.«

Ich drehte mich zu ihm, und auch wenn ich es nicht über mich brachte, ihm ins Gesicht zu sehen, hob ich die Hand und drückte seinen Arm. Dann wandte ich mich ab und lief den Steg entlang zurück zum Strand. Meine Gedanken drehten sich wie auf einem Karussell, sodass ich kaum darauf achtete, wohin ich ging. Erst als ich meine Schuhe aufhob und ein leises Kratzen hörte, schaute ich auf.

Ben stand am Rand einer kleinen, verwilderten Veranda und blickte auf mich herunter. Der Mond beschien ihn von vorn, sein Gesicht war fast taghell erleuchtet und der Ausdruck darauf ließ mein Herz stolpern. Nein, ich hatte es mir vorhin nicht eingebildet. Er hatte es genauso gespürt wie ich. Und was machte ich? Zog mit dem nächstbesten Kerl los, um ihn zu küssen. Denn dass er Grayson und mich gesehen hatte, daran zweifelte ich keinen Augenblick.

Dann war der Moment vorbei, seine Miene wurde abweisend. Trotzdem war sein Körper angespannt wie die Sehne eines Bogens, als er sich umdrehte und im Dunkel jenseits der Veranda verschwand.

Verflucht. Heute hatte ich es ja echt drauf.

Doch mit jedem Schritt, den ich ging, hob ich den Kopf höher. Jetzt hatte ich ihn mal erlebt, den arroganten Ben, den, der alle gegen sich aufbrachte. Der stille Vorwurf in seiner Überheblichkeit war echt zum Kotzen.

Grimmig wechselte ich meine Schuhe von der einen in die andere Hand, raffte meinen Rock und stapfte über das ansteigende Rasenstück zurück zur Party.

ey.«

»Hi.«

Ich wartete vor Graysons Haustür, um ihn wie verabredet zu einem Nachmittag am See abzuholen. Er sah genauso verknittert aus wie ich vorhin, als ich in den Spiegel geguckt hatte, aber es war gestern eben auch verflixt spät geworden. Oder heute sehr früh.

»Bin weg! Ich nehme deinen Schlüssel, Dad!«, brüllte Grayson ins Haus, während er sich seinen Rucksack und einen Schlüsselbund schnappte.

»Okay!«, kam es zurück.

Als ich Graysons Blick auffing, stöhnte ich unterdrückt. Wie ich mir gedacht hatte: Ein Gespräch stand an.

Innerlich wappnete ich mich. Ich wollte das mit Grayson wieder hinbiegen, es durfte gar nicht erst ein Zweifel darüber aufkommen, dass das gestern ein einmaliger Ausrutscher gewesen war. Je lockerer ich mich gab, desto entspannter würde das hier ablaufen. Zumindest redete ich mir das ein, seit ich vorhin aufgewacht war.

Wir schlenderten über den Hof auf das Törchen zu, das zum Uferpfad führte.

Eine Weile schwiegen wir, auch wenn ich immer wieder das Gefühl hatte, Grayson würde tief Luft holen.

Schließlich kamen die ersten Häuser von Rosley in Sicht, und ich wusste, dass wir besser mal zu Potte kamen, wenn den anderen diese seltsame Stimmung zwischen uns nicht auffallen sollte.

»Grayson«, begann ich.

»Wegen gestern …«, sagte er gleichzeitig, und jetzt musste ich lachen. Widerwillig stimmte Grayson ein. »Lass mich, okay?«, bat er, und ich nickte.

Er drehte sich halb zu mir und rieb sich den Nacken.

»Das gestern war …«

»… schön?«, half ich aus.

Er suchte meinen Blick und wirkte ein bisschen skeptisch, aber als er merkte, dass das Gespräch noch auf dem richtigen Gleis war, entspannte er sich.

»Ja. Fand ich auch. Aber … ich hatte ziemlich was getrunken. Und du hast recht: Wir sind Freunde, praktisch Familie, das ist also keine gute Idee.« Er brach ab.

Ich betrachtete ihn prüfend, denn in seinen Worten schwang etwas mit, was ich nicht ganz einordnen konnte. Anscheinend deutete er mein Schweigen falsch.

»Sind wir Freunde?«, hakte er nach.

Mir fielen fast die Augen aus dem Gesicht. »Natürlich! Wir sind Freunde! Daran ändert doch so ein … Kuss nichts.«

Grayson nickte. »Gut. Okay.«

Wir ließen eine Joggerin mit ihrem Beagle vorbei, dann sah Grayson mich in seiner offenen Art an. »Ich will nicht, dass sich was ändert zwischen uns.«

»Ich auch nicht.« Ich rempelte ihn an, dann rempelte er mich stärker an, und das bedeutete natürlich, dass ich ihn so heftig anrempeln musste, dass er das Gleichgewicht verlor und ein paar Schritte in die Wiese neben dem Weg ausweichen musste. An dem Punkt lachten wir längst und irgendwie fand sein Arm seinen Weg um meinen Hals und Grayson zog mich an sich. Wir grinsten uns an. Arm in Arm liefen wir weiter.

Auf der anderen Seite des Sees kam Renwick in Sicht. Ich hörte Grayson schlucken.

»Überhaupt wäre das alles gar nicht passiert, wenn wir nicht auf dieser verdammten Party gewesen wären.«

»Nicht?« Ich hob die Augenbrauen, aber er ging nicht auf meinen neckenden Ton ein.

»Sonst hätte ich nie so viel getrunken.« Er klang seltsam, zugleich bitter und verächtlich. »Aber dieser riesige Kasten … und die Zelte und Kellner und das ganze Essen …« Nach einer kleinen Pause sagte er: »Ich finde es krass, so viel Geld auf einem Haufen zu sehen. Meine Mum …« Er drehte den Kopf zu mir. »Meiner Mum gehört das Kino im Ort und gerade musste sie wieder jemanden entlassen. Jetzt sind nur noch zwei Wochenendjobber übrig und die Frau, die seit zwanzig Jahren an der Kasse sitzt. Und dann kommen die Aldringhams daher … und Ben hat kein anderes Problem, als in eine Hütte zu ziehen! Wie so ein Scheißeinsiedler! Das kann er nur, weil er nicht weiß, was Geld bedeutet. Echt, solche Luxusprobleme …«

Er brach ab, und ich hätte gern etwas Tröstliches gesagt, doch auch wenn ich mich gestern über ihn geärgert hatte, brachte ich es nicht fertig, schlecht über Ben zu reden. Ich wusste, dass seine Probleme kein Luxus waren.

»Hey«, sagte ich stattdessen und stupste Grayson in die Seite. »Wie wär's, wenn wir uns was überlegen, hm? Für euer Kino, meine ich. Ich wusste nicht mal, dass Rosley ein Kino hat! Klingt also, als könntet ihr an eurer Werbestrategie arbeiten.«

Ich zwinkerte ihm zu und er grinste widerwillig.

»Meinetwegen«, lenkte er brummig ein. »Aber nicht heute. Heute bin ich zu müde.«

Ein paar Stunden später zog Grayson sein Handy heraus und blinzelte auf das Display. Stöhnend ließ er sich wieder aufs Handtuch sinken. »Emmy, wir müssen los.«

Emmy murrte und drehte ihr Gesicht zur anderen Seite. Ich verstand sie völlig – hier, so faul in einer abgeschirmten Ecke direkt am Ufer, mit den warmen Sonnenstrahlen auf meiner Haut, wollte ich den Nachmittag auch noch nicht beenden. Singh und Dhani waren schon vor einer halben Stunde aufgebrochen, sie hatten Dienst im Chippy, Sarah half heute zum ersten Mal im Robbenschutzzentrum. Und Emmy war bei Grayson zum Essen eingeladen. Das klang, als würde ich mich demnächst auf den Heimweg machen.

Seufzend wuchtete sich Grayson hoch und zog sich umständlich sein Shirt über den Kopf. Als sein Gesicht aus dem Halsausschnitt auftauchte, sah er mich fragend an. »Magst du vielleicht bei uns mitessen?«

Obwohl sich Emmy abgewandt hatte, erkannte ich an ihrer Silhouette, dass sich ihr Mundwinkel hob. »Ja, komm mit, Valerie!«

Skeptisch betrachtete ich Grayson. »Meinst du, das ist deinen Eltern recht? Wenn ich uneingeladen auftauche?«

Er schnaubte. »Was denkst du, wie oft irgendjemand aus der Verwandtschaft unangemeldet zum Essen vorbeischaut? Du wirst gar nicht auffallen.«

Emmy kicherte und drehte sich zu mir, um mich anzusehen. »Da hat er recht. Wetten, dass mindestens zwei Cousins mit am Tisch sitzen?«

Es waren drei. Das heißt, zwei Cousins und eine Cousine. Soph war nur zwei Jahre älter als wir und gerade von einem Jahr Backpacking zurückgekommen. Ich war mir ziemlich sicher, dass alle drei Jungs – Grayson, David und Tim – ein bisschen verknallt in Soph waren oder es zumindest irgendwann gewesen waren. Ihre langen Haare waren von hellen Strähnen durchzogen, und die braunen Augen, die sie eindeutig als Mitglied der Familie Fulton auswiesen, strahlten, als sie vom Surfen in Australien und Walschützen in Neuseeland erzählte. Die Jungs hingen an ihren Lippen.

Graysons Mum, Ally, hatte mich gleich mit Emmy in die an die Küche grenzende Essnische gescheucht, wo »die Zwillinge«, wie die beiden mittleren Fulton-Geschwister fast ausschließlich genannt wurden, Emmy sofort in Beschlag nahmen. Myla und Arlo waren neun, hatten beide als Einzige in der Familie einen lustigen Lockenkopf und redeten so schnell, dass ich kaum ein Wort verstand. Wenn sie mal die Klappe hielten, dann nur, um in Rekordzeit Kartoffelbrei und Erbsen in sich hineinzuschaufeln.

Wir saßen zu elft um einen ovalen Tisch mit unterschiedlichen bunten Stühlen. Mr Fulton, also Michael, war in letzter Minute mit rot geschrubbten Händen um die Ecke gekommen und in einem Hochstuhl neben Ally strampelte der zweijährige Ollie vor sich hin. Die Essnische war mit Holz verkleidet, an den Wänden hingen unzählige gerahmte Wasserfarben- und Wachsmalstiftbilder unterschiedlichster Qualität und ein weiterer Türbogen führte ins Wohnzimmer. Durch das große Fenster fiel goldenes Abendlicht, alle paar Minuten lachten wir über eine von Sophs Anekdoten, und Grayson warf mir immer wieder einen Blick zu, um zu checken, ob ich mich auch wohlfühlte.

Beruhigend lächelte ich. Es war laut und chaotisch, ständig wurden Gläser aufgefüllt und Schüsseln und Teller von einem Ende des Tisches zum anderen gereicht, hin und wieder kam das Gespräch auf die Farmarbeit, wobei mein Wortschatz kläglich versagte und ich einfach nur die Konsonanten über mich hinwegrollen ließ, doch die ganze Situation hatte etwas so Heimeliges und Ungekünsteltes, dass ich mir bald vorkam wie eins der karierten Sitzkissen auf den Stühlen: vielleicht nicht ganz abgestimmt auf das Muster des Teppichs, aber so vertraut, dass ich mich mühelos in die Umgebung einfügte.

Zur Feier des Tages (zwei, drei Esser mehr in der Runde schienen als Anlass schon auszureichen) gab es Eis zum Nachtisch, und danach zwangen die Zwillinge Soph, David, Tim und Emmy, sie und Ollie ins Bett zu bringen. Drei zu vier, das schien mir eine gute Quote zu sein.

Michael winkte ab, als ich Anstalten machte, das Geschirr abzuräumen, und verschwand hinter Ally in der Küche. Plötzlich saßen nur noch Grayson und ich am Tisch.

Ich lächelte. »Danke, dass du mich mitgenommen hast. Das war die lustigste Mahlzeit seit Langem.«

Er grinste. »Was? Machen Laini und Silas wohl keine Stimmung? Ich glaube, ich muss ein ernstes Wort mit meiner Cousine reden.«

»Lass mal.« Ich lachte leise. »In einem halben Jahr wird bei den beiden eine Weile gar kein Gespräch mehr möglich sein, da gönne ich ihnen die Ruhe.«

»Ich hab 'ne bessere Idee.« Er schob seinen Stuhl zurück und stand auf. »Ich leihe dir einfach Myla und Arlo aus.« Am Durchgang zum Wohnzimmer drehte er sich zu mir um. »Soll ich dir den Rest des Hauses zeigen?«

Da musste er mich nicht zweimal fragen.

Genau wie die Küche und die Essnische war das Wohnzimmer ein eher niedriger Raum. Rustikale Holzbalken zogen sich über die Decke, an den Fenstern hingen üppige Vorhänge und um einen offenen, rußgeschwärzten Kamin gruppierten sich drei gemütliche Sofas voller bunter Kissen. In einer Ecke führte eine blau gestrichene Treppe ins obere Stockwerk.

Grayson ließ mich ein bisschen gucken. An einem halbrunden Tischchen in der Ecke blieb ich stehen. Schmunzelnd nahm ich einen der Bilderrahmen in die Hand, die darauf arrangiert waren. Das Foto zeigte einen pausbäckigen Grayson mit Zahnlücke.

Der beinahe ausgewachsenen Variante des Motivs entfuhr ein Stöhnen. »Das war so klar.«

Ich drehte mich zu ihm um. »Wieso? Du warst doch süß.«

»Warst, hm?«

»Wenn du denkst, du kannst hier nach Komplimenten fischen, hast du dich geschnitten.«

Grayson schlug sich die Hände an die Brust und verzog das Gesicht. »Autsch. Und ich dachte, so ein Kinderfoto würde das Eis brechen.«

Das brachte mich zum Lachen. »Welches Eis? Du hast vom ersten Moment an so getan, als würden wir uns seit dem Kindergarten kennen.«

»Und das war ein Fehler?« Grayson hielt meinen Blick einen Moment, dann grinste er und ich wandte mich kopfschüttelnd wieder zu den Fotos um.

»Lass mal sehen … Du, Ollie, die Zwillinge … Sind das deine Eltern an ihrer Hochzeit?« Bei einem Gruppenfoto musste ich näher rangehen. »Wann war das?« Auf dem Bild waren bestimmt siebzig Leute zu sehen, aber es gab kein Brautpaar, wie ich erwartet hätte.

Grayson trat ein paar Schritte auf mich zu. »Das war bei dem achtzigsten Geburtstag meiner Oma. Vor zwei Jahren oder so.«

Ich beugte mich noch ein Stück näher zu dem Bild. »Ah, da bist du. Und die Zwillinge sind ja noch richtig klein! … Ist das Laini?«

Grayson zeigte mir auch noch Tim und David, doch dann entdeckte ich eine ganz andere Art Foto. Es war eine sehr alte Aufnahme, fleckig und ein bisschen verblasst, aber schön gerahmt in einem eleganten Passepartout. Sie hing hinter dem Tischchen an der Wand und zeigte vier junge Erwachsene. Oder Jugendliche. Wie alt die vier waren, konnte ich nicht genau sagen, vielleicht in Graysons und meinem Alter, vielleicht auch Anfang zwanzig. Ihre Klamotten ließen sie wahrscheinlich reifer wirken.

Drei Männer, eine Frau. Sie standen nebeneinander in einer Reihe und hatten die Arme umeinandergelegt. Die junge Frau hatte einen dunklen Pagenschnitt und trug ein luftiges Hängerkleid, aber anders als ihre Freunde blickte sie nicht nach vorn in die Kamera, sondern sah den Mann rechts neben sich an. Auf ihrem Gesicht lag ein verhaltener Ausdruck, so als dürfe nicht alles, was sie dachte oder fühlte, ans Licht geraten. Links von ihr stand ein junger Kerl mit zurückgekämmten dunklen Haaren, der Tatkraft und eine unterschwellige Rastlosigkeit ausstrahlte. Der Mann rechts lachte übers ganze Gesicht. Seine Haare waren heller, kurz an den Seiten, aber oben auf dem Kopf wellig und verwuschelt. Der offene Gesichtsausdruck war ungewohnt, aber irgendwie kam er mir …

Moment.

»Ist das da ein Verwandter von Ben?«, platzte ich heraus. »Und das …« Ich deutete auf den Mann auf der anderen Seite der Gruppe. »Das ist einer deiner Vorfahren, oder? Wer ist es? Dein Urgroßvater?«

Als ich mich zu Grayson drehte, sah ich gerade noch, wie er einen genervten Ausdruck von seinem Gesicht wischte, ehe er sich zu mir beugte. Sein Finger blieb vor dem Gesicht des jungen Mannes links hängen. »Das da? Ja, das ist mein Urgroßvater. Fred. Und der ganz rechts ist Hugo Aldringham. Bens Urgroßvater.«

Immer wieder glitt mein Blick zwischen den beiden Männern hin und her. Wie ähnlich sie Grayson und Ben sahen! Sie waren Freunde gewesen, vor drei Generationen, genau wie Grayson und Ben als kleine Jungs befreundet gewesen waren. Dabei war das … Ich kniff die Augen zusammen, um die Jahreszahl in der unteren rechten Ecke entziffern zu können. 1923. Es war beinahe hundert Jahre her.

»Wer sind die Frau und der Mann in der Mitte?«, fragte ich. Es war, als hätte ich die beiden schon einmal gesehen, aber ich wusste nicht, wo.

Grayson atmete aus. »Keine Ahnung. Mum steht auf dieses alte Zeug. Vielleicht weiß sie mehr darüber.«

»Nicht so wichtig. Ist ja schon 'ne Weile her.«

Ich beließ es dabei, auch wenn es mir ein bisschen komisch vorkam, wie unterschiedlich die Männer gekleidet waren. Festlich waren ihre Klamotten alle, anscheinend war das Foto auf einer Feier entstanden, aber während Fred und Hugo Anzüge trugen, denen man ansah, dass sie teuer gewesen waren, wirkten die Hose und das Hemd des Mannes in der Mitte ein bisschen schäbig. Doch – wie mir immer wieder vor Augen geführt wurde – das Dorf war klein. Wenn sie sich nur mit reichen Leuten abgegeben hätten, wären es ziemlich exklusive Partys gewesen.

Mein Blick wanderte weiter zu einer Kommode hinter Grayson. Ich stellte mich aufrecht hin und drückte mich an ihm vorbei. Er stöhnte leise auf und das machte mich natürlich erst recht neugierig.

An der Wand über der Kommode hing ein Bilderrahmen. Das Glas fehlte, stattdessen waren Stoffbänder in einem Rautenmuster von einer Seite zur anderen gespannt worden. An ihnen hingen Preisrosetten in verschiedenen Farben. Und auf der Kommode stand ein halbes Dutzend Pokale.

Ich konnte fühlen, wie mein Grinsen immer breiter wurde, als ich einen davon in die Hand nahm und die Aufschrift las. »Grayson Fulton. 2022. Zweiter Platz Jungzüchtervereinigung, Fell-Pony-Gesellschaft Cumberland.«

Ein seltsam gurgelndes Geräusch entwischte Grayson, als er mir den Pokal aus den Händen nahm und wieder zwischen die anderen auf der Kommode stellte. »Ja«, sagte er knapp.

»Jungzüchter«, wiederholte ich. So schnell ließ ich ihn nicht vom

Haken. »Zweiter Platz. Und …« Mein Blick schweifte über die Schleifen und Pokale. »… hier ein erster Platz. Zweimal ein dritter. Noch ein zweiter.« Ich drehte mich zu Grayson. »Junge, Junge. Bist du so was wie eine lokale Berühmtheit?«

Seine Ohren waren ziemlich rosa geworden. »Nein, das nicht«, antwortete er mit einem Schulterzucken. »Aber ich gehe eben mit meinen Fohlen auf Zuchtschauen. Schadet ja nichts, wenn sie was gewinnen.«

»Und wieso erfahre ich erst jetzt davon?«

Grayson wand sich unter meinem gespielt ernsten Blick. »Ach … Das sind so spezielle Züchtertreffen. Bisschen eigen.«

»Viel Kord und Karo, hm?«

Einen Moment presste er die Lippen aufeinander. »Blöde Kuh«, sagte er, aber er bebte vor Lachen.

»Was werden denn hier für Komplimente ausgetauscht?« Emmy rauschte herein und blieb neben uns stehen. Erwartungsvoll wanderten ihre Augen zwischen uns hin und her.

»Grayson kriegt nur gerade Schelte, weil ich nichts von seiner berühmten Ponyzucht wusste.«

Jetzt wurde er ganz fleckig im Gesicht. Abwehrend hob er die Hand. »Ach was …«, begann er, doch Emmy ließ ihn nicht ausreden.

»Die Waverton-Herde?« Sie grinste und klopfte Grayson so heftig auf die Schulter, dass er sich neu ausbalancieren musste. »Qualitätsponys aus dem Herzen der Lakes oder wie war das?«

»Was?«

Grayson verbarg das Gesicht in den Händen, was wirklich ziemlich niedlich war, aber Emmy war gnadenlos.

»So hat die Zeitung drüben in Sedgwick geschrieben, als Grayson mit zwölf seinen ersten Sieg abgeräumt hat.«

»Mit *zwölf*?« Ich konnte es ja kaum glauben. »Welches Pony war das? Hast du es noch?«

»Klar.« Grayson lugte zwischen seinen Fingern hervor. »Mae gebe ich nicht her.«

Ich lächelte ihn an. Warum er sich so zierte, wusste ich nicht. Das war doch fantastisch! Ich stellte es mir schwer vor, eine Stute so gut einzuschätzen, mit all ihren Stärken und Schwächen, dass man dazu den richtigen Hengst fand, dessen Anlagen ein preiswürdiges Fohlen hervorbrachten. Und Grayson hatte das nicht nur einmal geschafft, sondern seit Jahren immer wieder!

Ich boxte ihn gegen den Arm. »Kriege ich ein Autogramm?«

Er verdrehte die Augen und schüttelte den Kopf. »Die Hälfte davon hab ich von meinem Opa gelernt, als er noch gelebt hat, und die andere Hälfte von Henry. Und wir haben einfach ein paar gute Stuten.«

Bei dem Namen Henry horchte ich auf. »Henry? Henry Carlton?«

Grayson nickte knapp.

»Dann ... ist es für dich sicher auch nicht leicht ... Tut mir leid, dass er gestorben ist.«

Emmys Hand, die die ganze Zeit auf Graysons Schulter liegen geblieben war, drückte sie.

»Danke. Aber für mich war's längst nicht so schlimm wie ... für Ben. Henry und Ben verstanden sich blind.«

Es war seltsam. Wie immer, wenn die Rede auf Henry Carlton kam, legte sich eine Atmosphäre des Bedauerns über den Raum. Er war wie ein wohlwollender Geist, der so viele Leben berührt und verbessert hatte und dessen Andenken für die Menschen in Rosley wertvoll war.

»Hey!« Unsere Köpfe fuhren herum, als Soph die Treppe aus dem ersten Stock herunterstürmte, David und Tim im Schlepptau. »Wie sieht's aus? Wir wollen noch ins Pack Horse, habt ihr Lust?«

»Nichts da!« Ally tauchte im Durchgang zum Essplatz auf. »Morgen ist Schule. Grayson bleibt hier und für Emmy wird es auch langsam spät. Valerie könnt ihr mitnehmen, wenn sie will.«

»Es ist die letzte Schulwoche«, protestierte Grayson, aber Ally ließ sich nicht erweichen. Sie scheuchte Emmy Richtung Haustür.

Ich sah Soph an und schüttelte den Kopf. »Beim nächsten Mal. Langsam muss ich nach Hause.«

Nach Hause. Niemandem sonst schien aufzufallen, dass ich Ellonby zum ersten Mal so nannte. Seltsamerweise fühlte es sich natürlich an. Gewohnt irgendwie.

»Okay.« Soph zuckte mit den Schultern und steuerte die Tür zum Flur an. »Dann danke fürs Essen, Ally!«

In dem Stimmengewirr, das diesen Worten folgte, verabschiedeten Emmy und ich uns von Grayson.

»Beim nächsten Mal zeigst du mir deine Preisponys, klar?«, sagte ich leise, und er grinste mir zu, während Emmy mich winkend und plaudernd auf den Hof schob.

Zwei Tage war ich nicht mehr in den Bergen gewesen und nach dem Trubel rund um Gordons Party erschien mir ein Tag in der Ruhe der Fells verlockend. Also schlüpfte ich schon am Morgen in meine Wanderstiefel, schulterte den Rucksack und zog los.

Ich hielt mich auf der südlichen Seite des Tals, zum einen, weil ich nicht in Versuchung geraten wollte, noch einmal nach dem wilden Hengst Ausschau zu halten, zum anderen, um nicht in die Nähe der Abzweigung nach Fairview zu kommen. Beides würde nicht zu einem entspannten, friedlichen Tag beitragen, also ging ich lieber kein Risiko ein.

Wie immer war das Birkenwäldchen an der Brücke besonders hübsch, das Wasser plätscherte über die glatt geschliffenen Steine, das Laub raschelte fröhlich im frischen Wind und neben dem Pfad wuchsen winzige weiße Blumen im Gras. Ich war so damit beschäftigt, mich umzusehen, zu atmen und zu lauschen, dass ich die Person, die in meine Richtung kam, viel zu spät bemerkte. Einen Moment war ich verwirrt, denn das Licht fiel schräg zwischen die Bäume und ließ alles golden und grün leuchten, sodass die Gestalt, die sich da näherte, beinahe mit der Umgebung verschmolz.

Dann sah ich ihren mürrischen Gesichtsausdruck und erkannte Ben.

Er nickte mir zu und war schon an mir vorbei, als ich fragte: »Hast du ein Problem?«

Ich konnte genau sehen, wie er mit sich rang. Am liebsten hätte er mich ignoriert und wäre weitergegangen, aber dann blieb er doch stehen und wandte sich zu mir.

»Nein. Wie kommst du darauf? Muss ich mich unterhalten, nur weil wir uns zufällig über den Weg laufen?«

Meine Fäuste krampften sich um die Riemen meines Rucksacks.

»Deswegen nicht«, gab ich in ätzendem Tonfall zurück. »Aber vielleicht weil wir neulich gemeinsam dein Pferd gesucht haben? Oder ich vor sechsunddreißig Stunden noch in eurer Küche gesessen habe?«

Ben spannte die Schultern an. »Das ist nicht meine Küche.« Sein Blick glitt zu meinen Füßen. »Und mit deinen Schuhen scheint ja alles in Ordnung zu sein.«

»Prima. Dann gehen wir jetzt unserer Wege und tun so, als wären wir einfach flüchtige Bekannte.«

Ben presste die Lippen aufeinander.

Ich schnaubte. Es war sinnlos.

Als ich schon ein paar Meter weitergegangen war, rief er mir hinterher: »Du kannst deinem Freund ausrichten, dass er seinen Schlüssel liegen lassen hat. Bei Gelegenheit kann er ihn ja abholen.«

Ich hielt inne. Das war das Problem? Eifersucht? Nach dem eiskalten Blick, den er mir Samstagnacht zugeworfen hatte, war das schwer zu glauben. Es musste so eine Art Loyalitätsfrage sein. Solange ich mit ihnen beiden befreundet war, blieb ein prekäres Gleichgewicht erhalten, aber jetzt, als er dachte, Grayson und ich wären ein Paar, war ich anscheinend zum Feind übergelaufen.

Bei dem Gedanken, dass er unseren Kuss gesehen hatte, wurden meine Ohren warm, aber ich unterdrückte meine Verlegenheit.

Langsam, sehr langsam drehte ich mich um und suchte seinen Blick. »Grayson ist nicht mein Freund«, stellte ich klar. »Und wenn du ihm was zu sagen hast, dann schreib ihm gefälligst eine Nachricht.«

Wie zwei aufgebrachte Bullen standen wir uns gegenüber – der

Dampf quoll uns quasi aus der Nase – und starrten uns an. Um uns herum zwitscherten die Vögel, summten die Mücken und raschelten die Mäuslein in den Büschen. Alles in allem war es ein perfekter Sommertag, und wir waren die Einzigen, die schwarze Wolken aufziehen ließen. Ich konnte zusehen, wie diese Erkenntnis langsam auch in Ben einsickerte, wie sich seine Schultern senkten und seine Fäuste entspannten und er angesichts der Absurdität der Situation beinahe anfing zu grinsen.

Ich hüstelte. Er guckte in die andere Richtung und rieb sich den Nasenrücken.

Und dann waren plötzlich alle schwarzen Wolken wie weggepustet, er schaute mich aus seinen grünen Augen an und deutete auf meinen Rucksack. »Gehst du zelten?«

»Nein. Ich bin nur gerne vorbereitet. Und ich hab nicht gern Hunger.«

Jetzt grinste er wirklich. »Also willst du die Herde besuchen?«

Mit einem Mal fühlte ich mich schüchtern. »Darf ich denn?«

Er verdrehte die Augen zum Himmel, dann trat er auf mich zu. »Sonst fragst du doch auch nicht. Komm mit. Sie sind heute auf dem Asby Fell.«

Ich zeigte auf seine dunkelblaue Hose und das weiße Hemd mit der gelb gestreiften Krawatte. »Wolltest du nicht in die Schule?«

Er zuckte mit den Schultern. »Glaube nicht, dass ich in der letzten Woche noch groß was verpasse.«

Mit Ben auf den Fells unterwegs zu sein, war eine Erfahrung der anderen Art. Er war wie eine Naturkunde-App – voll mit unergründlichem Wissen. Er bestimmte Vögel nach ihren Rufen, entdeckte Eidechsen, wo für meine Augen eine Sekunde zuvor nur Steine gewesen waren, unterschied Pflanzen nach giftig und essbar und konnte an den Kackehäufchen ablesen, welche Schafherde welches Farmers vorbeigekommen war.

Es dauerte geschlagene drei Minuten, bis ich das amüsierte Grinsen auf seinem Gesicht bemerkte und kapierte, dass er mich auf den Arm genommen hatte. Zumindest das letzte Talent besaß er also nicht.

Er erzählte so lebendig und hatte so viele Anekdoten über die Gegend auf Lager, dass ich kaum mitbekam, wohin er mich führte. Erst als wir an einer steilen Stelle über Geröll klettern mussten und mir mehr als einmal die Füße wegrutschten, wurde mir bewusst, wie vollständig ich mich in seine Hände begeben hatte. Ich hatte nicht den geringsten Schimmer, wo wir waren. Dass er mir den Rucksack abnahm, damit ich das Gleichgewicht besser halten konnte, wertete ich als vertrauensbildende Maßnahme. Oder vielleicht wollte er auch nur mein Handy an sich bringen.

»Was ist so lustig?«, fragte er, als wir auf dem Grat angekommen waren.

Ich schüttelte den Kopf und versuchte, meinen keuchenden Atem unter Kontrolle zu kriegen. Ich stemmte die Arme in die Seiten und drehte mich langsam im Kreis.

Um uns herum breitete sich ein Meer aus Gipfeln und Höhenkämmen aus. Die Luft war ganz klar, es sah aus, als würden sich die Berge bis ins Unendliche erstrecken.

Ganz so weit nicht, erkannte ich, als Ben nach Norden deutete. »Da liegt Schottland und in die Richtung«, er drehte sich nach Westen, »geht's zum Meer.«

»Mir gefällt's hier, wo ich bin, eigentlich ganz gut«, japste ich.

Er drehte sich weg, aber ich hatte es genau gesehen: Er lächelte. Es war ein extrem befriedigendes Gefühl, dass ich der Grund dafür war, und das gefiel mir überhaupt nicht.

»Willst du eine Pause machen?«, fragte er mich über die Schulter, aber das kam nicht infrage.

»Erst wenn wir die Ponys gefunden haben.« Ich schloss zu ihm auf und deutete auf einen Pfad, der sich im Schatten eines abweisenden Gipfels in sanften Kurven den Hang hinabschlängelte. »Sag bitte, dass wir da lang müssen.«

Ich hatte Glück. Der Pfad führte uns in aller Gemächlichkeit auf eine Hochebene, auf der kein einziger Baum wuchs. In der Mitte erstreckte sich ein lang gezogener See und schon von Weitem konnte ich an seinem Ende die Ponys erkennen. Das Ufer führte flach ins Wasser, denn die Jungtiere platschten übermütig darin herum, während die Mutterstuten dösten.

Ben deutete auf die gegenüberliegende Seite des Sees, und wir nahmen den längeren Weg um ihn herum, um die Herde nicht zu stören. Wachsam folgten uns die Blicke der Leitstute – Gracie, wenn ich mir das richtig gemerkt hatte –, aber anscheinend wurde ihr ziemlich schnell klar, dass Ben in mir keine Bedrohung angeschleppt hatte. Ihre Haltung entspannte sich.

Wir bezogen auf einem niedrigen, flachen Felsen Posten. Seine Oberfläche war warm vom Sonnenschein, und er war groß genug, dass wir beide darauf Platz fanden.

Ein paar Minuten sahen wir zu, wie die Herde begann, uns zu vergessen. Die Bocksprünge der Jährlinge wurden wieder ausgelassener, zwei der Stuten wateten ins Wasser und spielten gutmütig Schutzschild bei der Wasserschlacht ihrer Sprösslinge, zwei andere ließen sich im hohen Gras die Sonne auf den Bauch scheinen.

»Das ist Gracie«, murmelte Ben, und ich nickte zufrieden, als sich die Leitstute, der Rappe mit der winzigen Schnippe, hinlegte und ausgiebig wälzte. »Ihr Fohlen heißt Ash.«

»Das ist die Stute da drüben, oder? Da, die gerade mit dieser Kleinen da rangelt.«

»Genau.« Ben warf mir einen Seitenblick zu. Ich hielt mein triumphierendes Grinsen tunlichst im Zaum.

Im Laufe der nächsten halben Stunde überraschte ich ihn noch ein paarmal mit den korrekten Verwandtschaftsverhältnissen, nur bei einem Jährling lag ich daneben.

»Das liegt daran, dass Della überfürsorglich wird, sobald ein neues Fohlen da ist. Holly merkt, dass sie stört, und sucht mehr Anschluss an Fern und Viv«, erklärte Ben mir tröstend, als müsse er sich dafür rechtfertigen, mir eine schlechte Note gegeben zu haben.

Dass ich lächelte, hatte aber einen anderen Grund. Es fühlte sich an, als hätte ich die fehlenden Teile eines Puzzles gefunden und könnte nun endlich die letzten Lücken schließen. Namen für die Ponys zu haben, die ich ganze Nachmittage beobachtet hatte, gab mir das Gefühl, nicht mehr nur Beobachterin zu sein. Sondern – vielleicht – eine Freundin.

Ben und ich teilten uns meinen Proviant, bald danach brachen wir auf. Wir hielten uns etwas mehr nach Nordwesten als auf dem Hinweg, was den Aufstieg zwar sanfter, aber länger machte.

Auf dem Grat ließ ich den Blick schweifen. Ein paar Wolken waren aufgezogen, ansonsten war es noch so klar wie am Vormittag. Ein dunkler Fleck in einem angrenzenden Tal erregte meine Aufmerksamkeit. Als ich genauer hinsah, wirkte es, als würde ein riesiges Tor in den Berg führen. Graue Straßenbänder wanden sich in Serpentinen den Hang hinab.

Ben hatte gemerkt, dass ich stehen geblieben war. Er trat neben mich und folgte meinem Blick.

»Das ist die Hallin-Mine«, erklärte er. »Die nördlichen Lakes waren früher eine Bergbaugegend, und das ist eine der Minen, die am längsten betrieben wurden. Mittlerweile ist sie aber seit über fünfzig Jahren geschlossen. Komm mal mit.«

Ich folgte ihm, und als wir eine kleine Senke durchquert hatten, deutete er wieder Richtung Mine.

»Siehst du die Mauern da? Das sind die Ruinen der Arbeitersiedlung.«

Tatsächlich, unterhalb der Mine und ein Stück nach rechts erhoben sich Steinhaufen, die beim zweiten Hingucken rechte Winkel ergaben. Auf zwei der Ruinen waren sogar noch Reste des Dachs zu erkennen.

»War Rydal auch eine Bergbausiedlung?« Ich wandte mich zu Ben. »Das verlassene Dorf, in dem Georgie immer noch wohnt?«

Ben lachte auf. »Dir hat ja jemand eine gründliche Einführung in die Schauergeschichten und Sagengestalten der Gegend verpasst.« Ich rümpfte die Nase, doch er ließ sich nicht aus dem Konzept bringen. »Zum Teil schon. Aber Bergleute gab es in fast jedem Ort. Rydal ist nur eines von vielen Dörfern, die ihre Lebensgrundlage verloren haben.« Leiser fuhr er fort: »Der einzige Wirtschaftszweig, mit dem man hier noch richtig Geld verdient, ist der Tourismus.«

»Stört es dich, dass so viele Fremde hierherkommen?«, fragte ich, als wir weitergingen.

»Es liegt nicht daran, dass sie fremd sind«, erklärte er und warf mir einen Blick zu. »Viele haben nur einfach keinen Respekt vor der Landschaft. Vor den Strukturen, wie sie gewachsen sind. Sie tun so, als stünde alles zu ihrer Verfügung, weil sie Geld dafür bezahlen.«

Ich dachte an Grayson und die Geldsorgen seiner Familie. »Aber die Menschen, die hier wohnen, müssen auch von was leben.«

Der Blick, den er mir jetzt zuwarf, war deutlich schärfer. »Ja. Ich weiß. Daran erinnert mich mein Vater ständig.«

»Weil du Renwick erben wirst?«

Er klappte den Mund zu. »Du machst dir ganz schön viele Gedanken, was?«, sagte er einen Moment später.

Ich zuckte mit den Schultern. »Ich finde es spannend hier. Alles ist so anders als zu Hause.«

Ben schnaubte. »Spannend. Ja.« Nach einem tiefen Seufzen beantwortete er meine Frage doch noch. »Klar erzählt mir mein Vater was von der Verantwortung, die wir tragen. Bla, bla, bla. Er kann das einfach. Schafft Arbeitsplätze, kümmert sich um die Leute, hält das Dorf zusammen. Aber so bin ich nicht.«

In dem Augenblick fiel es mir schwer, nicht die Hand auszustrecken und seine Schulter zu drücken.

»Will er deswegen die Herde verkaufen?«, wagte ich mich auf vermintes Gelände. »Weil er denkt, die Ponys lenken dich von deiner Verantwortung ab?«

Als er mich ansah, waren seine Augen weit und ratlos. »Aber die Herde ist meine Verantwortung! Genau das kapiert er ja nicht. Die Ponys gehören auf die Fells. Sie sind unser Erbe und wir müssen sie schützen.«

Die Heftigkeit, mit der er sprach, ließ mich schlucken. Ich hatte mir immer eingeredet, dass mein Leben so durchgetaktet war, weil ich so viele Interessen hatte, aber vielleicht war das eine Ausrede. Vielleicht hatte ich nur noch nichts gefunden, was mir wirklich wichtig war. Nicht so wie Ben.

Denn das hier war der wahre Ben, der, den die anderen nie so recht verstanden. Der sich seine Aufgabe gesucht hatte und alles, buchstäblich alles tat, um sie zu erfüllen. Langsam kapierte ich ein bisschen besser, warum Gordon und Ben nicht gut klarkamen. Das Schlimme war, dass beide aus ihrer Sicht recht hatten.

»Sind die Ponys denn in Gefahr?«, fragte ich mit belegter Stimme.

»Die Fell-Ponys? Ja.« Ben atmete tief ein und fuhr sich mit den Händen durch die Haare. Wir waren stehen geblieben, jetzt setzten wir uns wieder in Bewegung. »Weltweit betrachtet gibt es genügend Zuchten, in den USA zum Beispiel, aber hier im Lake District, woher sie stammen, gibt es nur noch dreihundert Stuten, die halbwild auf den Fells gehalten werden.« Er deutete hinter uns, wo wir Gracie und ihre Herde zurückgelassen hatten. »Die Ponys formen das Land, aber das Land formt auch die Ponys. Nur hier oben werden sie so widerstandsfähig, wie sie zum Überleben sein müssen.«

Wir hatten einen felsigen Abschnitt erreicht und mussten uns darauf konzentrieren, wohin wir die Füße setzten. Aber kaum war der Pfad so breit, dass wir nebeneinandergehen konnten, sprach Ben weiter.

»Das stimmt wirklich. Wenn du ein Jungpferd, das nicht auf den Fells aufgewachsen ist, in eine halbwilde Herde bringst, stehen die Chancen schlecht, dass es den ersten Winter überlebt. Ihm fehlt der Instinkt für Gefahren und die Erfahrung, Risiken einzuschätzen.« Mit roten Wangen drehte er sich zu mir. »Wenn wir die Herden auf den Fells verlieren, verlieren wir die Rasse. Und dann sieht das Hochland bald ganz anders aus, weil es keine Ponys mehr gibt, die die Fells offen halten.« Er lachte bitter. »Und dann geht alles verloren, wofür die Leute in den Lake District kommen.«

Er hob das Kinn und schaute weg, als hätte er zu viel gesagt. Dabei verstand ich vielleicht zum ersten Mal, was es hieß, eine Heimat zu haben.

Wir redeten kaum, während wir den Gipfel umrundeten und das Nachmittagslicht immer neue Einzelheiten auf den Hügeln hervorhob. Nach einer Weile lenkte Ben meine Aufmerksamkeit auf eine Senke weit unter uns im Tal. Sie hatte eine eigenartige Form, steile

Wände, einen glatten, leicht abschüssigen Boden. Sie sah aus wie der Krater eines Meteoriteneinschlags.

»Das da ist das beste Beispiel«, nahm er den Faden wieder auf. »Da gab es ein Grubenunglück. Eine Sprengladung war falsch berechnet und hat dazu geführt, dass die Mine eingestürzt ist. Wie genau es dazu gekommen ist, weiß keiner. Aber es war eine Sache von Sekunden. Der Boden sackte weg, der Hang gab nach, und die Herde, die dort gegrast hat, ist fast komplett in die Tiefe gestürzt.«

»Die Herde?«, fragte ich entsetzt. »Ponys?«

Ben nickte. »Ja. Die Lakes sind ein gefährliches Pflaster für Ponys, wenn Menschen ihre Finger im Spiel haben.«

Meine Gedanken wanderten zu der Herde, die vor beinahe hundert Jahren die Felswand an Devil's Knott hinuntergejagt worden war. Auch damals waren Menschen beteiligt gewesen, hatten ihre Hunde nicht unter Kontrolle gehabt und die Weidegründe der Ponys nicht respektiert. Ich seufzte. Was er sagte, ergab schrecklich viel Sinn.

Auf halbem Weg nach Ellondale schien es Ben leidzutun, dass er die Stimmung so gedrückt hatte, und er fing an, kleine Geschichten von seiner Herde zu erzählen. Unsinn, den die Fohlen angestellt, und brenzlige Situationen, die die Stuten mit ihrer Erfahrung gemeistert hatten. Ich hörte ihm gern zu, aber ich nahm es ihm nicht krumm, dass er mir auch die dunklen Seiten zeigen wollte, die das Ponyleben auf den Fells so mit sich brachte. Hier gab es eben keine sicheren Boxen und eingezäunten Paddocks. So schlimm es war, auch nur ein einziges Pferd zu verlieren – glücklicher kamen mir die Ponys hier in den Bergen trotz allem vor.

Endlich hatten auch die anderen Ferien. Drei Tage lang feierten wir ihre neue Freiheit am See, aßen Eis, tranken Milchshakes, fuhren mit den Rädern zu geheimen Badestellen in den Bergen, die nur Einheimische kannten. Einmal nahmen wir sogar den Bus nach Carlisle, wo Emmy und Sarah eine Ausstellung in einer Kunstgalerie besuchen wollten. Komischerweise mussten gerade an diesem Tag Singh und Dhani im Chippy arbeiten und Michael brauchte Grayson unbedingt auf der Farm.

Am Freitag halfen wir Graysons Mutter und ihrem Team, auf der Wiese hinter dem Tourismusbüro ein Open-Air-Kino aufzubauen. Das war wohl eine jährliche Tradition, und ich sah staunend zu, wie gegen halb neun immer mehr Familien, Paare und Freundesgruppen auftauchten, ihre Picknickdecken ausbreiteten und sich an den Ständen ringsum mit Getränken und Popcorn versorgten. Kinder rannten zwischen den Deckeninseln herum, Pärchen knutschten in den ruhigeren Ecken, und als Ally uns schließlich mit den Worten »Das war's, habt einen schönen Abend!« davonscheuchte, fand ich mich in einer Runde von ungefähr fünfzehn Leuten wieder, die alle aus Emmys und Graysons Jahrgang waren. Namen prasselten auf mich ein, von denen ich die eine Hälfte nicht verstand und die andere Hälfte sofort wieder vergaß, ich beantwortete die üblichen Fragen nach Deutschland, Silas und meinen Hobbys, doch dann begannen die Filmtrailer, und es wurde etwas ruhiger.

Als ich mein Handy stumm schalten wollte, merkte ich, dass ich meinen Rucksack am Kassenhäuschen hatte stehen lassen.

»Bin gleich wieder da«, flüsterte ich Emmy zu und stand auf.

Während ich über die Wiese lief, musterten mich neugierige Blicke, aber ich entdeckte auch mehr bekannte Gesichter, als ich erwartet hatte. Roger und eine Frau, die ich nach ein paar Sekunden als die Rangerin wiedererkannte, die wir auf den Fells getroffen hatten, winkten mir zu, ein Stück weiter hinten entdeckte ich Libby mit einer großen, molligen Frau. Laini und Silas hatten ganz rechts einen Platz gefunden, in der Nähe von Gordon Aldringham und der dunkelhaarigen Frau, die Ben »Charlotte« genannt hatte. Darcie saß an einen Mann mit einer auffälligen Brille gelehnt und lächelte in meine Richtung.

Gerade als ich mich ein wenig widerwillig fragte, ob Ben auch auftauchen würde, sah ich ihn zwischen dem Getränkestand und dem Kassenhäuschen stehen. Sein Gesicht lag im Schatten, sodass ich seinen Ausdruck nicht erkennen konnte, aber ich musste ja dorthin, um meinen Rucksack zu holen.

»Hi«, sagte ich also, als ich nur noch ein paar Meter entfernt war. »Vor wem versteckst du dich?«

»Vor niemandem«, gab er zurück. »Ich warte drauf, dass jemand über achtzehn auftaucht und mir ein Bier kauft.«

»Uh«, machte ich. »Open-Air-Anfänger, was?«

Der amüsierte Zug um seinen Mund verwandelte sich in ein Grinsen. »Na, eher nicht. Das hier ist eine Institution, ich komme her, seit ich laufen kann.«

»Ohne Bier.«

Er seufzte. »Ohne Bier.«

Ganz kurz zögerte ich, dann gab ich mir einen Ruck. »Bier habe ich nicht im Angebot, aber ich sitze da drüben mit Grayson und Emmy und ein paar anderen aus eurer Klasse. Kommst du dazu?«

Bens Blick glitt über meine Schulter zu dem Stück Wiese, auf das ich gedeutet hatte. Er wirkte unentschlossen, doch ich fragte mich, was seine Alternative war. Ganz sicher würde er sich nicht zu seinem Vater setzen und ich hatte ihn noch nie mit anderen Leuten gesehen.

»Du kannst ganz am Rand bleiben und musst auch mit niemandem reden.«

Überrascht schaute Ben mich an. »Hältst du mich für einen Außenseiter oder einen Snob?«

»Hm, für einen versnobten Außenseiter?«

Er öffnete den Mund, dann klappte er ihn wieder zu. Schmunzelnd nickte er. »Der Punkt geht an dich.« Wieder seufzte er, doch diesmal war es nicht gespielt. Während hinter mir die ersten Töne des Disney-Intros erklangen, suchte er meinen Blick. »Dann lass mich mal sehen, ob ich deine Meinung ändern kann.«

⁓

»Na endlich«, raunte Emmy mir zu, kaum hatte ich mich auf unsere Decke fallen lassen. »Wo warst …?«

Der Rest des Satzes ging in ihrer grenzenlosen Verblüffung verloren, als Ben sich zu mir setzte. Sprachlos sah sie zwischen ihm und mir hin und her, aber Ben ließ es sich nicht anmerken, wenn ihn ihr Verhalten irritierte.

»Hi«, sagte er leise und winkte Sarah, Dhani und Singh, dann dem Rest der Gruppe zu.

Weil zwei der Mädchen in Getuschel ausbrachen, wandte sich Grayson stirnrunzelnd zu uns um und erstarrte. Auch seine Reaktion überspielte Ben mit einem Nicken.

Sarah war die Erste, die ihre Fassung wiedergewann. Sie schob eine Schale mit Nachos zu uns herüber. Ben und ich griffen gleichzeitig zu, wahrscheinlich im gleichen Maß dankbar. Kauend lächelte ich Sarah an, und im selben Moment war es, als würde die Truppe einen Schalter umlegen. Grayson nickte zurück, die allgemeine Aufregung legte sich. Alle konzentrierten sich darauf, wie im Haus der Familie Madrigal die Magie erwachte, und nur die Seitenblicke, die in regelmäßigen Abständen aus Emmys Richtung kamen, verrieten, dass mir viele Fragen bevorstanden. Ich war mir ziemlich sicher, dass ich auf die meisten davon keine Antwort hatte.

Während der Abspann lief, begann das Publikum aufzubrechen. Eltern trugen schlafende Kleinkinder zum Ausgang, Familien verabschiedeten sich von Freunden, Leute winkten sich quer über die Wiese zu. Auch unsere Gruppe löste sich nach und nach auf, und statt wortlos danebenzustehen, beteiligte sich Ben am Small Talk.

»Ich glaube es einfach nicht«, raunte Emmy mir immer wieder zu.

Laini und Silas schlenderten zu uns herüber und fragten, ob sie auf mich warten sollten, aber ich schüttelte den Kopf. »Ich komme nach.«

Emmy grinste in sich hinein, und ich warf ihr einen fragenden Blick zu, doch sie schüttelte nur den Kopf und deutete über ihre Schulter. »Ich muss los. Meine Mum und Libby warten da drüben.«

Sarah, Dhani und Singh waren schon verschwunden, also wandte ich mich zu Grayson um. »Bist du so weit?«

Er schüttelte den Kopf. »Ich helfe meiner Mum noch beim Aufräumen. Sorry.« Wieder nickte er Ben zu, dann hob er grüßend die Hand und lief über die Wiese davon.

Und plötzlich waren da nur noch Ben und ich. Wir sahen uns an.

»Ich wollte nicht ...«, begann ich.

»Willst du ...?«, sagte er gleichzeitig.

Wir brachen ab und grinsten. Er bedeutete mir mit einer Geste weiterzureden.

»Ich wollte das nicht komisch werden lassen«, erklärte ich. »Ich war fest davon ausgegangen, dass Grayson mitkommen würde.«

»Ich finde es nicht komisch, wenn wir in dieselbe Richtung laufen.«

Die Lichterketten am Rand der Wiese gingen aus und wir standen uns in plötzlicher Dunkelheit gegenüber.

»Oh«, antwortete ich. »Okay.« Ich hob meinen Rucksack auf. »Sollen wir dann los?«

Wir redeten nicht viel, aber das war in Ordnung. In der kühlen Luft spürte ich Bens Wärme an meinem Arm, ich hörte seine gleichmäßigen Atemzüge, und es fühlte sich an, als hätten wir das schon tausendmal gemacht, als wären wir schon tausendmal Seite an Seite nach Hause gelaufen, über uns ein unendlicher Himmel, neben uns das Flüstern des Sees, der nun, in der Stille der Nacht, endlich zur Ruhe kam.

Viel früher als erwartet erreichten wir Ellonby. Aus dem Schlafzimmerfenster blinzelte uns gedämpftes Licht entgegen, die Nachtluft trug uns den Duft der Rosenhecke in die Nase. Ein grauer Schatten löste sich vom Zaun des Obstgartens und strich mir maunzend um die Beine, dann verschmolz er mit der Mauer.

Am Hoftor blieben wir stehen.

»Hast dich ganz gut geschlagen heute«, sagte ich mit einem kleinen Lächeln.

Ben lachte in sich hinein. »Da bin ich froh.«

»Mhm, ja. Deine Sozialkompetenz ist ein bisschen eingerostet, aber nicht hoffnungslos. Da lässt sich was machen.«

Er senkte den Kopf und schob mit seinem Sneaker einen Stein hin und her. »Dann wiederholen wir das mal?«

Hatte ich das richtig verstanden? Ben Aldringham wollte mich wiedersehen?

»Unter einer Bedingung.« Ich sagte es so schnell und bestimmt, dass Ben überrascht aufsah.

»Und die wäre?«

»Du nimmst mich wieder mit zur Herde. Ich will die Ponys kennenlernen.«

Warum die Ponys wie ein Magnet wirkten, gegen den ich nicht ankam, wusste ich nicht. Mit Ben zu ihnen zu gehen, war das Gegenteil dessen, warum ich nach England gekommen war – aber es war zu spät, so zu tun, als hätte mein Plan noch Bestand. Seit ich die wilde Herde zum ersten Mal gesehen hatte, war der Weg für mich klar gewesen. Vielleicht war es eine ungute Besessenheit, die ich irgendwann bereuen würde ... doch vielleicht war es auch genau das, was ich brauchte. Auf jeden Fall war es das, was ich wollte.

Ich hörte das Lächeln in Bens Stimme, als er sagte: »Okay. Dann sehen wir uns morgen um vier an der Abzweigung zu Fairview.«

Erleichtert ließ ich die Schultern sinken. »Bis morgen. Gute Nacht.«

»Gute Nacht, Val.« Er ging ein paar Schritte rückwärts, drehte sich um und lief zurück zum Weg.

Ich sah ihm nach, bis ihn die Dunkelheit verschluckt hatte, dann schob ich mich durch das Hoftor.

»Val«, flüsterte ich und horchte dem Klang des Namens nach. Ich mochte ihn, ich mochte ihn sehr. Er fühlte sich richtig an, stark und klar. Und für einen winzigen Moment gab ich dem Wunsch nach, dass Ben mich genau so sah.

»Moment, warte.« Es war kurz vor halb vier am nächsten Nachmittag. Ich hatte die höchste Stelle des Hügels erreicht, wo das Netz gerade noch für ein Videotelefonat ausreichte, und schaltete von der Front- auf die Hauptkamera. Langsam drehte ich mich im Kreis, um meiner Mutter einen guten Blick auf die Umgebung von Ellonby zu ermöglichen. »Da, siehst du? Das ist Rosley, und da geht's nach Rydal, aber das Dorf sieht man von hier aus nicht. Und der Berg dahinter ist Rydal Hill.«

Ich erklärte ihr ein paar der wichtigsten Punkte, ließ sie ansonsten einfach nur gucken. Wir hatten schon ewig vorgehabt, dass ich ihr mal zeigte, wo ich den Sommer verbrachte, aber nun merkte ich, dass ich ihr noch vor ein paar Wochen nicht die Hälfte hätte erzählen können von dem, was ich jetzt wusste. Es kam mir vor, als würde ich jeden Baum und jedes Haus kennen, und das Gefühl nistete sich warm und gemütlich in meinem Bauch ein.

»Es ist wirklich schön«, sagte sie irgendwann. Sie lächelte mich an, als ich die Kamera wieder umstellte. Ich setzte mich in das von der Nachmittagssonne warme Gras. »Ich war ja nie da, aber Oma ist mit ihrer Mutter mal in den Lake District gefahren. Da war sie noch ziemlich jung, glaube ich.«

»Im Ernst? Wieso hat sie nie davon erzählt?«

Mama zuckte mit den Schultern. »Wahrscheinlich war es nie Thema. Und so viel, wie Mama unterwegs war …«

Das stimmte. Von den Frauen in meiner Familie war meine Mutter noch die sesshafteste und selbst sie war während des Studiums mit dem Rucksack durch halb Asien gereist und hatte später auf drei Kontinenten gearbeitet.

Ihr Gesichtsausdruck veränderte sich, zwischen ihren Augenbrauen bildete sich eine Falte. »Hör mal, Valerie, Thorsten hat sich gemeldet. Er will wissen, ob du im Herbst wieder im Team bist.«

Bevor ich es verhindern konnte, presste sich meine Hand auf meine Brust. Auf einmal war meine Kehle ganz eng, aber ich atmete tief ein, und der Moment ging vorüber. Mein Herz schlug normal weiter.

»Ich … weiß es noch nicht.«

»Valerie, bis zur Saison ist es nicht mehr lang hin. Die paar Wochen, bis du zurückkommst, sind schnell vorbei. Du solltest darüber nachdenken, wie es weitergeht.«

Ich biss mir auf die Unterlippe, um nichts Falsches zu sagen. Als sie mich hierhergeschickt hatte, hieß es: *Lass dir Zeit, alles kommt wieder in Ordnung, mach dir keinen Druck.* Davon war ja anscheinend nichts übrig.

Dabei kam mir Volleyball gerade wie die unwichtigste Sache der Welt vor.

Nein. Ich reckte das Kinn. Ich wollte noch nicht wissen, wie es weiterging, ich … wollte Möglichkeiten haben. Freiheit.

»Ich überleg's mir«, antwortete ich trotzdem. Der Nachmittag war zu schön für einen Streit mit meiner Mutter. Außerdem hatte ich noch was vor. »Mama, ich muss los. Ich melde mich wieder, ja? Drück Kristof von mir.«

Sie hob die Augenbrauen, nickte aber. Dann wurde ihr Blick weicher. »Hab dich lieb, Valerie.«

»Hab dich auch lieb.« Ich winkte in die Kamera und beendete das Gespräch.

Für ein paar Sekunden ließ ich die Stirn auf die Knie sinken. Der Geruch nach würzigem, trockenem Gras strich durch meine Nase und ich spürte die Wärme der Sonnenstrahlen auf meiner Kopfhaut. Alles, was in Deutschland mein Leben gewesen war, fühlte sich so unendlich weit entfernt an. Nur Gespräche wie eben holten es ins Hier und Jetzt, und ich wusste nicht recht, was ich aus der Erkenntnis ziehen sollte, dass Dinge, an denen ich früher Spaß gehabt hatte, jetzt alles trüb und schwer machten.

Ich schüttelte die dunklen Gedanken ab und stemmte mich hoch. Jemand wartete auf mich.

»Hey.« Ben grinste, als er von dem Felsen an der Abzweigung zu Fairview aufsprang und mir ein paar Schritte entgegenkam. Dann runzelte er die Stirn. »Was ist los? Ist was passiert?«

»Ach.« Ich machte eine wegwerfende Bewegung. »Mütter … Oh, entschuldige.« Unwillkürlich streckte ich die Hand aus und drückte seinen Arm.

Er lächelte schmal. »Kein Stress. Eltern eben, hm?«

Ich suchte seinen Blick, und weil anscheinend wirklich alles in Ordnung war, nickte ich. Ein bisschen unbeholfen traten wir auf der Stelle, dann fasste Ben sich schließlich und deutete nach Nordosten. Wir liefen los.

Eine Weile gingen wir schweigend dahin. An manchen Stellen war der Pfad so schmal, dass Bens Hand meine Finger streifte, aber ich zog meinen Arm nicht weg und er auch nicht. Immer wieder glaubte ich, dass er mich verstohlen betrachtete, bis er schließlich mit der Sprache herausrückte: »Siehst du ihn oft? Deinen leiblichen Vater, meine ich?«

Überrascht schaute ich ihn an. Aber natürlich hatte er im Lauf des Sommers mitbekommen, dass Silas mein Stiefbruder war, da konnte er eins und eins zusammenzählen. Ich schüttelte den Kopf. »Gar nicht. Ich hab ihn nie kennengelernt.«

Ben musterte mich. »Und denkst du manchmal an ihn?«, fragte er leise.

Ich zuckte mit den Schultern. »Als kleines Kind muss ich wohl hin und wieder nach ihm gefragt haben, aber mehr so aus Interesse, weil ja die meisten anderen Kinder einen Papa hatten.« Ich fühlte in mich hinein, doch da war kein Bedauern, keine Leerstelle. »Als dann Kristof – Silas' Dad – kam, war es überhaupt nicht mehr wichtig. Kristof ist mein Vater, auf jede Art, die zählt.« Nach einer kleinen Pause setzte ich hinterher: »Und du? Denkst du manchmal an deine Mutter?«

Ich dachte daran, wie Kit in Rosley verehrt wurde und wie ähnlich Ben ihr sah. Es konnte nicht leicht sein, in solche Fußstapfen treten zu müssen.

Er zeigte nach links auf einen Trampelpfad, an dem ich ohne ihn bestimmt vorbeigelaufen wäre. Wir bogen ab, und als wir wieder nebeneinandergehen konnten, antwortete er: »Schon. Und wenn ich mal nicht an sie denke, dann erinnern sie mich an sie.« Er deutete mit dem Daumen über seine Schulter, Richtung Rosley. »›Wild wie Kits Haare.‹ Kennst du den Spruch?«

Ich fühlte, wie meine Ohren warm wurden, und nickte stumm.

»Echt, wie ich den hasse! Was soll das überhaupt bedeuten? Ihre Haare! Als würde das irgendwas über sie aussagen!«

Er atmete heftig aus und blieb mit gerunzelter Stirn stehen. Wir hatten eine Anhöhe erreicht. Sein Blick ging hinaus über ein karges Hochtal, aber ich hatte keine Aufmerksamkeit für die Landschaft übrig. Ich drehte mich zu Ben.

»Ich glaube, das bedeutet, dass sie sie bewundert haben. Dass sie anerkennen, dass deine Mutter anders war als sie, freier … und dass sie gern ein bisschen mehr so wären wie sie.«

Bens Blick streifte mich, dann wandte er den Kopf ein wenig ab. Ich tat so, als würde ich die Aussicht genießen … und nach ein paar Minuten war das nicht mal mehr gespielt. Wieder hatte Ben mich zu einer Ecke des Lake District gelotst, die ich noch nicht kannte. Drei Täler stießen an dieser Stelle zusammen, zwei von ihnen grün und lieblich, mit sanft abfallenden Wiesen und Baumgruppen an glitzernden Seen, das dritte karg und von schwarzen Moortümpeln durchzogen, aus denen braune Halme hervorstachen. Unserem Aussichtspunkt gegenüber erhob sich ein schroffer Berg.

Und da entdeckte ich sie. An der Südflanke des Berges kletterten gerade die Ponys aus einer Senke. Bens Herde.

Vor Begeisterung stupste ich ihn mit dem Ellbogen an, bevor mir einfiel, dass er ja um Fassung rang. Aber offenbar hatte er sich längst wieder gefangen, denn als ich ihn ansah, grinste er und nickte.

Erleichtert drehte ich mich weg und wollte schon loslaufen, als Ben nach meinem Arm fasste.

»Ich glaube«, sagte er, »sie hätte dich gemocht.«

Wir gingen nicht direkt auf die Ponys zu. Das war nicht nötig, Ben wusste ja, wohin sie unterwegs waren. Also warteten wir schon in sicherer Entfernung, als sie schließlich die Tränkstelle an einem der kleinen Seen erreichten. Es war später Nachmittag, die Sonne stand schräg, sodass die Mücken golden aufleuchteten und das Fell der Ponys feurig schimmerte. Wir saßen auf einem umgestürzten Baumstamm und ließen den Frieden auf uns wirken, der langsam in die Herde einkehrte.

»Willst du die Mädels ein bisschen besser kennenlernen?«, fragte Ben irgendwann leise, als sich die ersten Fohlen schon ins Gras legten.

Ich sah ihn an. »Ähm … ja?«

Besonders überzeugend klang das nicht, aber Ben schien es zu genügen. Langsam stand er auf und hielt mir die Hand hin.

»Tu einfach, was ich dir sage«, raunte er.

Ich drückte seine Hand so fest, dass er überrascht aufkeuchte, doch dann lachte er leise und zog mich vorwärts.

»Bitte«, schob er hinterher, und ich musste grinsen.

Es stellte sich heraus, dass wir überhaupt nicht redeten. Neben Ben auf die Herde zuzugehen, hätte mich nervös machen sollen, doch es fühlte sich an wie das Natürlichste auf der Welt. Manchmal blieb er stehen, damit die Ponys Zeit hatten, sich an unsere neue Distanz zu gewöhnen, und wir warteten, Seite an Seite, bis ihre

Wachsamkeit nachgelassen hatte und wir die Erlaubnis erhielten, näher zu kommen.

Ich konnte Bens Puls an meinem Handgelenk fühlen, entspannt und beständig, aber ob es sein Herzschlag war oder die Zufriedenheit der Ponys – ich konnte es nicht sagen. Ich wusste nur, dass die Ruhe dieses frühen Abends durch mich hindurchfloss, als würde sie aus dem Boden in meine Füße strömen. Sie machte meinen Kopf leer und meinen Atem tief.

Ben musste spüren, was mit mir passierte, denn er lächelte mich an, und wieder liefen wir ein paar Meter, die letzten bis zum Rand der Herde. Dort warteten wir, gar nicht lang, bis sich Gracie von der Gruppe löste. Sie begrüßte Ben, er murmelte ihr sanfte Worte ins Ohr, während seine Hand an eine Stelle an ihrem Hals glitt und anfing, sie zu kraulen. Doch sie blieb nicht lange stehen. Sie kam auf mich zu, zwei Schritte nur. Ben ließ meine Hand los. Diese Prüfung musste ich allein bestehen.

Von irgendwo tief aus meinem Gedächtnis drängten sich Erinnerungsfetzen an die Oberfläche, aber ich kämpfte dagegen an, wollte den Frieden festhalten, den ich eben noch gefühlt hatte. Ich spürte Gracies Vertrauen bröckeln, als sie mitbekam, wie ich mit mir rang, doch dann war ich da, ganz im Moment. Ich atmete, atmete und lud sie zu mir ein. Ohne Erwartungen, ohne Druck. Für einen Moment konnte ich ihr das Beste zeigen, was in mir war, und es genügte. Gerade hatte sie noch Anstalten gemacht, sich zurückzuziehen, jetzt atmete sie aus und streckte mir die Nase hin. Ich hob die Hand, so weit, dass sie die Entfernung zwischen uns mit einer winzigen Bewegung überwinden konnte, aber so, dass es ihre Entscheidung blieb.

Und sie entschied sich für mich. Hauchzart streifte ihre Nase meine Finger, schnoberte, nahm meinen Geruch auf, und in diesem Moment waren alle schwarzen Erinnerungen wie ausgelöscht, so als hätte dieser Samstag im Mai nie stattgefunden, so als hätten die Samstage der letzten Jahre nicht stattgefunden und ich wäre wieder sieben und bei einem Pferd und das wäre genug.

Meine Fingerknöchel strichen über Gracies Nüstern, fuhren die sanfte Kuhle an ihrem Maul entlang, und dann hob sie den Kopf und pustete mir ins Gesicht und ich lachte und pustete zurück.

Meine Hand fand die Stelle, die Ben vorhin gekrault hatte, und als Gracie den Hals verrenkte und genüsslich die Oberlippe verzog, wusste ich, dass wir Freundinnen waren.

Ich konnte nicht sagen, wie lange wir so dastanden, sie mit halb geschlossenen Augen, ich mit dem festen Vorsatz, sie in Trance zu kraulen, als mir aufging, dass ich Ben vergessen hatte. Ohne einen Schritt von Gracie zurückzutreten, drehte ich den Kopf ein Stück, und da war er. Er hatte sich mit den Armen auf den Rücken einer anderen Stute gelehnt – Della, wenn ich das richtig sah – und beobachtete uns grinsend. Aber weil sich in seinen Blick so viel mehr mischte, Stolz und Freude und etwas, was ich nicht benennen konnte, wurde ich verlegen und streckte ihm die Zunge heraus.

Er grinste nur noch breiter, die Augen hell im Licht der tief stehenden Sonne, doch dann wurde meine Aufmerksamkeit abgelenkt. Ein weißer Kopf hatte sich an meine Seite geschoben. Gracie schien nichts dagegen zu haben, als ich meine rechte Hand unter Vivs Mähne schob, und auf einmal stand ich zwischen zwei dösenden Ponys, und statt vor ihrer Nähe zurückzuschrecken, lehnte ich mich gegen sie und streichelte sie, bis meine Finger taub wurden.

Wenn ich gedacht hatte, dass mein Sommer so weitergehen würde – Fells und Ponys und Ben –, hatte ich mich getäuscht: Die folgenden Tage flogen dahin, ohne dass ich es in die Berge schaffte. Laini war oft bis zum Abend in Rosley, weil der Fahrplan der Ausflugsboote in der Hochsaison mehr Touren vorsah. Auch von Emmy, Grayson und dem Rest der Clique bekam ich nicht viel mit, denn Sarah war die meiste Zeit in der Robbenschutzstation, die Zwillinge schoben Extraschichten im Chippy und Emmy half abwechselnd im CoC und bei Roger aus. Grayson hatte auf der Farm alle Hände voll zu tun – ich vermutete, dass es auf Waverton nicht anders zuging als bei uns auf Ellonby: Wir machten Heu, besserten Zäune aus und pflanzten Hecken.

Wenn Silas und Zach allein unterwegs waren, hatte ich die Aufgabe übernommen, die dunklen Ecken in der Scheune, im Stall und auf dem Dachboden zu durchstöbern und alles auszusortieren, was nicht mehr zu gebrauchen war. Manchmal räumte, fegte und schrubbte ich von morgens bis abends, aber auch wenn ich danach ins Bett fiel und mich bis zum Weckerklingeln nicht mehr rührte, waren es nicht die schlechtesten Tage. Meine Gedanken gaben Ruhe, mein Kopf blieb leer, und wenn es Zeit war, mit den anderen zu Abend zu essen, hatte ich das Gefühl, etwas Sinnvolles geschafft zu haben.

Hin und wieder schaute Ben herein, wenn er auf dem Weg nach Fairview an Ellonby vorbeikam und mich im Hof werkeln sah. Beim ersten Mal war mir das noch unangenehm gewesen – Silas' fadenscheiniges T-Shirt und uralte Shorts von Laini waren nicht das schmeichelhafteste Outfit –, doch da ihn nicht mal die Schmutz-streifen zu stören schienen, die quer über mein Gesicht verliefen, dachte ich mir bald nichts mehr dabei. Außerdem waren seine Kla-motten auch nicht mehr taufrisch, wie mir auffiel, als ich meinen Blick von seinem Lächeln losgerissen hatte.

»Was machst du eigentlich den ganzen Tag im Dorf?«, fragte ich einmal, als wir mit zwei Gläsern von Lainis Eistee und den Resten des Kuchens, mit dem ich die Zucchiniflut eindämmen wollte, auf der Bank vor der Küche saßen. Tizzie hatte sich zwischen uns zu-sammengerollt und die Nachmittagssonne warf lange Schatten über den Hof.

»Nicht im Dorf«, mümmelte Ben um einen riesigen Bissen Zuc-chinikuchen herum, »auf Renwick.«

Verblüfft schaute ich ihn an, doch er zuckte mit den Schultern. »Nur weil ich ausgezogen bin, heißt das nicht, dass ich mich vor der Arbeit drücke. Und von der fällt bei uns genauso viel an wie überall.«

Ich lächelte, aber anscheinend machte ihn das verlegen, denn er deutete auf seinen Teller. »Das Zeug ist lecker. Was ist dadrin? Nüs-se?«

Es war ein durchsichtiges Manöver, doch ich nickte. »Und Ge-müse.«

Er legte den Kopf schräg, so als hätte ich ihn oder er mich falsch verstanden. »Gemüse?«

»Ja. Zucchini. Laini dachte, es wäre eine gute Idee, drei Stück davon zu pflanzen. Wir essen seit Tagen nur Zucchinisuppe, Zuc-chinibratlinge und Zucchinigemüse.«

Bens Blick wanderte zurück zu seinem Kuchen. »Ist das so ein deutsches Ding, Kuchen mit Gemüse zu backen? Anstatt, weiß nicht, Schokolade?«

»Klar. Ich kenne Rezepte mit Kartoffeln, Karotten und Roter Bete.« Ben kaute schon wieder, aber seine Schultern bebten vor Lachen. Ich ließ ihn nicht zu Wort kommen. »Wir diskutieren jetzt nicht über kulinarische Eigenheiten. Ich sage nur: Marmite!«

Er prustete in seinen Eistee, doch er ließ es gut sein und schnappte sich lieber noch ein Stück Kuchen. Und ich redete mir ein, dass das warme Gefühl, das von meinem Bauch in die letzten Winkel meines Körpers ausstrahlte, nur mit dem Zucker zu tun hatte und nichts mit Ben Aldringham auf der Bank neben mir.

Der August kam und damit der Monat, in dem es für mich wieder nach Hause gehen sollte. Nicht einmal mehr vier Wochen blieben mir hier in den Lakes und der Gedanke versetzte mich beinahe in Panik. Ich wanderte wieder regelmäßig auf die Fells, die nun ganz anders aussahen als noch vor Kurzem. Die Heide blühte und überzog die Hänge mit einem Teppich aus Purpur und Violett. Der Kokosduft des Ginsters war längst verflogen, jetzt lag ein sanfter holziger Geruch in der Luft.

Den Ponys begegnete ich nicht. Ein paarmal sah ich sie von Weitem, Gracies Herde und auch ein, zwei andere, aber ich mied die Orte, die ich am Anfang des Sommers voller Stolz gefunden und immer wieder besucht hatte, um der Herde nahe zu sein. Ohne Ben fühlte es sich nicht mehr so an wie zuvor – mir kam es vor, als würde ich sein Vertrauen missbrauchen, wenn ich hinter seinem Rücken zu den Ponys ging.

Doch anscheinend war das ein absurder Gedanke. An einem Donnerstag Anfang August hatte ich gerade meine Wanderstiefel angezogen, als Ben in der offenen Haustür auftauchte.

»Hi«, sagte er und grinste. »Da komme ich ja gerade richtig.«

»Hängt davon ab, wofür.«

Er deutete mit dem Daumen über die Schulter. »Ich konnte heute ein bisschen früher los und wollte nach der Herde sehen. Bist du dabei?«

Sein Grinsen wurde breiter, als ich überschwänglich nickte und beinahe die Eingangsstufen hinunterhüpfte.

»Wie ging's den Mädels in der letzten Zeit?«, fragte er, als wir nicht die Abzweigung nach Fairview nahmen, sondern hinter der Farm Richtung Birkenwäldchen abbogen.

»Äh …«, stotterte ich. »Ich glaube, ganz gut. Ich hab sie kaum gesehen.«

»Warst du gar nicht auf den Fells?« Bens Blick war fragend. »Ich dachte, weil ich dich ein paarmal nicht angetroffen habe …«

Er räusperte sich und schaute geradeaus, und ich musste schmunzeln, als seine Ohren rosa wurden. Es war eine Erleichterung zu hören, dass ich ihm anscheinend genauso oft im Kopf herumging wie er mir. Ein paar Sekunden lenkte mich dieser Gedanke so ab, dass ich komplett vergaß, dass Ben auf eine Antwort wartete.

»Ach so, doch, ja. Aber ich war nicht bei der Herde.« Wieder dieser fragende Blick. Ich zuckte mit den Schultern. Diesmal wandte ich die Augen nach vorn. »Es hätte sich komisch angefühlt nach dem letzten Mal. Ohne dich.«

Ich wäre dankbar gewesen, wenn meine Ohren sich mit einer dezenten Rosafärbung begnügt hätten. Stattdessen fühlten sie sich an, als würden sie im nächsten Moment explodieren.

Doch Ben überraschte mich. Leise sagte er: »Also ist das jetzt unser Ding.«

Ich hielt den Blick auf den Boden gerichtet, aber innerlich lächelte ich. »Scheint so.«

In den nächsten paar Minuten gingen wir schweigend nebeneinanderher, und wieder fiel mir auf, wie vielfältig die Landschaft in den Lakes war. Die Gegend hier war bewaldeter als die Hochmoore oberhalb von Fairview. Ben hatte recht: Die Chancen standen gut, dass sich die Herde ein schattiges Plätzchen in der Nähe eines Baches oder Sees gesucht hatte, denn obwohl es langsam auf den Abend zuging, war es heute noch richtig heiß.

Wir entdeckten sie am Fuß eines steilen Hangs, wo ein kleiner Wasserfall einen Teich speiste. Die Hälfte der Herde döste, selbst die Fohlen schienen keine rechte Lust am Spielen zu finden. Da ihr Rastplatz nach drei Seiten hin gute Sicht bot, hatten uns die Stuten schon bemerkt, ehe wir auch nur auf ein paar Hundert Meter herangekommen waren, und beachteten uns kaum.

Um sie nicht zu stören, suchten wir uns eine allein stehende Eiche und setzten uns in ihren Schatten.

Mit der Herde war alles in Ordnung. Dadurch, dass sich kaum eines der Pferde bewegte, war es leicht, sie zu zählen, und ihre Körperhaltung verriet nichts als Entspannung und Wohlbefinden. Nach ein paar Minuten lehnte Ben sich zufrieden an den Baumstamm.

»Kann ich dich was fragen?«

Ich drehte den Kopf zu ihm. Unsere Gesichter waren sich ziemlich nah, der Stamm war nicht besonders dick, und ich konnte die Sommersprossen sehen, die die Arbeit im Freien in den letzten Wochen auf seine Nase gemalt hatte.

»Frag.«

»Warum reitest du nicht mehr?«

Einen Moment fühlte es sich so an, als sei der Baum auf mich niedergekracht. Die Erde bebte, mein Kopf dröhnte und in meiner Brust schlug mein Herz einen Salto nach dem anderen. Lautsprecheransagen hallten in meinen Ohren, dann das schockierte Schweigen des Publikums, als ich … die Kontrolle verloren hatte. Dieselbe

Hilflosigkeit flutete meinen Körper auch jetzt, und ich umfasste meine Arme, damit sie nicht so stark zitterten.

Die Frage hätte mich nicht so überraschen dürfen. Direkt gesagt hatte ich es Ben nicht, aber aus unseren Gesprächen in den letzten Tagen war deutlich geworden, dass ich einen Neuanfang mit Pferden suchte. Kein Wunder, dass er mehr wissen wollte.

Ben starrte mich aus riesigen Augen an. »Ich wollte nicht … Du musst nicht …«

Langsam atmete ich durch die Nase ein. »Geht gleich wieder …«

Er drehte sich umständlich zu mir um und legte mir eine Hand auf die Schulter. Ich schloss die Augen, und während ich meinen Atem unter Kontrolle brachte, blieb Ben einfach neben mir sitzen.

Schließlich sah ich ihn an. Er zog seine Hand zurück, und fast hätte ich ihn gebeten, sie zu lassen, wo sie war, doch ich riss mich zusammen. Besser jetzt als dann. Wenn er mich losließ, sobald ich ihm von dem Samstag im Mai erzählt hätte, würde ich das nicht verkraften.

»Vergiss, dass ich gefragt habe«, murmelte er, aber ich schüttelte den Kopf.

»Es muss raus«, presste ich hervor. »Ich schleppe das seit Monaten mit mir rum. Ich muss es dir erzählen. Auch wenn du mich danach kacke findest.«

»Ich würde dich nie …«, fing er an, doch ich unterbrach ihn.

»Warte erst mal ab. Es ist schlimm.«

Er musterte mein Gesicht. Schließlich nickte er. »Okay. Erzähl.«

Ein letztes Mal holte ich tief Luft, dann richtete ich den Blick auf die kleine Baumgruppe in Bens Rücken und begann. Ich beschrieb Ben, wie mein Leben in Deutschland ausgesehen hatte, Schule, jeden Nachmittag Training, an den Wochenenden Reitturniere, Tennismatches und Volleyballspiele. Meistens ging es auf: Ich lernte an den Freitagnachmittagen, und selbst wenn an einem Wochenende alle drei Sportarten anstanden, kam ich vom Reiten früh genug nach Hause, um am Samstagnachmittag Tennis zu spielen. Volleyball war sowieso am Sonntag.

»Bis es in diesem Frühjahr nicht mehr aufging«, sagte ich leise und suchte seinen Blick. Er lag ernst und mitfühlend auf mir. »Ich hatte gedacht, ich hätte alles unter Kontrolle. Es waren ja nur ein paar Monate im Frühjahr, in denen alles so eng war, das war jedes Jahr so, und jedes Jahr klappte es irgendwie. Aber dann hat mich meine Deutschlehrerin in den Debattierklub eingeladen, und das klingt vielleicht nach Oberstreberin, aber ich wusste, der Klub war wichtig. Nicht nur, weil ich schon immer in England studieren wollte, und auch wenn das an einer Uni in Deutschland keinen Menschen interessiert, hier eben schon. Aber es ist auch so ein Ding an unserer Schule, alle wollen da rein. Der Klub fährt nach Berlin und nach Straßburg und kurz vor den Sommerferien sogar nach London.« Ich lachte trocken auf. »Tja. Die Reise hab ich wohl verpasst.«

Ich erzählte Ben, wie mein Zeitplan komplett aus den Fugen geriet. Die Übungsstunden fürs Debattieren waren das eine, aber die Turniere, die der Klub gegen andere Schulen bestritt, überschnitten sich regelmäßig mit dem Reiten oder dem Tennis. Ich musste ständig absagen, mal beim Sport, mal beim Debattieren.

Bis zum Mai. Wir waren mitten in einer Prüfungsphase, und eigentlich hätte ich mit dem Schulstoff schon genug zu tun gehabt, doch an dem Wochenende ging es für alle vier Teams auch noch um richtig viel – den Aufstieg, einen Prestigesieg, eine Qualifikation. Ich erledigte die Schularbeiten unter der Woche und hielt es für Glück, dass alle Veranstaltungen ganz in der Nähe stattfanden. Wenn alles glattlief, konnte ich vom Reiten direkt zum Debattieren und am späten Nachmittag zum Tennis. Volleyball am Sonntag wäre dann ein Spaziergang gewesen.

Natürlich lief es nicht glatt. Ich merkte selber, dass ich mir in die Tasche gelogen hatte, dass der Zeitplan mörderisch war. Ich schlief so gut wie gar nicht in den Nächten zuvor, und am Samstagmorgen war ich so fahrig, dass ich kaum den Strick in das Halfter einhaken konnte, als ich Peppi zum Putzen aus der Box holte. Es war unser erstes gemeinsames Turnier, ich ritt ihn erst seit ein paar Wochen, und die frühe Uhrzeit stresste ihn mehr, als ich vorhergesehen hatte. Oder vielleicht war ich es, die ihn stresste.

Schon das Verladen in den Anhänger verlief katastrophal, und als es beim Ausladen wie aus Eimern schüttete, rutschte Peppi von der Rampe und rempelte mich vor Schreck so an, dass ich hinfiel. Es war meine Schuld, ich hatte nicht gut genug aufgepasst, und der Moment erschütterte mich, obwohl das Schlimmste, was passierte, die Flecken in meiner Hose waren.

Von da an ging es bergab. Peppi merkte, dass ich nicht bei der Sache war und mir stattdessen ausmalte, was alles hätte passieren können, und als ich schließlich im Sattel saß, achtete ich krampfhaft auf Dinge, vor denen er sich erschrecken könnte. Er hing auf dem Gebiss und verweigerte den ersten Übungssprung, und als wir schließlich in den Parcours einritten, wusste ein Teil von mir, dass ich hätte abbrechen müssen. Doch ein anderer Teil, der größere, hielt an dem Tagesablauf fest, den ich in der letzten Woche so oft durchgegangen war. Ich konnte nicht mehr klar denken. Ich war wie in einem schwarzen Tunnel, und das Volleyballspiel war das Licht an seinem Ende, das ich erreichen musste. Egal, um welchen Preis.

Ich erreichte es nicht. Und der Preis war zu hoch.

Irgendwie schafften wir – ein nervöses Pferd und eine unzurechnungsfähige Reiterin – es über die ersten vier Sprünge. Peppi war verspannt ohne Ende, ich merkte es, und trotzdem ritt ich weiter, auf den Oxer zu. Und den schafften wir nicht mehr.

»Peppi hat zweimal verweigert«, flüsterte ich und wischte mir übers Gesicht. Ohne dass ich es gemerkt hatte, hatte ich zu weinen begonnen. »Für den dritten Versuch ritt ich einen weiten Bogen, um zumindest ein bisschen Ruhe reinzukriegen … statt aufzugeben, ich blöde Kuh … aber Peppi hat sich immer mehr aufgeregt. Und dann hat die Distanz nicht mehr gestimmt. Plötzlich war der Oxer da. Peppi hat gezögert, er wusste, dass wir in einem unmöglichen Winkel anreiten, aber ich habe die falsche Entscheidung getroffen. Ich hätte abbrechen sollen, stattdessen habe ich mit der Gerte ausgeholt und zugeschlagen.« Ein Schluchzen entfuhr mir und ich presste die Augen zusammen. Einen Moment später spürte ich wieder Bens Hand auf meiner Schulter. Ich ballte die Fäuste. »Peppi sprang und bekam die oberste Stange zwischen die Beine. Wir sind gestürzt. Mir ist nichts passiert, ich war sofort wieder auf den Beinen, aber schon als Peppi aufgestanden ist, war klar, dass er total lahm ist. Ich hab ihn vom Platz geführt, sogar ein Blinder konnte sehen, dass er schlimme Schmerzen hatte. Es war absolut still, niemand hat einen Mucks gemacht. Der Weg bis zum Ausgang war der längste, den ich je gegangen bin.«

Ich sah die Szene vor mir, den nassen Sandplatz unter meinen Stiefeln, das Schweigen des Publikums in meinen Ohren. Es war sofort ein Tierarzt da, und die Minuten, bis er Entwarnung gab, bis wir wussten, dass nichts gebrochen und vermutlich auch nichts gerissen war, fühlten sich an wie Stunden. Danach ging nichts mehr. Meine Trainerin musste Peppi absatteln und verladen, ich stand einfach nur rum und zitterte. Und so ging das den halben Samstag, bis ich irgendwann einschlief. Ich redete mit niemandem. Was hätte ich auch sagen sollen? Ich wusste nur eines: So etwas wie mit Peppi durfte nie wieder passieren.

»Ich kam tagelang nicht aus dem Bett. Hab nur die Wand angestarrt. An Schule war überhaupt nicht zu denken.«

»Warst du deswegen schon so lang vor den Ferien hier?«, fragte Ben leise.

Ich nickte. »Sie haben mich den Rest des Schuljahrs befreit. Vorher hatte ich überhaupt keinen Krankheitstag und die Noten waren gut.« Nach einer kleinen Pause fuhr ich fort: »Erschöpfungssyndrom heißt die offizielle Diagnose. Aber vielleicht bin ich einfach nur zu feige, es zu sehen, wie es wirklich ist: dass ich in dem einzigen Moment die Kontrolle verloren habe, in dem es mir nicht hätte passieren dürfen.«

Durch meine Tränen hindurch sah ich Ben an.

»Ich hätte meinen Tennisschläger kaputt machen oder den verfluchten Volleyball ins Publikum brettern können. Stattdessen reite ich beinahe ein Pferd kaputt. Das kann ich ...« Ich zwang meine Stimme durch meine Kehle. »Ich kann mir das nicht verzeihen.«

Mein ganzer Körper wurde von meinen Schluchzern durchgeschüttelt, und der Schnodder lief mir übers Gesicht, doch es war mir egal. Im nächsten Moment würde Ben aufstehen und mich hier sitzen lassen und mir sagen, dass ich mich von seinen Ponys fernhalten sollte. Nichts anderes hatte ich verdient.

Aber nichts davon passierte. Stattdessen schlang Ben seinen Arm um meine Schultern und zog mich an sich. Er legte die andere Hand auf meinen Hinterkopf und machte beruhigende Geräusche und das gab mir den Rest. Ich heulte von Neuem los, bis die Tränen das letzte Fünkchen Energie aus meinem Körper gespült hatten. Und die ganze Zeit hielt Ben mich fest.

Ben begleitete mich nach Hause. Es war spät geworden, in der tief stehenden Sonne sah Whinfell Water aus wie ein goldener Spiegel. Der Himmel über uns war blassblau und im Osten zeigten sich die ersten Sterne.

Immer wieder stolperte ich, so erledigt fühlte ich mich. Ich hatte keine Ahnung, was jetzt passieren würde, wie Ben reagieren würde, aber ich war so erschöpft vom Weinen, dass es mir egal war. Zumindest in diesem Moment.

Als Ellonby in Sicht kam, hielt Ben mich am Ellbogen fest. »Val.«

Mein Herz klopfte schneller. Hatte die Kurzform meines Namens etwas zu bedeuten? Ich drängte den Gedanken zurück. Stattdessen atmete ich ein und zwang mich, den Kopf zu heben und Ben anzusehen.

»Weißt du, wie es Peppi geht?«

Die Frage überraschte mich. »Ganz gut, glaube ich. Die Zerrung ist ausgeheilt.«

Ben nickte. »Und wird er wieder geritten?«

Ich runzelte die Stirn. Worauf wollte er hinaus? »Ja. Sie haben vor Kurzem mit dem Training angefangen. Es … Es lief ganz gut, habe ich gehört.«

Er sah mir fest in die Augen. »Was du da gemacht hast, das war scheiße, das weißt du selber. Nein, warte …« Natürlich hatte er gemerkt, wie sehr mich seine Worte trafen, aber er hatte recht, deswegen entgegnete ich nichts. »Ich will nur sagen: Peppi hat es geschafft, danach neu anzufangen. Und wenn er das schafft, kannst du es auch.«

Ich schluckte krampfhaft. »Ich versuche es«, krächzte ich.

»Wirklich? Ohne Schuldgefühle? Ohne diesen ganzen Ballast, den du schon den ganzen Sommer mit dir rumschleppst?«

Meine Augen wurden schmal. Was war das denn? Wollte er mich jetzt therapieren? Doch ich nahm die Herausforderung an, die in seinen Worten lag. Denn es stimmte: Seit ich hier war, hatte ich mich immer wieder in endlose Gedankenspiralen gestürzt, die nichts, nicht das Geringste besser machten. Bei den Ponys waren diese Grübeleien weg, aber völlig unbefangen konnte ich ihnen trotzdem nicht begegnen. Es war, als würde ich ständig infrage stellen, ob ich es verdiente, in ihrer Nähe zu sein. Und weil daraus wieder Schuldgefühle und Stress entstanden, geriet ich immer wieder aus dem Gleichgewicht. Ich war kein sicherer Hafen für die Ponys. Sondern ein Unruheherd.

Ich straffte die Schultern. »Okay. Du hast recht, ich seh's ein.«

Ben begann zu grinsen. »Dann sind wir ja einen großen Schritt weiter.«

Widerwillig lachte ich auf und boxte ihm gegen den Arm. »Blödmann.«

Er nickte. »Was würdest du sagen, wenn dich der Blödmann morgen um fünf abholt? Ich kenne da ein paar Ponys, die unbedingt gekrault werden möchten.«

Ich biss mir auf die Lippe, weil ich sonst schon wieder zu weinen begonnen hätte. In diesem Moment war ich Ben so dankbar, aber da war noch mehr. Es schnürte mir die Kehle zu und ich fühlte mein Herz bis in meine Fingerspitzen pochen.

Was immer es war, ich schien es nicht allzu gut zu verstecken. Bens Gesichtsausdruck wurde weicher und er streckte den Arm aus und strich über meine Hand. »Dann bis morgen.«

Er wandte sich um und war schon ein paar Schritte weit gegangen, als ich rief: »Ben!«

Er drehte sich noch einmal um und lächelte. Die untergehende Sonne fing sich in seinen Haaren und ließ sie aufleuchten, und seine Augen waren ganz hell, sodass ich meine Hände zu Fäusten ballen musste, um nicht zu ihm zu laufen.

Stattdessen sagte ich nur: »Danke.«

»Kein Ding«, antwortete er, aber sein Lächeln blieb. »Du kannst dich mit Kuchen revanchieren.«

Von da an holte mich Ben jeden Tag ab. Manchmal hatten wir nur eine halbe Stunde Zeit, um den Ponys Hallo zu sagen, weil er nicht früher von Renwick hatte aufbrechen können und die Herde sich für die Nacht schon weit in die Berge zurückgezogen hatte. Dann wieder verbrachten wir ganze Nachmittage damit, bei den Ponys zu sitzen und zu warten, ob sie uns zu sich einluden. Das geschah immer öfter. Die Stuten hatten nichts dagegen, wenn die Fohlen und Jährlinge mit uns spielten, und oft dauerte es dann nicht lang, bis uns die ganze Herde umringte und sich ihre Streicheleinheiten abholte. Ich hielt mich an das, was Ben mir geraten hatte: Ich legte den Ballast ab und fing neu an. Es klappte nicht immer, aber wenn ich Ben dabei ertappte, wie er mich beobachtete, und er schmunzelnd wegsah, schien er nichts zu beanstanden zu haben.

Mit Emmy und Grayson schrieb ich fast täglich, doch sie waren so beschäftigt, dass wir Mühe hatten, einen Termin für ein Treffen zu finden. Von Sarah kam hin und wieder ein Foto, wenn sie einen interessanten Artikel oder eine Info zu Devil's Knott und den Ereignissen von 1923 fand. Ich las sie alle, aber ich war mit dem Kopf woanders. Wenn ich mit Ben auf den Fells war, hatte die Vergangenheit keinen Platz in meinen Gedanken. Ich war vollauf damit beschäftigt, alles um mich herum aufzunehmen, das Licht, die Gerüche, die Geräusche und, wenn ich ehrlich war, jeden Moment, in dem Ben mich ansah. Silas und Laini grinsten jeden Abend wissend, wenn ich mit zerzausten Haaren und roten Wangen ins Haus polterte, doch sie sparten sich jeden Kommentar. Es war ja auch nicht nötig, das Offensichtliche auszusprechen.

<hr />

»Na warte, ich krieg dich!«

Maddox hüpfte mit riesigen Sprüngen davon, aber das beeindruckte mich nicht. Ich sprintete hinterher, und damit hatte er anscheinend nicht gerechnet, weil er stehen blieb und erst merkte, dass ich ihm gefolgt war, als ich schon die Arme nach ihm ausstreckte. Er schlug einen Haken, fetzte zwischen Viv und Winnie hindurch und versteckte sich hinter Molly.

»Kleiner Feigling«, murmelte ich und schlich mich in einem großen Bogen von der anderen Seite an.

Aber wenn ich dachte, ich wäre ihm einen Schritt voraus, hatte ich mich getäuscht. Vielleicht steckte doch mehr System dahinter, als ich ihm zutraute, denn er ließ mich bis auf wenige Meter herankommen, dann drehte er ein Ohr zu mir und stob auf seinen Stakbeinen davon.

Ich stemmte die Hände in die Seiten und drehte mich zu Ben um. »Willst du mir vielleicht mal helfen?«

Er hatte es sich im Gras gemütlich gemacht und lachte. »Bestimmt nicht. Ich wette auf Maddox.«

Als hätte er gehört, dass wir von ihm redeten, tauchte Maddox' Kopf auf Mollys anderer Seite auf. Wenn er gekonnt hätte, hätte er bestimmt gegrinst.

Ich kniff die Augen zusammen und seufzte. »Meinetwegen. Du gewinnst.«

Kaum hatte ich es gesagt, drehte er auf der Stelle um und vollführte ein paar Bocksprünge.

Bens und mein Blick trafen sich. Er nickte. »Ja, ich warte auch jeden Tag darauf, dass sie zu sprechen anfangen.«

Das brachte mich zum Lachen. Immer noch aus der Puste stolperte ich auf Ben zu und ließ mich neben ihn in die Wiese fallen. Zum Schutz gegen das helle Sonnenlicht hielt ich mir den Arm vor die Augen, aber ich konnte fühlen, dass Ben sich neben mich legte.

Mein Atem beruhigte sich und die Wärme im Boden lockerte meine Muskeln. Eine Weile dösten wir, das leise Schnauben der Ponys und ihre Kaugeräusche im Ohr. Dann mischte sich ein anderes Geräusch darunter, etwas, was erst nicht in meinem Bewusstsein ankam, weil ich so entspannt war. Doch es wurde lauter, und als ich die Augen öffnete, hatte Maddox den Kopf in meinen Rucksack gesteckt und zupfte an der Rolle Schokoladenkekse herum, die ich eingepackt hatte.

»Nicht!« Ich streckte den Arm aus und schob ihn weg, und er schien fast ein bisschen eingeschnappt, als er davontrabte.

Ben hatte sich ebenfalls aufgesetzt und prüfte die Packung.

»Hat er was erwischt?«

Er schüttelte den Kopf. »Sieht zwar mitgenommen aus, aber er hat sie nicht aufbekommen.«

Stöhnend ließ ich mich wieder ins Gras fallen.

»Vielfraßpony!«, rief ich Maddox hinterher, auf Deutsch, weil mir beim besten Willen kein passendes englisches Wort einfiel.

»Bist du dir sicher, dass wir sie zweisprachig erziehen sollten?«

Ich drehte den Kopf zu Ben, aber ich hatte natürlich gehört, dass er grinste. Meine Nase blieb fast an der offenen Kekspackung hängen.

»Vielleicht könntest du mal anfangen, sie überhaupt zu erziehen.«

Ben legte die Hand auf sein Herz und stöhnte übertrieben. »Autsch. Das tut weh.«

Kopfschüttelnd setzte ich mich auf und nahm mir zwei Kekse. »Her mit dem Zeug. Bei diesen Ponys weiß man ja nie.«

Wir kauten einträchtig vor uns hin und erfüllten unsere Kraulpflichten, wenn hin und wieder eins der Ponys vorbeischaute, doch wir sprachen kaum. Ich war völlig zufrieden damit, den Wattewolken hinterherzusehen, die vom See her gemächlich das Tal heraufzogen.

»Mein Vater will morgen mit mir reden.« Ben sagte es so dahin, aber in diesem Satz schwang so viel mit, dass ich mich mit einem Ruck zu ihm drehte.

»Wegen der Herde?«

Ben zuckte mit den Schultern. »Wahrscheinlich.«

»Hat er was angedeutet?« Seit Wochen waren Gordons Verkaufspläne in der Schwebe. Wenn er jetzt darüber sprechen wollte – bedeutete das, dass er einen Termin ansetzen würde? Oder hatte er sich entschieden, dass Ben die Ponys behalten durfte?

Ben schüttelte den Kopf. »Im besten Fall sagt er mir, dass er die Herde nicht verkauft. Aber wie lange gilt das? Wenn er will, kann er mich unter Druck setzen, bis ich achtzehn bin.«

Ohne nachzudenken, griff ich nach seiner Hand. »Das macht er nicht. Oder?«

Ich hatte Gordon als ehrlich und nett kennengelernt. Dass er seinen eigenen Sohn so quälen würde, konnte ich mir einfach nicht vorstellen.

Ben erwiderte den Druck meiner Hand und wandte den Blick in den Himmel. »Wollen wir's hoffen.«

Allmählich wurden die Schatten länger, und der Wind, der am Nachmittag kaum zu spüren gewesen war, frischte auf. Die Ponys zogen über den Bergrücken davon, aber wir blieben sitzen. Ich hatte

Bens Hand längst losgelassen, doch noch immer spürte ich die Wärme seiner Haut wie ein Echo.

Wir sagten nichts. Der Bach floss weiter, der Wind strich durch das Gras und wahrscheinlich fand gerade irgendwo eine Maus ein unrühmliches Ende in den Klauen eines Bussards. Nichts davon bekam ich mit. Dafür war mir Ben zu nah. Ich roch seine Haut, konnte hören, wie sein Atem gleichmäßig kam und ging. Ich sah zu, wie seine Finger zwei Grashalme verknoteten, den Knoten lösten und sie fallen ließen. Aber eigentlich war jede Faser in mir nur damit beschäftigt zu flüstern: *Dreh dich zu mir!*

Und endlich verstand er. Oder nein, das kapierte ich in dem Moment, als sein Blick auf meinen traf: Verstanden hatte er längst, er hatte nur den Mut nicht aufgebracht.

Jetzt schon. Und Mut gehörte belohnt.

Ich saß wie auf Treibsand, die geringste Bewegung rückte mich näher an ihn heran. Unsere Schultern berührten sich. Ein Schauer lief meinen Arm hinunter und wieder hinauf. Ich erkannte das Muster in seinen Augen, als sich unsere Köpfe Millimeter für Millimeter näherten, die winzige weiße Narbe, die quer durch seine rechte Braue lief. Seine Lippen öffneten sich, ganz wenig, nur so viel, dass Atemluft aus seinem Mund strömte, warm und ein bisschen süß von dem Schokoladenkeks. Hauchzart trafen unsere Nasenspitzen aufeinander, und wieder fühlte ich die Berührung wie einen elektrischen Impuls, der in meinen Fingerspitzen und Zehen kribbelte.

Er hob die Hand und strich mit dem Knöchel an meinem Kiefer entlang, über meine Wange. Meine Lider flatterten, aber ich hielt die Augen offen. Ich wollte ihn sehen, wollte jede Regung seines Gesichts wahrnehmen.

Meine Hand lag auf seiner, ohne dass ich wusste, wie sie dorthin gekommen war. Ich war ihm jetzt so nah, dass auch unsere Hüften sich berührten. Mein Atem ging schneller, er musste es hören, sogar spüren, doch der Moment war unendlich, und wir waren es auch.

Bis jede Entfernung schrumpfte und unsere Lippen aneinanderlagen und alles aufhörte. Die zarteste Bewegung an meinem Mund, nur so viel, dass sich unser Atem vermischte.

Ich hatte nicht gemerkt, wann ich die Augen geschlossen hatte. Es war richtig. Denn so konnte ich seine Hände fühlen, wie sie sich sanft um mein Gesicht legten, konnte seine Haare unter meinen Fingern spüren, als ich meinen Arm um ihn schlang.

Und dann küsste er mich und ich küsste ihn. Meine Hand schloss sich fester um seinen Nacken, er zog mein Gesicht näher zu sich, und ich zitterte, weil die Nervenenden in meinem ganzen Körper weiß glühend explodierten.

Seine Lippen waren … Ich wusste nicht, warum sie so perfekt waren, bis ich kapierte: Sie waren perfekt für *mich*. Als hätte mein Mund mein ganzes Leben lang darauf gewartet, von diesen Lippen geküsst zu werden.

Es blieb ein langsamer Kuss, aber er genügte, um meine Haut, jeden Zentimeter von ihr, empfindlich zu machen. Es war nicht mehr nur der Kuss von Bens Lippen, es war auch der Kuss seiner Fingerspitzen, die langsam an meiner Wirbelsäule auf und ab wanderten. Es war der Kuss seines Atems, seiner Nase, seiner Wimpern auf meinen Wangen, seiner Arme, die mich hielten. Alles an Ben küsste mich, und ich gab alles, um ihn zurückzuküssen.

Schweigend liefen wir nach Hause. Ich musste ihn die ganze Zeit ansehen, in seinem Gesicht lesen, seinen Arm und seine Hand berühren.

Er brachte mich bis zu der Wegbiegung, die zur Farm hinunterführte, dann kehrte er um. Nach fünf Schritten kam er zurück, nahm mich noch einmal in die Arme und drückte mir einen Kuss auf die Stirn.

»Val«, flüsterte er, dann ging er wirklich, und ich biss mir auf die Lippe, weil ich endlich verstand, wie sehr ich in diesen Jungen verliebt war.

Ich hatte gedacht, dass ich nach unserem ersten Kuss aufgeregt sein würde und überdreht, aber das Gegenteil war der Fall. Ben und ich verbrachten jede freie Minute zusammen und es war das Normalste auf der Welt. Nicht auf die langweilige Art, natürlich nicht, sondern weil es sich so richtig anfühlte. Hin und wieder dachte ich an das erste Mal, als ich ihn gesehen hatte – oben auf dem Fell, inmitten seiner Ponys –, und es kam mir so vor, als hätte uns der Sommer von Anfang an zu diesem Punkt führen wollen.

Mein Kopf war so voll mit Ben, dass mir erst nach Tagen das Gespräch wieder einfiel, das er mit Gordon über die Herde geführt hatte. Ben winkte ab, als ich ihn danach fragte.

»Es war nur eine seiner Schnapsideen. Er hat mir angeboten, die Herde zu behalten, wenn ich ab dem neuen Schuljahr auf ein Internat gehe.« Er suchte meinen Blick. »Ich hab gesagt, ich überlege es mir, und das war's.«

Seine Unbekümmertheit konnte ich nicht ganz teilen. Was, wenn Gordon auf einer Entscheidung bestand? Wäre etwas gewonnen, wenn Gracies Herde auf den Fells blieb, aber Ben sie nicht mehr besuchen könnte?

Ben lachte, weil er mir meine Bedenken ansah. »Bis Schulanfang sind noch ein paar Wochen Zeit. Wer weiß, was ihm bis dahin noch Verrücktes einfällt.«

Ich nickte, doch insgeheim hoffte ich, dass stattdessen uns endlich eine Lösung für Bens Problem einfallen würde.

Als Laini und Silas davon Wind bekamen, dass Ben und ich zusammen waren, bestanden sie beinahe jeden zweiten Abend darauf, dass er zum Essen blieb. Falls ich mir Sorgen gemacht hatte, dass er wieder der alte Ben sein könnte, der schweigsam und zurückhaltend war, wenn er jemanden nicht gut kannte, war es unnötig gewesen. Die drei verstanden sich blendend, und manchmal lehnte ich mich zurück und hörte ihnen zu und war froh, dass Ben nicht allein in seinem Schäferwagen saß und Bohnen aus der Dose aß. Ich liebte es, wenn er mitten im Gespräch unter dem Tisch nach meiner Hand griff und sie drückte, wenn er mit Laini über Ponys und Schafe fachsimpelte oder mit Silas den Tisch abräumte, als hätten sie das schon hundertmal getan. Ich liebte es, wie er mich ansah, wenn Silas peinliche Geschichten aus meiner Kindheit erzählte – amüsiert, aber gleichzeitig verschwörerisch, so als wären die einzigen Geschichten, die wichtig waren, die, die wir gemeinsam erlebten. Am meisten liebte ich es, wenn er zum Abschied die Arme um mich schlang und wir am Hoftor in die Nacht lauschten, auf die Geräusche der Berge, die mein Zuhause geworden waren und seines schon immer waren. Ich speicherte alles ab, seinen Geruch, seinen Herzschlag, wie sich seine Arme anfühlten, wenn er mich hielt, denn ich wusste, ich würde bald nur noch diese Erinnerungen haben. Der Gedanke, in ein Flugzeug zu steigen und mein Leben in Deutschland weiterzuführen, kam mir absurd vor.

»Morgen musst du allein zur Herde«, murmelte er eines Abends in meine Haare. »Ich will Henrys Sachen durchgehen, bevor sie das Haus ausräumen.«

Ich legte den Kopf in den Nacken, damit ich ihn im Licht des Vollmonds ansehen konnte. »Möchtest du das allein machen? Oder bist du nicht auf die Idee gekommen, dass ich dir helfen könnte?«

»Vielleicht wollte ich mich nicht aufdrängen.«

Mein Blick wanderte von seinen Augen zu seinem Mund. »Vielleicht lässt du mich das entscheiden?«

225

Er begann zu grinsen. »Cool. Dann morgen um neun?«

Ich kniff die Augen zu und Ben lachte leise. Seine Nasenspitze strich über meine Schläfe. »Du kannst es einfach sagen, wenn ich dich küssen soll.«

Ich öffnete ein Auge. »Vielleicht wollte ich mich nicht aufdrängen.«

»Bitte«, flüsterte er und drückte eine halbe Sekunde lang seine Lippen auf meine, »dräng dich auf, wann immer du willst.«

Ben wartete ein Stück hinter dem Birkenwäldchen am Straßenrand auf mich. Er lächelte, als er mich mit Nell anzockeln sah, und deutete auf den Kutschbock.

»Ich könnte uns auch fahren«, meinte er.

»Könntest du das?« Ich hielt Nell an und drückte Ben einen schnellen Kuss auf die Lippen. »Hey.«

»Hey.« Sein Blick glitt über mein Gesicht und für einen Moment lehnte er seine Stirn an meine. »Danke. Dass du mitkommst.«

Mit meiner freien Hand strich ich ihm durch die Haare. »Kein Thema.« Ich lehnte mich zurück und hielt ihm die Zügel hin. »Und jetzt zeig mal, was du draufhast. Wir haben heute noch was vor.«

Grinsend griff Ben nach den Leinen, stieg auf den Kutschbock und rutschte ganz nach rechts, um mir Platz zu machen. Nell drehte die Ohren nach hinten, als wäre sie ganz erpicht darauf, dass nun etwas mehr Action geboten war, und schritt aus, kaum dass Ben sie mit den Zügeln antippte. Ich lehnte mich zurück und ließ die beiden machen.

Nach einer Weile bemerkte ich die Ruhe. Nicht um uns herum, sondern in mir. Ich fand keine Spur von Anspannung und Hektik, sie waren von mir abgefallen und hatten nichts als Zufriedenheit zurückgelassen.

Ich wandte das Gesicht zur Sonne und atmete tief ein. Nells warmer, süßlicher Geruch, die Herbheit des Leders, Erde, Moos und saftiges Gras, neben mir Bens eigener sauberer Geruch, ein wenig überdeckt von der Frische eines Waschmittels – in meiner Nase mischte sich all das zum Aroma dieses Sommers. Am liebsten hätte ich es in Flaschen gefüllt für die Zeiten, in denen ich nicht so glücklich wäre.

Langsam öffnete ich die Augen. Bens Blick ruhte auf mir, er lächelte, aber da lag auch noch etwas anderes in seinem Ausdruck, etwas Verletzliches, das mein Herz schneller schlagen ließ. Ich schlang meinen Arm durch seinen und lehnte meinen Kopf an seine Schulter.

Ein schmaler Bach glitzerte zwischen Farnwedeln in der Morgensonne, das Wasser plätscherte fröhlich über die Steine. Ein kleiner Vogel tschilpte in einem Gebüsch am Wegrand, und Nell prustete begeistert, als Ben sie antraben ließ.

»Das ist meine Version vom Paradies«, flüsterte ich, kurz bevor Henrys Farm in Sicht kam. »Mich von dir durch die Lakes kutschieren lassen.«

Einen Moment reagierte Ben nicht, dann drückte er mir einen Kuss auf den Scheitel. Er nahm die Leinen in eine Hand und zog mich mit dem anderen Arm näher an sich. Eng an ihn geschmiegt versuchte ich, nicht an das Flugticket zu denken, das in der obersten Schublade meines Nachttischs auf das Ende des Sommers wartete.

Von den Fells aus hatte Henrys Farm einfach wie ein Bauernhof gewirkt, aber als wir jetzt darauf zufuhren, merkte ich erst, was für ein malerischer Ort sie war. Das zweistöckige Haus stand halb verborgen hinter einer riesigen Eiche und die gewundene Zufahrt führte uns über eine Steinbrücke zum Hof. Ellonby war mir über die

Wochen ans Herz gewachsen, doch bei Moor End war es Liebe auf den ersten Blick. Wie schade, dass die Farm nun leer stehen würde.

Wir stellten Nell auf eine kleine Koppel hinter dem Schuppen und gaben ihr das Heunetz, das ich mitgebracht hatte, zur Gesellschaft. Dann blieben wir vor dem Eingang stehen und betrachteten das Haus.

»Was ist der Plan?«, fragte ich.

Ben schnaubte. »Es ehrt mich, dass du denkst, ich hätte einen.«

Die Aufgabe, die vor uns lag, war riesig. Ben hatte mit Libby vereinbart, dass sie am nächsten Tag ins Haus durfte, um sich die Dinge auszusuchen, die sie im Laden verkaufen konnte. Vorher wollte Ben die Stücke retten, mit denen er besonders viele Erinnerungen verband. Den Rest würde dann eine Entsorgungsfirma abholen. Es war ein trauriger Gedanke, dass ein langes Leben voller Erfahrungen, Träume und Hoffnungen einfach so abgewickelt wurde.

Ich streckte die Hand aus und drückte Bens Arm. »Na los. Fang du im Schlafzimmer an, ich übernehme die Küche.« Ich zwinkerte ihm zu. »Ich packe alles ein, was wertvoll aussieht.«

Ben lächelte schwach und nickte. Dann marschierte er zur Haustür und schloss auf. Auf der Schwelle blieb er stehen. Es musste hart sein, das Haus zu betreten, jetzt, da es so leer und muffig war.

Weil ich nicht wusste, wie ich es ihm leichter machen konnte, drängte ich mich an ihm vorbei und hielt nur kurz an, um mich zu orientieren. Ah ja, ganz am Ende des Flurs war die Küche.

»Weißt du, was? Wir lüften jetzt durch und trinken Tee. Und danach fangen wir an. Okay?«

Ich wartete nicht auf Bens Antwort, trotzdem hörte ich, wie er brummte: »Du bist schon zu lange in England.« Und dann setzte er einen Schritt in den Flur und folgte mir.

Da erlaubte ich mir ein kleines Grinsen.

Der Tee half wirklich, ein bisschen zumindest. Immer wieder glitt Bens Blick über Gegenstände, die Henry gehört haben mussten: einen Bleistift neben einem Notizbuch, ein Paar Arbeitshandschuhe, eine große Tasse auf dem Abtropfgitter, die in demselben Taubenblau glasiert war wie eine in Fairview. Doch mit jedem Schluck senkten sich seine Schultern und schließlich sah er mir in die Augen.

»Ich bin froh, dass du da bist.«

Ich griff nach seiner Hand und strich mit dem Daumen darüber, aber weil das nicht genug war, nicht mal ansatzweise, stand ich auf, trat um den Tisch herum und zog Ben auf die Füße. Überrascht atmete er ein, als ich die Arme um ihn legte und mich fest an ihn drückte.

»Ich bin auch froh, dass ich da bin«, flüsterte ich in sein Shirt.

Wie konnte etwas so schnell so vertraut werden? Eng umschlungen standen wir da, ich lauschte auf seinen Herzschlag und mein Atem passte sich dem langsamen Heben und Senken seiner Brust an.

»Sollen wir?«, fragte er irgendwann, und ich seufzte leise, weil es immer zu früh war, um mich aus seiner Umarmung zu lösen. Er gab mir einen schnellen Kuss, dann ging er nach draußen zur Kutsche und holte ein paar der Kartons ins Haus. Und wir legten los.

Nach ein paar Minuten hatte ich das Gefühl, ziemlich gut einschätzen zu können, was Ben gern aufheben wollte. Dinge, die mir wertvoll vorkamen, packte ich in jedem Fall ein – wenn Ben nicht daran hing, konnte er sie später immer noch ins CoC bringen. Bei den einfachen Gebrauchsgegenständen ließ ich alles liegen, was mir zu abgegriffen vorkam, und auch das, was wie neu wirkte. Nur die Dinge, die viel benutzt und sorgfältig gepflegt worden waren, kamen in die Kisten. Das schienen Henrys Lieblingssachen gewesen zu sein, und die Chancen standen gut, dass auch Ben etwas damit verband.

Im Stockwerk über mir rumpelte es, ich hörte Bens Schritte, das

Knarren von Dielen und hin und wieder ein Quietschen, wenn er einen Schrank öffnete. Manchmal herrschte auch eine Weile Ruhe, dann vermutete ich, dass sich Ben Zeit nahm, seinen Gedanken nachzuhängen. Ich konnte mir vorstellen, wie traurig er war – es lag noch nicht lange zurück, dass wir die Wohnung meiner Uroma ausgeräumt hatten. Aber genau wie damals stimmte mich die Arbeit auch fröhlicher. Wenn meine Finger über Oberflächen glitten, von denen ich wusste, dass Henry und zuvor auch Fran sie oft berührt hatten, die Teil ihres langen Lebens gewesen waren – eines glücklichen Lebens nach allem, was ich wusste –, dann war es, als würden die Erinnerungen, die darin steckten, wie Wölkchen in die Luft steigen und ein bisschen von diesem Glück an die Welt zurückgeben. Ich wünschte mir für Ben, dass er durch seine Trauer hindurch dasselbe spüren konnte.

Schließlich hatte ich außer der Küche auch noch die Speisekammer, einen kleinen Abstellraum und den Flur durchsortiert und fing an, die vollen Kartons nach draußen zur Kutsche zu tragen. Keine Minute später kam auch Ben mit den ersten Kisten die Treppe herunter.

»Bleibt noch das Wohnzimmer«, sagte ich, als wir alle Boxen verstaut hatten.

Ben nickte und strich sich mit dem Handrücken über die Stirn. Als wir zurück zum Haus gingen, wirkte er trotz seiner verwuschelten Haare und des Schmutzstreifens auf seiner Wange gelöster als noch vor eineinhalb Stunden.

Schon beim ersten Blick wusste ich, dass das Wohnzimmer das Herz des Hauses gewesen war. Die Küche war gemütlich eingerichtet, und man konnte sehen, dass die Carltons viel Zeit darin verbracht hatten, aber hier strömte die Liebe für diesen Raum aus allen Ecken.

Er war groß und hell mit Fenstern an drei Seiten. Vor einem offenen Kamin gruppierten sich zwei gestreifte Sofas und ein Ledersessel mit Hocker. Neben der Tür war ein großes Bücherregal in eine Nische eingelassen und auf der anderen Seite stellte eine Vitrine die besonderen Schätze der Carltons aus. Zwischen die beiden Fenster, die zum Garten hinausgingen, war ein Sekretär gequetscht worden, dessen Fächer mit Papier überquollen. Davor stand ein Drehstuhl mit einem dicken Sitzkissen.

Obwohl es mir hier bei allem schwerfallen würde, das Wichtige von Unwichtigem zu unterscheiden, deutete ich auf den Schreibplatz. »Den übernimmst du.«

Ben grinste. »Eher nicht.« Er fasste nach meinen Schultern und schob mich auf den Sekretär zu. »Du packst einfach alles ein, was offiziell wirkt. Dafür musst du Henry nicht gekannt haben.«

Ich blitzte ihn aus schmalen Augen an, doch ich musste zugeben, dass er recht hatte. Seufzend schnappte ich mir zwei leere Kartons und verschaffte mir einen Überblick. Ich zwang mich, nicht allzu genau hinzusehen, denn bestimmt hätte ich mich sonst irgendwo festgelesen. Henry hatte Auszüge aus Stutbüchern, Festschriften, Fachmagazine, aber auch jährliche Bilanzen und Futtermittelrechnungen gehortet. Vieles war öde, doch anderes erzählte Geschichten, das erkannte ich mit einem Blick. Trotzdem verschwand alles ohne Unterschied in den Kisten.

Nach einer Weile brauchte ich etwas zu trinken. Ich griff nach meiner Wasserflasche und drehte mich zu Ben um. Bis auf ein paar wenige Kommentare hatten wir schweigend gearbeitet und auch jetzt stand er still vor den geöffneten Türen der Vitrine und hielt eine kleine Skulptur in den Händen. Ich trat näher.

Es war ein Pferd, ein Fell-Pony. »Lindale Chester« stand auf dem Sockel der Bronzeplastik.

Bens Daumen glitt sanft über den Rücken des Pferdchens. »Chester gehörte Henrys Vater«, sagte er leise. »Er war sein ganzer Stolz und er hat seine guten Eigenschaften an seine Fohlen weitergegeben. Henry war wahnsinnig stolz darauf, dass seine Herde Lindale-Blut hatte.« Er sah auf und lächelte mich an. »Er hat immer von den Lindale-Ponys geschwärmt. Für ihn waren sie die besten und zähesten der ganzen Gegend. Jeder wollte damals einen der letzten Hengste als Beschäler haben, aber als Henry zu züchten begonnen hat, gab es schon keine mehr. Chester war ein paar Jahre vorher gestorben und damit war die Linie zu Ende.«

Mein Blick fiel auf den Hengst. Er hatte einen hübschen kleinen Kopf, einen stattlichen Hals und einen kurzen, starken Rücken. Seine Mähne war vielleicht ein bisschen weniger üppig, als ich das von Fell-Ponys heutzutage kannte, doch wenn die Skulptur halbwegs treffend war, war Chester ein tolles Pferd gewesen. Lindale … Wieder glitten meine Augen über die Plakette am Sockel und plötzlich wurde mir kalt.

»Ben«, begann ich. »Lindale … Ist das die Herde, die damals von Devil's Knott gestürzt ist?«

Ben drehte den Kopf zu mir. »Ich bin mir nicht ganz sicher … aber ja, das kann sein.« Er runzelte die Stirn. »Ich glaube, du hast recht. Henry meinte immer, dass die Fells rund um Rosley nie wieder die gleichen waren ohne die Lindale-Ponys.«

Ich schlang die Arme um ihn und legte das Kinn auf seine Schulter. »Dann ist es doch gut, dass sie in deinen Ponys weiterleben. In Gracie, Molly, Viv und all den anderen.«

Ben lachte leise. »In Gracie und Molly zumindest. Nicht alle stammen von Chester ab.«

Ich hob den Kopf, und als er sein Gesicht zu mir drehte und mich ansah, legte ich die Hand an seine Wange. »Henry wäre stolz auf dich.«

Ben biss sich auf die Lippe. Schneller, als ich gucken konnte, stellte er die Pferdefigur in die Vitrine zurück und zog mich an sich. Ich spürte, wie er bebte, und strich über seinen Rücken, bis er ruhiger wurde.

»Ich wünschte, du hättest ihn gekannt«, murmelte er nach einer Weile, und dieser Satz erinnerte mich daran, wie oft ich mir schon dasselbe gewünscht hatte, seit ich in Rosley war.

Wir blieben so stehen, und die Mittagsluft trug den Gesang der Vögel herein, Nells leises Schnauben von der Koppel und die süße Würze des Grases, über das Henry Carlton ein Leben lang gelaufen war.

Auf dem Weg nach Renwick war Ben schweigsam. Ich fragte nicht, ob er an Henry dachte oder ob es an der Aussicht auf ein Treffen mit seinem Vater lag, sondern ließ ihn einfach vor sich hin brüten. Während er Nell gemächlich durch Ellondale Richtung Rosley lenkte, legte ich wieder den Arm um seinen Rücken und lehnte mich an ihn. Vielleicht war er auch einfach nur müde – ich jedenfalls war ziemlich erledigt. Es war diese emotionale Erschöpfung, wenn man viel gefühlt hatte.

Doch von Minute zu Minute wurde es besser. Es war nicht das erste Mal, dass mich die Umgebung belebte. Der Wind, der in den Baumkronen raschelte, das Wasser, das im Bach über Steine gurgelte – sie trugen meine Anspannung davon. Jetzt, Mitte August, war das Licht milder als im Juni, als ich angekommen war, und die Luft roch anders, satter, trockener.

Ich merkte erst, dass ich geseufzt hatte, als Ben fragte: »Was ist?«

Lächelnd strich ich über seinen Rücken. »Nichts. Ich musste nur daran denken, wie schnell die Zeit vergeht, wenn … wenn alles gut ist.«

»Val?« Seine Stimme klang gepresst.

Einen Moment stockte ich, dann setzte ich mich auf und sah Ben ins Gesicht. Er erwiderte meinen Blick, bis Nell leise prustete und er die Augen wieder auf den Weg richtete.

»Kommst du wieder?«, fragte er leise. »Nach diesem Sommer?«

Die Ruhe in mir zerplatzte wie ein Wassertropfen, der auf einen Stein fiel. Was er mich fragte, war, wie es mit uns weitergehen würde. Bisher hatten wir noch nicht einmal über »uns« gesprochen.

Meine Gedanken spulten vorwärts, zum Herbst, zum Winter, den dunklen, nebligen Monaten, die wie jedes Jahr voll sein würden mit Schule und Training und Lernen und Wettkämpfen. Meine Brust wurde eng, aber zumindest würde ich in diesem Jahr etwas haben, worauf ich mich freuen konnte: die Hügel, das Licht, die Ponys. Und Ben. Ich konnte ihm nicht versprechen, dass es für uns gut ausgehen würde, auch wenn ich mir in diesem Moment nichts mehr wünschte, doch eines konnte ich ihm versprechen: Ich würde wiederkommen.

»Ja«, antwortete ich deswegen genauso leise. »So oft ich kann.«

»Weiß nicht, ob das oft genug ist«, brummte er, aber als hätte er das nicht laut sagen wollen, wurden seine Wangen knallrot, und er warf mir einen schnellen Seitenblick zu.

Ich lächelte und lehnte die Stirn gegen seine Schulter, bis ich fühlen konnte, dass er ausatmete.

»Dann müssen wir aus dem Sommer wohl noch alles rausholen.«

Ben drehte den Kopf zu mir und musterte mein Gesicht. Ein Ausdruck lag in seinen Augen, der so anders war als die Skepsis, das Misstrauen und die ewige Wut, die sonst oft darin standen. Ich hatte nicht gewusst, dass ein Blick so glücklich machen konnte.

Wir nahmen Wirtschaftswege, um nach Renwick zu gelangen, weil Ben es Nell nicht zumuten wollte, auf der Hauptstraße um den See zu laufen. An den immer kürzeren Abständen, in denen er tief einatmete, konnte ich ablesen, dass er sich wappnete. Mir fiel nichts ein, was ich hätte sagen können, um ihm seine Anspannung zu nehmen, deswegen hoffte ich einfach, dass Gordon nicht zu Hause war.

Und wie es schien, hatten wir Glück. Als wir auf den Hof rollten, deutete Ben auf einen leeren Carport, der ein bisschen versteckt hinter einem Anbau stand. »Ich glaube, er ist unterwegs.«

Wir hielten vor dem Haupteingang. Mit ein paar Handgriffen hatten wir Nell wieder abgeschirrt und auf einen kleinen Auslauf gestellt, der an den Garten grenzte. Wir füllten eine kleine Wanne mit Wasser und stellten sie ihr hin, dann wandten wir uns dem Haus zu.

Kiste um Kiste wanderte von der Kutsche zum Eingang. Schließlich hatten wir alles ausgeladen und Ben drückte die Haustür auf.

»Hallo?«, fragte er in die Stille der Eingangshalle hinein, aber niemand antwortete.

Wahrscheinlich war es am besten so.

Wir wuchteten die Kartons über die Schwelle und stapelten sie am Fuß der Treppe. Allmählich wurde mir von dem Geschleppe warm, doch immerhin hatte ich Gelegenheit, mir die Halle genauer anzusehen. Jetzt, bei Tageslicht, wirkte sie weniger imposant, dafür freundlicher. Mehr wie ein Zuhause als ein Museum.

Ben holte gerade die letzte Kiste, als hinter mir die Tür zur Bibliothek aufschwang. Ich fuhr herum.

»Was …?« Die Frau, die ich auf der Party schon gesehen hatte, Gordons Freundin, starrte mich verblüfft an. Diesmal trug sie locker sitzende Jeans und ein gelbes T-Shirt und wirkte eher lässig als elegant. Das änderte aber nichts an ihrem einschüchternden Auftreten – auf die Schnelle fiel mir nichts zu sagen ein. Als Ben in der Zwischentür auftauchte, glitt ihr Blick zu ihm. »Ah.«

Ohne sie zu beachten, wuchtete Ben den Karton auf den Stapel, dann drehte er sich zu ihr um. »Hallo, Charlotte.« Er deutete zu mir. »Das ist Valerie. Val, Charlotte Bamford.«

»Wie schön, dass dir deine Manieren noch nicht ganz abhandengekommen sind da draußen«, ätzte sie in demselben Tonfall, den Ben an den Tag gelegt hatte. Als sie sich zu mir drehte und eine Hand ausstreckte, lächelte sie aber. »Hallo, Valerie, freut mich, dich kennenzulernen.«

Ihre Haltung hatte sich völlig geändert, sie wirkte plötzlich charmant und zugänglich. Ich ignorierte Bens Blick und schüttelte ihre Hand. »Hallo, Ms Bamford. Freut mich auch.«

Ich konnte praktisch fühlen, wie Bens Augen ein Loch in mein T-Shirt laserten. Charlottes Blick glitt mit einem amüsierten Ausdruck von mir zu ihm und wieder zurück, dann ließ sie meine Hand los.

»Charlotte, bitte.«

Ich nickte ihr zu, doch sie beachtete mich schon nicht mehr.

»Was ist das?«, fragte sie Ben.

»Henry Carltons Sachen. Im Schäferwagen habe ich keinen Platz dafür.«

»Ah.« Ihre Stimme verlor die Schärfe. »Soll ich euch tragen helfen?«

Eine halbe Sekunde lang schien Ben zu überrascht zu sein, um zu antworten, dann schüttelte er den Kopf. »Lass mal, das schaffen wir schon. Nicht dass du dir einen Fingernagel abbrichst.«

Ich schaute ihn böse an, aber Charlotte war sofort wieder ihr kühles Selbst.

»Da komme ich ja noch mal davon.« Sie drehte sich zu mir. »Bis bald, Valerie.«

Ohne ein weiteres Wort ging sie zurück in die Bibliothek und drückte die Tür ins Schloss.

»Sag mal, geht's noch?«, zischte ich, als ich mich an Ben vorbeidrängte, eine Kiste nahm und die ersten Stufen hinaufstieg.

»Was denn?« Er war so dicht hinter mir, dass wir flüstern konnten.

»Sie wollte dir helfen!«

Ben schnaufte verächtlich. »Lass dich von ihr bloß nicht einwickeln. Sie tut nur so nett.«

»Oder sie lässt dir deinen Ton nicht durchgehen.« Ich warf ihm einen Blick über die Schulter zu.

Er nahm zwei Stufen auf einmal, sodass wir auf einer Höhe waren. »Fällst du mir jetzt in den Rücken oder was?«

»Nein.« Ich weigerte mich, mich von seinen gerunzelten Augenbrauen einschüchtern zu lassen. »Ich war nur höflich. So wie Charlotte.«

»Im Gegensatz zu mir?«

»Im Gegensatz zu dir.«

Er presste die Lippen zusammen. »Mit Höflichkeit kommst du bei Charlotte nicht weit.«

Wir hatten den ersten Stock erreicht und bogen in einen langen Flur ein, von dem so viele Türen abgingen, dass ich sie auf den ersten Blick gar nicht zählen konnte.

»Vielleicht ein bisschen weiter als du.«

»Schon mal drüber nachgedacht, dass ich es damit auch versucht habe?« Bens Ton war eiskalt. Er war so wütend, dass er mich nicht mal mehr ansah. Stattdessen stemmte er seine Kiste gegen die Wand und drehte den Knauf an einer Tür in der Mitte des Flurs.

»Depp«, murmelte ich, als ich ihm in den Raum folgte.

»Beschimpfst du mich jetzt auf Deutsch?« Ben stellte den Karton in einer Ecke neben der Tür ab und blieb mit dem Rücken zu mir stehen.

»Nur wenn du so ein Sturkopf bist.«

Er drehte sich um und nahm mir die Kiste ab. Zu meiner Überraschung grinste er. »Ist irgendwie niedlich.«

»Ich geb dir gleich niedlich.«

Seine Stimmung war so schnell umgeschlagen, dass ich nicht hinterherkam. Als er die Kiste gegen die Wand schob und den Arm nach mir ausstreckte, wollte ich mich noch wegdrehen, aber er war schneller. Er bekam meine Hand zu fassen, sein Blick suchte meinen. Nach ein paar Sekunden seufzte ich und sah ihn an.

Seine Wut war verschwunden, aber es lag auch nichts Neckendes in seinem Ausdruck. Mein Ärger verflog. Ich trat einen Schritt näher und strich ihm über die Wange.

»Ich falle dir nicht in den Rücken. Du kennst sie besser, du hast deine Gründe, sie nicht zu mögen. Aber …«

»… aber du willst dir deine eigene Meinung bilden?« Ben umfasste meine Taille und ich legte die Arme um seinen Hals.

»Ja. Nein!« Ich suchte nach den richtigen Worten. »Ich will dein Urteil nicht infrage stellen. Aber ich will auch niemanden unhöflich behandeln, der freundlich zu mir ist.«

Nach einem Moment nickte er. »Okay. So bist du eben. Sonst hättest du mich neulich auch nicht nach Fairview begleitet.«

Verblüfft starrte ich ihn an, dann knuffte ich ihn in die Seite. »Genau. Und du warst noch nicht mal freundlich zu mir!«

Grinsend hielt Ben meinen Arm fest, und irgendwie schaffte er es, mich noch näher an sich zu ziehen. »Anders als Charlotte bin ich eben dein Typ.«

Seine Lippen kamen näher, und mir fiel kein Grund ein, ihm zu widersprechen.

»Wo sind wir hier eigentlich?«, fragte ich, als ich mich nach langen Minuten endlich in dem Raum umsehen konnte. Er war nicht allzu groß, an den Wänden zogen sich weiße Regale mit Kisten, zerlesenen Büchern und Stofftieren entlang. Ich machte mich von Ben los, trat an einen kleinen Schrank und betrachtete die Modelle, die hinter den Glastüren ausgestellt waren: Autos, filigrane Hochhäuser, das Taj Mahal neben dem Eiffelturm, dazwischen Pinguine, Giraffen und ein paar zähnefletschende Dinosaurier.

Ben kam zu mir. »Das war früher mein Spielzimmer.«

Ich konnte fühlen, wie meine Augenbrauen nach oben wanderten. »Du hattest ein Spielzimmer?«

Sein Blick glitt über die Modellsammlung, von dort über den Tisch, auf dem Stifte und Bastelzeug lagen, und zum Fenster hinaus. »Das Haus war sehr groß für uns zwei.«

In dem Satz lag so viel Traurigkeit, dass sich mein Herz zusammenzog.

Als er flüsterte: »Bis es dann irgendwann nicht mehr groß genug war«, griff ich nach seiner Hand und hielt sie. Es dauerte eine Weile, bis er mich anlächelte. »Willst du mein Schlafzimmer sehen?«

Was immer ich erwartet hatte: das nicht. Die meisten Räume hier auf Renwick – zumindest die, die ich bisher gesehen hatte – waren gemütlich, aber auch ein bisschen traditionell eingerichtet. So wie man sich ein englisches Landhaus eben vorstellte. Bens Zimmer dagegen war komplett durchgestylt. Nicht wie aus dem Katalog, ich konnte sehen, dass er es jahrelang bewohnt hatte, aber modern und cool. Graublaue Wände, geradlinige Holzmöbel, ein schlichter Teppich. Das Auffälligste war ein Gestell mit einem großen Hochbett und darunter eine breite Kommode mit einem Fernseher und einer Konsole. An der Wand gegenüber stand ein Sofa, schräg zum Fenster ein Schreibtisch und ein Bücherregal.

Ben war neben mir stehen geblieben und wartete auf meine Reaktion. Oder vielleicht ließ er den Raum auch nur auf sich wirken, nachdem er wochenlang nicht hier gewesen war, und versuchte, ihn mit neuen Augen zu sehen.

Ich legte einen Arm um ihn. »Meinetwegen könntest du wieder einziehen«, sagte ich leise.

Er lachte ein bisschen widerwillig. »Im Winter bleibt mir wahrscheinlich nichts anderes übrig. Sobald es kalt wird, ist es im Schäferwagen nicht mehr so gemütlich. Und ich will morgens nicht unbedingt im Dunkeln zur Schule laufen.«

Daran hatte ich noch gar nicht gedacht. Aber klar, Straßenbeleuchtung gab es in den Bergen ja nicht.

Ich ließ ihn los und schlenderte zum Fenster. Es nahm fast die ganze Wand ein und ging auf eine Rasenfläche hinaus. Dahinter erkannte ich im Schatten eines kleinen Wäldchens seltsame rechteckige Gebilde.

»Was ist das?« Ben trat neben mich und ich deutete auf die kleinen geometrischen Erdwälle.

»Die Steinhaufen da?« Er runzelte die Stirn. »Das sind die Fundamente des alten Stalls. Der ist vor ewigen Zeiten abgebrannt.«

»Was?« Ungläubig starrte ich ihn an. Emmys Stimme hallte in meinen Ohren nach. *Auf dem dritten Anwesen brannten die Stallungen bis auf die Grundmauern nieder.* »Du meinst den Stall, wo 1923 in der Katastrophennacht das Feuer ausgebrochen ist?«

Jetzt sah Ben mich fragend an. »Welche Katastrophennacht?«

Ganz so sehr Allgemeinwissen, wie Sarah angenommen hatte, war die Geschichte in Rosley also nicht.

Während wir ins Erdgeschoss und von dort durch den Hinterausgang über den Rasen liefen, erzählte ich Ben von unseren Recherchen im Archiv der Historischen Gesellschaft. Von Minute zu Minute wurde sein Grinsen breiter.

»Findest du das komisch? Da sind Dutzende Pferde umgekommen!«

»Das ist schlimm, klar, aber deswegen lache ich nicht.« Er legte den Arm um meine Schultern und zog mich an sich. »Ich hab mir nur Emmys Verzweiflung vorgestellt, als sie mitbekommen hat, dass sie jetzt zwei so Leseratten an der Backe hat.«

»Immer noch nicht komisch.«

Ben lachte in sich hinein und drückte mir einen Kuss auf die Schläfe, aber ich schob ihn von mir weg und ging langsam an den von Moos und Flechten überwucherten Steinen entlang. Jetzt, als wir so nah waren, wurden mir die Ausmaße der Fundamente erst klar. Der Stall musste groß gewesen sein, mit mindestens einem Dutzend Boxen auf beiden Seiten der Stallgasse.

»Hat deine Familie hier die Reitpferde gehalten?«, fragte ich leise, als ich merkte, dass Ben zu mir aufgeschlossen hatte.

»Muss so sein. Wenn der Brand wirklich 1923 passiert ist, hat sich wahrscheinlich kaum jemand für Ponys interessiert. Damals waren sie Arbeitstiere, für Jagden und so waren sie nicht geeignet.« Er ging in die Hocke und fuhr mit den Fingerspitzen über die raue Oberfläche.

»Fragst du dich manchmal, wie es damals war?« Ich machte eine ausladende Bewegung. »Als das alles noch mehr war als ein schönes großes Haus?«

Er schmunzelte. »Als der Adel die Landbevölkerung noch knechten konnte und tagelange Partys veranstaltet hat, auf denen der Champagner in Strömen geflossen ist?«

Ich zuckte mit den Schultern. »Ja, irgendwie schon. Aber auch … Du weißt schon. Wie es war, als alles noch viel strenger war. Vielleicht war das Leben für deine Vorfahren privilegierter, dafür aber in engere Bahnen gelenkt.«

Ein nachdenklicher Zug legte sich um seinen Mund. Er stand auf und schlang die Arme um meine Taille. »Manchmal bin ich mir nicht sicher, ob das alles schon Vergangenheit ist. Jetzt spricht Dad ja nicht mehr viel von ihr, aber als ich kleiner war … Er hat mir oft erzählt, wie viel Streit meine Mutter mit ihren Eltern hatte. Wie sehr sie noch in dieser alten Welt gefangen waren. Und jetzt …« Er hob den Kopf und sah zum Haus hinüber. »Ich weiß nicht, ob ihn Renwick glücklich macht. Manchmal glaube ich, er erhält es nur, damit ich es eines Tages erben kann.« Er schnaubte. »Vielleicht würde er uns beiden einen Gefallen tun, wenn er den alten Kasten einfach verkaufen würde.«

Ich legte die Hand in seinen Nacken und er schaute mich an.

»Das kann nicht er entscheiden«, flüsterte ich. »Es ist dein Erbe. Und bis du weißt, ob es *dich* glücklich macht, wird er es behalten.«

Ben atmete tief ein. »Ich wusste es ja immer. Du machst dir wirklich viele Gedanken.« Als ich nur den Kopf schüttelte, fing er an zu grinsen. »Und du hast in noch einem Punkt recht. Vor hundert Jahren wäre es ein Skandal gewesen, wenn ich mich mit dir eingelassen hätte.«

»Mit mir niederen Bürgerlichen«, warf ich trocken ein.

Er lachte und zog mich näher an sich. »An solchen Beziehungen sind ganze Königreiche beinahe zugrunde gegangen.«

Ich stellte mich auf die Zehenspitzen und küsste ihn. »Da bin ich ja bloß froh, dass wir heute keine diplomatischen Krisen mehr auslösen.«

W as ist?«

Ich atmete tief ein und mein Rücken drückte sich an Bens Brust. Wir saßen auf einem Stück Wiese hoch über dem Tal und sahen den Wolken zu, wie sie über Rosley hinwegzogen. Es war beinahe Mittag, und die Sonne schien kräftig, aber um nichts in der Welt hätte ich mich aus Bens Umarmung lösen wollen. Doch dass meine Gedanken schon seit einer Weile nicht mehr hier bei ihm waren, hatte er wohl gemerkt.

Ich fing wieder an, mit dem Zeigefinger Kreise auf seinen Unterarm zu malen. »Eine Woche noch«, sagte ich leise.

Er schlang seine Arme enger um mich und lehnte sein Kinn auf meine Schulter, sodass unsere Wangen aneinander lagen. Ich hörte ihn schlucken.

»Es gibt Ferien«, flüsterte er.

Ja, das stimmte. Herbstferien und Winterferien, Osterferien und dann wieder Sommerferien. Etwas in mir zog sich zusammen. Es war ein Schmerz, den ich gut kannte. Ich hatte ihn schon gefühlt, bevor Ben und ich uns zum ersten Mal geküsst hatten, bevor wir uns überhaupt richtig kannten. Er war gewachsen mit jedem Tag hier in den Lakes. Nein, eigentlich hatte er sich gewandelt: von einem leisen Bedauern zu einer eigentümlichen Trauer bei dem Gedanken daran, dass ich bald wieder in Deutschland sein würde, nicht umgeben von schroffen Hängen und sanften Tälern, sondern von Häuserschluchten und Asphalt. Und seit Ben und ich zusammen waren, war aus der Trauer etwas anderes geworden – ein Aufbegehren, die tägliche Frage: Warum nicht?

Doch ich konnte den Gedanken nicht aussprechen, nicht solange ich keine Antwort darauf gefunden hatte. Solange ich nicht wusste, ob es Antworten darauf gab.

Meine Finger gruben sich in seine Arme und zogen sie enger um mich, zugleich drehte ich meinen Kopf zu ihm, sodass ich ihn ansehen konnte. Seine Haare waren wirr und strähnig wie immer, wenn wir lange in den Bergen unterwegs waren, seine gebräunte Haut schimmerte.

Während wir uns küssten, trat alles andere in den Hintergrund. Ich wollte nur hier sein, bei ihm, und den Sommer noch nicht zu Ende gehen lassen. Seine Fingerspitzen strichen über meine Schläfen, meinen Hals, meine Schultern, als wolle er sich einprägen, wie ich mich anfühlte – so wie ich es in den letzten Wochen tausendmal gemacht hatte. Ich wollte mich an alles erinnern, an jeden Moment, an jede Berührung.

Nach einer Weile atmete er bedauernd aus und lehnte sich ein bisschen zurück. »Wenn du um eins da sein willst, müssen wir uns beeilen.«

»Was?« Erschrocken machte ich mich von ihm los und kramte nach meinem Handy. Verflixt, schon so spät. Ich war mit Grayson und den anderen im Nook verabredet und es lag noch ein gutes Stück Fußmarsch vor uns.

Wir rafften unser Zeug zusammen und Ben zog mich auf die Füße. »Na los, ich bringe dich noch.«

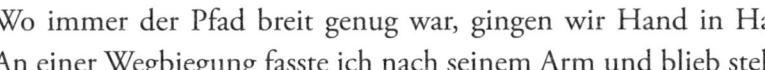

Wo immer der Pfad breit genug war, gingen wir Hand in Hand. An einer Wegbiegung fasste ich nach seinem Arm und blieb stehen. »Warte.«

Wir waren fast an der Stelle, wo der Pfad einen Knick machte und dann ziemlich geradlinig nach Rosley führte, aber genau hier bot sich uns ein letzter Blick in alle Himmelsrichtungen. Im Westen lagen der Ort und der See, weiß und blau unter dem hohen Himmel, im Südosten öffnete sich der Asby Fell, wild und weit. Direkt vor uns im Tal genoss Gracies Herde die Mittagssonne, die Ponys dösten am Rand eines Wäldchens. Über uns kreiste ein Habicht, und was immer dieser Sommer in Zukunft für mich sein würde – eine Erinnerung oder der Beginn einer neuen Geschichte –, dieser Moment würde bleiben. In diesem Moment war ich Fels und Gras, Wind und Wasser, ich war Teil dieser Hügel, so wie die Hügel Teil von mir waren. Bens und mein Arm berührten sich, wir standen regungslos, während die Stille meinen Herzschlag besänftigte. Ich konnte nicht mehr traurig sein oder mich fürchten vor dem Abschied. Ich hatte gefunden, was ich gesucht hatte.

Mein kleiner Finger streifte Bens Hand, aber er reagierte nicht auf die Bewegung. Erst jetzt merkte ich, wie angespannt er war. Ich suchte seinen Blick, doch er hatte die Stirn gerunzelt und die Augen starr auf eine Stelle halb links von uns gerichtet. Ich wandte den Kopf, und nachdem ich ein-, zweimal geblinzelt hatte, erkannte ich es auch: Eine Frau und ein Mann – Wandertouristen wahrscheinlich, sie trugen Trekkingstiefel und kurze Hosen – hatten sich aus dem Schatten des Wäldchens geschält und stapften auf die Herde zu. Gracie und Della hatten sich ihnen aufmerksam zugewandt, hielten aber Abstand. Viv, die Schimmelstute, trat ein paar Schritte auf das Paar zu.

Im nächsten Moment kapierte ich auch, warum. Die Frau hatte den Arm ausgestreckt und hielt etwas auf ihrer Handfläche.

Ben stieß einen Fluch aus. »Warum können diese Vollpfosten nicht ...?« Er drehte sich halb zu mir. »Sorry, ich muss dahin. Sehen wir uns nachher in ...?«

Er brach ab, denn ich war schon halb auf dem Trampelpfad, der ins Tal hinunterführte. »Ich komme mit. Die anderen müssen eben warten.«

»Okay.« So nüchtern er klang, ich konnte sehen, wie trotz seines Ärgers ein Lächeln auf seinen Lippen lag. Dann war er an mir vorbei, und ich machte, dass ich hinterherkam.

***

Nach ein paar Minuten hatten wir das Pärchen und die Herde erreicht. Mittlerweile waren die beiden von Ponys umringt, Viv, ihr kleiner Hengst und drei Jährlinge ließen sich Happen zustecken. Die anderen Stuten hielten Abstand, aber Gracie wirkte extrem nervös. Sie schien erleichtert, als sie Ben entdeckte.

»Hallo?« Wir hatten unser Tempo verringert, um die Ponys nicht zu verunsichern, und Ben versuchte, seine Stimme ruhig zu halten. Die beiden Wanderer hörten seinen Ärger vielleicht nicht, ich allerdings schon. »He! Würden Sie das bitte lassen?

Jetzt waren auch die Frau und der Mann auf uns aufmerksam geworden. Sie drehten sich um, der Mann mit dem Smartphone in der Hand. Beide lachten und waren ganz entzückt, aber ihre Begeisterung wich Verwirrung, dann Verunsicherung.

»Hören Sie bitte auf, die Ponys zu füttern!«

Der Mann deutete auf die Herde. »Wieso das denn? Es schmeckt ihnen doch.«

Einer der Jährlinge, dem der Saft eines Apfels noch aus dem Maul tropfte, hatte an den Taschen der Frau geschnuppert und war anscheinend nicht fündig geworden. Er stupste sie an, doch sie beachtete ihn nicht. Mit etwas mehr Nachdruck legte er nach, sodass sie das Gleichgewicht verlor und zwei Schritte zurücktreten musste.

»He!«, protestierte sie.

»Deswegen!« Ben deutete auf die Frau. »Die Ponys halten normalerweise Abstand. Aber wenn sie lernen, dass es bei Menschen etwas zu holen gibt, dann fordern sie es ein. Und selbst der kleine Kerl da ist stärker als Sie!« Die Frau rieb sich den Oberarm, wo der Hengst – Declan, glaubte ich – sie angerempelt hatte. »Und dann beschweren Sie sich, dass die Ponys aufdringlich werden.«

»Ich hab doch gar nichts gesagt!« Die Frau guckte finster.

Ben atmete tief ein. Ich konnte ihn verstehen, es war wirklich nicht einfach, ruhig zu bleiben.

»Sie nicht«, presste er hervor. »Aber der Nächste vielleicht.«

»Grayson hat gesagt, die Ponys sind ganz brav«, verteidigte sie sich wieder.

Einen winzigen Moment herrschte Schweigen. Ben wurde blass. »Grayson, ja? Hat er Sie hier heraufgeführt?« Er wartete nicht auf eine Antwort, sondern ätzte: »Was jemand anders über meine Ponys sagt, ist mir egal. Sie stecken ihnen irgendwelches Zeug zu und machen sich keine Gedanken darüber, ob die Ponys davon krank werden.«

»Das bisschen Brot und Obst …«, wiegelte der Mann ab.

»Es reicht mir jetzt! Verschwinden Sie! Wissen Sie, was frisches Brot im Darm eines Pferdes anrichten kann?«

Ben ging einen Schritt auf den Mann zu, und ich erwischte ihn gerade noch am Arm, sonst wäre er vielleicht auf ihn losgegangen. Dabei filmte der Typ immer noch, das fiel mir jetzt erst auf.

»Das ist echt ein Witz …«, beschwerte sich die Frau, während sie sich umdrehte und davonstapfte.

»Du hast sie ja nicht mehr alle«, schimpfte der Mann, aber er trat ebenfalls den Rückzug an.

Ben war sofort wieder bei den Ponys. Er blockte Declans Weg, der schon Anstalten machte, den beiden zu folgen, und suchte Gracies Blick. Ich sah nicht genau, was zwischen den beiden ablief, aber sie stieß einen tiefen Ton aus und wendete. Nur Sekunden später waren sowohl Ash als auch Maddox an ihrer Seite, gleich darauf folgten die anderen Stuten mit ihrem Nachwuchs. Molly schnaubte, woraufhin Declans Ohr nach hinten zuckte und er abdrehte. Gemeinsam zockelte die Herde von dannen.

»Hey.« Ich streckte den Arm aus. Unter meiner Hand fühlte sich Bens Schulter ganz hart an.

Er reagierte nicht auf mich. Mit Gewittermiene stapfte er an mir vorbei, so schnell, dass ich kaum folgen konnte. Erst als wir auf dem Pfad waren, hielt ich wieder mit ihm Schritt. Er war wütend und machte sich Sorgen um seine Ponys, klar. Das war aber auch der einzige Grund, warum ich es schluckte, dass er mich komplett ignorierte.

»Was hast du vor?«, fragte ich trotzdem, als die ersten Häuser von Rosley schon in Sicht kamen.

Vielleicht dachte er wirklich erst jetzt wieder daran, dass ich auch noch da war, vielleicht wurde ihm bewusst, dass er beinahe rannte, jedenfalls holte er Luft und wartete, bis ich hinter ihm eine schmale Stelle passiert hatte und wieder an seiner Seite war. »Ich will mit Grayson reden. Das muss aufhören.«

Ich blieb stehen. »Ben.« Er ging weiter. »Ben! Doch nicht so! Du blaffst ihn an, ihr streitet euch und was ist dann gewonnen?«

Er wandte sich zu mir um und warf mir einen mörderischen Blick zu, aber als ich nur die Arme verschränkte, zuckten seine Mundwinkel. »Was?«

»Geh zurück zur Herde, da bist du besser aufgehoben. Ich rede mit Grayson. Und wenn du dich beruhigt hast, kannst du ihm ja selber noch mal erklären, was das Problem ist.«

Er drehte sich weg und fuhr sich mit beiden Händen durch die Haare, dann schaute er mich an. »Okay. Meinetwegen. Sag ihm, dass er den Leuten verklickern soll, wie viele Ponys jedes Jahr durch so was sterben.«

Ich nickte, auch wenn das ja höchstens einen Teil des Problems lösen konnte. Aber Ben wirkte so aufgewühlt, dass ich mir diese Anmerkung sparte. Mit großen Schritten kam er zu mir und umarmte mich.

»Du hast recht«, sagte er leise. »Ich melde mich nachher, wenn ich sicher bin, dass es ihnen gut geht.«

Ich sah ihm nach, bis er hinter einer hohen Hecke verschwunden war. Dann wandte ich mich seufzend Richtung Rosley.

Ich schreckte auf, weil mir etwas ins Gesicht blinkte. Mühsam blinzelte ich zum Fenster, aber die Vorhänge waren ganz zugezogen und nur an den Seiten rieselte ein wenig morgengraues Licht herein. Eine Vierteldrehung meines Kopfes brachte die Lösung: Das Display meines Handys wurde gerade wieder dunkel. Ein Auge geschlossen, das andere nur notdürftig geöffnet, tastete ich ungeschickt nach dem Smartphone und hielt es mir unter die Nase.

Vier verpasste Anrufe von Ben.

Um 5:23 Uhr.

Plötzlich hellwach, entsperrte ich das Display und rief seine Nummer auf.

»Val, kannst du zum Ivegill Beck kommen?«, sagte er nach dem dritten Klingeln. »Dahin, wo er einen Knick nach Osten macht? Und bring ein Halfter und einen Strick mit.«

Er wartete meine Antwort nicht ab, sondern beendete das Gespräch, aber ich war schon aus dem Bett. Auch ohne eine Erklärung wusste ich, dass eins der Ponys in Schwierigkeiten war.

Einen Moment stand ich schwankend da und versuchte, mich zu orientieren, dann huschte ich ins Bad für die dringenden Dinge und zerrte mir auf dem Rückweg das Schlafshirt über den Kopf. Unterwäsche, Oberteil, Hose, Socken. Handy. Schnell eine Nachricht auf einen Zettel gekritzelt, den ich unten auf den Küchentisch legen wollte. Laini und Silas waren längst im Stall, aber jede Erklärung hätte Zeit gekostet. Zeit, die ich nicht hatte.

An der Haustür zögerte ich noch einmal, holte Wasser, Kekse und Obst aus der Speisekammer, dann schlüpfte ich aus dem Haus.

Ich brauchte zwanzig Minuten für einen Weg von knapp einer halben Stunde. Für Ben musste es sich trotzdem angefühlt haben wie eine Ewigkeit. Er sah mich aus einem schmalen, blassen Gesicht an, dann richtete er seine Aufmerksamkeit wieder auf Viv.

Sie hatte eine Kolik, das erkannte ich auf den ersten Blick. Ihre Flanken zitterten, sie schwitzte, ihre Augen waren stumpf, und immer wieder versuchte sie, mit einem Hinterhuf gegen ihren Bauch zu treten. Darmkrämpfe.

»Wie lang ist sie schon so?«, fragte ich leise, als ich die letzten Meter hinter mich brachte. War er überhaupt schlafen gegangen? Oder hatte ihn sein Instinkt schon am Abend zurück zur Herde getrieben?

»Keine Ahnung. Bin seit halb fünf hier. Da ging es ihr schon schlecht.« Ben strich Viv über den Hals und trieb sie weiter an, während er ihr das Halfter über den Kopf zog.

»Hast du den Tierarzt gerufen?«

Er schnaubte. »Der kommt am Wochenende garantiert nicht auf die Fells. Nicht wegen einer Kolik.«

Viv nahm mich kaum wahr, so sehr war sie in ihrem Schmerz gefangen, trotzdem hielt ich ihr vorsichtig die Hand hin, bevor ich mich zwischen Ben und sie schob. Die kleine Fern klebte verängstigt an Vivs Seite, ich sah sie erst jetzt.

Ich drückte Ben den Rucksack in die Arme. »Ruh dich aus und trink was. Ich übernehme.«

»Val …« Seine Stimme kippte, aber auch wenn sich mein Herz zusammenkrampfte, schüttelte ich nur den Kopf.

»Sie wird nicht sterben.«

Ich streckte die Hand aus und strich ihm über die Wange. Er hielt sie fest und drückte einen Kuss auf die Innenfläche.

»Danke, dass du gekommen bist.«

»Immer.«

Rückwärts ging er von uns weg, langsam, sodass er bei jeder kleinsten Reaktion hätte zurückkommen können, doch Viv schien kaum zu bemerken, dass nun ich neben ihr lief. Während Ben sich in der Nähe der kleinen Baumgruppe am Bach auf einen umgestürzten Stamm setzte, führte ich Viv in großen Runden über die Wiese. Gracie beobachtete uns, richtete dann wieder ihre Aufmerksamkeit auf die Umgebung. Der Rest der Stuten kümmerte sich um die Jungtiere. Es war, als würden sie sie von Viv ablenken wollen und damit gleichzeitig Viv Ruhe verschaffen und die Anspannung der Herde lindern.

Mit dem Handrücken wischte ich mir über die Oberlippe. Mein T-Shirt klebte mir am Rücken, aber das kam nicht nur von dem irren Tempo, in dem ich auf den Fell gerast war. Obwohl es noch so früh war, lastete die Luft schwer auf den Hügeln. Die Schwüle ließ mir den Schweiß am Haaransatz und unter den Achseln prickeln.

»Kolikwetter« hatte meine erste Reitlehrerin das immer genannt. Sie hatte uns angewiesen, darauf zu achten, dass die Pferde genug tranken.

Doch für Viv kam dieser Ratschlag zu spät. Und ich glaubte auch nicht, dass es am Wassermangel lag, dass sie nun wie betäubt neben mir herwankte. Das Brot, vielleicht ein Stück Schokolade, das uns das Paar gestern verschwiegen hatte – Bens schlimmste Befürchtungen waren wahr geworden.

Nein, nicht seine schlimmsten. Als mein Blick auf ihn fiel, wie er mit hängenden Schultern am Bach saß, straffte ich meinen Rücken. Noch durften wir Viv nicht aufgeben. Wir mussten dafür sorgen, dass sie in Bewegung blieb, und wenn wir Glück hatten, setzte ihre Darmtätigkeit wieder ein. Fern machte ein paar Hüpfer von Viv weg, kam aber sofort zurück, als Viv sie nicht beachtete. Ich konnte die Verwirrung der kleinen Stute nur zu gut verstehen.

In die Herde schien ein bisschen Ruhe einzukehren. Vielleicht entspannte es die Ponys, dass sie Verantwortung abgeben durften. Vielleicht aber – und das war meine Hoffnung – spürten sie, dass es Viv langsam besser ging. Noch sah ich keine Veränderung an ihr, doch Pferde hatten so viel feinere Antennen. Sie nahmen etwas wahr, was meinen stumpfen Sinnen entging.

Möglicherweise war dieser Gedanke der Grund, warum ich falsch reagierte, als es ernst wurde. Vivs Schritte wurden kurz zögerlich, dann blieb sie stehen. Die entscheidenden zwei Sekunden jubelte ich innerlich, weil ich sie schon äpfeln sah, aber dann durchschnitt ein scharfes »Val!« die Stille auf dem Fell.

Noch bevor ich Bens Mahnung registrierte, erkannte ich meinen Irrtum: Viv legte sich hin. Meine Aufforderungen weiterzugehen kamen zu spät, seufzend rollte sie sich auf die Seite.

»Nein! Nein, nein, nein«, wimmerte ich, während ich um sie herumlief und versuchte, sie zum Aufstehen zu bringen.

Schon war Ben bei uns.

»Tut mir leid«, flüsterte ich immer wieder, bis ich merkte, dass mir die Tränen über die Wangen liefen, und mir auf die Lippe biss. Ben schien mich sowieso nicht zu hören.

Er zog Vivs Augenlider hoch, hob ihren Kopf an, strich über ihren Bauch, stemmte sich gegen ihr Hinterteil – nichts half. Viv blieb mit ausgestreckten Beinen liegen.

»Wir müssen sie wenigstens dazu bringen, die Beine unter sich zu ziehen«, presste er durch zusammengebissene Zähne hervor.

Endlich hatte ich mich wieder im Griff. »Sag mir, was ich tun soll.«

Ben sah mir ins Gesicht. »Lass uns die Plätze tauschen.« Während wir im Uhrzeigersinn um Viv herumgingen, erklärte er: »Du nimmst ihren Kopf und drückst ihren Hals nach oben und ich lehne mich gegen ihren Rumpf. Vielleicht schaffen wir es zu zweit.«

Ich nickte und ging in die Hocke. Auf Bens Zeichen legte ich erst die Hände, dann die Arme unter Vivs Kopf und Hals. Er hatte sich mit dem Rücken zu ihr gesetzt und die Füße fest in die Erde gestemmt. Dann sagte er »Jetzt!« und wir fingen an zu schieben.

Viv ächzte leise, als ich sie immer wieder bat, ihren Hals zu heben. Ich zerrte und zog, Bens Fersen gruben sich immer tiefer in den Boden, doch Viv schien sich keinen Millimeter zu rühren. Ununterbrochen redete ich auf sie ein – was genau ich ihr erzählte, merkte ich kaum, vielleicht dass Fern sie brauchte, vielleicht dass selbst die leckerste Schokolade es nicht wert war, dafür zu sterben –, aber nach ein paar Minuten schien sie mein Gebrabbel so satt zu haben, dass ihre Augen klarer wurden. Ein Ruck ging durch ihren Körper, der Ben und mich kalt erwischte, doch wir fingen uns schnell und lehnten uns mit unserem gesamten Gewicht gegen sie.

Es half. Viv rollte sich von der Seite auf den Bauch, sodass sie nun die Beine unter sich hatte.

»Schnell jetzt«, sagte Ben. »Gib mir den Strick.«

Eine halbe Sekunde brauchte ich, bis ich kapierte, was er von mir wollte, dann klickte ich den Führstrick aus dem Halfter und legte ihn in seine ausgestreckte Hand.

»Ich schlinge ihn ihr um das Hinterteil und dann müssen wir beide gleichzeitig ziehen, verstanden?«

Ich nickte, aber er war schon am Werk. Im nächsten Moment hatte ich ein Ende des Stricks in der Hand und beim folgenden »Jetzt!« war ich auf Vivs linker Seite, packte das Halfter und zog am Strick.

Viv legte die Ohren an, besonders erfreut schien sie über die Behandlung nicht zu sein, doch allein dass sie eine Reaktion zeigte, hob meine Stimmung. Ich fing Bens Blick auf, und noch einmal zogen wir, bis der Strick plötzlich nachgab. Viv stemmte sich auf die Füße.

Kaum war ich einen Schritt zurückgetreten, stand sie auch schon. Ich fühlte, wie sich ein Grinsen auf meinem Gesicht ausbreitete.

»Nicht nachdenken, lauf los«, wies mich Ben an, und ich packte das Halfter fester und gab Viv keine Zeit zu überlegen. Wir zockelten los. Fern heftete sich sofort an Vivs andere Seite.

Ben hatte rote Flecken im Gesicht, als ich die beiden an ihm vorbeiführte, und er betrachtete Viv mit einem Ausdruck, der meine Knie weich werden ließ. Gut, vielleicht lag das auch an der Anstrengung, letztlich spielte es auch keine Rolle: Denn kaum waren wir drei Runden gelaufen, wurde Vivs Schritt zögerlicher. Als ich einen Blick über die Schulter warf, hatte sie den Schweif schon gehoben und erste Ballen purzelten auf den Boden. Ich konnte gerade noch verhindern, dass ich laut quietschte. Noch nie hatte ich einem Pferd so begeistert beim Kacken zugesehen.

Ben ließ den Kopf hängen und stützte die Hände auf den Knien ab. Als wir auf ihn zuliefen, sah er hoch und … strahlte. Es war das einzige Wort, das mir einfiel. Er strahlte von innen, aber mehr Zeit hatte ich auch nicht, über seinen Gesichtsausdruck nachzudenken, denn er streckte die Hände nach mir aus und küsste mich.

Der Moment dauerte nicht lang. Viel zu bald ließ er mich los und fing an, Viv zu streicheln und ihr undeutliche Koseworte zuzugurren.

Grinsend trat ich zurück und ließ die beiden allein. Da konnte ich mich ja glücklich schätzen, dass er mich zuerst geküsst hatte.

Wir saßen auf dem Baumstamm am Bach und sahen zu, wie sich die Herde sammelte. Viv streifte eine Weile ziellos umher, als wüsste sie noch nichts mit sich anzufangen, aber bald suchte Fella ihre Nähe, und die beiden begannen, sich das Fell zu kraulen. Fern traute sich wieder, mit den anderen Fohlen zu spielen.

Schließlich schien auch Gracie das Gefühl zu haben, dass alles beim Alten war. Viv hatte noch einmal geäpfelt und bald danach angefangen zu fressen, und ich merkte, dass Bens Anspannung nachließ. Ich hatte den Arm um ihn gelegt und die andere Hand mit seiner verschränkt, und während sein Atem tiefer wurde, strich mein Daumen sanft über seine Fingerknöchel.

Irgendwann drehte er den Kopf und drückte mir einen Kuss auf die Schläfe. »Wenn du so weitermachst, schlafe ich ein.«

Ich lehnte meine Stirn an seine. »Das würde nichts schaden, oder? Hast du dich heute Nacht überhaupt hingelegt?«

»Ein paar Stunden schon.«

Der Wind trug seine Stimme davon, nur das Rascheln im Gras blieb zurück, das leise Gurgeln des Wassers, während es sich seinen Weg ins Tal suchte, das zufriedene Schnauben der Ponys. Die drückende Wolkendecke hatte sich aufgelöst, jetzt schien die Sonne zwischen lockeren Schäfchenwolken. Wir aßen den Rest unseres Proviants, und als die Herde höher hinauf in die Berge zog, standen wir auf.

Ben hielt mir die Hand hin. »Ich bringe dich nach Hause.« Er gähnte. »Und dann muss ich wirklich schlafen.«

Ich schlang die Arme um ihn und atmete seinen Geruch ein. »Wir könnten auch bei dir schlafen«, murmelte ich an seiner Schulter.

Er zog mich näher an sich. »Könnten wir. Aber Silas und Laini wissen doch sicher nicht, wo du bist, oder?«

»Boah, bist du vernünftig.« Ich sah ihn an. »Ich habe ihnen einen Zettel geschrieben. Außerdem ist Silas nicht mein Vater.«

Ben lächelte verhalten und rieb mit dem Daumen über meine Wange, vermutlich, um einen der vielen Dreckstriemen in meinem Gesicht wegzuwischen. »Ich muss noch was erledigen.«

»Und da kann ich nicht mit?«

Er schüttelte den Kopf. Prüfend sah ich ihn an, aber er sagte nichts mehr. Also löste ich mich seufzend von ihm.

»Na, dann komm, mein mysteriöser Freund. Geleite mich nach Hause.«

❧

Doch so weit kamen wir nicht. Auf halbem Weg zur Farm trafen wir Grayson und eine Truppe Touristen. Er ging mit Dylan voraus, dahinter folgten Sue, Dash und Cory im Gänsemarsch, jeweils mit einem stolz grinsenden Menschlein im Schlepptau. Bens Griff um meine Hand wurde fester.

Ich hatte gestern mit Grayson gesprochen und war nur halb zufrieden mit seiner Reaktion gewesen, aber jetzt schoss er den Vogel ab. Bevor wir etwas sagen konnten, hob er eine Augenbraue und meinte: »Na, für ein Schäferstündchen ist es ganz schön früh.«

Das gab Ben den Rest. Er ließ mich los und stürmte auf Grayson zu. Dylan wich schnaubend zurück.

»Ben!«, versuchte ich noch dazwischenzugehen, doch er ignorierte mich.

»Du hast Nerven«, zischte er. »Bringst diese Leute hier hoch und reißt noch Witze darüber! Halt deine Touris von meiner Herde fern!«

Die zwei Frauen und der Mann hinter Grayson guckten verunsichert, und auch Grayson gefror kurz das Grinsen im Gesicht, bevor seine Miene finster wurde und er sich groß aufrichtete. Wie gelähmt stand ich in dem Pulk aus Menschen und Ponys und sah nur zu. Es war, als würden gleich zwei Düsenjets aufeinanderprallen.

»Vielleicht ist es dir ja entgangen, *Aldringham*«, Grayson betonte Bens Namen mit kalter Genugtuung, »aber die Fells gehören dir nicht allein. Selbst wenn ich niemanden hier hochbringe, gibt es genug Leute, die sich nicht vorher deinen Segen abholen.«

258

»Aber von denen kommt hoffentlich keiner auf die Idee, die Ponys zu füttern.« Ben deutete auf den kleinen Treck, der die Auseinandersetzung immer alarmierter beobachtete. »Schau sie dir doch an! Keine Ahnung, aber wenn sie sich einen halben Tag von einem Pony durch die Gegend ziehen haben lassen, fühlen sie sich wie die großen Pferdeexperten. Die Ponys sind nicht zum Kuscheln da!«

»Und das entscheidest du, ja?« Grayson hatte seine kühle Überlegenheit verloren. Er trat einen Schritt auf Ben zu und zerrte ihn ein Stück zur Seite, sodass Dylan zwischen den Jungs und den Touristen stand. Wenn er sich davon mehr Privatsphäre versprach, musste ich ihn enttäuschen: Man verstand jedes Wort. »Vielleicht ist dir das ja nicht klar, aber nicht alle von uns werden mit einem goldenen Löffel im Mund geboren. Manche müssen sogar arbeiten! Und jetzt geh mir aus dem Weg, du machst mir das Geschäft kaputt.«

Ben holte Luft für eine scharfe Antwort, doch ich hatte genug. Die Ponys trippelten unruhig auf der Stelle, eine der Frauen achtete gar nicht mehr darauf, dass Dash sie immer weiter vom Pfad wegzerrte und zu grasen begonnen hatte. Ich trat nach vorn und quetschte mich zwischen die Jungs.

»Schluss jetzt! Klärt das, wenn ihr euch beruhigt habt. Ben, verschwinde. Und Grayson – erklär den Leuten, dass man die Ponys nicht füttern darf. Wir haben seit dem Morgengrauen eine Kolik in Bens Herde behandelt.«

Für einen Augenblick verschwand der Ärger aus Graysons Gesicht. Erschrocken suchte er Bens Blick, dann verhärtete sich sein Ausdruck wieder. »Das ist scheiße, ja, aber so was passiert. Wieso sollte ich was damit zu tun haben?«

Wieder schnappte Ben nach Luft und ging auf Grayson los, aber ich drängte ihn ab. »Ich sagte, verschwinde! Das bringt doch nichts hier. Beruhige dich erst mal.«

Ben schaute mich an, als hätte er mich noch nie gesehen, aber das war mir in dem Moment egal. Mit einem letzten lodernden Blick in Graysons Richtung drehte er sich um und stapfte davon. Ich sah ihm nach und ballte die Fäuste, dann drehte ich mich zu Grayson.

»Und du mach deine Runde fertig. Danach kannst du dich ja vielleicht melden, wenn es dich interessiert, was vorhin passiert ist.«

Verdutzt betrachtete Grayson mich, doch ich hatte genug von den beiden. Immer dieser Streit, diese Aggressivität. Mit einem knappen Gruß in die Richtung der Touris wandte ich mich ab und zwängte mich durch die Farnwedel, die neben dem Weg wuchsen. Meine Müdigkeit war verschwunden. Ich brauchte dringend Bewegung.

Den ganzen Tag hörte ich nichts von Ben, aber ich meldete mich auch nicht bei ihm. Laini warf mir immer wieder besorgte Blicke zu, Silas runzelte wahlweise die Stirn oder schmunzelte, wenn er mich sah.

Am späten Nachmittag kam ein zerknirschter Grayson angekrochen.

»Ist mit dem Pony alles in Ordnung?«, war das Erste, was er fragte, als er mich auf der Bank vor der Küche entdeckte. Das Buch, das ich mitgebracht hatte, lag schon seit einer halben Stunde unbeachtet neben mir.

Ich nickte und legte das Buch auf die andere Seite, damit er sich setzen konnte. »Denke schon. Es war ziemlich übel, aber ich glaube, Viv ist über den Berg.«

Grayson ließ sich auf die Bank fallen. »Der Schimmel?«

Wieder nickte ich.

»Komisch ist es schon. Die Nightingford-Herde ist unverwüstlich, den Ruf hat sie schon seit Jahren. Man hat nie gehört, dass eins

260

der Ponys krank wäre.« Grayson verzog den Mund und richtete den Blick auf den Hügel gegenüber der Farm.

Ich sah ihn aus dem Augenwinkel an. »Wir haben gestern ein Pärchen dabei erwischt, wie es Viv und ein paar der Jährlinge Futter zugesteckt hat. Brot und Obst, haben sie behauptet, aber ...«

»... man weiß ja nie«, vollendete Grayson meinen Satz. Er schnaufte.

»Als Ben sie zur Rede gestellt hat, meinten sie, du hättest gesagt, die Ponys wären freundlich. Hast du vielleicht auch, aber ich vermute, das war nicht als Aufforderung zum Füttern gedacht.« Ich zupfte am Saum meiner Shorts.

Grayson rieb sich übers Gesicht. »Und ich hab gestern deswegen auch noch so einen dummen Spruch gerissen.«

Ich brummte zustimmend, sparte mir aber einen Kommentar.

»Okay, verstehe.« Er schwieg einen Moment. »Ich verstehe wirklich, dass ihn das fertigmacht. So was wie mit der Schimmelstute sollte nie passieren, das wünsche ich keinem. Aber ich weiß nicht, wie er sich das vorstellt! Wenn ich niemanden mehr mit auf die Fells nehme, dann macht es jemand anders. Oder die Leute gehen allein. Solange er die Herde da oben hat, setzt er sie diesem Risiko aus. Es ist seine Entscheidung. Deswegen kann ich meinen Job nicht aufgeben.«

»Ich weiß.« Ich zuckte mit den Schultern. »Und er sicher auch. Aber ...«

»... manche Menschen sind einfach so bescheuert.«

»Ja, leider.« Ich seufzte.

»Ich sage es meinen Kunden, okay?« Grayson sah mich an. »Nicht nur, dass sie keine Ponys füttern sollen, sondern auch, was passieren kann. Aber ob es hilft, kann ich nicht versprechen.«

Ich nickte. »Danke.« Dann drehte ich mich halb zu ihm und setzte einen gespielt strengen Blick auf. »Und du musst dich mit Ben aussprechen.«

Er verdrehte die Augen und schaute weg. »Das brauchst du ja wohl nicht mir zu sagen.«

»Ihm sag ich's auch noch.«

»Kein Zweifel.« Grayson grinste. »Das hat er bestimmt auch schon seit einer Weile nicht mehr erlebt, dass ihm ein Mädchen so die Meinung geigt. Entweder er macht Schluss mit dir oder er findet es scharf.«

Überrascht lachte ich auf. »Du bist doof.« Immer noch grinsend stand ich auf und schnappte mir die Cap, die neben mir auf der Bank lag.

»Wo gehen wir hin?«, fragte Grayson und stemmte sich ebenfalls hoch.

»Wo du hingehst, weiß ich nicht, aber ich gehe jetzt meine Beziehung retten.«

Er schnaubte. »Hatte schon charmantere Rauswürfe.« Er hob eine Hand und wandte sich dem Tor zu. Nach ein paar Schritten drehte er sich noch mal um. »Bitte erspar mir später die schmutzigen Details.«

Gespielt empört warf ich die Kappe nach ihm, doch dank ihrer mangelhaften Flugeigenschaften landete sie meterweit von ihm entfernt im Gras. Grinsend winkte er mir zu, hatte aber den Anstand, mir die Cap zurückzuwerfen.

Ich winkte ebenfalls und machte mich auf den Weg in die Berge.

* * *

Golden lag das Abendlicht auf den Hängen und überzog alles mit einem fast unwirklichen Schimmer. Unten im Tal sammelten sich schon blaue Schatten wie Regenwasser, doch hier auf dem Pfad wärmten die Sonnenstrahlen meine Waden.

Mein Ärger war vor Stunden schon verebbt, auch wenn ich immer noch fand, dass sich Ben unmöglich benommen hatte. Aber ich wollte unseren Streit nicht über Nacht zwischen uns stehen lassen, vor allem nicht nach den schlimmen Stunden mit Viv. Ich wollte nicht, dass sich Ben allein fühlte.

Die Abendwärme wusch die letzten Spuren meiner Wut davon, meine Schritte wurden leichter und meine Schultern locker. Die Luft roch nach Gras und Moos, nach Pferden, Erde und … nach Freiheit. Bei dem Gedanken musste ich grinsen und nach einem schnellen Rundumblick fing ich an zu rennen. Meine Füße suchten sich ihren Weg zwischen den Steinen auf dem Pfad, meine Beine spannten sich an und meine Arme schwangen an meiner Seite vor und zurück. Ich fühlte mich stark, auch wenn mein Herz heftig klopfte bei der Aussicht auf das Gespräch mit Ben. Diesmal konnte ich nicht einschätzen, wie er reagieren würde. Wäre er bockig? Abweisend? Würde er mir vorwerfen, dass ich nicht zu ihm gehalten hatte?

Ich drängte all diese Fragen in den Hintergrund. Gleich würde ich es erfahren. Aber diesen Moment brauchte ich für mich. Um mich zu spüren. Um meine Kraft zu spüren.

Als mir das Blut in den Ohren pochte und mein Atem in schnellen Stößen kam, wurde ich langsamer und hielt schließlich an. Tief sog ich die Luft ein, hielt mir die Haare im Nacken hoch, damit der Wind ihn kühlen konnte. Ich ließ den Blick schweifen, von den leuchtenden Hügeln vor mir durch das Tal bis hinunter zum See. Nirgends ein Mensch. Nur ein Habicht und ein paar Schafe. Alles meins. Dieser Moment. Dieser Anblick.

Was hatte ich für ein Glück.

Als ich weiterging und meinen Blick nach vorn richtete, blieb ich sofort wieder stehen. Ben sah mir entgegen. Er war vielleicht hundert Meter entfernt, aber weil sich der Weg an der Seite des Berges entlangschlängelte, der zwischen uns steil abfiel, trennte uns eine Schlucht. Wir standen eine Weile so da und schauten uns an. Irgendwann deutete Ben den Berg hinauf. Ich nickte. Natürlich wusste ich, was er meinte.

Wieder begann ich zu laufen. Ich wandte mich nach links, schob die Farnwedel am Rand des Pfads zur Seite und kletterte wie eine Ziege zwischen Geröll und Felsen hinauf auf das Plateau. Ich kam aus der Puste, aber das war mir egal.

Wir erreichten den Gipfel gleichzeitig, noch immer Dutzende Meter voneinander entfernt. Die Sonne schien ihm ins Gesicht, meines lag im Schatten, und für einen Moment wirkte er unsicher, weil er meinen Ausdruck nicht lesen konnte. Langsam setzten wir uns in Bewegung.

»Wolltest du zu mir?«, fragte ich, als er so nah war, dass ich nicht mehr schreien musste.

Seine Mundwinkel zuckten, er blieb stehen. »Hm. Eigentlich hab ich nachgesehen, wer da zu mir will.«

Ich nickte langsam. Es war wieder einer dieser Momente: Ich fühlte mich schüchtern und übermütig zugleich. Schüchtern, weil alles in mir zog und zerrte und zappelte, weil dieser Junge zu mir gehörte. Übermütig, weil ich mich selber albern fand mit meinem pochenden Herzen und meinen heißen Wangen.

Die Forschheit siegte. Ich trat einen Schritt vorwärts, dann lief ich auf ihn zu, und er hatte längst die Arme für mich ausgebreitet, als ich meine um seinen Hals schlang und begann, ihn zu küssen. Hatte ich vorsichtig sein wollen? Behutsam? Ich konnte mich nicht erinnern, es war auch unwichtig, denn Ben küsste mich genauso stürmisch.

Er war es, der den Kuss unterbrach und Abstand zwischen uns

brachte. Stumm betrachtete er mein Gesicht, dann flüsterte er: »Danke, dass du gekommen bist.«

Meine Finger glitten durch seine Haare. »Ich wollte nicht, dass das zwischen uns bleibt. Nicht nach allem, was heute passiert ist.«

Er zögerte kurz, dann rieb er seine Nasenspitze an meiner. »Das lassen wir nicht zu. Niemals. Bitte, versprich mir das.«

Wir standen auf diesem Berggipfel, eng umschlungen, um uns nur der Wind, und kratzten am Himmel, und ich wusste, dass dieser Moment eine Weggabelung war. Wir beide, alles andere kam danach.

»Ich versprech's«, gab ich zurück, und er nickte.

In diesem Moment hätten wir allein sein können auf der Welt, umgeben von Wildnis und Wolken. Wir blieben dort, bis die Sonne hinter den Horizont sank und der blaue Abend uns nach Hause rief.

25

»Wo bringst du mich hin?«

Ben lächelte geheimnisvoll, während wir am See entlang Richtung Rosley schlenderten. Es war ein wunderschöner Abend, viel zu malerisch für die Tatsache, dass ich in zwei Tagen nach Hause musste. In rosaroten und orangen Streifen ging die Sonne hinter dem Carrock unter und ließ das Wasser glitzern.

Seit er mich vor einer Stunde angerufen und mir gesagt hatte, ich solle mich in Schale werfen, weigerte sich Ben, mir zu verraten, wohin wir gingen. Er grinste wie eine Sphinx, und wäre es nicht Ben gewesen, hätte ich vermutet, dass er mich in ein Restaurant einladen wollte. Aber das passte so wenig zu ihm, dass ich den Gedanken schnell wieder verwarf. Andererseits trug er eine saubere Jeans und ein frisches T-Shirt, sodass wir – ich im langen Blümchenkleid – fast schon als adrett durchgingen.

Ben schien meine Ungeduld sehr zu amüsieren, die ganze Zeit, während wir Richtung Bell Close abbogen und uns nach links wandten, schmunzelte er in sich hinein.

Schließlich führte er mich zur Tür des Pack Horse. An den Tischen vor dem Pub saßen ein paar Leute bei einem Feierabendbier oder einer Mahlzeit, die in jedem Fall Pommes umfasste. Also doch ein Abendessen. Hm. Sosehr ich das Pack Horse mochte, es gab Lokale in Rosley, die eher einen romantischen Abend zu zweit versprachen.

Doch ich ließ mir nichts anmerken. Lächelnd trat ich an Ben vorbei in den großen Schankraum, wo sich die Bar über die komplette Länge des Raums erstreckte. Auch hier war einiges los.

Ben sagte noch immer nichts, als er mich durch die plaudernden Grüppchen schleuste und einen Nebenraum ansteuerte. Dort gab es Nischen, in denen größere und kleinere Tische standen. Jetzt schmunzelte ich. Also war es wahr: Ben Aldringham und ich hatten ein richtiges Date.

Doch ich hatte den Gedanken noch nicht fertiggedacht, als wir um eine letzte Ecke bogen und ein ganzer Chor rief: »Überraschung!«

Überrumpelt blieb ich stehen. Es waren alle da: Emmy und Grayson, Sarah, Dhani und Singh, Zach, sogar Laini und Silas, die mir vorhin auf Ellonby noch zum Abschied gewinkt hatten, hatten es geschafft, vor uns hier zu sein. Sie standen um einen großen Tisch herum, auf dem sich Fingerfood und Geschenke stapelten. Über dem Tisch hing ein selbst gemaltes Banner mit der Aufschrift »SEE YOU SOON«.

Ben griff nach meiner Hand, und ich drehte mich zu ihm um, und dann schluchzte ich so laut auf, dass alle anfingen zu lachen. Die nächsten Minuten waren ein Chaos aus Umarmungen, guten Wünschen, Schnappschüssen, Tränen, Küssen und Versprechungen. Mir zitterten die Knie, so überwältigt war ich von dieser Welle an Freundschaft und Herzlichkeit. Nach einer Weile drückte mir jemand ein Getränk in die Hand, und während Emmy Pläne schmiedete, was wir bei meinem nächsten Besuch alles unternehmen würden, sah ich hinter ihr Ben und Grayson reden. Die beiden hatten seit Vivs Kolik noch kein Wort gewechselt, aber dass Grayson jetzt sein Versprechen einhielt und sich mit Ben aussprach, ließ meine Augen gleich noch mal überlaufen. Emmy drückte mich mit einem lang gezogenen »Awwwwww« an sich, doch über ihre Schulter hinweg suchte ich die Blicke der Jungs und lächelte ihnen zu. Zittrig atmete ich ein und löste mich von Emmy.

»Danke«, sagte ich, laut genug, dass auch Ben und Grayson mich hörten, und das Wort umfasste nicht nur diesen Abend, nicht nur ihren Zuspruch und ihre Bereitschaft, sich zu vertragen, sondern den ganzen Sommer. Er kam mir vor wie ein einziger leuchtender Tag auf den Hügeln, und ich wusste, ich würde mich immer daran erinnern.

Als die Ersten begannen, sich einen Platz am Tisch zu sichern, huschte ich davon. Bestimmt sah ich aus wie ein Waschbär, und ich brauchte einen Moment, um mich zu sammeln. Kurz musste ich mich orientieren, aber Richard, der Barmann, fing meinen suchenden Blick auf und deutete in den hinteren Teil des Gebäudes. Dankbar lächelte ich ihm zu.

Die Toiletten des Pack Horse lagen im Treppenhaus auf einem Zwischengeschoss. Die Holztreppe war abgetreten und wurmstichig, so als würde sie noch aus den Anfangsjahren des Pubs im neunzehnten Jahrhundert stammen. Die Stufen knarrten unter jedem Schritt.

Vor dem Spiegel wischte ich mir die Wimperntuscheränder weg und kühlte meine Wangen. Von wegen ein romantisches Date – Ben war noch viel weiter aus sich herausgegangen und hatte mit den anderen eine Abschiedsparty organisiert. Bei dem Gedanken wallten die Tränen gleich wieder auf und ich verdrehte die Augen zur Decke und fächelte mir Luft zu.

Schluss jetzt! Ich hatte nicht vor, den Abend heulend auf dem Klo zu verbringen. Es war Zeit, Spaß zu haben!

Doch kaum stand ich auf dem Treppenabsatz, wurde ich schon wieder abgelenkt. Auf dem nächsten Abschnitt der Treppe hing ein Porträt an der Wand, ein beinahe überdimensioniertes Ölgemälde, wie es schien. Neugierig trat ich einen Schritt darauf zu. Das Licht im ersten Stock flammte auf, anscheinend wurde es über einen Bewegungsmelder gesteuert.

Das Bild zeigte eine junge Frau. Ich stieg die Stufen hinauf und blieb davor stehen. Es war eher ein Mädchen, sechzehn oder siebzehn vielleicht, in einem eleganten Kleid im Stil der 1920er-Jahre. Ihre dunklen, halblangen Haare waren in Wellen gelegt, sie saß auf einem filigranen Sessel vor einem geöffneten Fenster. In der linken Hand hielt sie einen Stift, auf dem Tischchen vor ihr lag ein geöffnetes Notizbuch. Ihr Blick wirkte wachsam oder vielleicht sogar genervt.

Ich beugte mich vor, weil mir ein Detail auffiel, das in der sanften Beleuchtung nicht gut zu erkennen war. Das Mädchen trug eine schlichte Goldkette um den Hals, aber der Anhänger war ungewöhnlich: Ebenfalls aus Gold, hatte er die Form eines altmodischen Schlüssels, komplett mit Halm und Bart. Der Griff war eine unregelmäßige Raute mit kleinen Wellen an den oberen Rändern. Etwas an seiner Form kam mir bekannt vor, aber ich konnte es nicht greifen.

Unten an der Treppe wurden Stimmen laut, und einen Moment glaubte ich, die anderen würden mich suchen, doch dann kam eine Gruppe älterer Damen in Sicht. Sie unterhielten sich wie alte Freundinnen, was sie nicht daran hinderte, mir tadelnde Blicke zuzuwerfen, als sie mich vor dem Porträt entdeckten.

Ein wenig verunsichert beeilte ich mich, zurück zum Zwischengeschoss zu kommen und sie dort vorbeizulassen. Zwei oder drei der Frauen musterten mich etwas durchdringender, als es die Situation aus meiner Sicht erforderte, und als die letzte an dem Gemälde vorbeiging, drehte sie sich sogar noch mal um. Dann verschwand sie genau wie ihre Begleiterinnen im ersten Stock hinter einer doppelflügeligen Tür.

Wieder knarrten die Stufen. Ich drehte mich um und atmete erleichtert auf, als ich Sarah erkannte.

»Wer war das?«, fragte ich und deutete auf die Tür.

Sarah schmunzelte. »Das war die ›Rosley Young Ladies' Society‹. Ja, ich weiß, so richtig jung ist keine mehr von ihnen«, kam sie meinem Einwand zuvor, »aber deswegen machen sie auch jeder unter sechzig Vorwürfe, dass sie dem Klub nicht beitritt. Sie haben akuten Nachwuchsmangel.«

Ich musste lachen. Jetzt fühlte ich mich nicht mehr ganz so schuldig – diese Ladys hatten es echt drauf, einem ein schlechtes Gewissen einzuflößen.

»Aber wieso benennen sie sich nicht einfach um, wenn sie seit Jahrzehnten keine neuen Mitglieder bekommen?«, fragte ich.

Sarah zuckte mit den Schultern. »Das ist so eine Tradition. Da«, sie deutete auf das Porträt, »das ist die Gründerin des Klubs. Sie hat in den Sechzigern eine Menge Geld für berufstätige junge Frauen gestiftet, da wollen sie ihr Andenken wohl nicht gefährden.« Sie grinste. »Vielleicht muss ich doch beitreten. Sie vergeben jedes Jahr ziemlich hohe Unistipendien. Aber jetzt lass mich mal vorbei. Ich muss echt dringend.«

Ich trat von der Toilettentür weg und Sarah winkte mir noch zu, dann war ich schon halb die Treppe hinunter. Irgendetwas ließ mich zögern. Schnell wandte ich mich um und stand in Sekunden wieder vor dem Gemälde.

Eine goldene Plakette auf dem dunklen Rahmen nannte 1922 als das Entstehungsjahr. Viel mehr verblüffte mich aber der Name, der darüber stand: »Edith Rose Morland.«

Eine Stunde später hatten wir nicht nur das Fingerfood bis auf den letzten Krümel vertilgt, ich hatte es auch aufgegeben, Sarah nach Edith Rose Morland zu fragen. Die Stimmung war zu ausgelassen, der Lärm, den wir verursachten, enorm.

Schließlich läutete Emmy die Geschenkerunde ein. In dem ersten Päckchen, das sie mir reichte, war ein Scrapbook, zu dem alle beigesteuert hatten: Fotos, kleine Anekdoten aus meiner Zeit in den Lakes, Blumensamen aus Lainis Garten, ein Schokoladenkuchenrezept von Ben, Beschreibungen von Lieblingsorten, die wir bei meinem nächsten Besuch alle gemeinsam besuchen würden. Sogar das geheimnisumwitterte Fischpanaderezept des Chippy hatten Dhani und Singh herausgerückt. Ehrfürchtig blätterte ich in dem Buch herum, bis Emmy ungeduldig wurde und es mir wegnahm.

»Das kannst du auf dem Flug lesen. Mach mal damit weiter.«

Mit »damit« war ein riesiger Karton gemeint, der sich in meinen Armen aber erstaunlich leicht anfühlte. Als ich den Deckel öffnete, schwebten mir Dutzende bunte Ballons entgegen und drifteten Richtung Decke. Alle lachten, als ich mit Müh und Not einen Umschlag vom Boden der Schachtel angelte. Er enthielt drei Gutscheine: vom Nook, vom CoC und vom Kino.

»Damit du auf jeden Fall wiederkommst«, erklärte Sarah mit einem Zwinkern.

Beinahe hätte ich wieder zu heulen begonnen, doch Emmy bemerkte den steigenden Wasserstand und reichte mir das dritte Geschenk. Es war klein und weich.

»Das ist von Roger«, sagte Emmy leise.

»Roger?« Verwirrt schaute ich in die Runde, aber ich hatte den Eindruck, dass die anderen auch nicht wussten, was in dem Päckchen war. Nur Emmy war eingeweiht, das sah ich ihr an.

Kaum hatte ich den ersten Klebestreifen gelöst, rutschte mir ein Stück Stoff entgegen, und da kapierte ich, was ich in den Händen hielt.

»Das Kleid«, wisperte ich.

Gestern hatte ich das blaue Fransenkleid von der Zwanzigerjahre-Party zurück ins Golden Times gebracht. Ich hatte Rogers Stimme

271

noch im Ohr gehabt, dass das Kleid Rosley nicht verlassen sollte, und ich sah das ganz genauso. Er hatte es mit einem eigenartigen Ausdruck zurückgenommen – und jetzt schenkte er mir es.

»Aber das … geht doch nicht«, stammelte ich.

Emmy legte mir den Arm um die Schultern und drückte mich. »Und wie das geht. Er meinte, du würdest das sagen, aber wir müssten dich zwingen, es anzunehmen.«

»Wenn du es nicht willst«, warf Dhani ein, »kannst du es mir geben.«

Alle lachten. Damit war es entschieden.

Ich fing Bens Blick auf, und ich glaubte zu wissen, woran er dachte. In dem Kleid hatte er mich Grayson küssen sehen, und seine Eifersucht danach war der erste Schritt gewesen, dass wir zusammengekommen waren. Früher oder später wäre es auch ohne diesen Aussetzer passiert, doch eines war sonnenklar: Beim nächsten Mal, wenn ich das Kleid trug, würde es keinen Zweifel daran geben, wen ich wollte.

Der ruhige Teil des Abends endete mit Dhanis Ankündigung, dass er sich fertig machen müsse. Wie sich herausstellte, spielte er in einer Band, die heute Abend im Keller des Pack Horse einen Gig hatte.

»Wieso weiß ich das nicht?«, fragte ich ihn über die Gespräche der anderen hinweg.

Er zwinkerte. »Wir haben das Beste bis zum Schluss aufgehoben.«

Lachend winkte ich ihm, während er eine Treppe am Ende des Raums hinunterlief.

Als wir ihm eine halbe Stunde später folgten, hatte ich auch den Namen der Band herausgefunden: The Misty Diggers spielten einen extrem tanzbaren Folkrock, was in der Gegend kein Geheimnis zu sein schien. Man erreichte den Keller auch über eine Außentreppe, sodass die Tanzfläche längst voll war. Ich stürzte mich kopfüber in die Energie, die vom Publikum ausging, und als Dhani und seine drei Kollegen – zwei Mädchen und ein Typ um die zwanzig – loslegten, hielt mich nichts mehr. Selbst Ben ließ sich nur ganz kurz bitten, dann folgte er mir ins Gedränge.

Stunden später spuckte es uns verschwitzt und lachend wieder aus. Wir verabschiedeten uns vor dem Pack Horse und ich konnte gar nicht oft genug Danke sagen für den wundervollen Abend.

Schließlich waren Ben und ich allein und machten uns auf den Weg nach Ellondale. Es war eine laue Nacht, in den Bäumen zirpten die Grillen, und alle paar Meter mussten wir anhalten, um uns zu küssen.

»Bei dem Tempo geht die Sonne auf, bevor ich dich nach Hause gebracht habe«, murmelte Ben in meine Haare, als wir es gerade mal bis zum Ortsschild von Rosley geschafft hatten.

Einen winzigen Moment zögerte ich, aber dann sah ich ihm in die Augen und sagte: »Vielleicht sollten wir das hier in Fairview fortsetzen.«

Ben blinzelte. Vorsichtig umfasste er mein Gesicht und hauchte mir einen Kuss auf die Lippen. »Wenn du das willst, Val.«

Lächelnd nahm ich seine Hand. Ich wusste nicht, wohin uns dieser Weg führte, aber das musste ich auch nicht. Die Nacht gehörte uns.

Wir hatten Ellonby schon hinter uns gelassen, als ich zum ersten Mal fröstelte. Erst dachte ich mir nichts dabei, ich hatte geschwitzt und hier in den Bergen war es immer kühler als in Rosley. Aber als ich fühlte, wie Ben schauderte, wurde ich stutzig.

Bisher hatte ich vor allem auf den Weg geachtet, doch jetzt hob ich den Blick – und keuchte auf.

»Ben«, hauchte ich.

Sein Kopf flog zu mir, kein Wunder, meine Stimme hatte mich selber erschreckt, dann folgte sein Blick meinem. Wir blieben stehen.

Vor uns rollte Nebel den Hang herab und verschluckte unseren Pfad. Er war so dicht, dass ich nicht einmal mehr sagen konnte, wo genau wir waren. Mit einem Ruck drehte ich mich um und wieder schnappte ich nach Luft. Auch hinter uns quollen weiße Schwaden Richtung Tal.

»Was ist das?«

Bens Griff um meine Hand wurde fester. »Keine Ahnung. Hab so was noch nie gesehen.«

Er hatte den Weg mit dem Handy ausgeleuchtet, jetzt hob er es an und richtete die Taschenlampe auf den Nebel. Das Licht reichte längst nicht aus, um ihn zu durchdringen. Es war, als würde es in den wirbelnden Dunst hineingesogen.

»Sollen … sollen wir lieber zurück nach Ellonby?«, fragte ich leise. Meine Nackenhaare hatten sich aufgestellt, als wolle mich mein Körper warnen, dass dort draußen etwas lauerte, was ich besser nicht störte.

Ben zögerte. Bevor er antworten konnte, hallte etwas in der Nacht. Es klang gespenstisch im Nebel. Er verzerrte meine Wahrnehmung, die Ursache des Geräuschs hätte direkt neben uns oder Hunderte Meter entfernt sein können. Da, wieder! Etwas klickte, als würden zwei Steinchen aneinanderstoßen, und der Laut war von über uns gekommen. Gleichzeitig hoben wir den Kopf.

Es war, als würde das Blut in meinen Adern durch Eiswasser ersetzt. Ein Felsvorsprung ragte über den Pfad. Und dort oben, halb verborgen vom wabernden Nebel, stand der dunkle Hengst. Ich wusste sofort, dass er es war. Dieselbe Aura, dieselbe Ungebundenheit. Obwohl es um uns herum windstill war, bewegte sich seine Mähne vor dem hellen Hintergrund, und seine Augen glänzten.

Wie lange wir dort standen, gelähmt von seiner Präsenz, konnte ich nicht sagen. Schließlich senkte der Hengst den Kopf und schnaubte so leise, dass ich es selbst in der Stille der Nacht kaum hörte. Er trat einen Schritt zurück, dann noch einen, und kaum hatte er sich abgewandt, war er in der Dunkelheit verschwunden.

Ben löste sich zuerst aus seinem Bann. Er drehte sich zu mir und legte mir eine Hand an die Wange. »Bist du in Ordnung?«

Ich nickte. Langsam deutete ich hinauf zu dem Felsvorsprung. »Es war derselbe Hengst.«

Ich konnte genau sehen, was Ben durch den Kopf ging. Er hatte ein schlechtes Gewissen, weil er mir die Geschichte meiner Begegnung mit dem Hengst nie so richtig abgenommen hatte. Doch die Zweifel waren jetzt beseitigt. Nur eine Frage blieb.

»Was wollte er von uns?«, flüsterte ich.

Ben sah hinauf zu der Stelle, wo der Hengst gestanden hatte. Er leckte sich über die Lippen. »Ich habe keine Ahnung.«

Genau wie mir schien ihm im nächsten Moment aufzugehen, dass wir mitten in der Nacht auf einem schmalen Bergpfad standen. Ich blickte mich um, in der Erwartung, dass der Nebel uns komplett eingeschlossen hatte, aber das Gegenteil war der Fall: Er hatte sich gelichtet und den Blick auf den Sternenhimmel freigegeben.

Wie war das möglich? Wie lange standen wir hier schon herum, dass das Wetter so vollständig umschlagen konnte?

Eine Antwort würden wir nicht bekommen. Ohne ein weiteres Wort gingen wir weiter, Bens Handy leuchtete uns den Weg. Es dauerte gar nicht lang, bis wir die Abzweigung nach Fairview erreichten, und kaum ein paar Minuten später kam im Sternenlicht der Schäferwagen in Sicht.

Nichts rührte sich, als wir über die Wiese zur Tür liefen und Ben aufsperrte, und es blieb auch still, als er uns Tee kochte. Die Wärme und der herbe Geschmack vertrieben die gruselige Stimmung, und eine Weile saßen wir noch an dem winzigen weißen Tisch und diskutierten, was eben geschehen war. Mit jedem Schluck kam es uns wahrscheinlicher vor, dass der Nebel in der Dunkelheit nur so dicht gewirkt hatte und der Hengst einfach neugierig gewesen war, wer da mitten in der Nacht durch seine Berge lief.

Eine halbe Stunde später lag ich neben Ben im Bett. Er hatte einen Arm um mich geschlungen, und ich spürte, wie sich seine Brust langsam hob und senkte. Was immer dort draußen geschehen war, hier drin, mit Bens Geruch in der Nase und meine Finger mit seinen verschränkt, erschienen mir die Geheimnisse der Nacht klein und unbedeutend. Ich fühlte mich geborgen. Dieser Gedanke begleitete mich in meine Träume.

N a, alles fertig?« Laini lächelte mich an, als ich meinen Koffer von
der letzten Stufe wuchtete.

Ich nickte. Ja, mein Zimmer oben und das kleine Bad waren leer,
Pass und Ticket hatte ich zehnmal gecheckt. Mein Handgepäck
stand griffbereit. Fehlte nur noch Ben.

»Er ist bestimmt gleich da«, versuchte Laini, mich zu beruhigen,
und wieder nickte ich nur.

Es sah Ben überhaupt nicht ähnlich, mich hängen zu lassen. Andererseits … Vielleicht mochte er keine Abschiede? Wer mochte
die schon? Aber er hatte vorgeschlagen, mit zum Flughafen zu fahren, ich hatte ihn nicht gedrängt. Also wo blieb er? Ebenfalls zum
zehnten Mal schaute ich auf mein Handy, doch es zeigte keine neue
Nachricht an.

Laini war zurück in die Küche gegangen. »Komm, setz dich und
trink einen Tee mit mir. Bis Silas zurück ist, dauert es sicher noch
eine Viertelstunde. Und bis dahin taucht auch Ben auf.«

Schön, dass sie da so sicher war. Leise seufzend folgte ich ihr,
rutschte auf die Eckbank und nahm den Becher entgegen, den sie
mir hinhielt.

Silas war im Dorf und holte das Auto von Lainis Mutter ab, mit
dem er mich zum Flughafen fahren wollte. Der Honda war winzig,
ich hoffte nur, neben Silas, Ben und mir würde auch noch mein
Koffer hineinpassen. Sonst mussten sie mir mein Gepäck nachschi-
cken.

Ich hatte die Tasse gerade an die Lippen gesetzt, als von draußen
ein lautes »Valerie!« durch das Fenster drang. Laini und ich schauten

uns an, dann sprangen wir auf. Sie stürzte zum Fenster, ich hinaus auf den Flur. Ich riss die Haustür auf.

»Valerie!« Grayson blieb abrupt stehen, als er mich sah. Er wirkte aufgelöst und erschöpft, seine Haare standen in alle Richtungen ab. Hinter ihm am Tor erkannte ich eine Touristengruppe, dazu drei nervöse Ponys und einen Hund.

»Was ist passiert?« Meine Stimme war so ausdruckslos, dass sie sogar mich selbst erschreckte.

Grayson deutete das Tal hinauf. »Ben … Nein, nicht, was du denkst! Es … es gab einen Unfall, auf dem Stainmore Fell … mit einem Hund … Eins der Fohlen ist abgestürzt. Ben versucht, es zu bergen.«

Ich ließ ihn nicht weiterreden, sondern schob Laini zur Seite, die hinter mir aufgetaucht war, trat zurück ins Haus und schlüpfte in meine Wanderstiefel, die ich zum Glück auch auf dem Flug hatte anziehen wollen.

»Grayson, trommel im Dorf ein paar Leute zusammen, Bergwacht oder was weiß ich. Laini, sag Silas Bescheid und bitte auch meiner Mutter. Ich werde den Flug nicht kriegen.«

»Valerie …«, begann Laini, aber ich war schon halb über den Hof.

Ich drehte mich zu ihr um und schüttelte den Kopf. »Nein, Laini. Ich hab keine Wahl.«

Und das war der Gedanke, der mich vorantrieb, als ich an den verstörten Gestalten am Tor vorbeilief, schneller wurde, den Wanderweg erreichte und wie mechanisch einen Fuß vor den anderen setzte. Ich hatte keine Wahl und das fühlte sich an wie eine Befreiung. Sie würde Konsequenzen haben, welche, wollte ich mir nicht ausmalen, denn sicher war, dass Mama ausflippen würde. Doch weiter voraus wollte ich nicht denken. Ich konnte es nicht, nicht mit der Aussicht, dass Ben ganz allein versuchte, den Tod eines Ponys zu verhindern.

Zeit ist etwas Merkwürdiges. Es fühlte sich an, als würde der Weg nie enden, als kämen der Fell und die Gipfel nicht näher, und gleichzeitig war mir, als wäre ich erst vor wenigen Minuten aus dem Haus gegangen, als endlich die Herde vor mir auftauchte.

Was hatte sie an diesen Ort getrieben? Es war ein schmaler, steiniger Abschnitt zwischen zwei Felswänden, nichts, wo sie Futter fanden.

Der Hund ... Grayson hatte von einem Hund gesprochen. Mein Magen verknotete sich. Wie konnte das sein? Kamen wirklich innerhalb von wenigen Tagen Ponys zu Schaden, nur weil sich irgendwelche Wanderer nicht an die Regeln hielten? Ich schob meine Wut weg. Grayson hatte versprochen, dass er seine Touristen im Griff hatte. Ihn würde ich mir später vornehmen.

Endlich war ich nahe genug, um die einzelnen Ponys auseinanderhalten zu können. Gracie hatte gut zu tun, halbwegs Ruhe in die Herde zu bekommen. Winnie unterstützte sie, doch Della hatte sich von der Aufregung der Jungtiere anstecken lassen und wirkte ziemlich kopflos.

Molly rannte mit gerecktem Hals vor einem Felsen auf und ab. Immer wieder wieherte sie schrill, aber schlimmer fand ich ihr kurzatmiges Schnauben. Also war es Raven, die abgestürzt war.

Vorsichtig schob ich mich an Molly vorbei. Sie ignorierte mich, wahrscheinlich war sie schon zu tief in ihrer Panik gefangen. Rechts erkannte ich einen Spalt in der Felswand, darauf hielt ich zu.

»Ben!«, rief ich, nicht zu laut, um die Ponys nicht noch mehr zu verstören, aber hoffentlich laut genug, dass er mich hörte.

Im nächsten Moment kullerten Steine einen Hang hinab und jemand fluchte. Ben.

»Ben!« Mit drei Schritten hatte ich den Felsspalt erreicht. Nach einem schnellen Blick wich ich zurück. Direkt unter mir fiel ein Geröllfeld steil ab und verlor sich zwischen spitzen Felsnadeln. Und auf dem rutschigen Untergrund versuchte Ben, das Gleichgewicht zu bewahren.

Seine Chancen hätten vielleicht ganz gut gestanden, wenn er nicht ein verängstigtes Ponyfohlen in den Armen gehalten hätte.

Er schaute nicht nach oben, als er mir antwortete. »Val, hast du ein Seil mitgebracht?«

»Nein«, musste ich zugeben. Daran hätte ich denken sollen! Ich blickte an mir herunter. »Aber das hier.«

Ich schlüpfte aus der leichten Jacke. Vorsichtig näherte ich mich der Abbruchkante. Als er aufsah, ließ ich die Jacke in Bens Richtung gleiten.

Während er sich bückte, um sie aufzuheben, flüsterte er beschwichtigend auf Raven ein. Die kleine Stute zappelte immer wieder vor Panik, doch wenn wir eine Chance haben wollten, sie den Berg heraufzuziehen, musste sie stillhalten.

In einem ruhigen Moment wand Ben ihr die Jacke um den Bauch, sodass er die Ärmel an ihrem Rücken verknoten konnte. Vor Schreck keilte Raven aus, und kurz schwankte Ben, sodass die beiden ein gutes Stück hangabwärts schlitterten. Meine Fingernägel gruben sich in meine Handflächen.

Ächzend kam Ben zum Stehen. »Alles gut«, sagte er, und ich wusste nicht genau, ob er damit sich, mich oder Raven beruhigen wollte.

Ich konnte sehen, wie er Luft holte. Stück für Stück gelang es ihm, nach oben zu klettern. Raven hatte sich an den Furcht einflößenden Druck um ihren Rumpf gewöhnt und lauschte auf sein Flüstern. Ihre flauschigen Ohren waren gespitzt und auf ihn gerichtet.

Als mich etwas am Kopf berührte, fuhr ich zusammen, fing mich aber gleich wieder. Molly schien Vertrauen gefasst zu haben, dass wir ihrem Fohlen helfen würden, und war zu mir gekommen, um sich trösten zu lassen. Es konnte gefährlich werden, sie in der Nähe zu haben, doch ich hatte auch keine Idee, was ich sonst tun sollte, solange keine Hilfe aus dem Dorf eintraf, also hob ich die Hand und fing an, ihre Brust zu kraulen. Es dauerte ein bisschen, dann fühlte ich, wie sich ihr Atem beruhigte. Sie seufzte, aber es klang erleichtert.

Seite an Seite warteten wir darauf, dass Ben Raven nach oben wuchtete. Es schien ewig zu dauern, auch wenn wahrscheinlich nur wenige Minuten vergingen. Er setzte einen Schritt vor den anderen, achtete genau darauf, dass er festen Stand hatte, bevor er das Gewicht verlagerte und Raven neu ausbalancierte.

Schließlich waren sie beinahe in Reichweite. Molly brummelte, und Raven antwortete, doch jetzt brauchte ich Platz, deswegen schob ich Molly resolut von mir weg. Zweimal musste ich nachhelfen, dann schien sie kapiert zu haben, was ich von ihr wollte. Ich hoffte, die Einsicht hielt auch noch in dem Moment an, wenn ich Raven über die Kante zerrte.

Denn das stand nun bevor. Ich kniete mich so nah an den Rand, wie ich mich traute, und testete, ob mich der Untergrund hielt. Ben sah nach oben und ich nickte. Ich streckte die Arme aus, er legte mir die Enden der Jackenärmel in die Hände.

Dann zog ich und er schob. So ein zwölf Wochen altes Fohlen wirkt ja noch recht klein und mickrig, aber mit der aufgeregten Mutter im Nacken, einer rutschigen Softshell-Jacke in den Händen und dem eigenen Freund unter der Nase, der die Sicherheit seiner Ponys über seine eigene stellte, beanspruchte es eine Menge Kraft, das zappelnde Bündel zu mir heraufzuholen. Ich konnte hören, wie Ben vor Anstrengung keuchte, meine Arme und Bauchmuskeln zitterten, und Raven gab klägliche Laute von sich, die Molly mit nervösem Schnauben und viel Hufgetrappel quittierte.

Doch wir schafften es. Ich legte meinen rechten Arm um Ravens Hinterteil, sie setzte die Hufe neben mir auf den Boden, und mit einem ungelenken Hüpfer war sie an mir vorbei. Gerade noch rechtzeitig ließ ich die Jackenärmel los.

Schwer atmend schaute ich auf Ben hinunter, der die Hände auf die Knie gestützt hatte und genauso aus der Puste zu sein schien. Nach ein paar Sekunden richtete er sich auf und lächelte mich an. »Das war gutes …«

Er sprach nicht zu Ende, sondern ruderte mit den Armen, und erst kapierte ich gar nicht, was passierte, als das Lächeln von seinem Gesicht verschwand, er einen Schritt nach hinten machte, dann noch einen. Doch im nächsten Moment erkannte ich es: Unter seinen Füßen war das Geröll ins Rutschen gekommen. Ben verlor den Halt.

»Nein!« Ich streckte ihm die Hand hin, aber er war schon zu weit entfernt. Immer mehr Steine lösten sich unter ihm, immer weiter lehnte er sich zurück, immer wilder bewegte er die Arme, doch es half nichts – er geriet aus dem Gleichgewicht.

Und dann fiel er. Er fiel nach hinten, landete schwer auf Rücken und Schulter, etwas knackte. Ich hörte einen Schrei, ob von ihm oder von mir, wusste ich nicht. In dem Moment wusste ich nicht mehr, ob ich noch eine Stimme, eine Lunge, ob ich Arme oder Beine hatte. Mein Körper war absolut nutzlos. Ich stand an dieser Abbruchkante und konnte nichts tun, nur zusehen, wie immer mehr Geröll in Bewegung geriet, wie Ben schneller wurde, sich überschlug, wie er von der Lawine auf einen Felsen zugetragen wurde, davon abprallte und weiterrollte.

Wimmernd ging ich in die Knie. Das Geröll rauschte mit ohrenbetäubendem Tosen den Berg hinab, doch da, endlich, blieb Ben liegen. Eine weitere Felsnadel hatte ihn gebremst, leitete die Lawine rechts und links an ihm vorbei, als würde sie das Meer teilen.

Etwas schüttelte mich, schüttelte meinen ganzen Körper, ehe ich merkte, dass ich trocken schluchzte. Ich hatte die Hände vor den Mund geschlagen, meine Fingernägel pressten sich in meine Wangen. Durch den Staub, den das Geröll aufgewirbelt hatte, behielt ich Ben im Auge, starr, wie er dalag, und in diesen langen Momenten betete ich – ein Gebet, das nur aus tausend Mal »bitte« bestand.

Bei dem Lärm, den die Lawine verursacht hatte, waren die Ponys auf und davon, zumindest glaubte ich, ihre Hufschläge durch den Boden gespürt zu haben. Jetzt, ohne dass ich sie kommen gehört hatte, ragten zwei Paar schwarze Beine rechts und links von mir auf. Gracie und Winnie. Sie waren so mutig, zurück zu der Gefahrenstelle zu kommen. Viel mutiger als ich.

Ich tastete nach Gracies Mähne und zog mich auf die Füße.

»Ben«, brüllte ich, und auch wenn die Ponys zuckten, sie blieben an meiner Seite. »Ben! Ben! *Ben!*«

Meine Rufe hallten von den Felswänden ringsum wider, doch der Körper auf dem Vorsprung keine fünfzig Meter von mir entfernt rührte sich nicht.

Ich weiß nicht, wie lange ich um das Geröllfeld herumlief, nach rechts, nach links, wieder zurück, auf der Suche nach einer Stelle, von der aus ich zu Ben gelangen konnte. Ich war heiser, meine Augen brannten, das T-Shirt klebte mir am Rücken, aber wo immer ich versuchte, näher zu ihm zu kommen, rutschten die Steine unter meinen Schuhen weg, sodass ich zurückwich. Wenn ich genau hinsah, meinte ich, dass sich sein Brustkorb hob, doch schon im nächsten Moment fürchtete ich, dass nur der Wind sein Shirt in Falten legte. Ich raufte mir die Haare.

Was sollte ich tun? Was konnte ich tun?

Gerade als ich überlegte, wo das nächste Wäldchen war, in dem ich vielleicht einen umgefallenen jungen Baum fand, den ich irgendwie hierherschleppen und als Brücke benutzen könnte, hörte ich Stimmen. Ich erstarrte und lauschte in den Wind, dann war ich mir sicher.

»Hier!«, schrie ich. »Hier drüben! Hilfe!«

Aus einer Senke ein paar Hundert Meter entfernt tauchten ein Mann und eine Frau in Warnwesten auf, gleich dahinter Grayson und Gordon Aldringham. Gordons Gesicht war kalkweiß. Trotz meiner Sorge um Ben musste ich daran denken, wie er seine Frau verloren hatte, und Mitgefühl quetschte meinen Magen zusammen.

»Er ist hier! Ich komme nicht an ihn ran!«

Die vier begannen zu rennen, und am Rande nahm ich wahr, dass hinter ihnen noch mehr Leute in meine Richtung liefen. Und da fing ich an zu weinen.

»Kümmer dich um sie«, wies Gordon Grayson an, als sie mich erreichten, und ich wehrte mich nicht, als er die Arme um mich schlang und mich zur Seite zog, zu einem Felsen, auf den wir uns setzten und von wo aus ich zusah, wie Menschen, die nicht nutzlos waren, Ben endlich halfen.

Die nächste halbe Stunde war ein Chaos aus mit Seilen gesicherten Kletterern, lauten Anweisungen, Funksprüchen und dem ratternden Dröhnen eines Rettungshubschraubers, der ein Stück von uns entfernt auf dem Fell landete.

In Graysons Umarmung wandte ich den Kopf, aber die Herde war längst verschwunden. Um sie musste ich mir keine Sorgen machen.

Und dann war endlich jemand bei Ben angelangt und reckte einen Daumen in die Höhe.

»Er lebt«, sagte jemand anders, und ein dritter Mensch rief: »Er lebt!«

Gordon sackte in sich zusammen, das war das Letzte, was ich noch wahrnahm, bevor ich mich zu Grayson drehte und wie ein kleines Kind an seiner Brust weinte.

Ein Summen weckte mich. Eine Fliege hatte den Weg in mein Zimmer gefunden und wollte dringend nach draußen. Bei dem Sonnenschein, der dort herrschte, konnte ich ihr das nicht verübeln. Goldene Streifen fielen durch die Spalte der Vorhänge über den Boden bis zu meinem Bett.

Ich kniff die Augen zusammen und drehte mich um. Stöhnend hielt ich mitten in der Bewegung inne. Was hatte ich bloß angestellt, dass ich so einen Muskelkater hatte?

Raven. Die Geröllawine. Ben.

In der nächsten Sekunde saß ich aufrecht. Wie ein Film liefen die Ereignisse von gestern in meinem Kopf ab. Ben, wie er auf einer Trage in den Rettungshubschrauber verfrachtet wurde, Gordon, wie er Grayson und mir anbot, mit ihm nach Sedgwick ins Krankenhaus zu fahren. Wir drei, später auch Charlotte, Laini und Silas, wie wir in einem blassgelben Flur saßen, standen oder auf und ab gingen, hin und wieder an einem heißen Getränk nippten und darauf warteten, dass uns jemand sagte, worauf wir uns einstellen mussten.

Mein Herz raste bei der Erinnerung.

Am späten Nachmittag hatte uns eine junge Ärztin dann die guten Nachrichten überbracht: Eine angeknackste Rippe, eine geprellte Schulter und eine Gehirnerschütterung, das war alles, was sich Ben bei seinem Sturz zugezogen hatte. Gordon ging fast in die Knie vor Erleichterung und ich fing gleich wieder an zu heulen.

Als wir noch mit der Ärztin diskutierten, wann wir zu ihm durften, war mir schwarz vor Augen geworden, und das war der Grund, warum ich Ben gestern nicht mehr gesehen hatte. Mir fehlte ja nichts außer ein paar Kohlenhydraten, weil in der ganzen Zeit, während wir warteten, nichts so unwichtig erschienen war wie Essen. Aber Silas wollte nicht hören und verfrachtete mich trotz meiner Gegenwehr nach Hause.

Da mein Hirn jetzt anscheinend wach war, fiel mir ein, dass Gordon gestern noch eine Nachricht geschrieben hatte. Vielleicht hatte er sich heute auch schon gemeldet, ohne dass ich es mitbekommen hatte.

Ich griff nach meinem Handy und sprang vor Schock erst mal aus dem Bett. Zehn vor elf? Ich hatte dreizehn Stunden geschlafen?

Kein Wunder, dass die Fliege unbedingt rauswollte.

Ich hatte nicht nur eine Nachricht von Gordon, sondern auch von Ben selbst. Mit zitternden Fingern rief ich sie auf.

»Bin okay. Wie geht's dir?« Dahinter stand ein rotes Herz, und ich musste blinzeln, weil die Buchstaben plötzlich vor meinen Augen verschwammen.

Ich schrieb zurück, wartete, ob eine Antwort kam, und als der Gelesen-Haken weiß blieb, ging ich unter die Dusche. Frühstücken, Anpfiff von Mama, ab ins Krankenhaus, das war der Plan. Da legte ich mal besser gleich los.

Ich griff mir noch ein Toastdreieck. Ich war froh, dass ich Lainis Angebot angenommen und mich für Eier mit Speck statt meines gewohnten Müslis entschieden hatte. Allmählich hatte ich das Gefühl, dass meine Lebensgeister zurückkehrten. Laini lächelte mich an und schenkte mir Tee nach. Den konnte ich brauchen, wenn ich mir am Telefon gleich Mamas Standpauke abholte, dass ich meinen Flug hatte sausen lassen.

Die Küchentür schwang auf und Silas kam herein. »Gordon verliert ja keine Zeit«, sagte er zu Laini, bevor er mich auf der Eckbank entdeckte. »Oh, hey, du bist wieder unter den Lebenden. Alles klar?«

Ich nickte und schluckte mein Spiegelei. »Wobei verliert Gordon keine Zeit?«, hakte ich nach.

Er und Laini tauschten einen Blick. Dann legte er mir die Lokalzeitung hin, die er auf der vorletzten Seite aufschlug.

»Heute, 16 Uhr, Renwick Hall, Rosley«, las ich laut, »Pferdeauktion. Zum Verkauf stehen fünf Mutterstuten mit Fohlen, acht Jungtiere. Gesamtgebote bevorzugt (Fell-Haltung).« Ich blinzelte, dann blickte ich auf. »Das ist nicht sein Ernst, oder?«

Silas hob bedauernd die Schultern. »Du musst Gordon verstehen, Valerie. Die Sache mit Kit war furchtbar für ihn. Und gestern Ben, wieder auf den Fells …«

Ich schob meinen Teller von mir weg und stand auf. Mein Gesicht hatte wohl einen ziemlich düsteren Ausdruck angenommen, denn Silas und Laini musterten mich unbehaglich. »Du tust ja gerade so, als wärst du damals dabei gewesen. Das gestern hatte nichts damit zu tun, wie Kit gestorben ist!«

»Valerie …«, begann Laini beschwichtigend, aber ich schüttelte den Kopf.

»Nein. Wirklich, das geht nicht. Ich muss das verhindern.«

—❧—

Obwohl ich seit einer halben Minute gegen die Tür hämmerte, öffnete niemand. Ich trat vom Eingang zurück, drehte mich um und ließ meinen Blick über den Hof schweifen. In der Scheune vielleicht? Oder im Stall?

Mit langen Schritten stapfte ich los. Gedämpfte Stimmen und dumpf platschende Geräusche lotsten mich tatsächlich auf das Scheunentor zu, das halb offen stand. Mit zusammengekniffenen Augen starrte ich in das plötzliche Dämmerlicht. An der hinteren

Wand machte ich zwei Gestalten aus, die Säcke von der Ladefläche eines Land Rovers hievten und in der Ecke stapelten.

Die Gestalt auf der Ladefläche bemerkte mich. »Valerie?«

Es war Grayson, und jetzt hatten sich meine Augen auch genug an das gedämpfte Licht gewöhnt, um Michael zu erkennen. Ich nickte ihm zu, wandte mich aber an Grayson.

»Ich brauche deine Hilfe. Sofort.«

Grayson deutete auf die Säcke zu seinen Füßen. »Äh …«

Ungeduldig winkte ich ab. »Ja, sehe ich schon. Aber was wir tun müssen, ist wichtiger. Tut mir leid, Michael«, schob ich hinterher.

Graysons Vater schnaubte. »Komm her und pack mit an, dann könnt ihr gleich los.«

Einen Moment lang schloss ich die Augen, protestierte aber nicht. So waren Erwachsene eben. Niemals konnten die Angelegenheiten von Teenagern wichtiger sein als ihr eigener Kram.

»Dad …«, versuchte Grayson einzuschreiten, doch ich war schon bei ihm und zog die Arbeitshandschuhe an, die Michael mir mit einem Schmunzeln entgegenhielt.

»Ist okay, Grayson.«

Natürlich schaffte ich keinen der schweren Säcke allein, so wie Michael, aber ich war auch nicht so schwächlich, wie er wahrscheinlich gedacht hatte. Kein Pferdemädchen ist das. Grayson und ich wuchteten die Säcke zum Rand der Ladefläche, wo Michael kaum hinterherkam damit, sie sich auf die Schulter zu hieven und auf den Stapel zu bugsieren.

»In Ordnung«, brummte er, als wir vom Land Rover sprangen und den letzten der Säcke zu den anderen schleppten. »Dann macht, dass ihr wegkommt.«

Ich ließ meine Handschuhe auf die Ladefläche fallen und startete Richtung Tor. Grayson holte in Sekunden auf.

»Muss ich mich umziehen?«, fragte er.

Ich schaute an ihm hinunter. Schlabbershirt, Shorts, feste Schuhe, alles nicht besonders sauber. Doch das spielte keine Rolle.

»Nein.« Ich schüttelte den Kopf. »Für Renwick bist du chic genug.«

❧

Wenn ich erwartet hatte, dass Grayson protestieren würde, hatte ich mich getäuscht. Besonders wohl war ihm nicht bei der Aussicht, mich zu begleiten, das sah ich ihm an der Nasenspitze an, aber anscheinend war sein schlechtes Gewissen groß genug, dass er mir widerspruchslos folgte.

Zehn Minuten später strampelten wir die Zufahrt zum Herrenhaus entlang. Alles vermittelte einen friedlichen Eindruck, so als würde nicht in ein paar Stunden die Welt untergehen. Bens Welt. Die Baumkronen der Allee rauschten im Wind, durch das Laub hindurch flirrte das Sonnenlicht auf dem hellen Schotter. Vor der Eingangstreppe hielt ich an, warf das Rad auf den Kies und hämmerte an die Tür. Wie zuvor bei den Fultons blieb es dahinter still.

Mir entwischte ein derber Fluch. Wo trieben sich denn alle herum?

»Valerie?«

Mit einem Japsen fuhr ich herum. Charlotte war an der Hausecke aufgetaucht. Sie trug einen Hut mit schmaler Krempe und Gartenhandschuhe und war von oben bis unten mit Erde eingesaut. Einen winzigen Moment fand ich sie fast sympathisch.

»Äh, ja, hallo. Charlotte«, stotterte ich.

Grayson fing sich eindeutig schneller. »Hallo, Charlotte. Wir suchen Gordon. Weißt du, wo er ist?«

Sie blickte zwischen uns hin und her, dann deutete sie zur Hausecke. »Er ist im Arbeitszimmer. Wenn ihr Glück habt, erwischt ihr

290

ihn noch, er wollte zur Anwältin, bevor …« Sie beendete den Satz nicht, sondern sah mich an. »Ich glaube nicht, dass es einen Zweck hat, Valerie.«

Als ob mich ihre Meinung kümmerte.

Als ob ich nicht alles versuchen würde.

Ich zuckte mit den Schultern, drehte auf den Fersen um und lief los. Was sollte ich auch antworten? Vielleicht … wenn Gordon mir nur zuhörte …

Es war nicht weit, aber ich rannte trotzdem wie eine Besessene. Wir konnten ihn nicht verpassen, wir durften es nicht …

Vorbei am Fenster der Bibliothek – brannte dort die kleine Leselampe auf dem Schreibtisch? Durch die Scheibe konnte ich nicht viel erkennen, zu sehr spiegelte sie. Doch da stieß ich schon den Nebeneingang auf und klopfte mit wild pochendem Herzen an die Bürotür.

»Ja?«, hörte ich gedämpft Gordons angenehm tiefe Stimme.

Mit einem Blick auf Grayson, der mir gefolgt war und jetzt die Schultern straffte und mir aufmunternd zunickte, drückte ich die Tür auf.

Gordon saß tatsächlich am Schreibtisch und schaute mir entgegen. Wahrscheinlich hatte er uns gesehen, als wir vorbeigerannt waren, denn er wirkte nicht überrascht. Er deutete auf den Stuhl neben dem Schreibtisch.

»Hallo, Valerie. Setz dich doch. Und Grayson, zieh dir bitte einen der Sessel heran.«

Wie konnte er so beherrscht klingen, wenn er drauf und dran war, alles wegzugeben, was seinem Sohn etwas bedeutete? Ich starrte ihn an, schockiert und wütend und hilflos, alles zugleich.

Grayson machte Anstalten, einen Sessel umzudrehen, aber er stockte, als ich stehen blieb. Ich merkte, dass ich meine Hände knetete, und verschränkte sie schnell hinter dem Rücken. Jetzt, da ich hier war, waren plötzlich all die Sätze verschwunden, die ich mir auf dem Weg hierher für Gordon zurechtgelegt hatte.

»Bitte nicht« war das Einzige, was ich herausbrachte. Ich flüsterte es beinahe.

Ein Schatten glitt über Gordons Gesicht. Er wandte sich ab, richtete einen Füllfederhalter neu aus, bevor er aufsah. »Es muss sein, Valerie. Wer weiß, was ihm beim nächsten Mal geschieht?«

»Aber wer sagt denn, dass es ein nächstes Mal geben wird?«, rief ich. »Es war ein Unfall! Erst schon das mit dem Hund und dann auch bei Ben! In Zukunft wird er vorsichtig sein!«

Gordon hob eine Hand. »Valerie. Du kennst Ben. Es wird immer ein nächstes Mal geben, solange er Ponys da draußen hat.«

Ich schluckte, um die Tränen zurückzudrängen. »Ja, und warum?«, krächzte ich. »Doch nur, weil er sie liebt ...«

Gordon verzog das Gesicht, als hätte ich ihm ein Messer in den Bauch gestoßen und zweimal herumgedreht. Mit einem Ruck stand er auf. »Und genau aus diesem Grund muss ich die Herde verkaufen. Geht bitte. Ich verstehe, dass ihr Ben helfen wollt. Aber die Herde wird heute verkauft.«

»Ohne dass er davon weiß?«, startete ich einen letzten Versuch. »Ohne dass er sich verabschieden kann?«

Gordon suchte meinen Blick. Mein Atem fing sich in meiner Kehle, so sehr traf mich der Schock, wie ähnlich seine Augen Bens waren. Ich konnte den Ausdruck darin lesen, als würde er jeden Gedanken aussprechen. Er bedauerte, dass er Ben diesen Schmerz zufügen musste, doch er war auch nicht bereit zu verhandeln.

Ich atmete tief ein und hob das Kinn. Gordon dachte, er wüsste, was das Richtige war. Es gab nur noch einen Weg, ihn zu überzeugen, dass er falschlag.

Du bist ganz schön verrückt.« Grayson sprach so leise, dass es schon verdächtig war. Ich rempelte ihm den Arm in die Seite.

»Haben wir eine Wahl?«, fragte ich etwas lauter, und er schnaufte ergeben.

Eben. Eine vierzigminütige Busfahrt lang hatten wir über unsere Optionen gestritten und das hier war die einzige. Unser Pluspunkt: Das Krankenhaus von Sedgwick war ein ebenerdiger Bau und es war nicht groß. Außerdem hingen die Wolken so tief, als würde es jeden Moment anfangen zu regnen, sodass wir hier im Krankenhausgarten allein waren.

Wir schlenderten von Fenster zu Fenster und versuchten, einen Blick nach drinnen zu werfen, bisher ohne Erfolg. Sie nahmen die Privatsphäre ihrer Patientinnen und Patienten offenbar ziemlich ernst.

Am Ende des Westflügels bogen wir nach rechts ab. Hier wurden die hübschen, verschlungenen Wege zwischen Blumenbeeten und Ziersträuchern von einem tristen Parkplatz abgelöst. In einer Ecke standen Müllcontainer, an einer anderen lieferten gerade zwei Frauen Desinfektionsmittel und Seife an. Sie beachteten uns nicht, trotzdem blieben wir einen Moment im Schatten der Hauswand stehen.

»Meinst du, sie stecken Ben in ein Zimmer mit Ausblick auf den Parkplatz?«, fragte Grayson zweifelnd. »Den Sohn von Gordon Aldringham?«

Ich warf ihm einen Seitenblick zu. »Ich hoffe, dass sie Zimmer nach Verfügbarkeit vergeben. Und nicht nach dem Stammbaum.«

»Sehr egalitäre Einstellungen haben Sie da, Miss.« Grayson grinste.

»Stell dir vor, da, wo ich herkomme, sind wir Staatsbürger und keine Untertanen.«

Grayson lachte in sich hinein. »Das erklärt dieses revolutionäre Gedankengut. Aber ganz ehrlich, wenn sie Ben nicht aus republikanischen Impulsen in eins der billigen Zimmer gebracht haben, dann wahrscheinlich deswegen, weil er wieder unerträglich arrogant war.«

»Vollgepumpt mit Schmerzmitteln?«

»Zuzutrauen ist ihm alles.«

Widerwillig grinste ich und merkte etwas verspätet, dass Grayson nach rechts deutete. Auf ein Fenster, in das man besseren Einblick hatte als in die auf der Gartenseite.

Und dort, das Gesicht blass auf einem weißen Kissen, lag Ben und starrte an die Decke.

Mein Herz krampfte sich zusammen.

Bevor ich zu dem Fenster stürmen konnte, hielt Grayson mich am Arm zurück. »Langsam.«

Wir schoben uns Schritt für Schritt heran. Grayson tat so, als würde er mir etwas auf seinem Handy zeigen, dann waren wir endlich so nah, dass ich den Arm ausstrecken und an die Scheibe klopfen konnte.

Bens Kopf flog herum. Eine Sekunde oder zwei wirkte er verwirrt, dann erkannte er uns. Mich.

In seinem Gesicht ging die Sonne auf.

Es tat mir selber weh, ihm zusehen zu müssen, wie er sich aus dem Bett quälte, um das Fenster zu öffnen. Mein schlechtes Gewissen schwoll auf ungeahnte Größe an, als ich mir vorstellte, Ben so zerschunden, wie er war, durch den halben Lake District zu karren.

War das fahrlässig? Machten wir seine Verletzungen dadurch noch schlimmer?

Kaum war das Fenster offen, half mir Grayson, nach drinnen zu klettern. Mit seinem gesunden Arm zog Ben mich an sich.

»Durch die Tür zu kommen, war wohl keine Option?«, murmelte er in mein Ohr.

Jetzt, als er es sagte, klang es völlig sinnvoll: durch die Tür rein, getarnt als normale Besucherin, durchs Fenster verschwinden.

»Das probiere ich beim nächsten Mal«, entgegnete ich und legte die Hände an seine Wangen, dann küsste ich ihn.

»Und bleibst du hier?«, flüsterte Ben, als ich mich ein kleines bisschen zurücklehnte.

»Bin mir nicht sicher, ob dich Grayson allein zurück nach Rosley schaffen kann.«

Bens Augen flogen auf. Sein Blick schärfte sich innerhalb von Sekunden. »Was ist passiert?«

Einen Moment zögerte ich, aber wie sollte ich ihm Gordons Plan schonend beibringen?

»Die Herde soll versteigert werden«, antwortete ich deswegen. »Heute Nachmittag.«

Bevor er seinen Schock überwunden hatte, wurden auf dem Gang Schritte laut. Ich drückte ihn von mir weg und schaute mich hektisch im Zimmer um, ob es irgendwo ein Versteck gab.

»Im Schrank«, zischte Ben, und ich hatte kaum die Kleiderbügel zur Seite geschoben und die Tür hinter mir zugezogen, als ein Mann sagte: »Hatten wir nicht vereinbart, dass du im Bett bleibst?«

Ben brummte. »Es war so stickig, ich brauchte frische Luft.«

Da stand ich also wieder, in einem fragwürdigen Versteck, und lauschte. Zumindest fiel durch den Türspalt ein wenig Licht herein. Um mich herum roch es muffig, und Staub kitzelte in meiner Nase, aber ich blieb stocksteif stehen. Es würde schon reichen, wenn einer der Kleiderbügel klirrte, und der Pfleger würde mich finden.

»Soll ich deswegen ein Auge auf dich haben?«, hörte ich seine Stimme vom anderen Ende des Zimmers. »Weil du so ein Naturbursche bist und am liebsten draußen?«

»Hat mein Vater das gesagt?« Ben klang verblüfft.

»Ja, er hat eben angerufen.«

Wieso hatte ich nur den Verdacht, dass die Anweisung etwas mit mir zu tun hatte?

Stoff und irgendetwas aus Plastik gaben nach, anscheinend hatte Ben sich aufs Bett gesetzt. Als er wieder sprach, wirkte seine Stimme oberflächlich ruhig, aber ich kannte ihn gut genug, um die Wut darin zu hören.

»Kann ich eine Weile in den Garten?«, fragte er. »Ist doch egal, ob ich hier rumliege oder draußen bin. Und wenn es mir zu viel wird, ist es ja nicht weit bis ins Zimmer.«

Durch die Tür raus. Schlau. So mussten wir ihn mit seiner verletzten Rippe wenigstens nicht durchs Fenster hieven.

Der Pfleger zögerte. Er ging wieder ein paar Schritte, dann hörte ich, wie er das Fenster schloss. »Meinetwegen. Aber nur eine halbe Stunde, klar? Sieht nach Regen aus.«

»Geht klar.«

»Okay. Warte, ich helfe dir, deine Schuhe anzuziehen, dann bringe ich dich raus.«

»Das … das geht schon. Ich muss vorher noch wohin.«

Aufgeschreckt von der plötzlichen Anspannung in Bens Stimme sah ich nach unten – und natürlich standen ein Paar Sneakers direkt neben meinen Füßen.

Schon kam die Stimme des Pflegers direkt von der anderen Seite der Schranktür. »Das kannst du mit Schuhen genauso erledigen.

Lass dir helfen, Mann, ist doch viel einfacher, als wenn du dich bücken musst.«

Ich drückte mich so tief in die Ecke, wie ich konnte, aber zwischen Schuhen und Kleiderbügeln war so gut wie kein Platz. Als könnte ich damit verhindern, dass mich der Pfleger entdeckte, kniff ich die Augen zu.

»Nein!« Ben klang eindeutig panisch. An der Stelle des Mannes wäre ich spätestens jetzt misstrauisch geworden. »Toby, wirklich, kein Problem. Ich kriege das hin. In drei Minuten bin ich draußen, und du kannst mir so viele Türen aufhalten, wie du willst.«

Der Pfleger, Toby, schien zu zögern. »Na, meinetwegen.« Seine Schritte entfernten sich vom Schrank und ich klappte fast zusammen vor Erleichterung. »Dann bis gleich.«

Die Sekunden, bis die Zimmertür ins Schloss glitt, vergingen schleppend. Endlich sagte Ben: »Kannst rauskommen.«

»Das war knapp«, stöhnte ich, während ich aus dem Schrank kletterte, doch Bens Anblick ließ mich verstummen.

»Brauchst nicht so zu gucken«, kam er meiner Frage zuvor. »Ich fühle mich gut. Na ja, okay. Das ist nur der Stress.«

»Hm.« Während ich auf ihn zulief, glitt mein Blick von den Schweißperlen, die sich auf seiner Oberlippe gebildet hatten, zu seinen Augen. »Bist du sicher, dass das eine gute Idee ist? Wenn du hierbleiben willst, fällt Grayson und mir schon was ein.«

Er zog die Augenbrauen hoch. »Dazu muss ich nichts sagen, oder?«

Ich lehnte die Stirn an seine Schulter und er atmete tief aus, dann sah ich ihn wieder an. »Es gibt eine Bank unter einer kleinen Gruppe Birken, ziemlich am Rand des Gartens. Setz dich dahin, wir holen dich dann ab.«

Ben begann zu lächeln. »Ein Gesicht, als könnte sie kein Wässerchen trüben, und dabei so viel kriminelle Energie.«

Ich schnaubte. »Spar dir die Sprüche, und mach, dass du rauskommst. Nicht dass Toby nachsieht, ob du in die Kloschüssel gefallen bist.« Ich wartete sein Lachen nicht ab, sondern fragte: »Was soll ich einpacken?«

Bens Blick glitt über die Einrichtung. »Lass das meiste hier, dann schöpfen sie vielleicht nicht sofort Verdacht, falls sie reinkommen und mich nicht finden. In dem Schub im Nachttisch ist ein bisschen Geld, meine Jacke und mein Handy nehme ich mit in den Garten.«

»Kriminelle Energie, hm?« Ich strich ihm über die Wange und hätte ihn gern noch mal geküsst, doch da klopfte es am Fenster, und wir sahen uns um. Grayson machte eine ungeduldige Handbewegung.

»Er hat recht.« Ben schob mich von sich weg. »In zehn Minuten unter den Birken.«

<hr>

Es wurden sehr, sehr lange zehn Minuten, aber schließlich waren sie um. Grayson und ich standen von der Bank am nördlichen Ende des Gartens auf und schlenderten am Zaun entlang in die Richtung der kleinen Baumgruppe. Kaum kam Ben in Sicht, atmete ich auf. Er schien recht munter zu sein und er war allein.

Ihn am Haupteingang vorbei und zum Busbahnhof zu schleusen, war einfach, trotzdem lauschten wir die ganze Zeit, ob uns jemand folgte. Zu unserem Glück stand ein Bus nach Rosley an der Haltestelle, und kaum hatten wir ein drittes Ticket gelöst und uns einen Platz gesucht, fuhr der Bus los. Wir grinsten uns an.

Auf dem Weg ließ ich Ben nicht aus den Augen. Er hatte Schmerzen, das erkannte selbst der kleine Junge, der auf der anderen Seite des Gangs saß und neugierig Bens Verbände und Pflaster betrachtete. Schweiß stand ihm auf der Stirn und er atmete langsam und bedächtig.

»Hör auf, dir Gedanken zu machen«, flüsterte er mir zu. »Ich muss das tun.«

Warum ich das beruhigend finden sollte, war mir schleierhaft, aber ich wusste, dass er es sich nie verziehen hätte, wenn er nicht die letzte Gelegenheit genutzt hätte, seinen Vater aufzuhalten. Sich nicht und mir auch nicht.

Wir würden zu spät kommen, so viel war schon mal klar. Es war zwanzig vor vier und wir hatten Rosley noch nicht mal erreicht. Ich konnte nur hoffen, dass sich die Auktion lange genug hinziehen würde, damit wir noch etwas ausrichten konnten.

Grayson hatte in der letzten halben Stunde kaum einmal von seinem Handy aufgesehen, und jetzt kapierte ich, dass das nicht an seinem natürlichen Taktgefühl lag. Zu mehr als Händchenhalten war Ben ja sowieso nicht in der Lage.

Nein, offenbar hatte er die ganze Zeit versucht, uns eine Mitfahrgelegenheit zu organisieren.

Er sagte: »Mein Cousin holt uns gleich ab und bringt uns nach Renwick.«

Ben nickte. »Danke.«

Grayson verzog das Gesicht. »Das Mindeste, was ich tun kann.« Er setzte sich aufrechter hin. »Ben, es tut mir leid. Das mit dem Hund … Es war keine Absicht, aber ich hab auch nichts unternommen, um es zu verhindern. Ich wollte das nicht.«

Ben antwortete nicht gleich. Ich konnte das Echo der letzten vierundzwanzig Stunden auf seinem Gesicht lesen, all die Emotionen, die Angst, die Schmerzen. Doch dann hoben sich seine Mundwinkel. »Ich wäre gern noch ein bisschen länger sauer auf dich gewesen.«

Erleichtert lachte Grayson auf.

Ich schüttelte den Kopf und sah zum Fenster hinaus. »Männer.«

Dieser Cousin von Grayson hieß Steven, und er fuhr, als wären wir auf der Flucht. Mehr als einmal stöhnte Ben neben mir leise auf, wenn wir in den Kurven gegen die Türen gedrückt wurden. Ich hatte eigentlich einen unempfindlichen Magen, aber als die Zufahrt zu Renwick Hall in Sicht kam, war ich dankbar. Recht viel länger hätte ich mein Frühstück nicht bei mir behalten können.

Steven bog links vor dem Haupthaus ab. Mehrere landwirtschaftliche Gebäude kamen in Sicht. Er bremste, dass der Kies vor der Scheune nur so spritzte. Rechts und links neben seinem Auto parkten Land Rover, die meisten richtige Arbeitsfahrzeuge voller Schlamm und Dellen, ein paar aber auch von der noblen Sorte, mit teuren Ledersitzen und poliertem Lack.

Ben hievte sich aus dem Rücksitz, während Grayson und ich uns bei Steven bedankten.

»Kein Problem«, meinte er. »Meldet euch, wenn ihr mal wieder einen Fahrer braucht.«

Grayson und ich wechselten einen schnellen Blick, der besagte, dass der Notfall schon groß sein musste, damit wir auf dieses Angebot zurückkamen, dann verabschiedeten wir uns, und Steven raste davon. Als ich mich zu Ben umdrehte, versetzte es mir einen Stich, wie verkrampft seine Hände waren. Er ging mit langen Schritten, doch es war offensichtlich, dass ihm alles wehtat.

Wir schlossen zu ihm auf und liefen um die Scheune herum, von wo wir Stimmen hörten.

»... glaube, es sind alle hier, Gordon«, sagte gerade ein großer, hagerer Mann mit einem Wust aus weißen Haaren. Er trug ein Tweed-Jackett und einen grünen Hut und sah aus, als wäre er vom Set von »Der Doktor und das liebe Vieh« entlaufen. »Lass uns anfangen.«

Sein letzter Satz ging ein wenig in Gemurmel unter. Im nächsten Moment deutete jemand in unsere Richtung.

Ungefähr fünfzehn Leute drehten sich zu uns um. Gordon natürlich, dazu ein Dutzend Fremde, Frauen wie Männer. Jemand hatte sogar zwei kleine Kinder dabei.

Der Mann, der gesprochen hatte, zog die Augenbrauen hoch. »Noch ein Bieter?«

Aber Ben beachtete ihn gar nicht. Schnurstracks hielt er auf Gordon zu und blieb vor ihm stehen. »Tu das nicht, Dad. Bitte.«

Gordons Lippen waren weiß, als er Ben am Arm nahm und ein Stück von den Leuten wegführte. Grayson und ich folgten ihnen. Über die Schulter rief er: »Einen kleinen Moment bitte, es geht gleich weiter!«

Wir traten in die offene Scheune, wo wir vor den neugierigen Blicken etwas geschützt waren.

Gordon atmete tief durch. »Was soll ich denn machen, Ben? Hm? Schau dich doch an! Beim nächsten Mal können sie dich vielleicht nicht mehr zusammenflicken.«

»Das ist nicht der Grund, warum du die Ponys verkaufst. Du suchst einen Vorwand, seit Henry gestorben ist!« Ben hatte die Fäuste geballt, ob aus Wut oder um seine Schmerzen im Zaum zu halten, konnte ich nicht sagen.

»Es ist kein Vorwand! Ben, *du* wärst beinahe gestorben!« Gordon rieb sich übers Gesicht. »Es ist das passiert, was ich die ganze Zeit befürchtet habe.«

»Aber ich bin nicht Mum!« Auf Bens Wangen breiteten sich rote Flecken aus. Ich wäre so gern zu ihm gegangen, doch dieses Gespräch musste er allein mit seinem Vater führen.

»Nein.« Gordon betrachtete Ben einen Moment beinahe zärtlich, dann fasste er vorsichtig nach seiner unverletzten Schulter. »Deine Mum hätte gewollt, dass du sicher bist. Gesund. Das war alles, was sie wollte.«

Ben deutete zum Hof. »Aber das da draußen, das würde sie nicht wollen.«

Die beiden standen sich gegenüber. Der Moment war fast unerträglich, Ben und sein Vater auf Augenhöhe, in vielem so ähnlich und doch so verschieden. Ben bebte vor unterdrückter Energie, während Gordon sich hinter seiner Selbstbeherrschung verschanzte.

»Ich weiß nicht, was sie wollen würde, Ben«, sagte er schließlich. »Sie ist nicht mehr da. Ich muss allein entscheiden, was ich für richtig halte. Auch wenn ich wünschte, es wäre anders.«

Ben holte langsam Luft, so als müsse er seine Schmerzen wegatmen. »Was soll ich denn tun?«, fragte er leise.

Gordon hob die Hand und strich Ben über die Wange. »Ich mache das nicht, um dich zu bestrafen, Ben. Sondern um dich zu schützen.«

Kopfschüttelnd trat Ben zurück, Schritt für Schritt, bis er das Tor erreicht hatte. Dann drehte er sich um und ging davon. Grayson und ich sahen Gordon nicht an, als wir Ben folgten.

<hr/>

Grayson schlug vor, Steven anzurufen und zu bitten, uns abzuholen. Wahrscheinlich nahm er an, dass Ben so schnell wie möglich von hier verschwinden wollte. Doch so tickte Ben nicht. Er würde bleiben bis zum bitteren Ende, weil er es für seine Pflicht hielt. Wenn er nichts mehr unternehmen konnte, dann wollte er zumindest wissen, wie es für die Herde weiterging.

Also verfolgten wir die Auktion auf einem Stapel Paletten, die im Windschatten einer Maschinenhalle stand. Ben war erleichtert, dass er sitzen konnte, das merkte ich ihm an, aber er hielt sich völlig gerade. Die ganze Zeit hielt ich seine Hand, doch noch nie hatte sich das so ungenügend angefühlt wie in dieser halben Stunde.

Eine Weile ging es noch um rechtliche Details, dann begann das Unvermeidliche: Die ersten Gebote wurden abgegeben. Es handelte sich um eine hohe Summe, die mich im ersten Moment überraschte, aber natürlich waren es auch eine Menge Pferde, die den Besitzer wechseln sollten.

Anfangs waren fünf oder sechs Leute im Rennen, doch bald kristallisierte sich heraus, dass es zwischen zwei Bietern entschieden werden würde: dem Mann in dem Tweed-Jackett und einer Frau um die fünfzig in Reithosen und einer dunkelroten Steppjacke. Sie trug ihre rauchgrauen Haare kurz geschnitten, und sie kam mir bekannt vor, sodass ich mich fragte, ob sie auf Gordons Sommerparty gewesen war.

Gordon sah nicht aus wie ein Mann, der gleich eine ordentliche Geldsumme einstreichen würde. Im Gegenteil, er wirkte, als könne das Schauspiel nicht schnell genug vorbei sein, und zuckte jedes Mal zusammen, wenn der alte Mann oder die Frau noch etwas drauflegten.

Schließlich lüpfte der Mann seinen Hut und verbeugte sich leicht in die Richtung der Frau. »Meinen Glückwunsch, Lady Sibyll. Das war mein Limit.«

Ben holte tief Luft. Fast im selben Moment stöhnte er auf und fasste sich an die Seite. »Verfluchte Rippe.«

Doch seine Augen blieben auf seinen Vater und die Frau gerichtet.

Das Publikum dünnte sich schnell aus, bis nur noch der weißhaarige Mann und die Käuferin, Lady Sibyll, übrig waren. Mit Handschlag verabschiedete sich der Mann von Gordon und der Frau, dann war auch er weg.

»Was passiert jetzt?«, fragte Grayson leise.

»Sie werden drüber verhandeln, wann sie die Herde abholen kann«, antwortete Ben. Er schlug die Hände vors Gesicht. »Scheiße. Scheiße, Scheiße, Scheiße!«

Mein Atem kam flach und unregelmäßig. Es war so furchtbar, ihm dabei zusehen zu müssen, wie er am liebsten alles kurz und klein geschlagen hätte und doch nichts tun konnte, als danebenzustehen und abzuwarten, bis seine Ponys weggebracht wurden. Ich verstand Gordon einfach nicht! Jeden Tag konnte Ben etwas passieren, auf dem Weg zur Schule oder einfach weil ein Autofahrer nicht aufpasste. Er konnte Ben nicht in Watte packen, das musste ihm doch klar sein! Warum gab er die Ponys weg, wenn sie doch das Einzige waren, woran Bens Herz wirklich hing? Er heuchelte uns vor, das Beste für seinen Sohn zu wollen, und dabei machte er ihn grundlos unglücklich. Es war so ungerecht!

»Ich werde meinen Verwalter bitten, in zwei Stunden hier zu sein«, schnitt Lady Sibylls Stimme durch meine Gedanken. »Wenn wir die Pferde bis dahin zusammengetrieben haben, verladen wir sie heute noch.«

Ich legte den Arm um Ben und zog ihn vorsichtig an mich. Er drehte den Kopf und lehnte die Stirn an meine Schläfe. Zitternd atmete er aus.

Gordon willigte in den Vorschlag ein. Sie einigten sich, die Quads zu nehmen.

Ben machte sich von mir los und stand auf.

»Was hast du vor?«, fragte ich.

Er deutete zu den Erwachsenen hinüber. »Wenn sie es so anstellen, wird das der Megastress für die Ponys. Ich will, dass sie den Fell in guter Erinnerung behalten.«

Grayson und ich sahen uns an, dann schlossen wir zu Ben auf.

»Dad?« Gordon drehte sich zu Ben um. »Lass mich mitkommen.

Sie geraten in Panik, wenn ihr sie mit den Quads zusammentreibt, und das will ich nicht. Ich kann sie zu Fuß herunterbringen.«

Lady Sibyll betrachtete Ben nur stumm, aber Gordon schüttelte den Kopf. »Den ganzen Weg vom Fell? Ben, du solltest im Krankenhaus liegen! Du hast eine gebrochene Rippe, nimm das ernst.«

Natürlich entging ihm nicht, dass Ben jetzt schon vor Schmerzen und Anstrengung schwitzte. Ich hielt es ebenfalls für keine gute Idee, wenn Ben kilometerweit durch die Gegend lief, doch ich verstand auch, dass er jetzt, in diesen letzten Stunden, die Verantwortung nicht abgeben wollte.

»Ich bleibe danach zwei Wochen im Bett und rühre keinen Finger, aber ihr werdet diese Ponys nicht ohne mich verladen.« Bens Blick war unerbittlich. Es war, als müsse er diese Auseinandersetzung unbedingt für sich entscheiden.

Gordon schloss kurz die Augen. »Unter der Bedingung, dass du sofort Bescheid gibst, wenn dir schlecht wird oder die Schmerzen schlimmer werden oder sich sonst irgendetwas komisch anfühlt. Ist das klar?«

Ben nickte.

»Ich meine es ernst, Ben.«

»Ja. Ich auch.«

Ben war wie ein Pulverfass. Mir drehte es fast den Magen um bei den vielen Gefühlen, die von ihm ausstrahlten. Da war so viel Trauer, Wut natürlich, Enttäuschung, Bitterkeit und Trotz. Stolz auch – er wollte vor seinem Vater keine Schwäche zeigen. Und Verzweiflung. Ich wollte weinen, aber ich schluckte die Tränen hinunter. Wenn Ben stark sein konnte, dann konnte ich das auch.

Lady Sibyll hatte sich bei dem Gespräch höflich im Hintergrund gehalten und einige Meter entfernt ein Telefonat geführt, das sie nun beendete. Sie war startklar.

Zu sechst brachen wir auf. Wir nahmen drei Quads: Lady Sibyll stieg bei Gordon auf. Zu meiner Überraschung folgte Ben Grayson zu einem der Fahrzeuge, also fuhr ich bei Gordons Verwalterin Jo mit, einer Frau Ende zwanzig mit Pferdeschwanz und Sommersprossen.

»Schlimme Sache«, murmelte sie, als ich mich hinter ihr auf den Sitz schwang.

Was sollte ich dazu sagen? Aber dass sie nicht zu hundert Prozent auf Gordons Seite stand, machte sie mir sympathisch. Ich nickte stumm.

Gordon ließ Grayson vorausfahren und Ben lotste ihn in einem weiten Bogen durch das Ivegill zum Asby Fell. Die Herde würde um diese Uhrzeit am Bach sein, und wir waren weit genug entfernt, um sie nicht mit den Motorengeräuschen der Quads zu erschrecken. Gleichzeitig sollte es von hier aus relativ einfach sein, die Ponys ins Tal zu bringen.

Wir stiegen ab. Als ich zu den Jungs hinüberlief, fiel mir Lady Sibylls Miene auf. Sie wirkte nachdenklich. Ihr Blick glitt zwischen Gordon und Ben hin und her, aber was immer ihr im Kopf herumging, es war zweitrangig. Grayson und ich nahmen Ben zwischen uns und er holte Luft.

»Gracie!«, rief er mit rauer Stimme über den Hügelkamm hinweg. »Gracie, komm!«

Eine Weile blieb es still. Der Wind wehte sacht durch das Gras, die Motoren der Quads klickten. Niemand sagte etwas.

Ben gab uns ein Zeichen zurückzubleiben. Als er in der Mitte einer kleinen Kuhle anlangte, wo der Grasbewuchs spärlicher war, schien er das Gefühl zu haben, genug Abstand zwischen uns gebracht zu haben. Er lauschte einen Moment, dann rief er wieder: »Gracie!«

Er stand aufrecht da, mit dem Rücken zu uns, dem Hügel zugewandt. Nichts an ihm vermittelte den Eindruck, dass er Zweifel haben könnte.

Eine weitere Minute verstrich, dann tauchte ein Kopf hinter dem Kamm auf. Hals, Körper, Beine – Gracie hatte auf Bens Ruf geantwortet. Sie zögerte, blickte zu Ben, witterte in unsere Richtung. Ben blieb einfach stehen, er drehte nur die Handfläche seiner rechten Hand zu ihr.

Da schnaubte sie. Sekunden später kamen weitere nickende Köpfe in Sicht, die Stuten und Fohlen, die Jungtiere ... Eine schwarz-weiße Herde gruppierte sich um Gracie, die den Kopf senkte und prustete, sich in Bewegung setzte und den sanften Hügel hinuntertrabte. Zwanzig Ponys liefen auf Ben zu, mit gespitzten Ohren und wallenden Mähnen, und der Boden vibrierte unter unseren Füßen.

Gracie trabte vorneweg, mit Ash an ihrer Seite, und dann hatte sie Ben erreicht und drängte sich schnaubend an ihn. Er redete mit ihnen, ich hörte seine Stimme, den sanften Tonfall darin, verstand aber die Wörter nicht. Das war nicht nötig. Es reichte, ihn dort zu sehen, erst mit zwei, dann mit fünf, schließlich umringt von allen achtzehn Ponys, die darauf warteten, dass sie an der Reihe waren. Ein paar vorwitzige drängelten, doch Gracie und Ben verwiesen sie auf ihre Plätze.

Den Fohlen wurde es bald zu langweilig. Als die Gruppe sich ein bisschen zerstreute, entfernten sie sich voller Vertrauen in Bens Nähe von der Herde und begannen zu spielen, ein paar Stuten grasten, und Ben wanderte zwischen ihnen herum und verteilte Streicheleinheiten. Er hätte fremd wirken müssen, blond, hochgewachsen, doch sie bewegten sich im Einklang, als wäre er einer von ihnen.

Ich merkte, dass mir Tränen über die Wangen liefen, und wischte sie mit dem Handrücken weg. Verstohlen blickte ich zur Seite, doch anders, als ich erwartet hatte, trat Lady Sibyll nicht von einem Fuß auf den anderen. Auch Gordon wirkte nicht ungeduldig oder verärgert. Sie sahen Ben zu, beide gefangen in ihren Gedanken.

Irgendwann räusperte sich Gordon. »Das geht nicht«, meinte er leise.

»Nein.« Lady Sibyll wandte sich ihm halb zu. »Nicht, wenn Sie nicht wollen, dass er Sie sein Leben lang hasst.«

Ich wusste natürlich, dass ich nicht hätte lauschen sollen, aber meine Ohren wurden so groß wie Grammofontrichter, ich konnte gar nichts dagegen tun. Enttäuschenderweise sagten die beiden nichts mehr, sondern schauten weiter zu Ben hinüber.

»Soll das ... soll das heißen, der Verkauf ist vom Tisch?«, stieß ich schließlich heiser hervor, als ich es keine Sekunde länger aushielt.

Gordon rieb sich über das Gesicht, und in dem Moment war die Ähnlichkeit zu Ben so groß, dass es mir den Hals zuschnürte.

»Ja«, antwortete er schließlich. »Auch wenn ich es wahrscheinlich bereuen werde.«

Es war nicht mein rühmlichster Moment, das gebe ich zu, als ich mich leise quietschend zu Grayson umdrehte und ihm um den Hals fiel. Er hatte Gordons Kehrtwende auch mitbekommen, und gemeinsam hüpften wir auf und ab, bis wir beinahe Lady Sibyll über den Haufen gerannt hätten.

»Entschuldigung«, murmelte ich, und Grayson zupfte sein T-Shirt zurecht, während er ihren Blick mied.

Sie zwinkerte mir zu, aber Gordon zog meine Aufmerksamkeit auf sich.

»Geh rüber und sag es ihm«, wies er mich an, »bevor ich es mir anders überlege.«

Es gab nicht viel auf der Welt, was ich lieber getan hätte, doch ich schüttelte den Kopf. »Ich glaube, das solltest besser du übernehmen.«

Mit einem tiefen Seufzen nickte er und setzte sich in Bewegung. Dafür, dass er mit Pferden nichts am Hut hatte, bewegte er sich ziemlich geschickt zwischen den Ponys hindurch, ließ genug Abstand, wirkte aber auch nicht ängstlich.

Ben hatte von dem Aufruhr hier drüben nichts mitgekriegt und sah erstaunt auf, als sein Vater auf ihn zukam. Sie standen sich einen Augenblick gegenüber, dann begann Gordon zu reden und ein paar Sekunden später fuhr Bens Kopf zu Lady Sibyll herum. Die beiden hielten den Blickkontakt kurz, dann nickten sie sich zu.

Ben und Gordon kamen zu uns. Es war offensichtlich, dass Ben müde war und das Gehen anstrengend, aber er wirkte wie ein Krieger auf dem Heimweg von einer siegreichen Schlacht. Er hielt mir die Hand hin, und ich nahm sie, doch er sah weiter Lady Sibyll an.

»Danke«, sagte er.

Sie hob eine Augenbraue. »Glaub nur nicht, dass ich so leicht auf meinen mühsam errungenen Geschäftsabschluss verzichte.«

Mein Griff um Bens Hand wurde fester. Was? Eben hatte sie noch …

»Wir machen einen neuen Deal«, fuhr sie fort, ohne Ben zu Wort kommen zu lassen. »Fünf Jahre lang verkaufst du mir ein Jungtier aus deiner Herde. Ich habe Erstzugriffsrecht, aber den Preis verhandeln wir fair. Ist das in deinem Sinn?«

Ben wechselte einen Blick mit Gordon, dann schluckte er. Natürlich würde er zustimmen. Es würde ihm schwerfallen, sich von den Fohlen zu trennen, doch die komplette Nachzucht konnte er ohnehin nicht behalten. Es war ein guter Deal und er wusste es.

Er streckte die Hand aus. »Ja. Das ist es.«

Lady Sibyll schlug ein. »Das freut mich. Und für den Anfang

hätte ich gern den kleinen Hengst da.« Sie deutete auf Felman, Vivs Einjährigen. »Ein Sohn von Dalton Fierce Boy, wenn ich da richtig informiert bin?«

Ben nickte anerkennend. »Ich bin sicher, wir werden uns einig.«

Ben hielt Wort: Die nächsten drei Tage verbrachte er hauptsächlich im Bett. Gordon hatte darauf bestanden, dass er auf Renwick blieb, und Ben war anscheinend ganz froh, nicht allein in Fairview sein zu müssen, denn er protestierte kaum. Er entschuldigte sich tausendmal, dass er das bisschen Zeit, das wir noch zusammen hatten, verschlief, doch sein Unfall und die Anstrengung rund um die Auktion forderten ihren Tribut. Ich sah jeden Tag mindestens zweimal nach ihm und spätestens nach ein paar Minuten fielen ihm die Augen zu.

Natürlich sagte ich es ihm nicht, aber die Auszeit kam mir sehr gelegen. Wenn er fit gewesen wäre, hätte ich ihm erzählen müssen, warum ich so beschäftigt war. Und solange ich kein Ergebnis hatte, behielt ich das lieber für mich.

Ich telefonierte, recherchierte, führte lange, ausgiebige Gespräche, holte Unterschriften ein und begann wieder von vorn. Die Abende verbrachte ich mit Silas vor dem Laptop in der Küche, wo wir Videokonferenzen mit Mama und Kristof abhielten. Wir kauten dieselben Themen immer wieder durch, bis – ja, bis endlich die erlösenden zwei Worte fielen: »In Ordnung.«

Ich jubelte so laut, dass Laini den Kopf durch die Tür steckte und fragte, ob alles in Ordnung sei.

Am späten Nachmittag des folgenden Tages hatte ich endlich alle Unterlagen zusammen, und es war Zeit, Ben einzuweihen.

Statt einfach auf Renwick vorbeizuschauen, wie ich es sonst jeden Tag tat, hatte ich das Bedürfnis, seine Neugier anzustacheln, und rief ihn an.

»Hey«, sagte ich, als er ranging. »Kann ich vorbeikommen?«

Ich hörte, dass er ein paar Schritte lief. »Hm, heute ist es schlecht. Dad und ich kochen gerade. Charlotte ist unterwegs und es steht wohl ein Vater-Sohn-Gespräch an.«

»Wirklich?« Einen Moment waren meine eigenen Neuigkeiten vergessen. »Das ist doch ein gutes Zeichen, oder?«

»Fragt sich, wofür …« Seine Stimme verlor sich ein bisschen, dann war er wieder gut zu verstehen. »Hör mal, Dad sagt, du sollst auch kommen.«

Ich zögerte. Eigentlich hatte ich mich auf einen Abend allein mit Ben gefreut, nur wir beide und die neuen Perspektiven, die sich uns boten. Aber dann kam mir ein ganz anderer Gedanke: Gordon lud mich offiziell zu einem Abendessen ein. Huch.

»Bist du noch dran?«

Ich räusperte mich. »Ja. Klar. Ähm, ja … danke. Ich komme gern«, antwortete ich steif. Und dann, weil es ja Ben war, mit dem ich redete, fragte ich: »Muss ich mich chic machen?«

Einen kurzen Moment herrschte Stille. Als er dann sprach, hörte ich, dass er grinste. »Das blaue Kleid von neulich reicht völlig.«

Ben öffnete die Tür, als ich eine Stunde später mit einem Blumenstrauß und einer Tüte Pfirsiche aus Lainis Garten in der Hand klingelte. Er lehnte sich verschwörerisch zu mir.

»Willst du in der Küche oder im Speisezimmer essen?«

War das eine Fangfrage? »Ähm … Küche?«

»Ganz meine Meinung.« Er zwinkerte mir zu und rief: »Deck den Küchentisch, Dad!«

Es stellte sich heraus, dass über den Ort des Abendessens Uneinigkeit geherrscht hatte: Gordon hatte auf dem Speisezimmer bestanden, weil ich Gast wäre und dementsprechend auch jeden Respekt verdiente, Ben dagegen hatte argumentiert, dass ich mich umso wohler fühlen würde, je ungezwungener es zuginge.

Jedenfalls saßen wir nun in der Fensternische in der Küche, genossen das Abendlicht, das durch die Bäume gefiltert wurde und dadruch besonders magisch wirkte, und bestätigten uns gegenseitig, wie gut das Essen geschmeckt hatte. Wir hatten viel gelacht, Ben vielleicht am meisten, auch wenn er sich zwischendurch immer wieder an die Seite fasste.

Gordon und ich ertappten uns abwechselnd bei besorgten Blicken und mussten grinsen.

Alles in allem konnte ich feststellen: Es war noch nicht alles gut im Hause Aldringham, aber ein Anfang war gemacht.

Nach einer Runde Espresso und Vanilleeis stand Gordon auf. »Es gibt da etwas, worüber ich schon längst mit dir hätte reden sollen, Ben. Kommst du bitte?«

Ich griff mir ein paar Teller und wollte sie zur Spüle tragen, doch da wandte sich Gordon an mich.

»Du kannst ruhig dabei sein, Valerie. Ben erzählt es dir sowieso.«

Ich war heilfroh, dass ich zum Rock meine Sneakers angezogen hatte und nicht die Sandalen, denn Gordon führte uns hinauf auf den Gipfel des Carrock. Er erzählte, dass das für die Bewohner von Renwick ein beliebter Abendspaziergang war, und ich verstand sofort, warum.

Das Gelände gehörte zum Anwesen, es war umzäunt und daher für Fremde nicht zugänglich. Man hatte also einen kompletten Berg für sich allein. Dort, wo sich der Pfad an den Hang schmiegte, hatte sich jemand die Mühe gemacht und einen kleinen Park angelegt: Rhododendren, Zwergbirken und Rosensträucher boten einen zivilisierten Kontrast zu Heide, Farn und Ginster.

Ansonsten war Gordon schweigsam. Ben hatte meine Hand genommen und malte mit dem Daumen Kreise auf meinen Handrücken. Mein Herz schlug schnell, so als wäre das hier ein bedeutender Moment, einer, der tief in die Vergangenheit reichte und Auswirkungen bis weit in die Zukunft hatte.

Schließlich erreichten wir das Gipfelplateau, und das Erste, was ich tat, war, tief einzuatmen. Ich spürte Bens Lächeln auf mir, natürlich, er kannte diesen Ausblick, doch ich hatte nur Augen für das Panorama, das sich mir bot.

Der Carrock war nicht hoch, aber seine Lage so günstig, dass sich die Aussicht in fast alle Himmelsrichtungen bis zum Horizont erstreckte. Direkt unter uns lag Renwick mit dem weitläufigen Park, den Farmgebäuden, dem Garten und der Anlegestelle. Dahinter glitzerte der See im Abendlicht. Rosley umarmte sein südöstliches Ufer, am Ortsausgang erkannte ich Graysons Farm. Ich erinnerte mich an meinen ersten Tag in Rosley, als mir die Berggipfel so ähnlich vorgekommen waren, die Landschaft so einheitlich grün, und hatte das Gefühl, jemand hätte einen Schleier vor meinen Augen gelüftet, sodass ich jetzt alles ganz klar und deutlich erkennen konnte. Wie war es möglich, dass ich diesen Teil der Erde nach so kurzer Zeit so sehr liebte?

Ich lächelte in mich hinein. Ich hatte eine Entscheidung getroffen und nie zuvor hatte sie sich so richtig angefühlt wie in diesem Moment.

Endlich schien sich Gordon seine Worte zurechtgelegt zu haben. Wir drehten uns zu ihm um, und etwas an seinem Ausdruck veranlasste Ben, meine Hand fester zu fassen.

»Ich weiß«, begann er, »du hältst mich wegen der Ponys für übervorsichtig. Vielleicht sogar paranoid.« Er lachte leise. »Und glaub mir, ich nehme es dir nicht übel. Mir ging es genauso.«

Egal, was wir erwartet hatten, was Gordon uns zu sagen hatte – es hätten Verhütungstipps genauso sein können wie die Ankündigung, dass er nach Neuseeland auswandern wollte –, wir wären in hundert Jahren nicht darauf gekommen, was nun folgte.

Gordon holte weit aus. Er erzählte von Reitunfällen, von Stuten, die eine Totgeburt nach der anderen hatten, berichtete von verletzten und verlorenen Ponys, von Fohlen, die im ersten Sommer starben, und von ganzen Herden, die von einem Felsplateau in die Tiefe stürzten.

»Oben bei Devil's Knott? Der Pferdefriedhof?«, warf ich leise ein.

Gordon nickte. »Ja, so kannst du den Ort nennen.«

»Aber was hat das alles mit uns zu tun?«, fragte Ben verständnislos. »Außer Mums …«

Gordon nickte. »Was ich dir jetzt sage, Ben, hat mir deine Mutter vor langer Zeit erzählt, und ich habe ihr nicht geglaubt. Ich wünschte, ich hätte ihr zugehört, es nicht für einen Spleen gehalten. Vielleicht … wenn wir von hier weggegangen wären …« Er stockte, dann straffte er die Schultern. »Vielleicht war es ein Fehler, es so lange vor dir geheim zu halten. Ich erzähle es dir jetzt, und bitte, *bitte* denk erst darüber nach, bevor du irgendetwas tust.«

Ich konnte Bens rasenden Puls an meinem Handgelenk spüren. Gordon ließ ihn nicht aus den Augen.

»Deine Mutter war einer der klügsten Menschen, die ich je getroffen habe. Messerscharfer Verstand, bodenständig. Sie ließ sich nicht leicht etwas vormachen. Aber sie war von etwas überzeugt, was jeder Vernunft widerspricht. Und ich bin es auch.« Er trat einen Schritt auf uns zu. »Auf den Aldringhams liegt ein Fluch, Ben. Ich wünschte, ich wüsste, wie er lautet, ich wünschte, ich wüsste, wie man ihn bricht. Ich weiß nur eines: Der Tod und die Ponys, für die Aldringhams sind sie eins.«

Ben stand da wie eine Statue. Er blinzelte nicht einmal. Ich wartete darauf, dass er einen Witz machen würde, dass er seinen Vater auslachte oder sich einfach umdrehte und ging, doch er starrte Gordon nur in die Augen.

Schließlich fragte er: »Und deswegen wolltest du die Herde verkaufen?«

Ich erschrak beinahe, so flach klang seine Stimme.

Gordon schloss kurz die Augen. »Ben, denk nach! Solange Henry gelebt hat, war mit der Herde alles in Ordnung! Erst seit sie dir gehört, passieren diese schlimmen Dinge.«

Ben ließ meine Hand los. Er stellte sich an den Rand des Plateaus und rieb sich mit den Händen übers Gesicht. Ich wartete, hoffte darauf, dass sich die beiden zu mir drehen und mich auslachen würden, weil ich ihnen auf den Leim gegangen war, aber nichts geschah. Gordon meinte jedes Wort ernst, und Ben, der seinen Vater so viel besser kannte als ich, glaubte ihm. Oder zumindest schien es ihm nicht ausgeschlossen, dass er die Wahrheit sagte.

Und mit dieser Erkenntnis änderte sich alles. Von einer Minute auf die andere hatten sich die Vorzeichen der Welt verkehrt. Wir sprachen über einen Fluch, wie wir über das Wetter gesprochen hätten, und das löste alles, was ich zu wissen glaubte, in Luft auf. Unter mir schwankte der Boden. Es war, als würde ich wie eine Spielfigur auf einem Podest stehen und mich im Kreis drehen, nach jemand anderes Melodie.

Magie war der Stoff, aus dem Märchen waren, und jetzt, plötzlich, schimmerten ihre durchsichtigen Fäden durch das Gewebe der Wirklichkeit.

»Hast du Beweise?« Ben blickte sich zu Gordon um.

Der schüttelte den Kopf. »Nur die Hinweise, die ich dir aufgezählt habe. Deine Mutter hatte recherchiert. Sie hatte ein halbes Zimmer voll mit Unterlagen, aber als sie gestorben war … Ich habe alles verbrannt. Es schien mir wie Hohn, dass sie all das herausgefunden hatte, und trotzdem konnte sie nichts davon retten.« Er rieb sich über die Stirn. »Aber ich habe nicht nachgedacht. Ich habe nicht daran gedacht, dass du der nächste Aldringham bist.«

Der Satz sank wie ein Stein in meine Brust. Ich konnte zusehen, wie das Blut aus Bens Gesicht wich. Das war die Angst, die Gordon seit fünfzehn Jahren umtrieb. Und vor fünf Tagen wäre sie beinahe wahr geworden.

Ben wandte sich wieder zu uns. »Ich sage nicht, dass ich dir glaube. Das ist zu verrückt. Aber ich werde nachforschen und in der Zwischenzeit bin ich vorsichtig.« Sein Mundwinkel zuckte. »Das ist es doch, was du wolltest, oder?«

Gordon nickte. Nach ein paar Sekunden suchte er meinen Blick. »Ich lasse euch mal allein. Ihr habt sicher einiges zu besprechen. Bis bald, Valerie.«

Ich lächelte schwach, als er an mir vorbeiging und auf den Pfad zusteuerte. Kaum war er um die Kurve verschwunden, lief ich mit großen Schritten auf Ben zu und warf die Arme um ihn. Er drückte mich an sich.

»Ich hab nie verstanden, warum alle immer so scharf sind auf reiche Erben«, flüsterte er in meine Haare. »Ich wollte ja das Haus schon nicht. Jetzt krieg ich auch noch einen Fluch.«

Wir standen noch auf dem Carrock, als die Sonne unterging und Gold über Rosley ausschüttete. Ich lehnte mit dem Rücken an Bens Brust und er hatte den Kopf auf meine Schulter gestützt.

»Was wirst du jetzt tun?«, fragte ich in die Stille hinein.

Ich fühlte, wie er mit den Schultern zuckte. »Was ich ihm gesagt habe. Ich finde heraus, ob an der Sache was dran ist oder ob mein Alter einen Dachschaden hat.«

»Ich helfe dir.«

Einatmend drückte er mir einen Kuss auf die Schläfe. »Jede Ferien.«

»Nein. Jeden Tag.«

Er erstarrte. Beinahe konnte ich ihn denken hören. Ich fing an zu grinsen, als er mich losließ und langsam zu sich herumdrehte. »Was?«

Ich tat geziert. »Du musst mich jetzt jeden Tag aushalten. Visum und alles hab ich schon besorgt. Ich gehe von nächster Woche an auf deine Schule.«

Langsam breitete sich ein Lächeln auf seinem Gesicht aus. »Du bleibst hier?«

Ich nickte.

»Das ganze Schuljahr?«

Ich nickte wieder. »Mindestens.«

»Für immer?«

Ich zögerte. »Da sehen wir noch mal. Das klingt jetzt doch recht lang.«

Er lachte auf, schlang seinen gesunden Arm um mich und drehte mich einmal im Kreis. »Val, das ist …« Er blieb stehen und lehnte den Kopf an meinen. »Das sind verdammt gute Neuigkeiten.«

Dann küsste er mich und alle dunklen Gedanken an Flüche, Tod und Ponys machten sich davon. Darum würden wir uns morgen wieder kümmern.

Ben hielt mich fest, der Himmel spannte sich über uns und die Welt breitete sich zu unseren Füßen aus. Ich war genau da, wo ich sein sollte. Wenn es ein Rätsel gab, dann würden wir es lösen. Denn eines wusste ich in diesem Moment genau: Dies war auch meine Geschichte. Und sie hatte gerade erst begonnen.

Schon als ganz kleines Mädchen ließ Theresa Czerny keine Gelegenheit aus, in die Nähe eines Pferdes zu kommen. Richtig reiten lernen durfte sie aber erst mit zwölf, also überbrückte sie die Zeit damit, jedes Pferdebuch zu lesen, das ihr in die Finger fiel. Inzwischen ist sie schon eine Weile erwachsen und kann in den Reitstall, wann immer sie will – und das Beste ist: Sie darf jetzt sogar Pferdebücher schreiben!

Natürlich **magellan** ©

Hergestellt in Deutschland
CO_2-Ersparnis durch kurze Lieferwege
Gedruckt auf FSC®-zertifiziertem Papier
Lösungsmittelfreier Klebstoff
Drucklack auf Wasserbasis

1. Auflage 2023
© 2023 Magellan GmbH & Co. KG, 96052 Bamberg
Alle Rechte vorbehalten
Text: Theresa Czerny
Dieses Werk wurde vermittelt
durch die Michael Meller Literary Agency GmbH, München
Umschlaggestaltung: Christian Keller
unter der Verwendung von Motiven von shutterstock:
Sk Elena / Studio77 FX vector / Yumeee / MagicPics
ISBN 978-3-7348-5066-0
Druck: CPI, Leck

www.magellanverlag.de